# 七侯笔录

—— CHINESE BRUSHES ——

## 沉忧乱纵横

下

马伯庸 著

图书在版编目（CIP）数据

七侯笔录：全两册 / 马伯庸著 . — 长沙：湖南文艺出版社，2019.4（2024.1重印）
ISBN 978-7-5404-9080-5

Ⅰ. ①七… Ⅱ. ①马… Ⅲ. ①长篇小说—中国—当代 Ⅳ. ① I247.5

中国版本图书馆 CIP 数据核字（2019）第 026239 号

© 中南博集天卷文化传媒有限公司。本书版权受法律保护。未经权利人许可，任何人不得以任何方式使用本书包括正文、插图、封面、版式等任何部分内容，违者将受到法律制裁。

上架建议：长篇小说

QIHOU BILU: QUAN LIANG CE
七侯笔录：全两册

| | |
|---|---|
| 作　　者： | 马伯庸 |
| 出版人： | 陈新文 |
| 责任编辑： | 薛　健　刘诗哲 |
| 监　　制： | 蔡明菲　邢越超 |
| 出品人： | 周行文　陶　翠 |
| 策划编辑： | 李齐章　王　维 |
| 营销支持： | 刘斯文　周　茜 |
| 封面设计： | 好谢翔工作室 |
| 版式设计： | 梁秋晨 |
| 内文排版： | 百朗文化 |
| 出版发行： | 湖南文艺出版社 |
| | （长沙市雨花区东二环一段 508 号　邮编：410014） |
| 网　　址： | www.hnwy.net |
| 印　　刷： | 北京中科印刷有限公司 |
| 经　　销： | 新华书店 |
| 开　　本： | 700mm×980mm　1/16 |
| 字　　数： | 900 千字 |
| 印　　张： | 46.5 |
| 版　　次： | 2019 年 4 月第 1 版 |
| 印　　次： | 2024 年 1 月第 4 次印刷 |
| 书　　号： | ISBN 978-7-5404-9080-5 |
| 定　　价： | 92.00 元（全两册） |

若有质量问题，请致电质量监督电话：010-59096394
团购电话：010-59320018

## 目录

| 第一章 | 我闭南楼看道书 | 001 |
| --- | --- | --- |
| 第二章 | 拥彗折节无嫌猜 | 009 |
| 第三章 | 使青鸟兮欲衔书 | 019 |
| 第四章 | 张良未遇韩信贫 | 027 |
| 第五章 | 五岳寻仙不嫌远 | 037 |
| 第六章 | 西忆故人不可见 | 047 |
| 第七章 | 弹弦写恨意不尽 | 057 |
| 第八章 | 谑浪肯居支遁下 | 065 |
| 第九章 | 停梭怅然忆远人 | 073 |
| 第十章 | 高阳小饮真琐琐 | 081 |
| 第十一章 | 海水直下万里深 | 089 |
| 第十二章 | 雕盘绮食会众客 | 099 |
| 第十三章 | 冰龙鳞兮难容舠 | 109 |
| 第十四章 | 战鼓惊山欲倾倒 | 117 |
| 第十五章 | 仰诉青天哀怨深 | 127 |
| 第十六章 | 吴宫火起焚巢窠 | 137 |
| 第十七章 | 问君西游何时还 | 147 |

第十八章 青松来风吹古道 —157

第十九章 遇难不复相提携 —167

第二十章 龙门蹙波虎眼转 —183

第二十一章 庙中往往来击鼓 —197

第二十二章 走傍寒梅访消息 —205

第二十三章 武陵桃花笑杀人 —213

第二十四章 咆哮万里触龙门 —233

第二十五章 尔来四万八千岁 —245

第二十六章 栗深林兮惊层巅 —259

第二十七章 如此风波不可行 —265

第二十八章 争雄斗死绣颈断 —279

第二十九章 眉如松雪齐四皓 —291

第三十章 飞书走檄如飘风 —299

第三十一章 别时提剑救边去 —313

第三十二章 灵神闭气昔登攀 —329

第三十三章 儒生不及游侠人 —343

尾声 —361

# 第一章

○

## 我闭南楼看道书

小园，幽竹，茶香，琅琅读书声。

衡山苍苍入紫冥，下看南极老人星。
回飙吹散五峰雪，往往飞花落洞庭。

少年正襟危坐，老人负手而立，身旁还有一个少女素手添香。

一个身材颀长的青年从园外远远望去，又竖起耳朵听了听，随即轻叹了一口气。

"有美女陪伴，就该去泡吧跳舞，读什么劳什子诗书……"颜政有些不甘心地嘟囔道，习惯性地撩了撩额前长发，踮脚又去张望。以他的思维方式，实在是不能理解罗中夏为什么能如此耐心地枯坐在屋子里，旁边有十九这样的美人陪着也就罢了，为什么还找来鞠式耕这糟老头子？

自从与怀素相见、诗笔相合之后，罗中夏整个人似乎完全沉静下来，以往那种跳脱、浑不懔的脾气被怀素的禅心压制。这让一向视罗中夏为知己的颜政心情颇为怅然，觉得一个大好青年就此堕落了，变得淡而无味。

十九曾经问罗中夏接下来打算如何，罗中夏说要回到最初。青莲笔灵的最初，是李白，而李白的最初，自然就是李白的诗。

从永州返回华夏大学以后，罗中夏径直去见了鞠式耕，表示希望可以踏踏实实地学些国学知识。鞠式耕并不知道笔冢的事情，但见这个顽劣学生浪子回头，心意诚恳，也便欣然允诺。这一个月来，罗中夏足不出户，苦心攻读。十九向老李请了假，陪在他身边。

颜政明白，罗中夏必须要对李白诗有深刻的理解，才能发挥青莲笔的威力，而要理解李白诗，就必须了解国学，并能深刻地体会到中国传统文学之美，这无法一蹴而就，非得慢慢修炼不可。相比之下，颜政的画眉笔就省事多了，只要尊重女性就一切OK——这一点上，他的绅士精神可以算得上世界一流水平。

可他还是觉得可惜，固执地认为变了脾性的罗中夏就不是罗中夏了。

颜政又看了一眼埋头苦读的罗中夏，悻悻转身离去，在这种浓厚的读书氛围下再待个几分钟，他也许会疯掉。颜政对这些玩意儿一向敬谢不敏，他喜欢的诗只有两句，一句是"刘项原来不读书"，一句是"停车坐爱枫林晚"，这已经是极限了。

罗中夏读书的地方是华夏大学的松涛园。这里是鞠式耕来大学讲课时的居所，罗中夏第一次被笔童袭击、郑和第一次意识到笔冢世界的存在，都是在这里发生，可以说松涛园与笔冢充满了错综复杂的联系。

颜政沿着松涛园内的碎石小道走出来，穿过低低的半月拱门，一抬头便看到了松涛园前那一副辑自苏轼兄弟的对联："于书无所不读，凡物皆有可观。"

"阿弥陀佛，施主看起来有些心事。"

一声佛号响起，彼得和尚迎面走了过来，戴着金丝眼镜，脸上挂着万年不变的温和笑容。

"哟，彼得。"颜政挥动手臂，无精打采地打了个招呼。

彼得和尚双手合十："颜施主，有一个好消息。"

"啊，什么好消息？"

彼得和尚微笑着开口道："那支李长吉的鬼笔，终于找到了。"

"这么快？"颜政面色一凛，嬉笑的表情收敛了起来。

"我先入为主，以为和鬼笔相合的都是些阴沉的家伙，没想到它这一次的宿主居然是一个娇弱的银行女职员，倒费了一番工夫。"彼得和尚的语气带着几分感叹，颜政听到"娇弱女职员"这个词，眼睛"唰"地一亮，直接切入了主题："她漂亮吗？"

"施主，佛家眼中，女子都是红粉骷髅。"

"呸，骷髅也是分美丑的。"

"施主还是放弃这心思吧，我们可不能再把普通人扯进来。贫僧收了笔之后，就回来了，从此她跟笔灵再无瓜葛。"

"你这对人性没信心的死秃驴。"颜政怒道。

这一个月里，罗中夏一门心思潜心修炼，而颜政和彼得和尚却没闲着。他们奔波于全国各地，去搜寻野笔。

所谓的野笔，并非是《机器猫》的主人公，而是指未被笔冢收录、在这世界上肆意游荡的笔灵——其中最有名的，自然就是李白的青莲笔灵。除去这些天生自由的野笔之外，有些笔灵原本是寄于笔冢吏身上，倘若笔冢吏出了什么变故身亡，笔灵便会脱身而出，逃出桎梏，变成一支野笔。

事实上，搜集这些散落于世间的野笔，一直以来便是韦家、诸葛家的使命之一。

这些野笔模模糊糊拥有自己的意识，却没有归宿，也没有固定形态，犹如鬼魂一样飘飘荡荡。有时在机缘巧合之下，它们碰到适合自己的人类，便会施施然游过去，寄宿于其身。那些宿主往往毫无知觉，并对自己发生的异变惊恐不已。火车站前卖的那些小报里经常提及的各类人体神秘现象，99%都是伪造的，剩下的1%，则是野笔上身导致的现象……

本来老李表示他们可以借用诸葛家的资源，可罗中夏对老李始终还存有一丝警惕，觉得还是不要跟他们牵扯太深的好，于是这份慷慨的好意被婉言谢绝了。

也幸亏罗中夏体内有可以指点决疑、指示方向的点睛笔，可以模糊地指出那些野笔的藏身之地。彼得和尚和颜政根据点睛笔的提示去寻找，颇有斩获，效率不比诸葛家低。

只是他们不敢用得太狠，因为点睛笔碰到重大预测，是需要消耗寿数的。罗中夏若多用几次，只怕就成小老头了。

罗中夏距离下课还早，颜政和彼得和尚便先来到松涛园外面的灌木小道，边走边聊。颜政一直纠缠彼得和尚，询问鬼笔宿主的相貌。彼得和尚嘴却严得很，抵死不说。颜政没奈何，只得换了个话题："鬼笔入手，你打算怎么用它？"彼得和尚笑道："我去收这支笔，主要是为了寻找管城七侯的线索。"

管城七侯是笔冢主人留下的七支笔灵，每一支都是中国历史上最惊才绝艳的天才所化。只有它们齐聚一处，才能打开封闭已久的笔冢，得到笔冢主人的秘密。诸葛家和韦家历代都不遗余力在寻找它们的踪影，却一直没有成功。

此前在绍兴，王羲之的天台白云笔横空出世，却被韦势然渔翁得利。再算上青莲笔和点睛笔，七侯已有三笔现身。彼得和尚估计，接下来其他四支笔的下落，将会成为争夺的焦点。大家都有一种预感，所有与笔冢有关系的人，都将卷入这一场纷争中。

诸葛家和韦家还好,现在最可怕的,是那个横空出世的第三方势力。

它究竟是谁,从何而来,没人知道。唯一的线索,就是褚一民临死前吐露的那两个字:"函丈。"不过它的目的,倒是不加掩饰:凑齐管城七侯打开笔冢。所以罗中夏的青莲遗笔,它志在必得。

经历过绿天庵那一夜惊心动魄的大战后,他们知道这个神秘的敌人有多可怕、多凶残。当日即使是诗笔合一的罗中夏,也不能阻止它杀死褚一民、从容带走诸葛淳。而且从手法来看,很有可能韦定邦也是被它杀死的。

他们之所以这么急切地搜寻野笔,就是想尽快搜集到其他四侯的消息,抢占先机。匹夫无罪,怀璧其罪。罗中夏自己带着两支管城七侯,就算他想退,敌人也不会放过他。这一个小团体为求自保,不得不主动跳入局中。

想到这里,两个人都是一阵默然。

园内的读书声逐渐轻下来,风吹树林,发出沙沙的声响。远处校园里无忧无虑的喧闹声随着风声传来,让两个人的精神为之一松。

"如今韦势然敌我难辨,韦庄现在又置身事外,我们韦家当真是乱七八糟。"彼得和尚望着远处的灰白色教学楼,忽然感慨道。

"哎,"颜政递给彼得和尚一支烟,"我说彼得,你怎么不弄支笔来耍耍?以你的能力,变成笔冢吏轻而易举啊!"彼得和尚把身子朝后靠去,从口中吐出几缕烟气,口气淡然道:"笔灵与吏,要两者相悦心意相通,才有意义。我已入空门,本该是六根清净,且曾立过誓言——今生不为笔冢吏,这些触法之物,还是不要吧!"

颜政听到他的话,鼻翼不屑地抽动了一下,直言不讳道:"你嘴上说不要,表情却很诚实。少在这里装哲学,我开过网吧,阅人无数。别拿释迦牟尼来搪塞,你其实别有隐情吧?"

彼得和尚一下子被他说中了心事,眉头微微一皱,双手捏了捏佛珠。颜政哈哈大笑,猛地拍了一下他的肩膀,道:"哈哈哈,被我说中了吧。别担心,我不会去打听别人隐私的。只是大师你啊,对自己要诚实一点。"彼得和尚无言以对,只得合掌道:"阿弥陀佛。"颜政耸了耸肩:"当和尚真好啊,没词的时候,念叨这四个字就行了。"

彼得和尚扶了扶金丝眼镜,不大想在这个话题上继续下去,岔开来问道:"那么你呢,房斌那边有什么收获?"颜政听到他问起,有些得意,摇晃着脑袋道:"着实费了我一番功夫,不过苍天不负有心人,还是被我追查出了一些线索。我的一个朋友在公安局,我已经拜托他帮我去调查了,今天就能有回应。"

他话未说完,口袋里的手机突然发出一阵欢快的音乐。颜政掏出来一看:"嘿,说曹操,曹操到,我接一下。"他接通电话,"唔嗯"了一阵,很快抬起头来:"房斌的住所查出来了,不过我那个朋友说,那房子似乎涉及一些租赁纠纷。房东说这个租户一直不交房租也联系不到,门也一直锁着。前两天他们派出所还特意出了一趟警,去给房东撬锁开门。"

"糟糕。"彼得和尚一惊,"那里面的东西岂不是都会被丢掉?事不宜迟,咱们赶紧去看看吧。这个房斌干系重大,不能被人抢了先。"

"还叫上罗中夏吗?"

"他正上课呢。再说了,"彼得和尚压低了声音,"这种事让十九知道,不太好吧。"

"也对。"

两个人又朝松涛园里张望了一眼,转身匆匆离去。

这里的家属楼是二十世纪八十年代建起来的,有着那个时代家属楼的典型特征:四四方方,主体呈暗红色,各家窗台和阳台上都堆满了大蒜、鞋垫、旧纸箱子之类的杂物。每两栋楼之间都种着一排排槐树与柳树,如今已经长得非常茂盛,树遮挡住了太阳的暴晒,行走其间颇为凉爽,让刚被烈日荼毒的行人精神为之一舒。

房斌就曾经住在这片家属区中,彼得与颜政按着警察朋友提供的地址,很轻易地找到了八十九号楼五单元。楼道里采光不算太好,很狭窄,又被自行车、腌菜缸之类的东西占去了大部分空间,他们两个费了好大力气才上到四楼。

正对着楼梯口的就是房斌的租屋。他家居然没装保险铁门,只有一扇绿漆斑驳不堪的木门。两人对视一眼,彼此心里都冒出同一句话:"这就是那个房斌曾经住过的地方啊?!"

房斌对于他们来说,可是个不一般的神秘存在。

他是上一代点睛笔的宿主,后来在法源寺内被诸葛长卿杀死,点睛笔被罗中夏继承下来。最初他们还以为房斌只是一个普通的不幸笔冢吏,等到接触了诸葛家以后才知道,原来房斌是一个独立的笔冢研究学者,与诸葛、韦两家并无关系,却一直致力于挖掘笔冢的秘辛。他与诸葛家保持着紧密的联系,其丰富的学识与洞察力连诸葛家当家老李与费老都称赞不已。诸葛家的新一代,都尊称房斌为房老师,受其教诲不少——像十九这样的少女,甚至对他抱持着爱慕与崇敬之心。

但即使是诸葛家,也只是通过网络与房斌联络,他的其余资料则一概欠奉,连相貌都没人知道。而现在,房斌被杀的两名目击者——彼得和尚与颜政就站在死者生前住的房门前,心中自然有些难以压抑的波澜。

彼得和尚恭敬地敲了敲门,很快门里传来脚步声,一个女子的声音随后传来:"谁啊?"

"请问房斌先生在吗?"

大门吱呀一声开了,一个穿着保洁长袍、戴着口罩的中年妇女出现在门口,手里还拿着一把扫帚,全身沾着灰尘与蜘蛛网。她打量了一下彼得和尚与颜政,摘下口罩,不耐烦地问道:"你们是房斌什么人?"

颜政抢着回答说:"我们是他的朋友,请问房先生在吗?"

中年妇女冷冷哼了一声:"他?他都失踪好几个月了!房租也不交,电话也打不通,你说说哪有这么办事的?我们家还指望房租过日子呢,他这一走,我收也收不到钱,租也不敢往外租!"一连串的抱怨从她口中涌出来,颜政赔笑道:"就是,就是,起码得给您打个电话啊!现在像您这么明事理的房东可太少了,还等了这么久。若是我以前的房东,只怕头天没交钱,第二天就把门踹开了。"

听了颜政的恭维,中年妇女大有知己之感,态度缓和了不少,继续唠叨着:"也就是我一老实人,一直等到现在。这不昨天我实在等不得了,就叫了开锁公司和派出所的民警,把门打开。我拾掇拾掇,好给别的租客。"

彼得和尚问道:"那他房间里的东西,还留着吗?"

"卖了。"

"卖……卖了?"颜政和彼得和尚一起惊道。

"对啊,要不我的房租怎么办?我还得过日子哪。"

"都有些什么东西?"

"哐,什么值钱的都没有!就剩几百本书、一台电脑、几把椅子而已,连衣服都没几件。还有一大堆稿纸,都让收废品的一车收了。"中年妇女絮叨着,闪身让他们进屋。他们进去一看,不禁暗暗叫苦,整个房间已经是空空荡荡,什么都没剩下,只留了一堆垃圾在地板上。

房斌既然是笔冢研究学者,必然留有大量资料,这些资料对于笔冢中人来说弥足珍贵,不知里面隐藏着多少秘密。而现在,这些资料竟全都被这个房东卖了废纸……

"您，还找得到那个收废品的吗？"颜政不甘心地追问。中年妇女狐疑地看了他一眼："我怎么找得到……他不是欠你们钱吧？我先说在前头，他那点东西卖的钱，都拿来抵房租了。"

颜政赔笑道："我们不跟您争那些钱，也不是债主，就是想找点东西。"中年妇女忽然想起什么，俯身从垃圾堆里掏了掏："哦，对了，我刚才打扫房间的时候，还捡到一把钥匙，不是这房间的。你们找的是这个？"

颜政和彼得和尚对视一眼，把钥匙接了过去。这把钥匙和普通钥匙不太一样，钥身很短，呈银灰色，而且头部是圆柄中空，手握处还镂刻着一行细小的文字：D-318。

"这个似乎是地铁车站寄存箱的钥匙。"

彼得和尚认出了钥匙的用途，便对颜政使了一个眼色，颜政赶紧接过钥匙："谢谢您，那我们走了，祝您早日找到靠谱的房客。"中年妇女不耐烦地催促道："别贫了，没事就快走吧，别耽误我打扫卫生。"

两个人道了谢，转身匆匆离去。中年妇女把房门谨慎地关好，忽然一个转身，把口罩、假发套和脸膜都扯掉，露出一张妩媚靓丽的面孔。她走到阳台，隔着窗户目送着彼得和尚与颜政上了出租车，唇边微微露出一丝微笑。

"这样，就算是成功了吧？"

秦宜自言自语道。

## 第二章

拥彗折节无嫌猜

地铁车站寄存箱这种东西，一般都出现在国外的间谍电影或者推理小说里，在国内尚属于新生事物，知道的人不多。即使是这座全国数一数二的大都市，也不是每一个车站都提供这种服务，只在有限的几个大站——准确地说，是外国人去得最多的几个大站——设置了几百个寄存箱，用作证明这座古老都市与国际接轨的努力。

姑且不论市政当局是怎么考虑的，至少对颜政和彼得和尚来说，这种现状是很不错的——他们无须跑遍每一个车站，只把注意力放在几个大站就足够了。

他们很幸运，在第二个车站的 D-318 就试对了钥匙。

随着"嘎啦"一声，锁被打开了，露出寄存箱里面漆黑狭窄的空间。

彼得和尚看了一眼身旁的颜政，他们的背后是熙熙攘攘的人群，每一个人都行色匆匆，没人注意到这两个人在寄存箱前的行动。

寄存箱里只搁着一个笔记本，封面是淡黄色，大约两百页，造型古朴，似乎是宣纸质地加线装。彼得和尚谨慎地闭上眼睛感应了一下，除了残留有淡淡的人类气息以外，上面并没有任何强度很大的波动，应该不是什么宝物，真的只是一本普普通通、被人用过的笔记本罢了。

"我还以为会像电影里一样，藏着诸如海洋之心或者飞船引擎之类的宝贝呢。"颜政有些失望，他伸进手去，把那个笔记本拿出来，忽然发出一声"咦"。

原来这笔记本里，还夹着一枚铜钱，上书四字"元祐通宝"。

彼得和尚知道这是北宋泉货，如果拿到古董市场，也许能卖个不错的价格，但也不会太高。它和笔记本摆在一块，却不知道房斌是拿来干吗的。

地铁站不是思考的地方，颜政把铜钱夹回笔记本，说："罗中夏也快下课了，咱们尽快回……"

他的话未说完，突然一阵疾风自耳边响起，只听"唰"的一声，手里的笔记本登时不见了。

这一下陡然生变，颜政尚未反应过来，彼得和尚已经双手猛地合十，拍出一圈若有若无的气场，以他们为圆心朝周围急速扩散开来。下一个瞬间颜政才大叫道：

"彼得，笔记！"

彼得和尚表情严峻："别着急，我的气场可以感应到笔记本带着的气息。抢了这个笔记本的人，一定就在气场的范围之内。"

"你的气场能感应多远？"颜政紧张地左右张望。

"半径四十米的圆圈范围。"

"好大的范围……方位你能确定吗？"

"只能有很模糊的指示，你知道，我没有笔灵，单靠普通人的精神力能做到这点已经是极限了。"

颜政苦中作乐地吹了声口哨。他和彼得和尚的旁边，少说也有几百人在朝不同方向行进，而且有更多的人加入。在这种场合下想依靠彼得和尚的感应去找，根本就是杯水车薪。彼得和尚闭目凝神，突然抬起头，指了指车站检票口。颜政倒抽一口凉气，这不是故意找麻烦吗？那里是人最多的地方。

"笔记动得很缓慢，朝着站台里移动着……他一定是挤在人群里想进站台！"

"进站总比出站好。"颜政一拉彼得和尚僧袍，两个人也疾步朝着检票口冲去。地铁站内是一个相对封闭的空间，除了两侧楼梯就只有两条轨道是通往外界的，绝大多数人都集中在站台的等候区内，这对追踪者来说，要比满世界漫无目的地乱走有利得多。

两个人都带着交通卡，于是省掉了买票的时间，以最快的速度通过检票闸口。在这期间，彼得和尚感应到笔记也通过了闸口，就在前方不远处停住了。现在他们和那个神秘的抢夺者同在一个站台。

此时快接近下班时间，站台上等车的大多是神情疲惫的上班族，偶尔还有几个游客夹杂其中。人们密密麻麻地聚集在站台边缘，沿着地面上的黄线一字排开，要么大声打着手机，要么读着报纸。大多数人则面无表情地望着右侧漆黑的地铁洞口。他们头顶的电子钟液晶数字冰冷地跳动着。下一班地铁要五分钟后才到，他们总算争取到了一点时间。

"笔记没有动,一定就在眼前的这些人中。"彼得和尚悄悄对颜政说,"而且我认为他未必觉察到我们跟来了。"

"哦?"颜政眉毛一挑,目光扫视着站台上每一个可疑的身影。

"能够在瞬间从你手里夺去笔记,而且我们竟然没有任何觉察,对方要么是超速度型,要么会隔空取物。"彼得和尚分析道,"但他在东西到手以后居然没有立刻离开,反而钻进地铁这种封闭场所,这岂不是很反常吗?"

"嗯,有道理。如果是我的话,就会赶紧逃掉,逃得越远越好。"

"以我看来,他应该是对自己的这种能力有恃无恐,觉得即使我们被抢,也根本无从觉察到是怎么回事,所以才会优哉游哉地来坐地铁——可惜他没料到我对笔记本气息的感应。"

"哼,若让我捉到是谁干的,我要让他见识一下东城区黑帮最强的关节技!"颜政气势汹汹地嘟囔着,同时抬头看了看液晶屏幕上的时间。

"对房斌的笔记这么有兴趣,只能是那些家伙吧!"

彼得和尚扶了扶金丝眼镜,他口中的"那些家伙",指的自然是杀死房斌,并在绿天庵前惹出无数麻烦的那个叫函丈的神秘组织。"现在的问题是,如何在地铁到达前甄别出他的身份。我的感应实在太模糊了,无法精确定位。倘若让他登上地铁可就麻烦了。"

房斌的笔记内究竟有什么,他们不太清楚,但对方既然出手抢夺,那笔记里必然写着那些敌人试图知道或者试图隐藏的东西。

彼得和尚压低声音道:"对了,你的画眉笔现在可以用吗?"颜政伸出十个指头晃了晃:"子弹满膛。"他的画眉笔来自汉代张敞,可以将特定物体的状态调回之前某个时间点,一个指头代表了一次机会。

彼得和尚说:"那就好。笔灵之间有微弱的相互感应,如果你靠近他,悄悄亮出画眉笔,我应该能感觉到对方笔灵的波动。"

"听起来像是一个很色情的隐喻……"颜政扫视乘客们,其中不乏办公室小姐和学生妹。彼得和尚不得不"咳"了一声:"严肃点,你不是女性之友吗?这就是你的尊重之道?"

在彼得和尚严厉的瞪视下,颜政只好收起奇怪的念头,让画眉笔凝结在指尖,把双手抄在兜里，装出若无其事的样子在人群里钻来钻去。彼得和尚集中精力让感应的气场稳定，专心体验每一个可能的波动。

正当他们的搜索进行到一半的时候，低沉的隆隆声由远及近传来，地铁进站了。而且是两列对开的地铁同时进站，这可真是最坏的状况。

两侧的人群开始骚动起来，纷纷朝两条黄线挤过去，唯恐挤不上去。等到地铁停稳开门的瞬间，车内的人拼命地朝外挤，车外的人拼命朝里拱，喧哗四起，站台登时大乱。

这一下子，把彼得和尚好不容易感应到的那一点气息彻底覆盖了，如同一艘潜艇的声呐兵遭遇了海底地震，过响的声音淹没了本来就模糊的声音。

两人四目交汇，不必彼得和尚解释，颜政便已经意识到了情势危急。情急之下，他顾不得会被发现，冲彼得和尚大叫一声："哥们儿，你听仔细！"他单腿屈膝，右手五指聚拢，红光汇聚于一拳，朝地面用力一捣。

只见一片红光自地板蔓延开来，扩散到几乎三分之一个站台。这是颜政苦苦修炼的成果，可以把五指的力量集中一处，所能作用到的范围也变得更为广阔，不必像以前一样必须用指头直接进行接触。

所有人都在忙着往车里挤，丝毫都不曾觉察到有什么异样。然而这种强度的笔灵释放所引发的共鸣，对彼得和尚来说却已足够明显。就像是奔腾的浪头骤然撞到一块礁石一样，在颜政红光铺开的一瞬间，彼得和尚陡然感应到右侧有一个明显的波动。

"右边！"

两人二话不说，拔腿就跑，在车门关闭之前的一瞬间，总算挤上了右侧的地铁车厢。地铁满载着叫苦连天和逆来顺受的乘客，开始徐徐开出站台。

"怎么样，我们赌对了吗？"颜政喘着粗气抓住把手。一次释放五个指头的蓄能，这可不是什么轻松的活。此时地铁已经开始在隧道里穿梭，骚动的人群逐渐平静下来。彼得和尚抓紧时间凝神感应了一阵，道："没错，我能感觉得到，他就在车上，而且可能与我们就在同一个车厢内。"

颜政环顾左右，这节车厢里起码有四十余人。他没有瞬间记忆的能力，无法分辨哪些乘客是刚刚上车的。彼得和尚也毫无办法，他的气场感应精度已经是极限了，在地铁的噪声中单单是维持对笔灵的定位，就已经相当勉强了。

"难道让我们一个一个问过来？"颜政说。

"那只会打草惊蛇。现在我们最大的优势，就是对方尚未觉察到我们会跟踪过来，所以他没驱动笔灵发动能力。一旦他发现我们的存在，到时候无论选择正面冲突还是逃跑，都对我们不利。"

"可惜你没有笔灵，而我的笔灵又不是战斗型的，否则……"

彼得和尚叹道："笔灵赋予笔冢吏的，只是一种天赋。至于如何运用这种天赋，则是考验笔冢吏本身的才能。这世界上没有低级的笔灵，只有低级的笔冢吏。"

"这句话说得倒是不错，可惜就是对目前的局面于事无补。"颜政手扶把手，低头陷入沉思。现在地铁里陷入了一种尴尬的两难局面：他们既不能甩手不管，也不能就此放过；他们无法知道对方的准确位置，又不敢去惊扰。

就在这种僵持中，他们在地铁里经过了十多分钟。这十多分钟之内，地铁开过了六站，上下的人都很多，而那个隐藏的敌人始终没离开过车厢。彼得和尚尽力操纵着细腻的气场流动，勾勒着笔记本模糊的形体，一霎都不敢放松。

在对方呼唤出笔灵之前，笔记本上存留的气息是他们唯一能追踪到敌人的线索。

韦家与诸葛家有些成员虽然没有笔灵，却因为与笔灵浸淫已久，使自己的肉体获得一些异化与突破。经过有意识的锻炼，这些异化与突破便会构成一些独特的能力，比如彼得和尚的守御之术。这些能力靠挖掘人体潜力来发动，但由于缺乏笔灵，终究成就有限。

彼得和尚算得上是一个异数。他大概是天赋异禀，虽然身无笔灵，体内天生的驾驭笔灵之力却潜力无限。彼得和尚倘若有了笔灵，毫无疑问会是一流高手。可惜他起誓一世不受笔灵，只修守御之术。饶是如此，他心无旁骛修行出的效果比起一般的笔冢吏，亦不遑多让，可见其潜力之强。

这种气场感应便是彼得和尚其中一项能力。为了维持整个感应场的存续，他必须全神贯注，倘若有一丝走神，整个气场都会立告崩溃。当地铁缓缓驶入第七个站台的时候，一直专心监听的彼得和尚眼神一凛，感觉到一直平静的气场微微泛起了涟漪。

此时地铁的车门已经打开，一些人起身离开车厢。彼得紧张地注视着他们，他的气场精确度不够，地铁每停靠一站，他必须等该下车的人都下去，该上车的人都上完，大家位置相对稳定后，才能确定笔记的去留。而那个时候，地铁也差不多该关门开车了，所以他必须迅速做出判断，究竟是该追下车，还是等在车厢里。

只要有一次失误,他们就再也追不上敌人了。

这种时间短、强度高的任务,实在需要有耐心与明晰的判断力——当然,还需要有一点点人品,这个彼得和尚倒是不缺,与他身旁的同伴大不相同。

这是一个很小的支线车站,无论是月台还是下车的乘客都很少。这对彼得和尚来说比较容易判断,相对地,地铁停留的时间也会特别短。就在地铁打算关门的一瞬间,彼得和尚"唰"地睁开眼睛,厉声道:

"下车!"

说时迟,那时快,彼得和尚与颜政一起猛地跳起,从两扇正在合拢的地铁门中缝穿越过去,地铁门擦着两个人的脚后跟关拢,把颜政惊出一身冷汗,费了三四秒的时间才定住心神,终于明白那些间谍小说主角是多么的不容易。

他擦了擦冷汗,左右张望。这个月台不大,颇为安静,放眼望过去只有三个人,都是刚刚与他们一起下车的。一个是背着红白相间的巨大旅行包的外国人,手里还拿着一张地图,一个是身穿蓝色工作服的水管工人,还有一个插着耳机听 MP3 的时髦染发小潮男。

这三个人都背对着他们,彼此之间没有交谈,各自埋头朝着出口走去,浑然不觉被身后的两个人紧紧盯着。

"笔记应该就在他们三个人其中一个身上!"彼得和尚颇为笃定。眼前的目标只有三个,地铁站的环境也不是那么嘈杂,他的感应精确度又上升了几分。

"三选一吗?"颜政舔了舔嘴唇。

眼前的三名乘客,有一个人是抢夺笔记的敌人,但他们只有一次机会。

一旦选择错误,那个真正的敌人就会被惊扰到,那时候麻烦就大了。

彼得和尚紧皱着眉头,苦苦思索辨别之道。颜政抬起眼睛,无意中瞥到站台上的液晶时钟屏幕,唇边突然浮现一丝笑意。

"彼得啊,咱们走!"

彼得和尚一愣:"你知道是谁了?"

"现在还不知道,不过那家伙立刻就会自己跳出来的。"颜政高深莫测地说。彼得和尚将信将疑,只得跟着他也朝出口走去。

三个乘客走到出口的闸机前,各自掏出交通卡来刷。三台闸机,三个乘客同时出站。

颜政紧紧盯着他们刷卡的手,双拳蓄势待发。

突然,闸机发出尖厉的警告声。

那个背着旅行包的外国人被两扇闸门拦在了原地,屏幕上出现"刷卡错误"的巨大标志。

颜政动了,他恶狠狠地扑上去,双拳砸向那个黄毛洋鬼子。

那个洋鬼子听到脑后生风,还没来得及回头去看,就被猛烈的拳头砸到脖颈,扑倒在地,登时晕了过去。车站内登时大乱,另外两个乘客与附近的车站工作人员都被吓呆了。

袭击外国友人?!这可是难以想象的罪行。

颜政这时候就像一个真正的流氓,根本不理睬旁边人的惊呼,把那晕倒的乘客就地翻过来,毫不客气地在他怀里掏来掏去。彼得和尚站在原地,紧张地盯着其他两个人。假如颜政判断错误,那么那个隐藏的敌人随时可能出手。

好在这件事并没发生,颜政很快从那个外国人怀里拿出一个笔记本,得意地举起来冲彼得和尚晃了晃。

彼得和尚松了一口气,暗暗诵了一声佛号。

"喂,你们,别走!谁有手机,赶紧报警啊!"车站的工作人员胆怯地吼道,这个车站实在太小了,没法对付穷凶极恶的歹徒。颜政原本想把这外国人弄醒,问个究竟,现在看到工作人员这么叫嚷,知道一会儿工夫警察和保安就会赶过来,到时候事情就麻烦了,只得悻悻松开他的衣领。

"咱们快走吧,此地不宜久留。"彼得和尚悄声对他说,颜政看了眼洋鬼子金黄色的短发,冷哼一声,心中万分遗憾。两个人把外国人扔在原地,大摇大摆地朝车站出口跑去,沿途没有人敢阻拦。他们来到地面,直接打了一辆车迅速离开。为了防备笔记再被抢走,彼得用自己的佛珠缠住笔记本,放到自己怀中。

出租车一直开出三四公里,彼得和尚终于忍不住开口问道:

"你到底是如何判断出来,那个外国人才是抢夺者?"

颜政得意地把头发撩起来:"算命的说我有当笔冢吏的命格,这不过是牛刀小试。"

"佛曰不可妄语,快说吧!"

其实这件事说穿了很简单。本市的地铁系统乘坐流程是:乘客进入闸口时刷一次卡,电脑系统会记录下乘客的状态;等到乘客出站的时候,再刷一次卡,电脑会根据前后两次刷卡的记录来扣除卡内金额。

颜政的画眉笔可以将特定物体的状态恢复到之前的某一个时间点。当时在站台上他为了判断那个对手去了哪一侧的地铁，曾经让五个指头的画眉笔集中爆发了一次，做了一次大范围的施放，以帮助彼得判断笔记本的所在，所产生的一个副作用就是，当时在站台上的所有人都被画眉笔的这种力量影响到了，回到了二十五分钟之前。

对于普通人类来说，时间回溯二十五分钟并不会产生什么特别的现象，但是对于交通卡来说，就不一样了……

二十五分钟之前，那个神秘对手还在寄存箱附近抢颜政手中的笔记本，没有进地铁，当然也就没有刷过卡。于是，对于后来已经进入地铁里的他来说，手里的交通卡实际上回到了没刷过的状态。

当他试图出站的时候，闸机检测到这张卡并没有进站的记录，便按照标准程序开始报警。于是没刷过的交通卡就成为他最醒目的身份标记。

"你看，就是这么简单。你说得对，只有低级的笔冢吏，没有低级的笔灵。"颜政得意扬扬，为自己的谋略大为自豪。

"可是……万一那三个人都是在那一站上车，岂不是三个人刷卡时都会被报警？"彼得和尚提出疑问。

颜政愣了一下，这个他倒没想过，随即有些结巴地辩解："这一站太偏僻了，不会那么巧三个人都是同上同下吧？"

"如果他在一个大站或者中转站下车呢？"彼得和尚继续反问，"到时候下车的可能就有几百人，其中被你画眉笔影响到的可能有几十人，我们该怎么判断？"

"……哈哈哈哈，反正东西已经到手了，何必追求细节呢！"颜政拍着彼得和尚的肩膀哈哈大笑，掩饰自己的尴尬。彼得和尚长叹一口气，看来自己真的是运气好，这么一个漏洞百出的策略居然真的成功了。

"我想那个洋人如果知道，会更郁闷吧。"彼得和尚心想，忽然一个念头涌入脑海。

洋人？什么时候洋人也有笔灵了？

第三章 ○ 使青鸟兮欲衔书

"这就是房斌的笔记本？"

在罗中夏的面前是一本淡黄色封面的笔记本，大约两百页。"没错，我和彼得转了好几个车站，才找到那个寄存箱，里面只放着这么一本东西。我还以为会是什么宝贝呢！"颜政略带抱怨地说，他还以为会和电影一样，车站的寄存箱里永远都放着许多秘宝。

"你们都看了没有？"

"哪儿顾得上啊！我们一拿到，就立刻来找你了。"颜政说。然后把在地铁里发生的事情约略讲了一遍，当然少不得添油加醋把自己的英明吹嘘了一番。罗中夏听完以后，奇道："你是说，那个笔灵的主人，居然是个外国人？"

"正是。"

"彼得，笔冢吏里曾经有过洋人吗？"罗中夏问彼得和尚。笔灵是笔冢主人首创，取的乃是天下才情。虽然才情并非中国独有，但笔灵却是寄于国学而生的，所以洋人做笔冢吏委实不可想象。

"历史上或有高丽、日本或者安南人做笔冢吏的记录，但西洋人就……只有一个人做过笔冢吏。"

"谁？"

"《大唐狄公案》的作者高罗佩，他是荷兰人……嗯，这个不是重点，快打开看看这份笔记吧。"彼得和尚催促道。罗中夏忽然想到了什么，转头看了一圈："十九呢？"

颜政说："松涛园里的墨用完了，她不放心让别人买，就自己去买新墨了。"

"要不要等她回来再看啊？"罗中夏有些犹豫，房斌一直都是十九所仰慕的对象，自己现在和十九走得这么近，多少是沾了房斌点睛笔的光，对此他一直心情很复杂。现在房斌的遗物就在眼前，究竟该不该让十九也一起看，他拿不定主意。

颜政大为不满："笔记本又不会跑，等她回来再让她看嘛！房斌已经死了，没人跟你抢女人，你这家伙是被怀素的禅心给弄傻了吗？"

真是蛮不讲理的直击。

不过这种直击确实有效，罗中夏面色一红，只得把笔记本拿在手里。他自己实际上也很好奇，于是不再坚持，慢慢翻开第一页。这时候胸中的青莲笔和点睛笔都略略跳动了一下，仿佛一只午睡的狗懒洋洋地看了眼访客，又重新睡去。

笔记本里只有前几页写满了钢笔字，字迹匀称端正，排列整齐，看得出书写者是个心思缜密、一丝不苟的人。

第一页第一行的第一句话，就让罗中夏愣住了。

"致点睛笔的继任者。"

是给我的？即便是拥有了禅心的罗中夏，此时也按捺不住心中愕然，连忙往下看去。

"当你看到这段文字的时候，我想我已经死了。过去的我以未来的口气来写，感觉实在很奇妙。不过唯有通过这种方式，我才能把信息顺利地传达给你。请原谅我自作主张，但这一切都是必要的。"

给人感觉十分奇妙的文字，从容不迫，淡定自如，却又渗透着稀薄的忧伤。

颜政看到罗中夏的表情阴晴不定，有些好奇地问道："这里面都说了些什么？"罗中夏略抬了抬眼，用十分迷惑的口气道："一封给我的信，似乎是房斌的临终遗言。"颜政还要说些什么，罗中夏正色道："请让我一口气把它看完吧，这也是对死者的尊重。"彼得和尚和颜政感受到了那种肃穆的力量，便都闭上了嘴。

罗中夏重新把注意力集中在笔记本上。

"我叫房斌，原本只是一名普通的大学中文系研究生，主修中国文学。我在为自己硕士毕业论文搜集材料的时候，无意中发现了'笔冢'的存在，对它产生了极大的兴趣，从此就开始在浩如烟海的史料和记载中寻找关于它的蛛丝马迹。从我硕士毕业到现在，大概已经有十五年了吧，我一直致力于笔冢的研究。一开始我以为它只是一个文人墨客的典故与传说，随着研究的深入，我却发现笔冢隐藏在历史后面的巨大身影，以及它对中华文化独特的影响力。可以想象，这对于一个毕生研究中国文学的人来说，是一个多么大的诱惑。一位叫作韦势然的朋友在这方面，给予我不少帮助。

"真正改变我一生的时刻，是在七年之前。我当时在南京的安乐寺遗址寻访，无意中窥到了一位笔冢吏收笔的过程，这让我十分兴奋。笔冢和笔冢吏一直以来都只是传说，现在却跃进现实之中。我当时的心情，就像是一名古生物学者看到了活着的恐龙一样。我本来无意牵扯进笔冢的世界，只想以一个客观的研究者旁观而已。大概是命运使然吧，那位笔冢吏在收笔的时候发生了变故，我把他救了下来，自己却因此而被那一支笔灵寄身——正如你所猜的那样，那支笔正是张僧繇在安乐寺内画龙的点睛笔。

"那一位被我救了性命的笔冢吏很感激我，便向我表露了他的真实身份，原来他就是笔冢二家之中诸葛家的一分子，人称费老——也许那位叫韦势然的朋友也是笔冢中人，但他从不说破，我也没问过——经过费老的引荐，从此我便正式进入了笔冢的神秘世界。诸葛家一直想找我合作，但作为一名研究者，我希望能够保持独立超然的地位，尽量不在现实中与他们接触，只在网上保持联络。诸葛家的家长是个开明的人，并不以此为忤，我们一直合作得很愉快。我借重他们对笔灵的认识，而他们则乐于让我来为诸葛家的后辈做一些系统的培训——这么多年来的研究积累，让我对笔冢的认识甚至在大部分诸葛家的成员之上。"

接下来的文字，陡然变大了一号，似乎作者想强调它的重要性。

"今天我用点睛笔为我将来的命运做了一次占卜。它昭示的结果非常惊人：原来我只是一个传承者、一个过渡的站点，我的使命是把点睛笔渡给下一位合适的宿主，而他将与管城七侯紧密相连，并最终决定整个笔冢的命运。这需要我的生命作为代价。我害怕过，也恐慌过，一直到今天，我才能够完全以平静的心情写下这段文字。

"不知道你是否已经透彻地了解了点睛笔，也许你会认为它可以指示我们的命运——事实上，这只是一种错觉。点睛笔并不能做出任何预言，它只是做出推动。点睛笔就像是一台发动机，它无法引导方向，却可以推动着你朝着正确的方向加速而去。换句话说，真正把握命运的，还得是我们自己，点睛笔只是强化抉择罢了——正如它的名字所示：画龙点睛。唯有我们自行勾勒出命运之龙的形体，点睛方才有意义。没有形体，便无睛可点。"

罗中夏很快看到了结尾。

"接下来，才是最重要的。点睛笔在占卜出我命运的同时，还昭示了另外一件事，那就是他们的存在。他们是谁，究竟从何而来，我无从得知，点睛笔也无法给予更详细的预言。唯一可以确定的是，他们极其可怕，对于笔冢、对于诸葛家、对于韦家，乃至对所有与笔冢相关的人，都是一个极大的威胁。他们试图颠覆的，绝不止这些。这将是笔冢前所未有的大危机。

"依靠同属管城七侯的点睛笔，我已经获知了一些管城七侯的线索。我决定着手进行调查。这将是一次艰苦的行程，为防我的死期突然降临，我在临行前把这个笔记本留在了这里。如果是真正点睛笔下一任的主人，一定会有机会找到这里，看到我的遗言。"

最后一段的字写得特别大，几乎占满了一页纸。笔迹雄健，力透纸背：

"命运并非是确定的，你可以试着去改变，这就是点睛笔的存在意义，它给了我们一个对未来的选择。请珍重。"

落款是龙飞凤舞的房斌的签名。

罗中夏缓缓放下笔记本，他已经失去了语言能力去表达，也不知道该表达些什么。笔记的语气从容不迫，仿佛一位老师在谆谆教导，又像是一位即将奔赴沙场的战士在交代后事。

原来在法源寺的那一幕，是早已注定的。房斌注定要在调查期间被他们捉住，他们注定要把房斌带去法源寺收笔，而自己，则注定要被点睛上身的。罗中夏缓缓闭上眼睛，心中不知道是什么滋味。虽然他与房斌素昧平生，只短短见过半面，看罢这封信以后却感觉失去了一位师友。在法源寺中目击到房斌死亡时本该有的悲伤，一直到现在方丝丝缕缕地透过遗书渗透到罗中夏的意识中。

"给了一个我们对未来的选择？"罗中夏细细地咀嚼房斌的话，陷入沉思。颜政从罗中夏手里拿过信来读了一遍，也收敛起笑嘻嘻的模样，露出一种难得的严肃神情，呷了半天嘴只说了一句话："这人，真爷儿们。"

这大概是颜政对人的最高评价了。

而彼得和尚双手合十，默默为死者诵了声佛号，眉头却微微皱起来。他留意的，却是另外一件事。

"韦势然？"他反复回味着这个名字。任何一个韦家的人听到这个名字都要皱皱眉头，"想不到他居然和房斌还有联系，这个人还有多少事瞒着我们？"

"从信里的语气来看，似乎房斌并不知道韦势然的真实身份。"罗中夏说。

彼得和尚冷冷哼笑一声："真实身份？他的身份只怕有几十个，谁知道哪个是真的。房施主即便是心怀点睛笔，只怕也是被他给骗了。就连你这一支青莲遗笔，搞不好也是他利用房斌弄到手的呢！"

屋子里的人都是一阵默然，韦势然的手段，他们都是领教过的。云门寺一战，他们与诸葛家打得筋疲力尽，却被韦势然渔翁得利，轻松取走了王右军的天台白云笔。

"难道韦势然就是房斌信中所说的'他们'？"颜政嘟囔道。

彼得和尚扶了扶金丝眼镜，寒着脸道："虽然不能确认，但我认为可能性很大。房施主说'他们'的动向，与管城七侯渊源极深。而现在现世的三支笔，都与韦势然有莫大的关系，叫人很难不怀疑他。我听说褚一民曾提及，韦势然只是他主人一个不那么听话的玩具，可见大有关联。"

罗中夏想到小榕，嚅动嘴唇想说些什么，彼得和尚的分析和推理却是严丝合缝，不容置疑。他只得略微转移重点："那个秦宜，古里古怪的，我看只怕与函丈也有不小的干系。"

彼得和尚点点头，又道："王右军的天台白云笔在韦势然手里，中夏你体内有点睛笔和青莲遗笔，后一支的正笔仍旧不知所终，只能算半支。剩下的四支笔下落，恐怕将会是各方势力觊觎的焦点。"

他这么一说，其余两人不由得都怔住了。彼得和尚的言辞里，有意无意也把诸葛家算进了"各方势力"里，等于是视作敌人了。

彼得和尚看到两人表情，苦笑一声，道："不是我有偏见，实在是如今局势太乱，须得小心从事。韦家出了一个韦势然，而诸葛家暗中效忠'他们'的也不少，比如诸葛淳、诸葛长卿，还有那个秦宜——天晓得还有多少隐藏的'他们'，这两家委实都信任不得啊！"

"诸葛家里，至少还有十九和费老可以信任。"罗中夏说。十九不必说了，费老也曾经和房斌有过命的交情。

彼得和尚冲他微微一笑："你看，所以如今一切都不好下结论。"他停顿一下，面色有些凛然与凄凉："'他们'的手段，我是见过的，在韦庄……族长就生生死在了我的面前。'他们'的能力、手段和残忍程度，都是远远超乎我们想象的。诸葛、韦两家相斗千年，都不曾使出过这等手段。这一次，可真的是前所未有的大危机了。"

罗中夏点点头，他曾目睹韦族长之死，也见识过褚一民的阴狠毒辣，而褚一民不过也只是他主人手中的一枚棋子罢了。如此看来,"函丈"的厉害真是不可小觑。三个人一时间都觉得背后阴风阵阵,仿佛有看不见的邪恶力量自无尽深渊缓缓爬上来。

"函丈"的目的,毫无疑问是管城七侯,那么身怀青莲遗笔和点睛笔的罗中夏,显然就是众矢之的。罗中夏纵有禅心,也禁不住一阵苦笑。我一个普通的穷学生,何德何能背负这种使命啊!其实不独罗中夏,就连颜政和彼得和尚都涌现这种"尔何德何能"的心情。

三人之中,别说是诸葛、韦两家深谙笔冢内幕的长老,就连一个正式的笔冢成员都欠奉。彼得和尚遁入空门,只算得上是半个韦家人,罗中夏、颜政更惨,在数月前连笔冢是什么都不知道。可他们三个现在却俨然成了超然于诸葛家、韦家和"函丈"之外的第四股力量,还是关键所在!

地铁里的袭击,恐怕只是一个前奏曲罢了,现在他们这一小撮人已经被盯上了。每一个人都觉得背后阴森森的,这是面对过于强大的敌人正常的应激反应。

真是何德何能啊!

颜政忽然指着笔记道:"房斌说他掌握了一些关于管城七侯的线索,可是这里头并没提啊?"

罗中夏赶紧又重新看了一遍原文,只有那一句"我已经获知了一些管城七侯的线索。我决定着手进行调查。"但具体是什么线索,房斌却没提。他拿起笔记本反过来转过去,再没发现其他有文字的地方,只好失望地放下。

点睛笔有模糊指示命运的功能,但需要消耗寿数,轻易不能动用。罗中夏希望能通过别的方式找到线索。房斌这本笔记给他画了一个大饼,可惜画饼终究难以充饥。

至于那枚夹在笔记本里的铜钱,里面并没什么机关,更没什么特别的记号,普普通通一枚古董钱罢了。

三个人正在研究,忽然十九推门走了进来,手里还拎着一个购物袋,里面鼓鼓囊囊装着一些墨瓶、毛笔和零食。

"咦,你们都在啊!"十九打了声招呼,袋子很重,把她累得香汗淋漓。她瞪了罗中夏一眼,还没说话,颜政早一个箭步过去,替她接过袋子,笑盈盈地说:"让美人受累,真是罪过,罪过。"

罗中夏这才反应过来,脸一红,从颜政手里抢过袋子。他的禅心只能打架用,对讨好女孩子却是一点帮助也无。十九撇撇嘴,刚想说些什么,突然视线扫到了彼得和尚手里的笔记本,眼神一下子变得锐利起来。

"这,这是哪里来的笔记本?"她的声音因为突如其来的激动而有些异样。

罗中夏连忙接过话来说:"十九啊,这本笔记,是彼得与颜政他们刚刚找到的,是房老师的遗物。"

十九瞪大了眼睛:"房斌老师?"

"是的。我们也才拿到,还没来得及跟你说。"

十九根本没听到罗中夏的话,她几乎是从彼得和尚手里抢过笔记本,颤抖着双手翻开。颜政和罗中夏谁也没有阻止她,眼神里都带着怜悯。他们都知道十九对房斌抱持的感情,绝不仅仅只是老师这么简单。

"这是房老师的字,我认得的,和他给我写的信一模一样!他总喜欢把'我'字的一撇写长的……"十九一边翻看,一边无意识地絮絮叨叨,她自己都未必意识到在说些什么,因为在一瞬间她已是泪流满面,眼泪吧嗒吧嗒滴在纸上,濡湿了死者的字迹。

"原来,老师他……他早就有了预感。可惜还没有等到他来,就已经……"十九痴痴地望着那一行行汉字,仿佛要把自己都融入那本笔记里,对她来说,笔记的内容并不重要,重要的是写笔记的那一双手、那一个人。

罗中夏想过去安慰一下她,却被颜政的眼神制止。

十九的情绪逐渐稳定下来,哭泣变成呜咽,呜咽又变成抽泣,渐不可闻。她用手掌轻轻摩挲着笔记本光滑的页面,双眸里满是哀伤与怀恋。

颜政看了一眼罗中夏,用眼神示意他去安慰。罗中夏踌躇地走过去,舔了舔嘴唇,鼓起勇气把手臂伸了过去。正当手指与十九圆润的肩头还有一毫米之遥的时候,十九忽然"嗯"了一声,转过头去,把笔记本举高。

"怎么了?"罗中夏问。

十九看向他:"我知道房斌老师把线索写在哪里了。"

## 第四章

○

张良未遇韩信贫

十九一言既出，旁人俱是一惊。

十九扬了扬那笔记本，翻开其中一页。罗中夏一看，上面确实写满了字，不过都是些典籍考据，并没有什么管城七侯的线索。十九道："房斌老师心细如发，知道管城七侯干系重大，不会明写在笔记里，而是用了某种暗号。这暗号除了他自己，就只有我知道。"

说到这里，少女唇边带起一丝甜蜜的笑意，伸出手去，一下子把笔记本给扯散了。这笔记用的是软边宣纸和线装，被她这么一扯，立刻分散成无数纸页。十九挑选出特定的十几页纸叠在一起，化掌为拳，在纸页上轻轻揉动，慢慢地把这沓纸揉开成一圈均匀分散的扇形。

这些纸页上本来都写满了字，被这么一旋，每页只能露出一点边缘上的墨点，恰好组成了一句话："点睛不语求紫姑。"

这种暗语形式叫作旋风装，只有知道执笔人在哪几页上做了手脚，才能拼接出真正的答案。十九眼眶又是一阵湿润，她选纸的页码数字，其实是用的自己生日。房老师用她的生日做密码，用心不言而喻。

彼得和尚一看到这句话，不由得"啊"了一声。罗中夏看了他一眼："你看得懂？"彼得和尚略带苦笑："没想到，没想到，房施主真是心思细密啊！"

他知道罗中夏和颜政必然不懂，便解释道："紫姑是中国民间一尊神祇，也叫坑三姑娘，能未卜先知，通晓世间隐秘。苏东坡就曾经写过一篇《子姑神记》，宣称自己曾经请教过她。后来这一风俗发生了变化，对紫姑的询问演化成了扶乩请仙，也叫扶乩、挥鸾、降笔等等。"

彼得道："所以求紫姑的意思，就是要咱们扶乩请仙。"

罗中夏对这个词倒不陌生。很多香港鬼片里都有这玩意儿：就是用一个把手或竹圈，下系一支乩笔在沙盘里。请仙之人手扶把手晃动，乩笔就在沙盘里写出启示。他没想到，房斌居然也玩这一套，忍不住开口道："这怎么可能，一定是解读错了吧？"

彼得和尚拿起那一枚铜钱："扶乩有一个简易做法，就是用笔架住一枚铜钱，置于白纸之上，三手交叉握住——你们大学应该也玩过请笔仙吧？"

罗中夏"呃"了一声："所以房老师留下这一枚铜钱，是让咱们问笔仙？这也太不靠谱了吧？且不说这是不是封建迷信，就算真能请来笔仙，也没法保证是同一个仙啊。"

彼得和尚笑道："要不怎么说房施主心思细密呢！他知道，无论把管城七侯的线索如何隐藏，敌人都有可能发现。所以他设置的这一个线索隐藏方式，只有一个人能打开。"

罗中夏思忖片刻，猛然醒悟："就是身负点睛笔之人？"

"不错。暗语里说了，点睛不语求紫姑，意思就是，只有用点睛笔的人，才能开启这条线索，这就最大限度地保证了线索的安全。"

罗中夏皱眉道："用点睛笔请笔仙，和直接问点睛笔有什么不一样吗？如果同样也要消耗寿数，又何必多费这个手脚？"

彼得和尚笑道："我猜房老师一定是牺牲自己的寿数，用点睛笔问出了管城七侯的线索。但为了防止敌人得到，他把这线索重新藏回点睛笔里，只有通过请笔仙的方式，才能重新提取出来——换句话说，房老师毅然选择消耗自己的寿数，来为后来者提供线索，不需要你再消耗一回了。"

说到这里，彼得和尚看向十九："房老师设置的另外一道保险，就是你。旋风装的密码是你生日，这只有你才知道。只有获得你信任的人，才有机会开启这道暗语。房老师的意思很明白了，十九你是个好人，你信任的人一定不会太差。"

十九发出一声呜咽，泪水顺着白皙的双颊流淌下来。

彼得和尚这一分剖，众人这才彻底明白，不由得感叹房斌的睿智和人品高洁。若非身具点睛笔和获得十九信任的人，是不可能打开这一条线索的。他通过这么一种曲折的方式，来确保线索能够送达可靠的人手里。

罗中夏这次大大方方地扶住了十九的肩膀，慨然道："我们不要辜负房老师的一片苦心。事不宜迟，我们尽快开始吧。"

颜政望着眼前的桌子，露出一丝好笑的神情。他和罗中夏、十九三个人按照彼得和尚的要求，找了一个僻静的房间，点起蜡烛，卸掉身上所有的金属挂件。

现在在他的面前有一张木桌，四角点起蜡烛，桌面早已经铺好了一张上好宣纸，罗中夏、十九与颜政三只手的手指交叉，夹住一支蘸好了墨的毛笔悬在半空，毛笔的顶端平搁着那枚铜钱。

彼得和尚仔细地检查了仪式的每一个细节，等他确保没有问题之后，才松开他们三个人的手，反复叮咛他们不要擅自松开。

"想不到你们和尚也懂这个啊。"颜政说。

彼得和尚淡淡道："笔仙这种东西，本质上是对笔灵的一种运用，这要看天赋。有天赋之人，天生便擅长排笔布阵。小僧蒙佛祖眷顾，虽起誓不做笔冢吏，但对于摆布笔灵的手段，还算略有心得。"

"可是，这样做，真的能问出东西来吗？"颜政问。他以前也用这种手段哄骗过女大学生，骗子对骗术往往最没有信心。

彼得和尚道："正经的笔仙，除了用笔以外，还得有好的灵媒为介。此前在韦庄，韦族长用的仿薛涛笺。现在房斌老师留下的这枚铜钱也不是凡物，我觉得可以一试。"

这枚铜钱是一枚元祐通宝行书折五铁范铜，乃是北宋哲宗元祐年间所铸，算得上是枚古董。铜钱上的"元祐通宝"四字是司马光、苏轼两位当世文豪所书，因此灵力颇强，有收灵启运的功效。

罗中夏转向十九道："十九，你在大学的时候玩过这东西吗？"

"没有，我没上过大学，自幼都是在家里上的私塾。"十九淡淡答道。

颜政道："那可真是太可惜了，大学可是人生历练中很重要的一步啊！逃课、卧谈，去老乡会谈恋爱，这都是不可或缺的。"十九听他说得郑重，好奇地问道："卧谈是什么？"颜政得意道："卧谈，就是在女生宿舍里卧着谈天。我当年在那个校花的宿舍里……"罗中夏听他越说越离谱，赶紧截口道："别啰唆，赶快开始吧！"

十九噘了噘嘴，她从小接受的都是诸葛家的精英教育，十分严格，接触社会却很少，唯有房斌能给予她一种在诸葛家无法体验到的全新感受。如今每天跟着罗中夏他们厮混，听他们胡说八道、海侃胡吹，虽有时觉得可笑，却也颇觉乐趣十足，比家中的刻板严谨更多了点随性自在。

想到这里，她心中一暖，不禁多看了眼罗中夏，这家伙人还好，就是呆头呆脑，相比之下，善解人意的房老师是个多么好的人啊！

十九想到这里，心中一黯，眼前点睛笔尚在，而它的主人早已和自己是人鬼殊途了。

罗中夏哪知道十九突然生出这些感慨，他紧握着毛笔，目不转睛地盯着毛笔上的铜钱，生怕给它弄掉了。

彼得和尚约略讲解了请笔仙的方法以及原理，他说只要罗中夏运起点睛笔，笔灵便会透过那枚铜钱的方孔注入毛笔中，再依着请笔仙的法子发问，应该就能提取出房斌留下的线索。

按照彼得和尚的说法，笔仙本来就是前人为了请奉笔灵而发明的仪式，后来笔家关闭，后人以讹传讹，笔仙这才沦为了凡夫俗子的迷信玩具。

"那我们开始吧。"罗中夏沉声道。十九和颜政都下意识地把笔握得再紧些，同时闭上了眼睛。彼得和尚怕惊扰了仪式，先行退出房间。

罗中夏收拢意识，凝心一振，点睛应声而出，胸前一片幽幽的绿光。过不多时，那枚铜钱也泛起点点星光，一缕若有似无的烟气从罗中夏的胸膛飘然而出，悄无声息，竟似被什么牵引似的直直向前。三个人大气也不敢出，唯恐惊扰到这股灵气。

这股灵气飘到铜钱上空，云翼翻卷。铜钱之上"元祐通宝"四字粲然生彩，虽已历经千年，司马光与苏轼的雄浑笔力犹在。这四字竖起四道光幕，把这股灵气逐渐引入毛笔，远远望去，仿佛在罗中夏的胸前与毛笔之间牵起一条幽绿光线。

待到整支毛笔都被幽绿笼罩，毛笔开始自行颤动起来。三个夹住毛笔的人对视一眼，心道："来了。"罗中夏依着请笔仙的规矩轻声念："咨尔笔仙，庶几可来？"毛笔停顿了一下，缓慢有致地在宣纸上画了一个浑圆的圈。

来了。

十九用眼神示意罗中夏可要谨慎些，他们只有一次提问的机会。彼得和尚警告过，请笔仙毕竟是有凶险的，笔灵本身颇为脆弱，又必须回答施术者的问题，这么干，和把一个活人胸腔打开暴露在空气中再让他跑步一样危险。倘若一个不慎，轻则笔毁，重则人亡。彼得和尚在仪式开始前反复告诫罗中夏道："只可问一个问题，无论答案满意与否，问罢速收回笔灵，免得招致祸患。"

罗中夏清了清嗓子，开口问出事先拟定好的问题："管城七侯中下一个出世者在哪里？"

这是经过深思熟虑的一个问题。本来颜政建议问"管城七侯分别在哪里"，结果被否决了，这个问题实在太复杂，点睛未必能负荷这么大的问题，还是小心些好。

以房斌的个性，最有可能隐藏在笔仙里的线索，不是管城七侯的名字，也不是开启它们的方法，而是它们的地点。只要找到正确位置，后面的事情就好办了。

这个问题问完之后，毛笔停顿了许久，只有缭绕周围的幽绿不停地转动着，像是一台疯狂运转的电脑的提示灯。罗中夏觉得连接自己与毛笔之间的那根灵线越收越紧，已经开始有强烈的不适感出现，就像是被人把五脏六腑往外拽一样。

看到他微微皱起的眉头，颜政和十九只能面面相觑，现在仪式的平衡极为微妙，他们生怕一丁点多余的动作都会毁掉这种平衡。正当他们宛如走钢丝一样惴惴不安的时候，忽然感觉到自己的手开始动了。

桌子四角的蜡烛火焰在封闭的房间里突然颤动了一下，三只手夹住的毛笔开始了玄妙的移动，像是被一种无形的力量牵引，优雅而又细腻。三个人心里都清楚自己绝对没有故意去动，那么能推动那支毛笔的只能是第四只手——那个附在毛笔身上，并与罗中夏胸中连接着的点睛灵线。

毛笔的笔尖事先只是简单地舔了舔墨——蘸太饱容易产生滴落的墨渍，蘸太少又不足以写出字来——此时三紫七羊的柔软笔须在笔灵驱动下，在白皙的宣纸上勾画出一道道墨痕，眼见写出一条字帖。

寻常请来的笔仙，往往答不成句，只会画圈，能写上一两个歪歪扭扭汉字的已算是难得。而这个请来的点睛笔灵却似是胸有成竹，笔锋横扫，如同一位书法大家在挥毫，笔势从容不迫。

只是随着一个个墨字出现在宣纸上，罗中夏的表情也愈加严峻，胸前与毛笔连接的灵线颤抖也越发剧烈，有如被急速拨动的琴弦，让人觉得随时都有可能绷断。颜政和十九看在眼里，急在心里，只是笔灵仍旧在宣纸上写着字，不敢有任何动作。

大约过了一分钟——在三个人看来大概比三小时还长——笔灵驱使着毛笔写完最后重重的一横，灵线此时也已经绷紧到了极限。

就在笔尖脱离宣纸的一瞬间，突起一声清脆的硬竹爆裂声，那毛笔从中间断为两截；而那枚元祐通宝高高弹起，在半空四分五裂。铜钱一碎，幽绿色的灵气猛地从毛笔上抽回，剧烈地弹回罗中夏胸腔，让罗中夏身形一晃，一口鲜血喷出来。

颜政和十九惊得失魂落魄，一起松开手去扶他肩膀，才没让他跌到椅子底下。罗中夏脸色苍白无比，想说句不妨事，却是一句话也说不出来。这请笔灵所耗费的心神，比想象中要巨大得多，罗中夏甚至有一瞬间都在想"太辛苦了，就这么死了算了"。

四支蜡烛全都灭掉了，屋子里陷入一片黑暗。十九搀扶着罗中夏到旁边的沙发上坐好，颜政把灯打开。早在外面等得不耐烦的彼得和尚看到灯光，立刻踏进屋来。

颜政捏了他人中一阵，罗中夏才稍微恢复了一点精神。他环顾四周，不顾自己全无力气，推开十九递过来的水杯，嗫嚅道："快，快去看看点睛到底是如何回答的。"

彼得和尚一个箭步走上去，双手捧起那张宣纸，只见上面写着四个龙飞凤舞、墨汁淋漓的大字：

"括苍之胜。"

几个人面面相觑，这四个字都认得，只是意义不明。彼得和尚知道括苍乃是一座名山，可到底有什么深意，一时也难以索解。

这时罗中夏有气无力道："还是别费脑子了，明天我去请教鞠老师吧。"其他两个人也被这个请笔仪式搞得心力交瘁，于是纷纷点头称是。

到了第二天，罗中夏一早就登门去拜访鞠式耕。鞠式耕见这个不成器的学生竟然来请教国学典故，颇为意外，也颇为欣慰。不过他说教你之前，得约法三章，你要以古法执弟子礼，不可再对师长有丝毫不敬，说身正才能心正。罗中夏没奈何，只得先拿出"括苍之胜"四个字，请老师开释，然后恭恭敬敬站在旁边，不敢稍动。

鞠式耕不愧是当世大儒，只看了一眼这四个字，便开始滔滔不绝地说了起来。

原来这苍山脉位于浙东处州境内，依山濒海，雄拔陡绝，《唐六典》列为江南道教名山之一，横跨三门二水，幅员极广。

括苍所辖名胜，数量奇多。东北有天台山与宇内第六洞天玉京洞，素有"莽莽括苍，巍巍天台"之称；东南有雁荡山与宇内第二洞天委羽洞；西坡有"天台幽深，雁荡奇崛，仙居兼而有之"的宇内第十洞天括苍洞；东坡有洞天丛聚如林的临海洞林；南侧的缙云山更是传为三天子都之一，黄帝当年炼丹之处，有玄都祈仙洞。更不要说以星宿之数排列的章安五洞、雉溪六洞、武坑八洞、芙蓉六洞和朝阳三洞等。

这许多名景大山各擅胜场，处处洞天福地，仙迹留存，随便一景置于别处便可被称作绝景。可惜括苍山中藏龙卧虎，绝景一多，也便泯于众山之间，叫人喟叹原来山势亦有一时瑜亮之感。

括苍仙山虽众,仙洞虽多,无非是造化神工,天地所聚,自百万年前造山运动以来,彼此相安无事,我自岿然屹立。奈何天下本无事,庸人自扰之,自有了人类以后,依着他们的意思,这山也须得排个座次,似乎没了座次,就难以定出主次。

既有次,便会有主,天无二日,地无二主,能在括苍山拔得头筹的,自然只能有一处,而这一处须得力挫群山,冠绝浙东,方能折服众人,方能当得起"括苍之胜"四字——

鞠式耕洋洋洒洒说了一大堆,旁征博引,一直到这时候才进入正题,偏偏又拖起长腔来卖起了关子。

"老师,那究竟哪一处才当得起这四个字呢?"罗中夏只好接了一句。

鞠式耕看了他一眼,却抖了抖宣纸,忽然把话题岔开了:"这四个字是哪位大师写的?真是笔锋雄健,酣畅淋漓,非是胸壑万丈者不能为之啊!"

罗中夏心想总不能把请笔仙的事告诉他吧,心里起急,面上却不敢表露出来,只得讪讪道:"是一位隐逸高人,学生也只蒙他赐了这四个字,却不知来历。"

鞠式耕叹道:"好字,真是好字。如今世道浇漓,人心不古,还能有如此出尘之心,写如此出尘之字,实在难得。"他说完看了一眼罗中夏外稳内急的表情,一捋白髯:"你可知我为何不答你的疑问,反而来称赞这书法?"

"学生驽钝。"罗中夏好歹恶补了几十天文化,偶尔也能转出两句文绉绉的词来。

鞠式耕道:"括苍山脉幅员百里,有名色的山头不下几十个。然而有道是'山不在高,有仙则名',自然的造化神工固然值得称道,还须有人文滋润,方能显出上等。"他略顿了顿,继续道:"所以说这括苍之胜,非是山水之功,实是胜在了文化之上。可见国学之功,甚至可以夺天地之机,赢造化之巧。"

罗中夏暗暗点头,除去里面对国学的偏执以外,鞠式耕眼力果然独到。点睛笔说这个"括苍之胜"里藏着管城七侯之一,毫无疑问该是个很有文化的地方。

鞠式耕竖起指头:"所以这'括苍之胜'四个字之后,其实还有三个字,才是一句完整的诗。"

"愿闻其详。"

"括苍之胜推南明。"

"南明?"

"不错，就是丽水城外的那个南明山了。"

罗中夏松了一口气，心想鞠老师您早说不就完了，何必绕这么大一圈，嘴上却道："谨受老师教诲。"转身欲走。鞠式耕又把他叫了回来，道："你要去南明山？"

"正是，想去受受古人熏陶，修身养性一番。"罗中夏随口回答。鞠式耕也不知信是不信，垂着白眉端坐于沙发之上，双手拄着拐杖，对即将踏出门口的罗中夏说道：

"中夏你过来。"

罗中夏听到呼唤，只得回转过去。鞠式耕换了和蔼口气，缓缓道："你我虽是师徒，一起授业的时间却极短。你为人如何，每日忙些什么，甚至为何突然跑来请教国学，其实为师是不大清楚的。不过一日为师，就要对你负责，有句话，在临别之前不妨送给你。"

"老师您不教我了？"罗中夏听到这话，连忙抬起头，有些吃惊。

"我年纪大了，身体也不大中用，已经不堪传道授业解惑的工作哪。说起来，你还算是我的最后一个弟子呢！"鞠式耕脸上不见什么落寞神色，罗中夏还要说些什么，鞠式耕摆摆手示意他先听下去，又继续道，"不知为何，从中夏你身上，我总能感觉到截然不同的气质，一种是草莽之气，就像当日你第一次在我的课上与郑和起冲突时一样，质朴真实，直抒胸臆，如赤子之心。"

"唉，就是流氓气嘛，我知道的。"罗中夏心想。

"而当你来找我求教国学之时，我却感觉到你如同换了一个人。孟子说吾养吾浩然之气，一个人若是国学修为到了一定境界，他的气质就会与平常人大不相同，而在你身上这一点尤为突出。不知为何，我总觉得有种极为熟悉的感觉，甚至有些敬畏，明明出自你身，却又与你本身的气质疏离，这令老夫实难索解。"

罗中夏冷汗直流，老师不愧是老师，只凭着国学修为就能如此敏锐地觉察到自己身上的秘密。他正在犹豫该不该把笔冢的事情说出来，鞠式耕却抬起拐杖，阻止了他："每个人都有秘密，你自然也不例外。究竟你为何有此变化，从何而来，是吉是凶，为师我不会知道，亦不欲知道。为师只是有所预感，你身上这股浩然之气，凛凛有古风，涵养性灵，是我辈读书之人一生梦寐以求的境界，我这老头子能做你的老师，实属荣幸。"

"老师说哪里话，能在老师处学得一鳞半爪，才是学生的福气。"罗中夏这一句是发自真心。

鞠式耕道："诲人不如诲己。为师不想做那夸夸其谈做人之道的庸师。只是有一句话奉送与你，也算临别前的一件礼物吧。"罗中夏心中有些感动，鞠式耕在他心目中一直是严师，甚至有些古板，想不到也是一位至诚至情的老人。

"请老师赐教。"

鞠式耕挥了挥拐杖，道："你能有此等殊遇，千载难逢。只是这性灵之道，与你尚不能天人合一。若有大进境，须得揭然有所存，恻然有所感，居仁行仁，得天成天。所谓命数，无非如此而已。"

罗中夏一下子百感交集。鞠式耕点破的，正是他心中最为迷惑的困境。房斌教他改变命运，却终究不得要领。究竟该如何去做，他自己惘然得紧。

鞠式耕早看出他的惘然，不禁微微一笑："孔子有云：乐天知命。此后你的命数如何，全在自己一念之间，为师送你的，只是八个字而已。悟与不悟，全看你自己了。"

他起身取来笔墨，伏案奋笔，一挥而就，似是出尽一身气血。老人写完最后一笔，把毛笔掷出数丈，也不理在一旁待立的罗中夏，迈步走出松涛园，背影佝偻，却被夕阳拉得长长。

罗中夏低头去看，上面写着八个大字，其笔势字韵，竟与点睛所写的神似，仿佛一人所书。

"不违本心，好自为之。"

## 第五章 ○ 五岳寻仙不嫌远

既然目标已经确定，大家都觉得事不宜迟。管城七侯事关重大，万一被函丈组织捷足先登，那就大大不妙。

于是罗中夏、彼得和尚、颜政和十九四人先坐飞机到了温州，又坐长途车一路辗转到了丽水。而南明山就在丽水城南两公里处，北隔瓯江与城区相望。

丽水城并不大，有着典型旅游小城市的特点：满街的纪念品商店、满城的旅行社和无处不在的小商贩。他们四个刚一进城，还未来得及眺望远处的南明山，便被无数热情的当地人围住，其中以少女居多，一个个笑脸相迎，灿烂得如一朵花。

罗中夏很不习惯这种场面，有些手足无措；彼得和尚只管闭目念佛；颜政却是甘之如饴。十九见这三个男人半分用处都没有，便自己上前，把周围簇拥过来的小姑娘都喝退，拽着那三个废物七转八转，来到一处位于城中的二层小楼。

这栋小楼收拾得颇为干净整洁，外面没挂任何招牌。他们一到门口，就有一个人打开铁门，拱手迎了出来："罗先生、颜先生、大小姐，别来无恙？"

这人生得圆滚滚的一张脸，慈眉善目，做弥陀笑，竟是魏强。

罗中夏和颜政都微微变了变脸色。这个和蔼可亲的大叔可不好对付，当日他们三人想逃出诸葛家的别墅群，正是这个魏大叔现身阻拦。亏得魏强只是阻拦他们，不曾痛下杀手，他们这才勉强逃出来。那支可以"地转山移"的水经笔，罗中夏他们至今记忆犹新。

想不到今天又碰到他了。

"这里是我们诸葛家在丽水的产业，来寻笔的人大多以此为基地。"十九介绍说，然后冲魏强笑道，"魏大叔，东西都准备好了吗？"

魏强笑眯眯地回答："准备得了。你们是先吃饭还是先休息一下？"

十九侧脸看了看罗中夏那坐完长途汽车的苍白脸色，便说道："我们也累了，先歇歇吧。"

"几位请进吧，茶点也都备好了，别客气。"魏强热情地招呼四个人，丝毫看不出就在数月之前，他还与其中的三个人交过手。

罗中夏、十九和颜政不假思索，迈步走进小楼。只有彼得和尚在即将迈进去的一瞬间，却有些犹豫。

一个韦家的成员，即将踏入诸葛家的地盘。

关于这一次寻笔之旅，罗中夏没打算对诸葛家和韦家隐瞒，反正瞒也是瞒不住。不过两家听到这个消息之后的态度，却颇耐人寻味。

韦家对这个消息不闻不问，至今没有回应，似乎真如彼得和尚所说，韦庄在韦定国的领导下，变成了一个普通的旅游小镇，彻底放弃了笔冢的事业。至于诸葛家，领头人老李得知他们要去南明山寻笔以后，十分慷慨，不仅负担了他们的路费，还提供了许多历代笔冢吏的搜寻记录，以资参考。诸葛家提出的唯一要求，是希望能派两个人过去支援。名义上说是不放心十九一个人涉险，至于真实动机如何，就不得而知了。

彼得和尚对诸葛家的行事风格很熟悉，那是一种"礼貌而霸道"的手段，对想要得到的东西不遗余力，不择手段。管城七侯对诸葛家也很重要，可他们听到消息之后，只派了人来支援，却没表露出任何主动的兴趣，着实令人奇怪。

再联想到老李自从劝说罗中夏加入诸葛家投身复兴国学的伟大理想未果后，似乎并没有强迫的意思，这一次主动出手援助，颇有点刻意讨好的味道。

罗中夏就此事征询过彼得和尚的意见，彼得和尚只是淡淡答道："出家之人，本无门户之见，一切随缘便是。"他话是那么说，心里却是一阵苦笑。自己也不算是韦家的人了，甚至那个"韦家"也快不存在了。

彼得和尚怔了数秒，最终还是暗诵了一声佛号，走进小楼。

诸葛家的条件不错，每个人都分到了一个单间。大家休息了一阵，也都恢复了些精神。半小时后，魏强给每个房间打了个电话，让他们到二楼的会议室集合。

罗中夏一进会议室，就被吓了一跳。会议室活像是一个图书馆的阅览室，在桌子上堆满了各类书籍，地板上还搁着一捆捆不曾开封的包裹，在会议室的白板上挂着一个巨大的南明山地图，上面插着几种颜色的小旗，俨然一副部队参谋部的气派。

魏强见人都来齐了，说："既然大小姐你们不是来旅游的，那么关于景色的介绍我就略过不谈了。"

"嗯，只说有哪些古迹，又与哪几位古人相关。"十九言简意赅地指示道。

正如鞠式耕所说，南明山能被称为冠绝浙东的"括苍之胜"，并不在它的形胜，而在于它的人文气息。魏强介绍说南明山是文化名山，山上的云阁崖、高阳洞和石梁的崖壁上留有晋以来历朝名人、学者和书画家的珍贵题刻，文气缭绕，应该是笔灵最喜欢落脚的地方。诸葛家早将此地划为搜寻野笔的一个重点区域，不仅搜集了与之相关的大量资料，还专门设了一个落脚点。

魏强拍了拍桌子上堆积如山的资料："这都是咱家历代以来寻访南明山的记录，大小姐你们可以慢慢参阅。"

"我×，把这些东西翻完一遍，我自己都成笔灵了。"颜政忍不住开口抱怨。罗中夏看着密密麻麻的记录，头也有些疼，像是临到期末考试前才发现有一大摞专业书要看时那种穷途末路的感觉。

十九早看出他的沮丧情绪，扬起手腕轻轻拍打罗中夏的脑袋："喂，你打起点精神。你当管城七侯是那么好找的吗？诸葛家几百年的努力，几乎把南明山都翻找了一遍，也才搜到两支笔灵。咱们第一次来，最好别把自己想得太过幸运。"

"但是……真的要看这么多东西吗？"罗中夏把求助的目光转向彼得和尚，后者捧起一份资料，正专心致志地阅读着，他悻悻地转回头来。

魏强给他端过来一盘精致点心。罗中夏拿起一块放在嘴里，还是忧心忡忡。他受了鞠式耕这么久的国学训练，对读书不像以往那么抵触，可十几年学生经历培养起来的对读书的痛恨，不是一时半刻能够消除的。

早知道这么麻烦，他宁可拼了性命再去向点睛笔问得更详细些——可惜再想来一次，也没有那枚铜钱了。

魏强看着他食不知味地吞下点心，宽慰道："罗先生你不必担心，老李知道你们的难处，所以特意派了一位专家来。我负责给你们做饭，那位专家就负责帮你们找资料。"

他话音刚落，一个人从会议室外推门而入，十九惊喜地从座位上站起来，扑到他怀里。

"一辉哥。"

来的正是大鼻子诸葛一辉。他身为笔通,对于各种笔灵的笔谱十分谙熟,前来从事分析工作是再合适不过了。罗中夏和颜政与他也相熟,纷纷起身来打招呼。只有彼得和尚端坐不动,仍旧一页一页看着资料。

"你在北京过得怎么样啊?怎么有点瘦了呢?"诸葛一辉摸了摸十九的头发,别有深意地看了一眼罗中夏。罗中夏有些尴尬地挠了挠头。诸葛一辉耸了耸鼻子,突然奇道:"奇怪,你似乎和上次看起来不大相同了。"

"这几个月来,中夏一直在补习文化呢!是不是有点文人气质了?"十九解释道。

诸葛一辉笑了笑,扫视一圈会议室,走到彼得和尚跟前,一拱手:"彼得大师,久仰了。"

彼得和尚缓缓把视线从资料上移开,平静地回答:"贫僧是彼得,却不是什么大师,可不要这么称呼,只叫我彼得就好。"诸葛一辉正色道:"我一直想拜会彼得禅师,今日得见,不胜荣幸。"彼得和尚微微有些诧异:"诸葛家连我这无名小卒都知道吗?"

"立誓不加笔灵,却有一身守御的功夫;不归韦庄统属,却屡为韦家立下奇功。这些事情,我们都是知道的。老李曾称赞过,说韦家难得有几个明白人,您就是其中一个啊!更何况十九说你我皆是天生的笔通,应该多亲近些的。"

诸葛一辉说得郑重其事,颜政小声嘀咕:"这么拍马屁,是不是太过了。"他也很尊重彼得和尚,但那是因为两个人臭味相投,可不是因为这些有的没的的奉承。

彼得和尚不动声色道:"能得贵家主谬赞,小僧不胜荣幸。"诸葛一辉笑道:"我临行之前,老李曾经特意卜过一卦,说您的命数在笔灵,又不在笔灵,特意让我来转告您一声。"

又是命数。

罗中夏心里起疑,莫非老李劝降自己不成,又来打彼得和尚的主意了?可是他并没有笔灵啊!彼得和尚双手合十:"谢谢挂心。有一位叫贝多芬的施主说过,要紧紧扼住命运的咽喉。命数什么的,小僧一向是不大在意的。"诸葛一辉点点头:"家主只让我转告,说您自会理解,我就不妄加诠释了。"

"说起来,一辉哥,你们查到褚一民的底细了吗?"十九忽然问道。

诸葛一辉面色一黯。绿天庵一战,诸葛家可以说损失最为惨重,伤亡了十几名部下,诸葛一辉和家中元老费老也身受重伤,加上诸葛长卿与诸葛淳两个叛徒,可谓名声扫地。

"自从那次之后，函丈突然偃旗息鼓，没了声息。任凭我们调动各种关系去调查，仍旧是一无所获。"

"对了，诸葛长卿呢？"

十九提到这个名字，不禁咬牙切齿。房斌老师就是被他所杀，后来被捉回诸葛家囚禁起来。若不是家规森严，她恨不得直接过去把他千刀万剐。

诸葛一辉说："诸葛长卿还关押在家里的牢狱里，费老又审讯过他几次，审不出什么有价值的东西。他可能只是那个组织一个外围成员，知道得不多。"

会议室内陷入暂时的沉默。诸葛一辉见大家都有些尴尬，便清了清嗓子说："费老和老李已经派了专人去调查，我想很快就会有结果。咱们还是专心找管城七侯的好，只要七侯都掌握在咱们手里，就不怕敌人会做出什么事。"

罗中夏注意到这个诸葛一辉故意用"咱们"套近乎，心里有些想笑，他故意忽略掉这个重点，弹弹桌面道："我听说诸葛家在南明山已经经营了几百年，反复犁了几十遍，所得的笔灵也不过几支。这一次我们该如何做，才能保证找到笔灵呢？"

诸葛一辉对此早就胸有成竹，他拍拍身旁堆积如山的资料道："我们首先需要确定的是，究竟是管城七侯里的哪一支隐藏在南明山中。"

"连你们都不知管城七侯的身份吗？"颜政问。

诸葛一辉道："管城七侯是笔冢主人亲封，后世只有猜测，却从没有人确知究竟是哪七支。"

"应该都是名气最大的吧？"罗中夏插嘴道，"你看那两支已经确认的笔灵——李白的青莲笔，王羲之的天台白云笔，这两个人在历史上赫赫有名啊！"

诸葛一辉摇摇头："并非那么简单。笔冢主人遴选七侯的标准为何，没人说得清楚。比如你看李太白算七侯之内，但与之齐名的杜甫秋风笔，却没有位列其中。可见笔冢主人的想法，当真神秘莫测。"

"照你这么说，岂不是毫无办法了？"

诸葛一辉没有回答这个问题，却忽然换了一个话题："你可知这南明山因何而知名于天下？"

"总不是因为奥特曼吧？"颜政对这种明知答不上来的设问句很不耐烦。

"只因为这南明山景色天造地设，便于石刻。于是从晋代以来，历朝文人墨客多专程来此，题壁留咏，久而久之便演化成了摩崖石刻，少说也有百余处。名流题咏，丘䂮生辉。有句诗言'好借南明一片石,同垂名字照千春',说的就是这段风流雅事。"

隐藏一片树叶最好的办法,就是把它藏在树林里。

笔冢主人看来也知道这个理论,才把这七侯之一藏在这片摩崖石刻之中。

只是,真的这么简单吗?

诸葛一辉道:"眼见为实,咱们现在就去南明山上观摩一番。据说七侯之间是可以互相感应的,我想罗先生如果亲身前往,或许会有些新的收获。"

罗中夏的青莲遗笔也勉强算半个管城七侯,七侯之间相互吸引,或许他亲身前往会发生些不同的事情。于是诸葛一辉的提议得到了所有人的赞同,都顾不得旅途疲惫,纷纷表示早去为好。

这一天天气颇为不错,薄云半阴,凉风习习,间或有几束阳光自云层透射而入,远处山涧雾霭缭绕,正是个适合登山游玩的好天气,不至于太晒,也不会有雨多路滑之虞。

魏强留在家里看守,诸葛一辉带着罗中夏、彼得和尚、十九和颜政四人,循山门拾级而上。此时已经过了旅游旺季,游客很少,附近山路上只有他们五人。他们穿过了写着"南明山"题字的门楼之后,便到了一汪清澈的湖池,名叫明秀湖。

"南明山并不大,但是其间飞瀑、丹崖、幽洞、鱼池错落有致,自然情趣远胜别处。大家请看,明秀湖是个山湖,方圆只有三四平方公里,主要水源是一条瀑布从山壁的崖顶飞泻而下,水花四溅,宛如晴雪,所以这一条瀑布便被称为沥雪瀑。"

诸葛一辉如同一个称职的导游,一板一眼地介绍着沿途的景致,看起来这南明山的一草一木他都已然熟谙于胸了。

"诸葛先生,这些景点介绍能不能就省掉啊!"罗中夏心里有事,实在没心情听这些东西。他现在一直在想的是,这究竟是不是个圈套。

诸葛一辉正色道:"罗先生,你这便不对了。笔灵本是文人性灵,文道正途是入情入胜,与自然相互感应。这一处处景致风光,无不浸染古人的感悟,谁知哪一处与七侯有关呢?我给您介绍这些,也是有深意的。"

被他这么教训了一通,罗中夏只得悻悻缩回头。十九轻轻挽起他胳膊,小声道:"你呀,就当作旅游不就好了吗?"罗中夏被她这么一挽,心情有些激荡,想起颜政之前教过的法子,摇了摇头道:"旅游的重点不是景色,而是跟谁一起旅游吧?"

十九听了"扑哧"一笑,抿着红唇摇摇头,拖着他朝前面山路走去。颜政在身后评价道："拙劣。"

从明秀湖往上，两侧翠竹成林，清幽恬静，夹着一道狭窄的石阶山路往山顶而去，箭状的繁茂竹叶遮挡住了两边风光，恍如置身淡雅竹园之内。但若是仔细观察，便会发觉竹林深处竟是条条峭壁，行人在不知不觉间，已经深入崎岖山间，往往令人悚然一惊。

很快众人走过了半山亭，远远可以望见丽水城。诸葛一辉说了些文人典故，罗中夏都没怎么听过，青莲笔也无甚响应，懒洋洋地躺在胸中。

过了半山亭略微一转，看到山崖香樟树林之间有一处池塘，旁边碑铭写着"印月池"三字。只见凌空横出一条粗大的碧青色石梁，跨过整个印月池，如虹似桥，长约百余米，有如一条气势万千的笔挂。为数不多的几个游客指指点点，举着相机照相。

罗中夏看到石梁之上刻有数处摩崖石刻，他能认出"半云""悬虹"几处大字，这些字迹深入石脉，无论勾画锋回，都苍劲有力。梁下还有几方半埋的斑驳古碑。诸葛一辉道："这一条石梁有二十处石刻，都是历代大家留下的墨迹。这七侯之事，我觉得还得着落在这些石刻之上。"

"这里便是全部摩崖石刻？"彼得和尚问。

诸葛一辉笑道："哪能呢，南明山的摩崖石刻多集中在石梁、高阳洞和云阁崖三处，有百十来条，一路看下来得花上一天工夫。这里的石梁，只是第一处罢了。"

说罢他把罗中夏拉到印月池前，逐一解说，先从题记作者的生平说起，再品题石刻笔势。这二十处石刻，他说了大约一个半小时方完。罗中夏开始听时尚能认真思索一番，后来逐渐提不起兴趣，亏得有禅心和前一个月修炼国学的底子在，才不至于睡着。等到诸葛一辉说完以后，他如蒙大赦，急忙对十九道："讲得真好，咱们继续走吧。"

"你的笔灵，在这里没有什么反应吗？"十九关切地问。

"嗯，目前还没有，应该不在这一带，我想也许去其他地方转转就有收获了。"罗中夏巴不得快点离开。

他既然这么说了，别人也便不好再说什么。一行人从印月池继续朝山顶走去，一路蜿蜒攀缘，时而隐入香樟古木之间，时而登到山脊之上。前后走了两小时，累得平日里极少锻炼的罗中夏气喘吁吁，甚至连十九都不如，吃了颜政不少嘲笑。

在罗中夏体力即将全部耗尽之前，他们终于到了仁寿寺的后院。仁寿寺位于南明山中一处开阔的山崖侧，已经非常接近南明巅峰。罗中夏以为这仁寿寺一定又有一大套典故说法，不料诸葛一辉没进寺庙，而是带着他们绕过山墙，继续朝山顶走去。

大约又爬了十分钟，众人视野陡然开阔。只见四周峰峦耸峙，丹巅削壁，而眼前一条羊肠石路，两侧俱是深谷，更是险至毫巅。然而就在这毫巅方寸之地，却拔地立起一扇高逾十几米、宽六七十米的巨大石壁，有如一片巨大屏风横在峰顶，堪称神来之笔。石屏四下云雾缭绕，颇有出尘之气，远处藏青色的括苍山脉连绵拱卫，实在是个天造地设的留名之地。这里便是南明山的最高峰——云阁崖的所在了。

## 第六章 ◎ 西忆故人不可见

云阁崖这石壁上写满了历朝题刻，彼得和尚看到题刻落款处许多如雷贯耳的大名，不禁双手合十，暗暗赞叹道：这南明山能为括苍之胜，果然并非浪得虚名。

罗中夏没彼得和尚那么多学问，他第一眼注意到的是其中最醒目的两个隶书大字"灵崇"。这两个字泛红如丹，字径长约一尺四，深约半指，刻在斑驳的石壁上，整个石刻古朴浑厚，极见笔锋之势，隐隐有飘然欲仙的超然气质。

诸葛一辉见他一直注视着这两个字，连忙解说道："这灵崇二字，乃是晋代葛洪所书。据说此地本来有猴精作祟，葛仙翁云游至此，取来一支丹砂笔，在这石壁上书下灵崇二字，猴精立刻拜服于地，不敢再有丝毫造次。"

罗中夏对神怪故事最有兴趣，听他说得有趣，便又追问道："那些拜服葛洪的猴精，莫非就是孙悟空？"

诸葛一辉被他问得一愣，想了一下方才答道："这……这应该完全没关系吧？孙悟空是传说人物，葛仙翁却是真实存在的。那个仁寿寺的后面，还有一口深井，名叫葛井，据说便是当年葛仙翁炼丹取水的地方。"

"哦。"

"葛仙翁的题刻旁边，也有许多后世文人的赞咏，这些都是作不得假的。"

罗中夏凑过去一看，原来在葛洪手迹的旁边，还有一处题刻，上面写着"灵崇挥扫，缥缈神飞惊"，落款是处郡刘泾。

"看来这灵崇二字，是整个南明石壁上最有名气的，大家都围着它转。"罗中夏感慨道，"既然管城七侯在南明，而灵崇二字如此显赫，那么有没有可能，葛洪的笔灵就是七侯中的一员啊？"

"这也未必。"诸葛一辉指了指右侧崖壁,上面有"南明山"三个大字,字径一尺五,与"灵崇"二字相比,少了一些古朴韵味,却多了数分飘逸,奇中有正,如风樯阵马,沉着痛快。

"这是北宋大书法家米芾米元章的真迹。若论价值,亦与葛洪的'灵崇'不遑多让。"诸葛一辉引导着罗中夏去看岩壁。那"南明山"三字的旁边,也有处郡刘泾的题刻赞道:"书之字奇崛,与山两相高。山可朽壤为,此书常壁立。"

"这个刘泾倒是个老好人,谁都不得罪,两边都说好话。"颜政撇撇嘴,他对这些全然不懂,也就没有其他人受的震撼那么大。葛洪也罢、米芾也罢,对他来说只是两个名字,产生不了什么特别的想法。

但对于彼得和尚来说,这两个名字却是如雷贯耳,都是历史上响当当的文化名人。他紧皱着眉头沉思片刻,道:"葛洪、米芾,这两个人无论谁做管城七侯,都不奇怪。你们诸葛家可曾试着寻过他们的笔灵?"诸葛一辉苦笑道:"我们在丽水买下一处房产常住,正是为了寻访他们二位的笔灵。以他们地位之尊,纵然不是七侯,其价值对笔冢吏来说也是极高的——只可惜,诸葛家于此寻访了许多时日,半点线索也无。且不说葛洪年代有些久远,单说米芾吧。据说当年米芾并未亲来南明,而是刘泾上门请来的墨宝,再刻到石壁上的。若说米芾的笔灵盘踞于此,有些牵强。"

彼得和尚"嗯"了一声,却又摇了摇头:"人心如字,不拘一处。笔灵这东西,却不可以用人的籍贯行在来衡量。"

罗中夏听到诸葛一辉和彼得和尚谈得入港,自己大半都听不懂,觉得无聊,便自顾自沿着岩壁一路闲看过去。岩壁上的历代题刻着实不少,个个龙飞凤舞。碰到写成正楷的,罗中夏尚能辨识几分;碰到草书小篆,他便完全抓瞎了。就这么且走且看,不知不觉间只身转到了岩壁的后面,距离千尺深崖就差了那么几步。

这里是南明山的巅峰,海拔颇高,整个山顶已然半入云海,所以才叫作云阁崖。不知何时,一片白云飘然浮来,不一会儿便将这些登山者全都笼罩在了雾霭之中。等到大家意识到之后,发现四周已是影影绰绰,目力只及眼前半米。

"大家站得近一些。"诸葛一辉大声道。他曾经登上这南明山数次,这么大的云雾却是第一次碰到。

其他人听到诸葛一辉的呼喊,都一起喊出声来,凭着声音彼此靠近。

"中夏，中夏呢？"十九忽然惊慌地喊道。这一喊不要紧，所有人都吓了一跳，纷纷朝四周望去。但见空谷回声，流霭残影，哪里还有罗中夏的影子。

彼得和尚与十九大惊失色。罗中夏身怀青莲，是各方势力争夺的焦点，他偏偏失踪在这云阁崖上，实在没法让人往好的地方联想。

只有颜政一个人面色如常："大家不要紧张，依我看啊，那家伙应该不会出事才对。"

罗中夏此时已经听不到颜政的保证，他开始留意的时候，周围的雾气已经越发浓厚，如同白色幕障一样层层叠叠。他大声喊十九和颜政，丝毫没有回应。他有些惊慌，却丝毫也不敢挪动双脚，因为距离自己不远处就是万丈深渊。

他平时多是少年心性，一碰到这种危急时刻，怀素禅心便显出效用来。罗中夏凭着禅心，心神略定，冷静地开始思考，心想这岩壁也没多大，只要我手扶着摩刻，就一定能转出去——至少不会迷路。不料他伸手一碰，却是两手空空，本该近在咫尺的岩壁也都消失了，只留下了白白的浓雾——在他看来，这根本就是一种惨白。

罗中夏反复思考，却理不出个头绪来。他有个优点，倘若碰到什么想不通的事情，就索性不去想。这世界上的事，本来就不是每一件事都非想明白不可的。"难得糊涂"是他的人生哲学，也与怀素的那颗禅心相应和。

即使碰到最坏的情况，也能用青莲笔来拼命吧。这是罗中夏有恃无恐的信心。

事实上，自从诗笔相合大破鬼笔之后，怀素禅心就消解成了丝丝缕缕的意识与潜意识，融入了他的心灵深处，让其性情在潜移默化中有了微妙的改变。虽然如此一来，威力无俦的《草书歌行》便成了绝唱，再也施展不出来，但他驾驭青莲笔的整体实力却上了一个新的境界——甚至可以说，他的人生境界，也更上了一层。

这时候他听到一个熟悉的声音。

"哎呀哎呀，咱们又见面了呢！"

罗中夏虽惊不慌，他在记忆里绞尽脑汁地搜索着匹配这个声音的人脸，却看到一个纤细人影翩然从半空落下。这人眉目如画，香肌欺雪，宛如一只化作人形的慵懒波斯猫，说不出地性感妩媚，一对勾魂摄魄的杏眼正笑盈盈地望着自己。

"你是秦宜！"

罗中夏终于想起来了。秦宜风情万种地走了两步，浑身的曲线极富韵律地轻轻扭动，款款扬起了手腕："你这死鬼，总算还记得人家的名字。"

罗中夏知道这个性感尤物是个极度危险的女人，他不敢大意，连忙禅心守一，本来有些翻腾的情绪登时平静下来。他微微一笑："不知秦小姐特意把我困在这里，有什么事情吗？"

秦宜眼珠轻轻转了半圈，以指点颔："没事情就不能找你了吗？"

青莲笔乍然自二人的头顶绽开，青湛湛的光芒驱开了周围的浓雾，笔头警惕地对准了秦宜。罗中夏早已经准备了几句极具攻击性的诗句在心里，只要这个秦宜有什么异动，青莲笔便能立刻发力制住她。

秦宜却不慌张，咯咯笑道："你这是干吗？"

罗中夏冷冷道："你不是有麟角笔吗？亮出来吧，不要再耍什么阴谋诡计了。"秦宜略带夸张地叹息一声，眼波流转："唉，你这孩子，对人家这么大的敌意。人家今天特意来找你，可是有很重要的事情对你说呢！"

"以前我也听过这句话，然后几乎被杀。你这个小偷的话，岂能相信！"罗中夏深知这女人心肠歹毒，自己和郑和都几乎遭到她的毒手。他回想自己那次被塞进汽车后备厢里的遭遇，心中愤懑陡生。

秦宜这次没有抛媚眼，反而笑容一敛："韦家的人，原来是这么说我的啊！"

"那又怎么样？"

秦宜是韦定国之子韦情刚的私生女儿。当年韦情刚与诸葛家的秦姑娘相好，惹下偌大乱子，这才让韦势然这种别有用心之人从中渔利，导致族长重伤，韦家大伤元气。后来秦宜回归韦家，却窃走了数支笔灵，可以说是韦家的大敌。

秦宜脸上的神情一闪而过，耸耸肩："好吧，随便他们怎么说吧，我是无所谓。"

"倏烁晦冥起风雨！"

随着罗中夏吟诵声起，青莲笔光芒大盛，隐隐有风雨之象聚集。他打算先吹开这缠人的雾气，看清周围环境，再来与秦宜计较。国学素养不是一天两天可以培养起来的，所以在鞠式耕的协助下，他有意识地挑选一些诗句，事先背熟，以便应对不同局势。好在李白的诗涉猎颇广，足够应对大部分情况。这一句"倏烁晦冥起风雨"本是他用来制造混乱、混淆敌人视线的，如今用于驱散浓雾，倒也别有奇效。

风雨飘摇，雾气四散，周围的山势也逐渐清晰起来。罗中夏见秦宜不敢向前，心中大定，驱使着青莲笔在半空飞舞。

"雷凭凭兮欲吼怒！"

又一句诗脱口而出，有隆隆的雷声从青莲笔笔头传来，每一根笔须都不时拉着闪亮的电弧，雷霆环绕，正是凭雷欲吼的意境要旨。只要罗中夏一声令下，就会有落雷自笔中轰出，把那个女人轰至外焦里嫩。

秦宜见他如此警惕，不由失笑，高举起双手，嗔怪道："我真是服了你了，好啦好啦，姐姐投降还不成吗？"

"你到底有什么目的？"罗中夏相信自己占尽了优势，胆气也壮了起来。

秦宜撇撇嘴，索性坐在地上托腮哼道："我只是受了一个人的拜托，让你们来相见而已。谁知好心被当成驴肝肺。"

"谁？"罗中夏丝毫没有被秦宜的妩媚影响。

"一个姓韦的朋友。"

"韦势然？你们果然有勾结。"罗中夏冷笑道。

"不是啦，怎么会是他？他现在可顾不上你们喽，是另外一个朋友。"秦宜忽然转头看了一眼，娇笑道，"哎呀，她来了。"

远处尚未散尽的雾气中，另外一个人的身影正朝着他们走过来，身形娇小轻灵，宛如一朵雾中绽放的素莲。罗中夏的瞳孔陡然缩小，原本意气风发的青莲也感应到主人心绪，变得有些恍惚，雷声渐小。

"小……小榕……"罗中夏的脑子一下子陷入空白，整个人完全傻掉了。

小榕穿着一袭素青色的连衣裙，淡雅依旧，只是身子瘦弱，面色比当日更为苍白，几乎没有血色可言，她缓步走到罗中夏跟前，轻轻一笑："好久不见。"

"好……好久不见。"饶是禅心若定，罗中夏也是方寸大乱，一时不知该说什么才好。

秦宜笑道："你们两个就好好谈谈吧，姐姐我还有事要做，就不偷听了。"说罢转身离去，很快隐没在浓雾中。剩下的两个人忽然陷入一种奇特的尴尬境地，谁也不先开口，谁也不知该说些什么。罗中夏注视着小榕黑白分明的双眸，却觉得她双眼蒙了一层雾气，不似从前那么清澈透亮，不知存了什么心事。

他心中回忆泉涌而出，终于柔声道："你近来可好？"

小榕淡淡道："不好。"

"嗯……"罗中夏抓抓头皮，不知该如何往下说了。小榕看到他神情窘迫，想起两人初见时的狼狈，不由得微微笑了一下。她笑容稍现即敛，望着他轻声道："你是否恨我？"

这个问题罗中夏也问过自己。自己的一切遭遇，俱是因为小榕的爷爷韦势然而起，那个老家伙从头到尾一直把他当作棋子。虽然罗中夏不至于迁怒别人，但若说小榕对她爷爷的计划全不知情，似乎说不过去，她有意无意地帮她爷爷耍弄自己。

不过他的答案与这些事情无关。

"我不恨。"他很干脆地回答。这个回答让小榕的表情微现讶异。

"为什么？你经受了那么多事。"

罗中夏从怀里取出一张素笺，递给小榕。素笺上的娟秀字迹清晰依旧："不如铲却退笔冢，酒花春满茶綷青。手辞万众洒然去，青莲拥蜕秋蝉轻。君自珍重——榕字。"

"你还留着呢。"小榕垂头低声说。

"我一直带在身边，就是希望能够有朝一日见到你，当面交还给你。"罗中夏认认真真地说。他因这首集句的提示而去了退笔冢，几乎丧了性命；也因为它的提示而去了绿天庵，终于救了性命。

"可这首集句几乎害了你。当日是我受了爷爷之命，集了这首诗来误导你。"

"可'君自珍重'这四个字，是你自己的想法？"

少女没有回答。

罗中夏此时所想到的，是在退笔冢前的那一幕。那滴在自己身上的清凉之水，和那稍现即逝的娇小身影，如同那首素笺上的集句一样，都一直留存在记忆中最柔软的深处。

"那是你的能力，还是你的泪水？"

"都是。"小榕只说了两个字。

罗中夏感觉到心中一直纠结的一个结豁然解开了，他忽然有了冲动，伸过手去，把少女轻轻搂在怀里，小榕居然没有挣扎。罗中夏感觉少女身体瘦弱且冰冷，仿佛是云雾凝结而成，稍一用力就会化作雪絮散去。

"我一直在想你。"罗中夏闭着眼睛喃喃道，鼻子里闻到淡淡的清香，想伸出一只手去抚摩小榕光滑如镜的黑发。小榕任凭自己被他搂在怀里，缓缓抬起头来，平静道:"我来找你,是希望你能帮我。"

"嗯,是什么?"罗中夏终于鼓起勇气,把手掌搁在她的头发上。

"去救我爷爷。"

罗中夏的动作突然僵硬了。

"你让我去救韦势然?"

小榕点点头:"爷爷现在就在这南明山上,陷入了大危机。"

与此同时,在云阁崖上的众人已经乱成一团——只有颜政是个例外,他好整以暇地抱胸在前,带着招牌式的闲散笑容。

十九对颜政的这种态度大为不满,她问道:"你怎么知道中夏会没事?"

"因为我刚才看到秦宜了嘛,是她带走了罗中夏。"

颜政的回答让其他人大吃一惊。十九火冒三丈,一把揪住颜政的衣领吼道:"你既然看到,为何不阻止?!"

"她又不会害他,我想一定有她的用意吧?"

彼得和尚示意十九少安毋躁,一步踏到颜政跟前开口道:"我说颜政,秦宜的为人,你我都很清楚。你现在如此笃定,究竟是因为什么?"

颜政笑着回答:"放心啦,秦宜可不是咱们的敌人,否则她也不会送我们房斌的笔记本了。"

彼得和尚大吃一惊,金丝眼镜差点从鼻梁上滑下来:"你是说,那个送我们寄存箱钥匙的房东大妈,是秦宜?"颜政得意道:"我颜政好歹也是有桃花命格的人,那种程度的伪装逃不过我的眼睛。当时一进门,我就看出来她是易过容的——二十多岁的大美女化装成四五十岁的中年妇女,破绽未免太明显了。"

"那你怎么不告诉我们?难道你真的色迷心窍看上她了?"十九尖刻地质问,她天性疾恶如仇,对一切跟"函丈"有关的东西都充满了敌意。

颜政道:"也不完全是啦!我想她既然易容,一定是不想让人知道她本来面目,我便也不好说破。何况她给了咱们房斌的笔记本,这也是好事嘛!"他又画蛇添足地补充了一句:"对于女性,我一向可是非常尊重她们的隐私。"

画眉笔不失时机地泛起红光,这本来就是一支号称女性之友的笔灵。

十九恼怒道:"我真不明白,你这么信任她的理由是什么?!"

"生得那么漂亮，一定不会是坏蛋啦！"颜政乐呵呵地回答。彼得和尚深知这人的秉性，叹息一声，问道："那你是否知道他们此时去了哪里？"

"不知道。"颜政回答得异常干脆。

十九柳眉倒竖，恨不得把这个花花公子斩成一百块。这时诸葛一辉面色严峻地拍了拍手掌，压低声音道："各位，先别吵这些了，咱们可是有大麻烦了。"

彼得和尚、十九和颜政立刻朝四周看去，只见云雾中影影绰绰，似乎有数个影子不怀好意地接近中……

第七章

○

弹弦写恨意不尽

"你让我去救韦势然?"罗中夏怎么也没想到她会提出这么一个要求。

"是的,爷爷现在陷入危机,有性命之虞。"

小榕说得轻描淡写,声音平静,但能让韦势然那老狐狸陷入困境,不知会是何等的危险。罗中夏下意识地松开了小榕的身躯,退开一步:"所以你才会来找我?"

小榕似乎没注意到他的表情,慢慢点了点头。

"哦……"罗中夏不想指责小榕什么,但是那种强烈的失落感却无从掩饰。小榕继续道:"我爷爷被困在南明山上的高阳洞……"

"等一下,你知道他一直在利用我吧?"

"是的,我知道。"

"我还几乎被他害死了。"

"是的,我知道。"

"即便如此你还是要我去救他?"

"是的,你去吗?"小榕平静地望着他。

"不去!"罗中夏恼怒地挥了挥手,觉得这真是太过分了。小榕听到他的回答,凄然一笑,摇了摇头,似是失望,又似是自嘲。她喃喃说道,声音几不可闻:"对不起。"

罗中夏心中又有些不忍,刚伸手拉住小榕,秦宜的声音却从附近传来:"我早说过了,找他没用的,你却偏要来。"

罗中夏先是一窘,然后勃然大怒,冲那边吼道:"滚开!有你什么事?"他一把拽住小榕:"你和你爷爷不知道吧?这个女人曾经想用无心散卓笔去炼我的同学郑和,她是殉笔吏的余孽!"

殉笔吏拿人命炼笔，可谓堕入邪道，人人得而诛之。可小榕听到这话，表情却依然冷冰冰的，不见任何惊讶。罗中夏下意识松开她的腕子，骇然道："难道你……难道韦势然，你们都是殉笔吏？你们都是那个叫函丈的组织一员？"

小榕既不否认，也不确认，淡淡道："秦姐姐说得对，我本不该来的。"她随即退后数步，缓缓转身离去。罗中夏望着她在山风中微微飘摇的瘦小身躯，那孤单的娇小背影说不出地凄凉，不知为何一阵心疼。

这时连怀素禅心都不能起什么作用。

他走过去，重新拽住少女手腕，沉声道："我可以去救你爷爷，但你和秦宜，必须把事情从头到尾给我讲清楚！"

小榕看向秦宜，秦宜满不在乎地撩了下头发，表示自己无所谓。

"好。"她说。

诸葛一辉、彼得和尚、十九与颜政四人背靠着背，分别盯着一个方向。雾霭之中的人影走到距离他们数十步的距离，不再靠近。

对方也是四个人，至少已看到四个人。

"你们家秦宜刚把罗中夏弄走，这边就来了四个不速之客，这真是巧合，好你一个不是坏人！"十九警惕地观望四周，抽空嘲讽了颜政一句。颜政对美女的嘲讽向来不以为忤，只是咧嘴笑了笑："把这四个家伙都干掉，不就能问清楚了嘛！"

"你说得轻巧！"

"安心吧，算命的说我有不败的命格。"颜政说着丝毫不鼓舞人心的口头禅，让自己的十个指头都泛起红光。

话是如此说，但局势却不那么乐观。他们四人之中只有如椽、画眉和沧浪三支笔灵，而且后两支还不是战斗型的。敌人虚实未知，能力也不清楚，这种无准备无把握的战斗，让向来先谋而后动的诸葛一辉心里实在没底。

他转头去看彼得和尚，却发现这位僧人一改淡定表情，眉头紧皱，镜片后的眼神十分古怪，似乎雾里有什么触动了他的东西。

"难道说连他都没了信心？"诸葛一辉在心中哀叹，脑子里开始飞速运转，苦苦思索如何最大化利用十九和颜政的笔灵，破解眼前的困局。他一条条策略想过来，不知为何，最后的结论总会归结到自己笔灵太弱。

"倘若老李也授予我一支更好的笔灵,今日必不致如此。"

这种念头平日里诸葛一辉也偶尔想过,但多是一闪而过。而今日它挥之不去,越发强烈,竟是越想越纠结。从理性上说,诸葛一辉明白现在退敌事大,不是深思此事的时候,可这便如强迫症一般,始终横亘于心头,压制着其他情绪,使人憋闷不已,几乎艰于呼吸。

其实不独是他,十九此时也被这莫名其妙飘来的情绪所困扰。她内心本来就极为敏感,对房斌之死耿耿于怀。这时不知为何,房斌的身影萦绕她心头,不离不散,不断在她耳边呢喃:"若是你早早发现诸葛长卿的阴谋,我便不会被杀。"十九拼命甩了甩头,想摆脱这种心理偏执,却反而让自责的心情更为鲜明,占据了她全部意识。

饶是颜政这样没心没肺的人,此时居然也面露不豫之色。"至今还没跟女律师上过床,真是人生一大遗憾。"这是他隐藏在内心深处的一个小小的猥琐遗憾,其实只是反映了他对法律工作者的好奇。可是今天这想法竟突破了潜意识的藩篱,跃然脑海之中,成了按捺不住的一种狂野欲念。

"莫非这就是敌人的能力?"诸葛一辉在痛苦的间隙勉强挤出一丝理性思考,"看来是可以控制对手情绪的笔灵,我们没有心理准备,彼得是修禅的,应该还好吧……"

他转头去看,却看到彼得和尚的面容扭曲,更甚他们三人,平常那种和蔼淡定的招牌微笑不见了,取而代之的是混杂了愤怒与惊愕、痛苦与欣慰的复杂神情,金丝眼镜后的双目喷射出不动明王式的怒气,直勾勾地盯着雾中的某一处。

"看来这回是完蛋了……"诸葛一辉颓然心想。

就在这时,远处雾中突然飞来一支飞笔,笔锋锐利,直取诸葛一辉的面门。十九与颜政都有些神情恍惚,对此根本来不及反应。

就在千钧一发之际,彼得和尚猛然抬头,伸手把那飞笔牢牢接在手里,目露异光,开口做狮子吼:"醒来!"

这一声吼震慑全场,连四下浓雾都为之一颤。诸葛一辉、十九与颜政被这一声狮子吼贯音入脑,偏执与纠结被一荡而空,不余一片,三人纷纷警醒过来。颜政晃晃脑袋,心有余悸地说:"哥们儿,要不是你,兄弟我今天就交待在女律师手里了。"

彼得和尚却没有答话,他缓缓跌坐在原地,目光一瞬不离雾中。这时雾中嗖嗖嗖又是数支飞笔射来,彼得和尚平日只守不攻,今日却表现出了前所未有的侵略性,他双手合十，又是一声大吼："柳苑苑，你在哪里？！"

那数支飞笔被这一吼震得东倒西歪，失了准头。其他三人面面相觑，不知彼得和尚为何突然有此一问，那柳苑苑，又究竟是谁？

雾中仍旧是静悄悄的，没有任何回答。彼得和尚口中不断诵经，表情却愈加痛苦，光滑的额头渐渐渗出汗水。诸葛一辉道："那个会控制情绪的笔冢吏，一定在向彼得大师施压。"十九急道："那我们赶快去帮他。"诸葛一辉摇摇头："情绪这种东西太过精妙，此时彼得大师正在全心抵御，我们擅自乱入，只会害了他。"

颜政看了一眼彼得，道："对手用的莫非是鬼笔？我记得李贺鬼笔就可以催化对方情绪瑕疵。"诸葛一辉道："鬼笔是靠笔冢吏的动作引导，而眼前这支却是让对手强迫症似的陷入偏执，不尽相同。"

"你们还有心情说这些！现在我们该怎么办？"十九见彼得和尚有些支撑不住，心中大急。

诸葛一辉还未答话，雾中乍然响起一阵低沉的嗡嗡声，竟有几十支须锐如刀的飞笔从不同角度破空而入。彼得和尚眼睛一抬，哗啦一声扯碎脖子上的黄木佛珠，木珠立时四散而飞，飘在空中滴溜溜飞速转动，彼此之间连接成一道泛着淡淡黄光的护罩。这招是他呕心沥血所创，当日曾与拥有凌云笔的诸葛长卿正面相抗。

那几十支飞笔砸在木珠护罩上，砰砰作响，纷纷坠在地上。诸葛一辉暗暗佩服，他单凭肉身就修炼到这地步，不愧是百年不遇的笔阵通才。

十九对这种只守不攻的打法早不耐烦。她按捺不住怒气，胸中一振，唤醒如椽笔来，随即抽出腰间佩刀。她把佩刀朝外一丢，在如椽笔的作用下，那佩刀陡然伸长，盘旋着朝雾里飞去。

十九的思路很简单，既然敌人隐藏在雾中，那么便用这加长了的佩刀大面积横扫过去，任你藏得再隐蔽，也要被刀锋波及。这一招的效果立竿见影，刀锋所及，浓雾中的人影立刻变得散乱，颇有些慌乱。佩刀一圈转回来，十九看到刀刃上挂着几缕布条，想来是有所斩获。

她一击得手，精神大振，长刀又旋了出去。如椽笔变大了的佩刀本就凌厉无匹，再加上十九的性子就很火暴，纵然斩不开浓雾，所挟风势也足以吹开一条雾中空隙。倘若这种攻势可以持续下去，不出几分钟，他们方圆十五米内都会被斩扫一遍。

可就在十九踌躇满志之时，那种强烈的偏执突然又袭上心头，整个人情绪登时低落下来。笔随心意，主人心情有变，如椽笔与那飞出去的长刀也随之一顿。颜政见势不妙，右手猛然拍了十九肩膀一记，这才勉强让她恢复过来。只可惜情绪虚无缥缈，不比肉体是实在的存在，即便是画眉笔让时间倒转，对情绪的影响也非常有限。

颜政心想这么着下去也不是个事，敌人藏在浓雾里看不到，那么我藏到浓雾里敌人一样看不到。他一脚迈出彼得和尚的护罩范围，微弓着腰，试图潜入雾里，靠拳脚功夫去对付敌人。不料他刚走出去三步，不知从哪个角度飞来一支飞笔，扑哧一声刺入他小腹。

颜政大怒，想要跳起来，又是数支飞笔刺来，分别取向他双目与心脏。十九在心情迟滞之下，奋力挥起一刀，把它们斩落，诸葛一辉冲过去死活把颜政拽了回来。颜政不得已，只好又用了一次画眉笔为自己疗伤。

诸葛一辉看出来了，敌人的策略非常明确，就是完全隐藏在雾中，靠笔灵的能力压制他们的情绪，然后靠飞笔远距离地打击，不给他们短兵相接的机会。可是这个策略有一个大漏洞，假如罗中夏在的话，那么十九的如椽配合青莲呼出强风来，便能轻易吹散浓雾，策略便立告崩溃。

唯一的可能，就是敌人事先隔离了罗中夏，才会放心地用出这一招。想到这里，诸葛一辉不禁看了一眼颜政，他信誓旦旦说不是坏人的秦宜，怕是嫌疑最大的一个。

此时雾中的飞笔已经恢复了攻势，漫如蝗虫过境，遮天蔽日，源源不断地袭来。亏得彼得和尚是守御的行家，撑起护罩毫不含糊，把那些飞笔全数挡在外面。

说来也怪，同样是被偏执情绪压制，十九他们几乎失去了战斗力，而彼得和尚却丝毫没受影响，反而越战越勇，木珠护罩在他维持之下光芒愈盛，牢不可摧。

"太盛了，太盛了，有些不对头……"

诸葛一辉望着眼前光芒四射的护罩，喃喃自语。盈满则溢，亢龙有悔，眼前这护罩有些不同寻常的强盛，总令人觉得有些不安。他转过头去观察护罩的核心——彼得和尚，发现彼得和尚的表情比刚才还要扭曲，面部肌肉不时会抽搐几下，那笔灵对他施加的压力着实不小。只是他非但没有颓萎，反而凭着一口气，把满腔憋闷的偏执情绪转化成了精神动力，强化护罩。

然而令诸葛一辉生疑的是，偏执情绪指向性极强，一种情绪只能作用到一件事上。彼得和尚竟能运用这情绪反制笔灵，说明他所执着之事，与那笔灵定然有千丝万缕的关系。然而这样太过呕心沥血，怕是不能长久……

他正想着，雾中忽然传来一阵细切的啜泣声，随即飞笔顿消，一个女子的身影款款从雾中凸显。这女子大约三十岁，平眼细眉，同样也戴着一副金丝眼镜，充满知性的端庄。她走到护罩附近，身旁悬浮着一支笔灵。那笔灵短小灰白，笔头倾颓如蓬，只在笔须末端有一抹鲜红颜色，望之如血。

彼得和尚双目微合，声音沙哑不堪："苑苑，真的是你吗？"

"若非你那一声佛门狮子吼，我还不知竟会是你。"那被称为苑苑的女子微微一笑，脸部线条随着她的笑容，也变得柔和了些。

"我也估不到，来的居然是你。"彼得和尚道。

"世事难料啊……情东，哦，不，现在应该叫你彼得大师才对。"

苑苑说罢，驱使着身旁那支笔灵，轻轻点了一下木珠护罩。那笔灵的红头一接触到护罩的淡黄光层，整个护罩立刻发出清脆的爆响，木珠纷纷碎成粉末。

"想不到，你对我的偏执，竟深到了这等地步啊！"苑苑望着漫天洒落下来的木屑，语气说不上是感慨还是嘲讽。

"阿弥陀佛。"

彼得和尚苦笑一声，再也无法维持，嘴里哇地喷出一条血箭，整个人缓缓倒了下去……

## 第八章

○

谑浪肯居支遁下

"你们必须把所有事情都讲清楚。"罗中夏说。

"所有的事情？你可真是贪心啊……你想从哪儿问起呢？"秦宜笑意盈盈。罗中夏怔了一下，是啊，整个事情千头万绪，该从哪里问起呢？他想了想，终于开口道：

"你们和那个叫函丈什么的组织，到底是不是一伙？"

这是一个很关键的问题，可罗中夏一问出口就后悔了。难道秦宜是傻瓜吗？她肯定不会承认啊，等于白问。

秦宜语带惊讶："想不到，你连这个名字都查出来了，不简单嘛！"罗中夏沉着脸道："别转移话题，快说。"

"这可有点难回答了……这么说吧，我们的目标，都是管城七侯。"

这句话的信息量很大。管城七侯一共只有七支，两边都想要的话，矛盾是无法调和的，也就是说两边都视彼此为敌人。这也真是讽刺，正宗的笔冢嫡系——韦家和诸葛家都没什么大动作，反而是这两个莫名其妙的团体，对管城七侯如此上心。

秦宜应该没说谎话，韦势然虽然利用他们弄走了王羲之的天台白云，但并无伤人之意，和绿天庵前那些人的做事风格不太一样。

罗中夏又问了第二个问题："这个叫函丈的组织，到底什么来头？"

秦宜歪了歪头："首先纠正一下，函丈不是这个组织的名称，而是我们对主人的称呼。"

"为什么叫这个？"

"又读书少了不是？古时老师授徒，彼此之间座席要相隔一丈，所以函丈即是座席，乃是学生对老师的尊称。"

"起这么一个名字,口气倒不小,俨然是以众生师长而自居啊!"

"这个组织,是这两年才活跃起来的,它从韦家和诸葛家吸纳了很多笔冢吏,行事非常隐秘。它的目标特别明确,就是搜集管城七侯。可惜函丈的真身,组织内的大部分成员都没见过。有传说,他身上的笔灵,也是管城七侯之一。"

罗中夏倒吸一口凉气。如果这推测是真的,七侯已有三点五支现身,分属三方势力,局面变得更加错综复杂了。

"不过函丈似乎有某些顾虑或限制,不能肆意出手,否则以他的实力,咱们谁也别想活到现在。"秦宜道。

罗中夏"嗯"了一声,此前的几战里,函丈都是驱使一批叛变的笔冢吏来做事,自己只出手过两次——不过就这两次,一次杀死韦定邦,一次灭口褚一民,威力超凡,绝对是大魔王级的存在。

秦宜一撩头发:"我当初啊,也想加入这个组织来着,所以从韦家窃走了两支笔灵,当个投名状——韦家当年害死我爹妈,这点代价算便宜他们了——可惜落花有意,流水无情呀!"

"他们嫌你太丑?"

秦宜瞪了罗中夏一眼:"呸!是他们要害我,拿我去炼笔。"

"什么,不是你拿郑和炼笔吗?"

"那套殉笔的法门,是函丈教我的,说可以用笔灵来夺舍肉身。我开始觉得挺好,不用再费什么心思找心意相通的笔冢吏了,就先找了支笔,拿你那同学试了一下。可后来我发现,函丈居然包藏祸心,想用一支笔灵把我也给夺舍。幸亏老娘我足够敏感,一看苗头不对,立刻偷偷转投了韦老爷子。"

秦宜说得轻描淡写,可罗中夏知道其中一定有不少惊心动魄的大战。他拥有怀素禅心,又有点睛笔,多少能看透点人心。眼前这姑娘是韦情刚的私生女,自幼无依无靠,这才有了这无所谓善恶只求生存的性子。他看向秦宜,眼神里多了点怜悯。

秦宜注意到他的神情变化,倩目一转:"怎么,同情姐姐吗?要不以身相许?拿青莲笔做聘礼吧。"

罗中夏面色一红,赶紧尴尬地转移话题:"这么说,函丈自己就是殉笔吏余孽,他是打算把笔灵拿来炼制殉笔童?"

"当然啊,殉笔炼出来的笔童虽然傻乎乎的,但听话啊!我看函丈是打算把所有手下的笔灵，都搞成这样，个个服服帖帖。太没趣了，比起那些冷冰冰的殉笔童，跟着小榕妹子舒服多了。"

秦宜说到这里，亲昵地挽住小榕的手。小榕脸色有些不自然，可也没躲开。罗中夏觉得她话里有话，正待开口相问，小榕似乎听到什么，歪了歪头，淡淡道："你还有什么问题没有？我爷爷可能快撑不住了。"

她表情清冷，可语气里却带着几丝焦虑。

其实罗中夏心里还有许多关于韦势然的疑问，可如今时间有些紧迫，不容再细细询问。他心想至少证明了韦势然跟函丈不是一伙，也暂时够用了。

"哎，对了，我的同伴们呢？"罗中夏环顾左右。秦宜跷起兰花指："他们现在大概正在被函丈的手下围攻吧？"

"你……"

"放心好了，我会去救他们，不然你也不会乖乖去救韦老爷子是不是？咱们公平交易。"

秦宜说着，身形从雾中隐退，只剩下他们两个人。

"我们走吧。"小榕低声道。

罗中夏很自然地牵住了少女的手，小榕并没有抽出来，任由罗中夏握着。两人朝着某一个方向走去，四下里的雾气随脚步的迈进而逐渐散去，慢慢显露周围峥嵘的山色来……

彼得和尚一口鲜血喷出，登时把本来快要溃散的木珠护罩汇聚到了一起。那些沾了血的木珠与木屑急速旋转，重新构成一圈防护，只是这防护不再泛起黄光，而是血红颜色，让人望之心悸。谁都看得出来，这一次实在是布阵之人竭尽心力拼了性命，此阵一破，布阵之人怕也是性命不保。

圈内的彼得和尚神情委顿，被十九和颜政扶住，生死不知，胸前僧袍被鲜血濡湿了一大片。苑苑站在护罩之外，默默地注视着彼得和尚，既不走开，也没有下一步动作。

这时另外一人从浓雾中钻出来，这人五短身材，个矮体胖，原来是使用江淹五色笔的诸葛淳。诸葛淳左右看看环境，这才走到苑苑身旁，双手拱了一拱讨好道："大姐真是好身手，略使神通，就把这和尚弄得吐血。"苑苑身材极为高挑，把矮子诸葛淳陪衬得猥琐不堪，两人站在一起，泾渭分明。

苑苑冷冷横了诸葛淳一眼，那种冰冷让诸葛淳浑身一悚，连忙缩了缩头。苑苑不再理他，把眼镜摘下来擦了擦，没了镜片遮掩的双眸仍旧注视着流转的护罩，似乎有一种奇妙的情绪从深处被拽出来。她眉头稍蹙，忽然叹息道："若非是我，这护罩本不至于如此之强；若非是我，他也断不至于伤至如此之重。"

诸葛淳对这段话完全不得要领，只得习惯性地敷衍道："啊，您说得极是，极是。"苑苑的伤感情绪只持续了一霎，她很快便戴上眼镜，情绪退回意识的深渊，又变回一个知性、冰冷的刚强形象，说道："诸葛淳你刚才去哪里了，怎么不见五色笔前来助阵？"

"这个啊……雾气太大，我刚迷路了。我刚赶到，您已经干净利落地把他们解决了，真是叫人钦……"

诸葛淳话未说完，突然咕咚跪在地上，看起来像是被什么突然打击到了精神，变得垂头丧气一蹶不振。

苑苑从鼻子里冷哼一声道："你贪生怕死也该有个限度。先前跟着褚一民就这副德行，如今在我手下，还是死性不改。"她抬起长腿，用鞋跟厌恶地踢了踢诸葛淳，诸葛淳身子歪斜了一下，表情呆滞，口水顺着嘴角流出来。

这时另外一个人从雾中走出来，这人体态精瘦，皮肤黝黑，完全一副嬉皮士的打扮，浑身上下都用毛笔作为装饰，扎里扎煞像是一只混杂了中西风格的刺猬，那些毛笔与适才的飞笔一模一样。他双手灵巧地同时转着两支笔，耳朵里塞着耳机，嘴里随着不知名音乐的节奏打着鼓点，一路蹦蹦跳跳走到苑苑身边。

"Hey, Men, What's up？"他过去想拍她的肩膀。

"说中文，还有，叫我Madam。"苑苑头也不回，巧妙地避开了他的拍击。

"Whatever you say, Madam。"嬉皮士歪了歪头，改用生硬的普通话，"把这人用笔插死？他不团结。"

"到底怎么处罚他，自有主人定夺，你做好你该做的事情就是。"

嬉皮士耸耸肩，没说什么，拍了拍诸葛淳的脑袋道："对不起了，老兄。"

此时浓雾终于逐渐散去，四周的人影都清晰可见，原来在雾中围攻他们四个人的，竟不下十人之多。他们大多是面色铁青的笔童，但与普通笔童不一样的是，他们的指头全是毛笔模样，与方才飞蝗似的飞笔一般无二。这些笔童身上大部分都带有刀痕，有的甚至还缺损了手臂与大腿，都是刚才被十九斩毁的。

嬉皮士叹道："出动了这么多笔童，有损失很不好。"他招了招手，这些笔童听到召唤，一起围聚过来。嬉皮士用手拂过它们身体，也不知用了什么手段，它们竟像是蜥蜴一样重新从身体里生出手脚，焕然一新。

做完修理工作，嬉皮士一拍手，这些恢复正常的笔童走过去，把彼得和尚等四人的护罩团团围住，双手抬起，十指伸出，像是机关枪一样噗噗噗连续射出飞笔。这些飞笔全戳到了地面，保持着直立的姿态，一会儿工夫就在他们四个人周围筑起一道笔墙。嬉皮士又做了一个手势，笔童们停住了手。此时四人已被林立的毛笔之墙完全禁锢在当中，就像是四头被关进高大畜栏的摩弗伦山羊。

"这一次主人动员了这许多笔童，也算对他有个交代了。"苑苑松了一口气，语气突然停顿了一下，不由眉头一蹙，低声自言自语，"莫非主人知道他要来，才特意派我……"

嬉皮士满意地点了点头，环顾四周数了数人头，说道："我这边搞定了，只还欠一把锁……呃……我们好像还少了一个人。"苑苑问："是谁？"嬉皮士答道："Selina还没出现。"

"你说秦宜那丫头还没出现？"苑苑眼神一凛。

"正是，按照计划，Selina把青莲笔引离以后，应该立刻返回，但是一直到现在还没动静。"

苑苑沉吟片刻："暂且不管她了。留下一个人在这儿，其他人跟我抓俘虏。这个护罩应该已经撑不了多久了。"

像是为了证实她说的话，血色护罩已经逐渐稀薄，转速也慢慢变缓，越来越多的木珠噼啪地落在地上，露出许多空隙。这是以生命力作为能量来支撑的结果，此时结界渐弱，说明布阵之人也将……

苑苑走上前一步，大声道："彼得，笔墙已然竖起，你们没别的出路，还是快快投降吧，我不会为难你们。"

"做梦去吧！"

护罩内忽然传来一声女子的娇叱声，一阵强烈的刀锋撞向笔墙，登时割出数道裂隙来。

苑苑无奈地轻抚额头道："诸葛十九？你的脾气还真是不见黄河不死心啊！"她

以眼神示意嬉皮士，嬉皮士手指灵巧地在虚空摆动，立刻有数个笔童跑过来团团围住笔墙，各自用双手撑住。它们与笔墙本来就是一体，在这么近的距离可以克制住如椽的刀锋。

不料它们刚刚接近笔墙，就看到从护罩里忽然涌出一圈红光，像一个赤红色的大圆朝四周扩散开来。

"画眉笔？"苑苑一愣。

红光所及，时光倒流，那几个撑住笔墙的笔童立刻恢复到刚才缺胳膊断腿的样子，而原本散落在地上的残破佛珠，却重新飘浮在了半空之中，一如它们在数分钟前的状态一般。

苑苑心思何等迅捷，一见画眉笔出，立刻冲嬉皮士疾喝道："快护住笔墙，他们要跑！"嬉皮士正要发动，却见十九从护罩里高高跃起，如椽应声而出，开始疯狂地切削那堵笔墙。

那飘浮在半空的佛珠陡然涨大，个个巨如脸盆，彼此声气相通，登时展开一个无比雄壮的护罩，一下子就压服了敌人声势。

苑苑倒退了一步，脸色有些苍白："这……这怎么可能！如椽巨笔只能放大非实体的东西啊！"可事实就摆在眼前，那佛珠越涨越大，已经涨至气球大小，眼看就要压倒整个笔墙。

嬉皮士有些惊恐，但他很快发现被佛珠压迫的笔墙纹丝不动，只有被如椽刀锋扫过时，那佛珠才像被打了气一样，一下子膨胀起来。

"我明白了！"他忽然高声嚷道。

苑苑此时也反应过来了。如椽笔变大的不是佛珠，而是佛珠之间那残留的精神力。画眉笔先是把实体的佛珠恢复过来，如椽笔再将佛珠内蕴藏的精神予以强化，两支笔的配合真是天衣无缝。

但是，结界这种东西，力量的平衡非常重要。此时彼得不省人事，单靠颜政和十九，根本维持不住护罩的均衡。被强化了的精神没有了合理约束，就在佛珠里不断涨大，涨大，如同一个被不停打气的车胎……

"快往后撤！"苑苑大喊，同时疾步退却。

被撑到了极限的几十枚佛珠突然炸裂，在天空绽放成了几十朵古怪的花朵，精神力被压缩到了极限又突然释放出来，如同在屋子里拉响了一枚致晕弹。一层若有似无的波纹振荡而出，所有被波及的人都觉得眼前一花，大脑里的神经元被巨量的精神冲击撞得七荤八素。

苑苑虽然已经退了十几步，可还是被冲击波及，大脑瞬间一片空白，平衡感尽失，身子一个趔趄几乎倒地。她伸手扶住一块石头，勉强定住心神，觉得有些恶心，晕乎乎地想："这些家伙难道真的打算同归于尽吗？"

不知为何，她眼前突然浮现无数奇形怪状的小玩意儿，令人眼花缭乱。开始苑苑以为是自己眼花产生的幻觉，后来又觉得不像。这些小玩意儿以极快的速度来回飞旋，让还没从晕眩状态彻底恢复的苑苑头疼欲裂，像是刚从高速旋转的游乐器上出来一样。

就在这时，她看到在一片混乱中，有几个人影急速朝着自己跑来，心中一惊。她的这支笔灵是纯粹的精神系，除此以外别无其他能力。倘若周围没有别人保护，被敌人欺近了身，便只有任人宰割的下场。

"王尔德！"苑苑叫道，可这时已经来不及了。那几个人影速度很快，一下子就冲到她面前。苑苑下意识地唤起笔灵，双手掩在胸前，试图再一次去影响对方心神。可自己的晕眩太厉害了，根本没办法集中精力。那些人乘机从她身旁飞快地闪过，朝着相反方向疾驰。

隔了数十秒钟，嬉皮士才赶到苑苑身边，把她从地上扶起来，还殷勤地试图帮她拍打臀部的灰尘，可惜被苑苑的目光瞪了回去。

"王尔德你竟然没事？"苑苑见这个嬉皮士生龙活虎，有些讶异。她在刚才的大爆炸里被震翻在地，此时还晃晃悠悠分不清东南西北，这小子居然安然无恙。王尔德从耳朵里取出耳机，笑嘻嘻地拿在手里晃啊晃。

"有时候听听重金属摇滚，还是有好处的。要不要我们一起听，分你一个耳机。"

苑苑没理睬他的轻佻，用指头顶住太阳穴，蹙眉板着脸问："那你看清楚刚才发生的事情了？"

"那四个人跑了。"

"你怎么不去拦住他们！"

"嗯……不敢。"

"为什么？"

"因为秦小姐带着他们啊！我又打不过她。"王尔德神情自如，如同说一件与自己毫无干系的事情。

## 第九章

○

停梭怅然忆远人

彼得和尚缓缓睁开眼睛,发现自己正被一个人扛在肩上。那人在山间一路狂奔,两侧山林不住倒退而去,身体上下颠簸,颠得他十分难受,几乎眼冒金星。

他刚才布下那一阵已经耗尽心力,几乎油尽灯枯。此时虽然睁开了眼睛,视线还是模糊一片,精神也懵懵懂懂,已经丧失了对周围环境情势的判断能力。

"好了,这里安全了些,把他放下吧。"一个女子的声音传来,这声音也好生熟悉。彼得和尚皱起眉头努力思考,头却疼得厉害。他感觉自己被人从肩上放下来,搁在一块石板上。那石板颇为平整,十分冰凉,倒让他的神志为之一振。

随即一块手绢细心地给他擦了擦嘴边的血迹,然后又有一股清凉饮料倒入口中。这饮料不知是什么,大有清脑醒神之妙,甫一下肚,彼得便觉得精神好了些。

他喘息片刻,凝神朝四周望去,看到自己置身于一处幽暗的石窟之内。颜政与诸葛一辉站在一旁,十九远远站在洞口,警惕地望着外面。他闻到一股奇异香味,转过头去,看到秦宜蹲在自己身旁笑意盈盈,手里还拿着一罐红牛和一方手帕。

"……"

"你好,彼得大师,好久不见。"秦宜看到彼得和尚的僵硬表情,显得颇为开心。

"是你救我出来的?"

"也不全是吧,颜政和诸葛一辉轮流背的你,我一个娇弱女子,可扛不动大师。"

彼得和尚把探询的目光投向颜政和诸葛一辉,两个人都点了点头。唯一不同的是,颜政点得很从容,诸葛一辉却有些尴尬。这也难怪,南明山本该是诸葛家极熟的地方,居然在这里被人伏击,实在有失诸葛家的面子。

"无论你的动机是什么,多谢!"他硬邦邦地说。

秦宜咯咯一笑："大师你一个出家人，居然也表里不一。明明心里恨人家恨得要死，却还要装出一副很懂礼数的样子，这样会犯戒哦！"彼得和尚被她说中心事，只得保持沉默，现在他精神力太过贫弱，没力气与她斗这个嘴。

颜政这时候走过来，拍拍彼得的手，宽慰道："彼得你尽管放心，秦小姐没有恶意，我以我的人品担保。"话音刚落，远处在洞口守望的十九传来冷冷的一声"哼"。颜政也不生气，悠然道："我早就说过了，这么漂亮的女性，怎么可能会是坏人呢？"

秦宜转过头来看着颜政，眼波流转，似嗔非嗔："你的嘴可真甜啊，一定经常这么骗女孩子吧？"

"哪里，在下一向笨嘴拙舌，只能以加倍的诚恳来安抚少女们的心灵了。"

彼得和尚见他们打情骂俏，心里不满，嗫嚅道："刚才到底是怎么回事？"他刚才喷血撑住护罩之后，就彻底丧失了意识，完全不知道后来发生的事情。颜政答道："哦，彼得你晕倒以后，秦宜小姐突然出现在护罩之外，给我们出了一个主意。我用画眉恢复破裂的佛珠，十九用如橡放大你残留的精神力，迫使佛珠爆炸，给现场造成混乱。然后秦小姐用麟角让周围的人都产生眩晕感，我就扛着你乘机跑出来了。"

秦宜的麟角笔炼自晋代张华，天生便可司掌人类神经，控制各类神经冲动。刚才她运用能力刺激柳苑苑等人的半规管，让他们头昏脑涨，借机带着他们四个人逃出生天。

彼得和尚听完以后，扶了扶自己的金丝眼镜，默然不语。颜政又道："现在咱们已经到了南明山里的一处山坳，暂时敌人是不会追来啦，彼得你可以安心养上一养。"

彼得和尚仰起头来，又喝了一口红牛，忽然说道："秦小姐，你要我们做些什么？"

"哎，大师你何出此言呢？"

"秦小姐一向是无利不起早的，此时甘愿与自己主人闹翻来救我们，一定是我们有某种价值，而且还不低。"彼得和尚淡淡道。

秦宜笑道："不愧是彼得大师，一语中的。我找你们，当然是有事相求——不过在这之前，大师您能否满足一个女人的八卦之心？"

"嗯？"

秦宜道："那个柳苑苑，似乎与大师有些勾连，不知我猜得可准？"彼得和尚眼神一暗，秦宜又道："那个女人的笔灵十分古怪，我虽不知其名，但它灵气极弱，想来也不是什么名人炼出来的。它只能用来挑拨对手内心偏执，若是被识破，便一文不值；但若是被她擒中了内心要害，那偏执便会加倍增生，直至意识被完全填塞，萎靡不振。"

她说到这里，故意停顿了一下，看着彼得和尚道："可她袭向大师之时，却出了怪事。我适才观察了许久，大师您受她笔灵的压迫最大，偏执最深，可丝毫没有委顿神色，反而愈压愈强，甚至能凭着这股偏执之气强化护罩，与寻常人的反应恰好相反。这只有一种解释，就是受术者对施术者本人存有极为强烈的偏执，才能达到这种不弱反强的效果。怎么会如此之巧？"

彼得和尚的表情十分古怪，这对于一贯淡定的他来说，可是少有的表情。

"当那个柳苑苑走近护罩，拿笔头轻点之时，貌似牢不可破的护罩却轰然崩塌。"秦宜又加了一句，"我记得那女人还说了一句话，什么你对我的偏执到了这等地步云云。"

诸葛一辉在一旁暗暗点头，秦宜说的那些细节，他早就注意到了，只是囿于立场不好开口相询。

颜政忍不住在旁边插了一句："这些八卦很重要吗？必须要现在回答吗？"秦宜毫不迟疑地答道："当然！要知道，柳苑苑的笔灵极弱，平时极少单独出行，多是做辅助工作。这一次居然被主人选中独当一面，我简直要怀疑她是被刻意挑选出来针对彼得和尚的。"

诸葛一辉疑道："若说刻意对付罗中夏，还能解释成对青莲笔存有觊觎之心；彼得大师连笔灵都没有，何以要下这种力气？"

秦宜笑眯眯道："这，就是彼得大师您要告诉我们的了。"

彼得和尚闭起双眼，久久不曾睁开，只见到面部肌肉不时微微牵动，仿佛内心正在挣扎。颜政看了有些不忍，开口道："哥们儿，你要是不愿意说就算了，别跟自己过不去。"他对秦宜严肃地道："姑娘都八卦，这我理解。不过这么挖人隐私，可有点不地道。"秦宜耸耸肩："我才不八卦，大师若是不想说就不说呗。反正耽误了大事，不是我的错。"

彼得勉强抬起一只手，拈起僧袍一角擦拭了一下眼镜，用一种不同以往的干瘪苦涩声调说道："好吧，食不过夜，事不存心。这件事迟早也要揭破。今日她既然现身，可见时机到了。我就说给秦施主你听好了。"

秦宜、颜政和诸葛一辉都摆出洗耳恭听的样子，就连在洞口监视的十九都悄悄朝里迈了一步。彼得略想了想，慢慢开口道：

"此事还要从当年韦情刚叛逃说起……当日韦情刚不知所终，韦势然被革了族籍，家里几位高手身亡，而族长韦定邦也身负重伤，不得不把大部分事务交给弟弟韦定国来处理。这件事对韦家影响极大，族内对韦定邦质疑声四起，认为他教子无方，没资格坐这族长之位。后来经过韦定国与前任老族长韦通肃的一力斡旋，总算保住了韦定邦的位置，却也迫于家族压力，让他立下一个誓言——韦定邦这一脉的后代，永不许再接触笔灵。换句话说，韦定邦一旦卸位，族长就须得让给别的分家。就连韦定国也被连累，剥夺了收取笔灵的权利——好在他是无所谓的。"

"难道说韦定邦除了韦情刚以外，还有个儿子？"

"是的，那就是我。我的俗家名字叫韦情东。"彼得和尚平静地说。秦宜对于这层关系早就知道，没什么惊讶，颜政、诸葛一辉和十九倒吓了一跳，竟不知他出身如此显赫。

"当时我才一岁不到，哪里知道这些事情。我母亲死得早，父亲又残疾了，都是族里的亲戚抚养长大。小时候的我无忧无虑，除了因为先天性近视必须戴眼镜以外，和别的孩子倒没什么区别。苑苑那时候，总是叫我四眼。"

彼得说到这里，唇边微微露出微笑。颜政笑道："原来这副金丝眼镜，你从小就戴着啊！"秦宜悄悄在他腰间拧了一下，示意他安静些莫插嘴。十九看到这两个人动作暧昧，不由撇了撇嘴。

"苑苑姓柳，家里本来只是在韦庄附近的一户外姓。后来她父亲病死，母亲改嫁到了韦家，便依着族里的规矩，带着她搬来韦庄内庄居住。我们从小就在一起玩。我那时候比较胆小懦弱，她倒是个倔强要强的女孩子，总是护着我，照顾我，像是个大姐姐一样。

"从六岁开始，韦家的小孩都要接受国学教育，琴棋书画、诗书礼乐，都要接触。从那时候开始，我觉察到自己和别人的不同。私塾里的老师在教授我们韦庄子弟的时候，对我从不肯深入讲解，总是敷衍了事，与教别的孩子态度迥异。我那时候小，不明白怎么回事，只觉得很伤心，性格逐渐变得孤僻。好在苑苑每次下课，都会把老师讲的东西与我分享，事无巨细地讲给我听。对此我觉得反而很幸运，如果老师一视同仁，我也便没那么多机会与她在一起。父亲长年卧病在床，定国叔整天忙忙碌碌，唯一能够和我说说贴心话的，也只有苑苑与曾老师而已。

"等到我年纪稍微大了些，才逐渐明白那些私塾先生何以如此态度，也了解到韦情刚——就是我大哥——事件对韦家的影响。我作为韦定邦的儿子，是不被允许接触笔灵世界的，这就是命。韦家以笔灵为尊，拥有笔灵或者那些公认有资格拥有笔灵的人会得到尊敬，在我们孩子圈里，这个规则也依然存在。大家虽然都是从小玩到大的，也不自觉地把同龄人按照三六九等来对待。像我这种注定没笔灵的人，即使国学成绩一直不错，也肯定会被鄙视，被圈子所排斥。年纪越大，这种感觉就越发强烈，可我又能怎么办？只有苑苑知道我的痛苦，因为她是外姓人，也被人所排斥。我们两个相知相伴，一同钻研诗词歌赋，一同抚琴研墨，只有在她那里，我才能找到童年的乐趣所在。说我们是两无小猜也罢，青梅竹马也罢，反正两个人都心照不宣。

"假如生活就一直这么持续下去，我以后可能就会像定国叔与其他没有笔灵的人一样，逐渐搬去外村居住，淡出内庄，从此与笔灵再无任何瓜葛。苑苑却一心想要做笔冢吏，还说会帮我偷偷弄一支笔灵出来。我们谁都没说什么，但很明白对方的心意，两个人都有了笔灵，就可以一直在一起了。

"可在我十六岁那年，发生了一件大事，就是笔灵归宗大会。笔灵归宗是韦家的仪式，五年一次，韦家的一部分少年才俊会进入藏笔洞，希望自己能被其中一支笔灵看中，晋身成为笔冢吏，一步登天。"

"你一定又没资格参加吧？"颜政问。

彼得和尚摇了摇头："刚好相反，我居然被破格允许参加这次归宗。大概是我展现了笔通的才能，平时又比较低调，韦家长老们觉得人才难得，可以考虑通融一次。我很高兴，十几年的压抑，让我对拥有笔灵的渴望比谁都强烈。但这次放宽却害了另外一个人，就是苑苑。韦家的藏笔洞一次不可以进太多人，有名额的限制。我被纳入名单，挤占的却是苑苑——她本是外姓人，自然是长老们优先考虑淘汰的对象。苑苑生性要强，一直认为只有当上笔冢吏才能扬眉吐气。这一次被挤掉名额，她误会是我为了自己而从中作梗，大发了一顿脾气。唉，我当时也是年轻气盛，觉得自己根本没耍什么手段，没做错什么，便丝毫没有退让，两个人不欢而散。

"在归宗大会的前一天晚上，忽然庄内响起了警报，有人试图潜入藏笔洞。当时我就在附近，立刻赶过去查看，却发现苑苑站在洞口。我问她为什么要这么做，苑苑却说她没打算闯进去，还问我信不信她。我回答说证据确凿，有什么好辩解的。苑苑只是笑了笑。当时她的那种凄然的笑容，我到现在都忘不了……"

彼得和尚面露痛苦，显然说到了至为痛楚之处。

"当时的我，说了一句至今仍让我痛彻心扉的蠢话，我说你们姓柳的凭什么跟我们抢笔灵。我真蠢，真的，唉，我竟不知那句话把她伤至多深，大概是在我潜意识里，还是把笔灵与笔冢吏的身份看得最重，必要时甚至可以不顾及苑苑的感受。苑苑听到以后，有些失魂落魄，我也意识到自己话说过分了，想开口道歉，面子上又挂不住。在这迟疑之间，苑苑竟然凑了过来。

"韦家的小孩在变成笔冢吏前都要学些异能法门，我算是其中的佼佼者。看到苑苑过来，我下意识地以为她想攻击我——我都不知道那时候怎会有这么荒谬的想法——我便做了反击。毫无心理准备的苑苑没料到我会真的出手，一下子被打成了重伤。我吓坏了，赶紧把她扶起来，拼命道歉。可是一切都已经晚了，苑苑挣扎着起来，擦干嘴角的鲜血，怨毒地看了我一眼，转身离去……

"我自知已铸成大错，追悔莫及，就连追上去解释的机会也没有。一直到那时候，我才知道，苑苑对我有多重要，失去才知珍惜，可那还有什么用呢？等到我失魂落魄地回到家以后，却从定国叔那里得知：原来分给我的归宗名额，根本就是族里长老们的一个局。他们既不想让苑苑这外姓人参加归宗，也不想我这叛徒韦情刚的亲弟弟拿到笔灵，就用了这二桃杀三士的手腕——那些人对韦情刚那次事件的忌惮与心结，这么多年来根本一点都没有消除，一直如同阴云般笼罩在我头顶。定国叔和我父亲，明知这种事，却为了他们口中的'大局'而保持缄默。而我和苑苑貌似牢不可破的感情，却因为这种拙劣的计策而荡然无存。可我又能责怪谁呢？不信任苑苑的，是我；把她视为外人的，是我；被对笔冢和笔灵的渴望扭曲了心灵的人，还是我。"

说到这里，彼得和尚像是老了十几岁，不得不停下来喘息一阵，又喝了几口红牛，才继续说道："当我知道这一切的时候，真的是万念俱灰，生无可恋，几乎想过要去自杀。曾老师及时地劝阻住了我，但也只是打消了我寻死的念头罢了。我恨定国叔，恨我父亲，恨所有的韦家长老，我一点也不想在这个虚伪的家族继续待下去。我离开了韦庄，可天下虽大，却没有我容身之处，最终我选择了遁入空门做和尚，希望能从佛法中得到一些慰藉，让我忘掉这一切。在剃度之时，我发了两个誓言：第一，今生纵然有再好的机会，也绝不做笔冢吏——这是为了惩罚我被渴望扭曲的人性；第二，从剃度之日起，只修炼十成的守御之术，绝不再碰那些可以伤害别人的能力——这是为了惩罚我对苑苑的错手伤害。如大家所见，这就是今日之我的由来。"

彼得和尚长出一口气，示意这个故事终于讲完了，仿佛卸下了一个千斤重担。这个十几年来一直背负的沉重心理包袱，直到今日才算放了下来。正如一位哲人所说：把痛苦说给别人听，不一定会减轻痛苦，但至少会让别人了解你为什么痛苦，那也是一种宽慰。

周围的听众保持着安静。他们都没想到，在彼得和尚不收笔灵、只精于守御的怪癖背后，竟然还隐藏着这样的故事。秦宜眼神中有些东西在闪动，她摇了摇头，试图把那种情绪隐藏起来，轻轻问道："所以当她又一次出现在你面前时，你这十几年来的愧疚便全涌现了？"

"是的，倘若那笔的主人换了别人，只怕我会因此愧疚而死。而当我发现竟然是苑苑的时候，那种愧疚便化成了强烈的思念，让我的意志反而更坚定。越痛苦，越愧疚，就越坚定。我想见到她，好好说一句对不起。"

"你早就应该说这句话了。"

一个女人的声音突然从洞外传来，同时传来的还有十九的痛苦呻吟。

## 第十章 ○ 高阳小饮真琐琐

高阳洞其实距离云阁崖并不甚远，从云阁崖转下来，再拐一个弯约略再走几步即到。罗中夏被秦宜从云阁崖带出去一段距离，反倒要花些时间才能走回来。

"你爷爷是怎么被困在高阳洞里的？"罗中夏在路上问小榕，说实话，他对于韦势然的被困仍旧不大相信，那个老狐狸算计精明，怎会这么容易被困住，他又能被谁困住？

小榕道："具体情况我也不知道。爷爷说南明山的最大秘密就隐藏在高阳洞中，他决定自己去探探。"

"南明山最大的秘密？莫非他指的就是管城七侯？"罗中夏想不到还有什么比管城七侯更能吸引韦势然的东西。可诸葛一辉在介绍南明山各处景点的时候，只说高阳洞是三处摩崖石刻其中的一处，无论葛洪还是米芾都未在此留下什么印记，所以根本没当作重点，焦点都聚集在了云阁崖。

可韦势然却偏偏对这一处有了兴趣。

小榕摇了摇头："高阳洞里有什么，爷爷并没提及，他只说洞内虚实不明，贸然进入风险太大，所以不让我跟着。"

"看来他是打算瞒着你们吧？"

"爷爷不会这么做的，他一定有他的理由。"

"哼，谁知道呢……那你是怎么知道他出事的？"

"我对爷爷有心灵感应，如果他出事的话，我会立刻感应到的。他进洞以后不久，我就感觉到有异常情况，有巨大的危机降临，但我一个人没法进入高阳洞内，所以只好来找人帮忙——目前爷爷仍旧在洞里，危机不曾解除，但至少他还活着。"

"这个时间倒蹊跷,韦势然他专门挑选我们来到南明山的时候决意去闯高阳洞……"罗中夏沉吟起来,他虽然莽撞,却也不傻,总觉得这件事不是如小榕说的那么简单。倘若他知道此时其他人在云阁崖遭到了"函丈"的袭击,恐怕会更加生疑。

小榕知道他心中所想,也不辩解,只是轻轻叹息一声,继续朝前走去。

不多时,两人已经来到了高阳洞口。此时不知人为还是自然所化,高阳洞前雾气蒙蒙,四周山势模糊不清,一条下行的蜿蜒石阶隐没在白雾之中,不知通向何方。此时一个赏山的游客也没有,想来是被这突如其来的山雾吓到,匆匆离去了吧。

罗中夏走到近处,仰起头来,才明白这高阳洞究竟是怎么回事。

高阳洞名字叫作洞,实际上只是山崖边缘的一道空隙,这空隙边缘又直又利,锋开剑收,像是有一柄神斧自天而降,硬生生在山体上劈开一道裂缝来。一尊嶙峋突兀的巉岩似是凭空飞来,牢牢架在裂隙两翼之上,构成一个似洞非洞的空隙。

在高阳洞前下首崖壁上刻有《高阳纪事》,上书:"大宋绍兴甲子丙寅岁,洪水自溪暴涨,约高八丈,人多避于楼屋,误死者不可胜计,因纪于石,以告后来。"还有一处题壁写着:"中华民国念五年始建兵役制度,翌年抗倭战起,念八年六月传经奉命接主温、台、处役政,驻节南明山两年有四月,共征调三郡子弟十一万二千八百八十三名参战。瓜代期届,爰寿诸石,以志民劳。陆军中将温处师营区司令朱传经。"

两处题记,前者哀痛,后者慷慨,都别有一番气势。

罗中夏对水利与军事不感兴趣,他疑惑地朝里走了几步,发现这高阳洞极浅,一直到洞穴尽头也不过二十多米而已,两侧亦宽不过三米,放眼望去,洞内情形一目了然——青森森的洞壁上除了刻着一些古人真迹题字之外,休说暗道藏洞,就连道石缝都没有。

罗中夏把疑惑的目光投向小榕,小榕面无表情地走入高阳洞中,把手掌贴在洞壁之上,细细抚摩,也不知是石壁还是她的小手更冷些。过不多时,小榕缓缓把手掌撤下来:"爷爷就在这里。"

"哪里?"

罗中夏东张西望,这种狭窄的小地方,漫说韦势然,就连一只吉娃娃都藏不住。而且无论是点睛还是青莲,在这里都没有任何特别的反应,浑然不把这里当回事。

罗中夏忽然想到小榕刚才说了一句非常奇怪的话:"我一个人没法进入高阳洞

内。"为啥她一个人就进不去？现在她不是已经在高阳洞内了吗？

仿佛听到了罗中夏心中的疑问，小榕开口道："眼前的这个高阳洞，只是个表象而已。真正的里洞，只有参透了洞中玄机才能开启。"

"你都参不透，何况是我。"罗中夏心想。拯救韦势然这件事上，他并不积极，只是不想伤了小榕的心。眼下有心救人、无计可施的境地，其实是他所乐见的。他见小榕还在思索，便带着一丝欣慰扫视洞壁，背着手一条条石刻看过来。

这些石刻多是历朝历代当地官员所留，诸如括苍太守某某、提点两浙某某、处州守备某某之类，无甚名气，比起云阁崖的葛洪与米芾来说，身份地位不啻霄壤之别。倘若管城七侯出自这里，那笔冢主人可真是失心疯了。

他信步浏览，忽然在洞内的北壁看到一行题记。这块题记以楷书所写，加上刻得精致，保养得又好，字迹留得清清楚楚，就连罗中夏都看得懂。

"沈括、王子京、黄颜、李之仪熙宁六年十二月十二日游。"

"唉，看来古人也好到处乱写到此一游啊！"罗中夏一眼扫过去，觉得没什么实质内容，有些失望。可他读罢以后，心中突地一跳，觉得有几分熟悉，连忙转回头去重读了一遍。

"沈括？"

罗中夏才注意到这个名字。沈括的大名，他自然是知道的，中国科技史上的名人，古代著名科学家。想不到在这小小的高阳洞内，居然看到一个熟悉的名字，让罗中夏颇有些感动。

"小榕你看，连沈括都在这儿题字耶！"

小榕经他提醒，猛地抬头，一双黑白分明的眸子闪起欣喜的光亮。

"沈括，沈括……对啊，我竟把他给忘了！"小榕走到题壁前，凝视着上面的每一个汉字，"你还记得沈括写过什么吗？"

"《梦溪笔谈》啊！"这点常识罗中夏还算知道。

"《梦溪笔谈》的序你还记得吗？"

"……我就从来没背过。"

小榕摩挲着石刻凹凸，自顾自轻声吟道："予退处林下，深居绝过从。思平日与客言者，时纪一事于笔，则若有所晤言。萧然移日，所与谈者，唯笔砚而已，谓之《笔谈》。"

"所与谈者，唯笔砚而已，"小榕又重复了一遍，用眼神示意罗中夏，"你的青莲笔呢？"罗中夏"嗯"了一声，心意转动，青莲应声而出，化成毛笔模样悬浮在洞中。

"所与谈者，唯笔砚而已。那自然是说，非笔灵无以通其意，唯有笔灵能与之谈。"小榕拊掌喃喃道，像是说给她自己听，又像是在给罗中夏解释，"只有笔灵才能开启通往里洞的通道。中夏，试着用你的青莲笔去碰触。"

罗中夏将信将疑地驱动青莲迫近那行题记，在"沈括"二字上轻轻一点。笔灵本是灵体，与实体物质本来不相混淆，可当它碰触到那石刻之时，却在青森森的石壁上泛起一圈奇妙的涟漪，仿佛坚实的岩层瞬间化成一片缥缈的水面。

洞外的雾气更重了，涟漪接连不断地出现，宛若溪流，潺潺流转，以"沈括"二字为核心扩展到整个北壁，所有的题刻都随着岩波摇曳，如同全体都被赋予了生命力，在浓雾中显得格外怪诞与抽象。

罗中夏与小榕对视了一眼。小榕道："看来我猜得不错，高阳里洞只有身怀笔灵者才能进入。"不知何时，小榕已经轻轻拉住了罗中夏的手，然后把另外一只手伸向"沈括"二字，五指居然深深没入岩壁之中，像是把手伸进深潭里一样。小榕毫不犹豫，挺身而入，整个人都慢慢没入其中。罗中夏一惊，下意识想把她拽出来，小榕又用力拉了拉，示意他不要怕。罗中夏没奈何，只得咬咬牙，也跳进这一潭古怪岩壁中去。

在跳进去的瞬间，一丝疑惑闪过他的脑海：

"小榕她不是有咏絮笔吗，为什么还特意要我祭出青莲呢？"

就在他们两个人步入高阳里洞的同时，柳苑苑也缓步走入一群逃亡者的栖身之地。

颜政与诸葛一辉看到柳苑苑，俱是一惊，齐声喝道："你把十九怎样了？"柳苑苑冷冷扫视他们一眼，没有说话。王尔德与诸葛淳从她身后走过来，两名笔童扭着十九的胳膊，她的脖颈前还架着一支飞笔。

"你们最好不要轻举妄动，杀生可是谁都不愿意做的事。"柳苑苑警告说。

"一路追踪到这里，辛苦你们了。"秦宜丝毫不见惊惶，从彼得和尚身旁站起身来，神态像平常打招呼一样。

柳苑苑射来两道锐利的目光："你可知道背叛主人的下场是什么吗？"

"生不如死嘛，和给他干活也没什么区别啊！"秦宜满不在乎地说，"何况我从来就没忠心过，谈不上背叛。"

"哼，主人早就知道你和韦势然在南明山约好了，以为隐瞒得很好吗？韦势然如今自身难保，我劝你早想清楚的好。"听完她的话，秦宜还是笑盈盈的，只是上翘的红唇多了一丝勉强的抽搐。

柳苑苑这时把注意力转向仍然躺卧在石板上的彼得和尚，本来锋利如刀的视线变得有些柔和。

"情东，你当初为何不说出那句话呢？"

彼得和尚苦笑一声，金丝眼镜颤巍巍几乎要从鼻子上滑落："贫僧没什么好辩解的，都是我的错。"

"这么多年来，我颠沛流离，吃尽苦头，你却躲进寺庙里落个清闲，倒还真是六根清净啊！"柳苑苑的话中充满了愤懑与嘲讽。彼得和尚对此轻叹一声，没有作声，等于是默认了。

"若非有主人收留，只怕我早死了。你说得对，我一个外姓人，有什么资格抢你们韦家的笔？所以主人给了我一支笔灵，一支当我再次遇见你时可以令你明白我痛楚的笔灵。"

彼得和尚开始剧烈地咳嗽起来，柳苑苑的笔灵似乎对他造成了极大的压迫，彼得和尚羸弱的身体根本无法负担如此之大的愧疚。

"你的笔，究竟是什么笔？"诸葛一辉忍不住开口问道，他也算得上是一个笔痴，精通诸家名笔，可柳苑苑的笔灵他却认不出来。柳苑苑不屑道："主人的见识，不是你们这些诸葛家的小辈能理解的。"

秦宜和颜政想要过来帮彼得和尚的忙，却被他挣扎着拦住了。彼得和尚强忍着痛苦从石板上坐起来，双手合十道："苑苑，我负你良多，就是万刃加身，亦不能偿。"

"那你现在就死好了，我不要你万刃加身，只要一刃加身就成。"柳苑苑冷冷道。王尔德不失时机地甩过一支飞笔，恰好插在彼得和尚身旁的石壁中。

彼得和尚拔出飞笔，缓缓道："我若依言而行，你能否不再纠缠我的这些朋友？"

"你究竟信不信我？"柳苑苑突然问道，口气和当日在韦家藏笔洞前一模一样。

"我信。"彼得和尚回答，苑苑的笔灵在他身上施加的压力，几乎已到了极限。突然"啪"的一声，他的右眼镜片裂出了一道缝隙。

彼得和尚拔出飞笔，正欲刺向心脏，手腕猛地一酸，飞笔已经被颜政打落。

"彼得你疯啦？女性虽然不能骗，也不至于这么实在啊！"颜政冲他大吼，然后转过来对着柳苑苑，问了一个极突兀的问题，"柳小姐，你还爱彼得吗？"

柳苑苑一瞬间有些不知所措。

"快回答我，是或者不是，不要想。"

"他死了最好。"

"嗯，恼羞成怒，是因为说中了心事吧。你看，你甚至不敢直视我的双眼。"

说来也怪，颜政这么说着，柳苑苑确实把视线游移开了，她发觉不对头，赶紧移回来，可颜政已经下了结论："果然是吧，目光游移，飘忽不定。"

柳苑苑自从负伤离开韦家，再没有与人相恋过。说到男女情感之事，哪里是颜政这种资深人士的对手，轻易就被牵着鼻子走了。就连王尔德在一旁听了，都咋舌不已，佩服道："颜，你太令人惊叹了。我和柳小姐虽然百年好合，也没你了解得这么深入。"

柳苑苑盛怒之下，回手扇了王尔德一个耳光："注意你的用词，谁与你百年好合！"王尔德摸着热辣辣的脸颊，心中不解，明明别人告诉他中文"百年好合"是形容同事之间的友谊就像交往了一百年那么深厚，柳小姐为何如此大发雷霆？

颜政此时占尽优势，得意扬扬道："柳小姐，对自己要诚实一点。你根本不想让他死，又何必演这出戏呢？大家都放下伪装，高高兴兴地百年好合，不是很和谐很完美嘛！"秦宜也趁机道："对啊对啊，柳姐姐您也老大不小了，那些陈年旧事何必计较呢，彼得大师都知道悔过了，易求无价宝，难得有情郎啊！"

这两个人一唱一和，生生把岩洞里的肃杀气氛搅得七零八落，柳苑苑哭笑不得。

正在他们谈话的时候，身后的岩壁开始浮现奇特的涟漪，像是一滴水溅入池塘。涟漪一圈一圈地扩大，逐渐覆盖了侧面的石壁，甚至有层层微微的石浪翻涌。

最先发现异常的是诸葛一辉，他觉得周遭环境不对劲，面色一凛。他悄无声息地挪动身体，伸手过去试探，却发现手可以轻易伸入石壁，就像是伸进水里一样，而且十分冰凉。

更令他惊骇的是，岩壁液化的趋势正在扩大，这个岩洞本来就不大，过不了几秒恐怕就会扩展到整个洞壁甚至地板，届时所有人可就是在水面一般的岩壁包围之下了……他想开口示警，可又觉得不应该告诉柳苑苑一干人。

正在他踌躇间，柳苑苑已经受够了颜政与秦宜一唱一和的废话，她前胸一挺，蛾眉稍立，大声道："少啰唆！彼得和尚，你到底自不自尽？你若贪生怕死，我就先把这姑娘杀了,然后再料理你们!"

话音刚落,所有人突觉脚下一空,身体急速下滑,原本坚实的石地在一瞬间似乎变成了烂泥塘——不,更像是深潭底部那冰冷彻骨的水一样。只有诸葛一辉情知不妙,急忙向后退去,先脱离了这一片区域。

他们的身影很快就淹没在岩石之海中,未留下任何痕迹,只剩下诸葛一辉、王尔德与数支笔童站在原地不知所措。

## 第十一章 ○ 海水直下万里深

最初的感觉是一片黑暗，无比深沉的黑暗。周身都被黏稠的东西包裹着，双脚踏不到坚实的地面，只能像游泳一样不停地蹬动。

"这里就是高阳里洞？"

罗中夏目不能视物，只能紧紧握着小榕的手。黑暗给了他一个绝好的理由，于是少女滑嫩细腻的手被他肆无忌惮地握住。小榕没有表现出抗拒，她安静地浮在罗中夏身旁，一动不动，听到罗中夏问起，方才回答道："容我想想。"

他们现在处于一种奇妙的悬浮状态。四下俱是一片黏稠顺滑的介质，身体被深深浸泡在这片介质之中，既不会下沉，也无从上浮，就像是被裹进一大团黑漆漆的胶质果冻里一样。他们就是这么漂浮着，动弹不得，就连时间也似停滞了一般。

好在除了视觉以外，其他四感尚在，甚至还能闻到一股隐隐的清香味道从黑暗中传来。

罗中夏耸了耸鼻子，觉得这香气似乎在哪里闻到过。小榕忽然伸过一只手来，划开黏液，伸到罗中夏胸前点了点，轻声道："你觉得周围这些东西像什么？"

"果冻吧……"他老老实实回答，这是他贫瘠想象力的极限。

小榕撩起几缕黑暗，轻声吟道："黝如漆，轻如云，清如水，浑如岚。"罗中夏赞道："你这几个比喻很贴切，可比我强多了。"他也抬手扬了扬，虽然目不能视，却能感觉到有丝丝缕缕的黑暗从指缝滑过，十分柔顺，颇为舒服。

小榕道："这乃是古人咏物的句子，但你可知是咏的何物？"罗中夏一愣："咏物？这四句难道不是说的周围这些玩意儿？莫非古人也陷入过这种黑暗中？"小榕道："这四句乃是出自明代大家方瑞生的一本著作，而那本书的名字与我们身处的环境有莫大的关系……"

"那本书叫什么？"

"《墨海》。"

听到这两个字，罗中夏恍然大悟，难怪自己能够闻到那股奇特的香气，原来那竟是墨香。在鞠式耕为他做特训的时候，罗中夏没少蘸墨写字，对这味道本是极熟。

"也就是说……我们现在正身处墨海之中？"罗中夏忍不住开始想象自己已经被墨水泡成了奥巴马的样子。

小榕点头道："这墨海不是寻常之物，可不要忘了我们刚才是如何进入里洞的。"

"沈括？"

"正是。"小榕似乎已然想通了诸多要素之间的关联，显得胸有成竹，"沈括此人，擅长制墨。以他的题壁为锁钥，里洞内又灌以墨海，再正常不过了。说不定这墨海之局，就是沈括当年亲自设下的，果然很妙。"

罗中夏对沈括了解不多，只得保持着沉默。

"你还记得当时进洞的情形吗？"小榕忽然问。

"记得啊，整个岩壁像是化成液体，直接把我们给吸进来了。"

"那便对了，岩壁化液，正是沈括至为鲜明的特征，爷爷说得果然没错。"小榕的语气不觉兴奋起来，握住罗中夏的手不觉攥紧了些，"《梦溪笔谈》里曾有提及，沈括一生最为得意的烟墨发明，恰好就叫作延川石液。我们所处的墨海，只怕都是这延川石液研磨出来的呢！"

罗中夏道："可我们要怎么摆脱这些石液，去找韦势然啊？"石液也罢，烟墨也罢，光知道这些名字，对于解决当前的问题，并没什么实质意义。

小榕伸过手来按在他的胸口，没头没脑地问了一个问题："墨是用来干吗的？"

"用来写字。"罗中夏有些莫名其妙。

"是的，用来写字，可怎么写呢？"

"用毛笔啊……呃？"罗中夏一下子也明白过来，小榕的指头轻轻敲了下他的胸腔，"笔墨成字，纸砚载文。想要解开墨团，自然就得用笔啊！这延川石液的墨海，我猜并非实体，乃是沈括残留的元神所化，所以只能用笔灵来破开。倘若没有笔灵，就算强行闯入里洞，只怕一落下来便会被活活闷死呢！"

罗中夏"嗯"了一声，试着运起胸中青莲，青莲笔听到召唤，振奋而出。说来也怪，青莲一出胸口，四周的石液墨海立刻朝它涌来，萦绕在笔端久久不散。

"爷爷说高阳里洞非持笔灵者不得入内，原来就是靠这个办法来筛选。"小榕喃喃道，罗中夏心中疑云更盛。小榕说她自己进不得高阳里洞，可她明明自己有咏絮笔，为何一直要靠着青莲笔来驱赶墨海呢？

这时小榕又握了握罗中夏的手道："这片墨海既然是延川石液，那么用沈括的本诗便能解得更快。我念一句，你学一句。"罗中夏点点头。小榕凑到他耳边，启唇轻读，一串银铃般的美妙声音直入耳中："二郎山下雪纷纷，旋卓穹庐学塞人。化尽素衣冬未老，石烟多似洛阳尘。"

这是沈括所写的咏墨诗。当日他巡阅鄜、延二州，发现当地有黑水流出，燃烧后产生的烟灰收集起来，可以制墨，且墨质远高于松墨，遂召集人手大举制造，并命名为"延川石液"。他对此发明十分得意，自言"此物必大行于世，自予始为之"，并赋诗一首，留于笔谈之中，就是这一首《延州诗》。

此诗就造诣立意而论，不算上乘，只是应景之作，但用于高阳里洞的石液墨海之中，却是再合适不过了。

随着罗中夏口中念出《延州诗》，青莲笔在半空开始以舞蹈般的优雅姿态往复书写，仿佛被一只看不见的大手握住，在墨海中肆意挥毫。罗中夏的灵魂中寄有怀素禅心，因此太白的青莲笔飞舞起来，隐然有怀素狂草笔势。

随着《延州诗》一句句吟出，青莲笔青光绽放，四下墨海仿佛被笔毫的毫尖吸引，化作阵阵墨涛，被青莲笔牵引着来回旋转。整片墨海流转的速度明显加快，罗中夏和小榕能感觉到墨汁在耳边呼呼流过。

待得青莲笔蘸饱了石液墨汁，在空中带着十几条墨色绸带纵横飞旋。当最后一个"尘"字从罗中夏口中念出之时，整片墨海已然被青莲笔吸得精光，写成半空中二十八个龙飞凤舞的大字。

这二十八个大字吸尽了墨海最后一滴石液墨汁，罗中夏和小榕顿觉周身一松，缓缓落下，这才感觉到双足踏到了坚实的地面。一直到这时候，小榕才放开罗中夏的手，让后者多少有些怅然。

此时周围已不再是一团墨色，晦暗幽明。两人直起身子，仰脖观望，借助着这些毫末微光环顾身边环境，赫然发觉自己竟置身于一尊极其巨大的丹鼎之内，而那些光芒，正是这大鼎泛射出来的。

这尊丹鼎阔口圆腹，鼎耳的纹饰狞厉而有古风，鼎壁耸峙四周，如崇山峻岭，少说也有几十米之高。鼎炉的质地非石非铜，似是无数细碎金玉镶嵌而成，使得表皮泛起斑斓光彩，颇为炫目。

罗中夏与小榕此时所在的位置是大鼎底部，俨然如深壑谷底。他们抬头遥望鼎口，看到那二十八个墨字本来在鼎口盘旋，此时没了青莲笔的支持，字墨慢慢融解，重新汇成一片乌黑的墨海，将整尊丹鼎重新盖住——原来这鼎炉是用延川石液来做盖子的。

退路被墨海遮断，罗中夏并不十分担心，反正只要有青莲笔在，随时可以出去。他借助着丹鼎本身的光芒观察四周，发现这鼎底的面积十分开阔，少说也有半个足球场那么大。底部从四个边缘逐渐朝中间抬上，最终在鼎底的正中间凸起一个盘龙纽的鼎脐。

而在鼎脐之上，居然还有一位老人，看姿势是端坐在盘龙纽上，一动不动。罗中夏与小榕对视一眼，小榕按住胸口，颦眉道："应该是爷爷。"抬腿要向前走去，罗中夏一把拉住她，低声道："小心，这里虚实未知，谨慎些好。"

说完他运起青莲笔，轻声念了一句"龙参若护禅"，立刻有数株幻化出来的参天大树拔地而起，把他们两个团团护住。这也是罗中夏事先准备好的李白诗句之一，可以幻化出类似魔戒里的树精一样的东西，虽然没什么实质性的战斗力，但多少能当试探陷阱的炮灰来用。

在龙树护卫之下，两人小心地朝中央走去。走得近了，便看得更为清楚，坐在鼎脐上的那白发老者，果然就是韦势然。他此时盘腿而坐，双手搁在双腿之上，掌心向上，双目紧闭，鼻翼两侧各有三道深可见沟的皱纹，比罗中夏上次见到他还要老上数分。衣服多有破损，像是被火焰燎过一样。

奇特的是，他两鬓白发时而飘起，时而落下，似乎身下有什么巨大的生物在仰鼻呼吸，一翕一张，有节奏地向上喷出气流。

"爷爷？"小榕叫了一声，语气里充满了焦虑。

韦势然缓缓睁开眼睛，当他看到是小榕的时候，不禁一怔："你怎么能来到这里？莫非是秦宜……"话音未落，小榕身后的一个人影映入他的眼帘。

"罗中夏？原来是你带她进来的。"老人咀嚼着这几个字，还保持着原来的姿势，眼神却放出不一样的光芒。

"是我。"

罗中夏不知该对他摆出什么样的表情,只得板起脸来,干巴巴地回答了一句。青莲笔悬浮在半空,随时监视这老头,看是否有什么诡计。

小榕又向前走了一步:"爷爷,是我央求他带我来的。您有危险,我能感觉得到,小榕是来救您……"说到这里,她的表情陡然一变,胸部剧烈起伏,整个人几乎要晕倒在地。罗中夏大吃一惊,赶紧一把搀住她,看到小榕软绵绵地倒在怀里,双眼噙泪,面露痛苦之色,心中大为怜惜,不禁抬头朝韦势然吼道:"你做了什么?"

韦势然叹了口气,摆了摆手道:"我被困在这鼎脐之上,动弹不得,稍动就有性命之虞,你们不要再靠近了。你看这里。"韦势然指了指自己身下。罗中夏这时才看到,在老人的身体下是一方青砖大小的砚台,恰好镶嵌在鼎脐之中——他就端坐在砚台之上。以砚台鼎脐为中心,鼎底伸展出数条微凸的线脊,这些线脊围着鼎脐画出来一个模糊的太极图。

刚才小榕就是迈入了太极图的范围之内,才会忽生异变。罗中夏抱着小榕后退了几步,她的表情这才稍微舒缓了些,只是呼吸仍旧不甚畅通,白皙的脸庞越发显出一种病态的透明,整个人陷入昏迷之中。

"罗小友,咱们真是有缘分。长椿旧货店、云门寺、高阳洞,每次管城七侯临世,你我总能相逢。"韦势然的声音听起来有几分疲惫,几分感慨。

"哼……这到底是怎么回事?小榕她怎么了?"罗中夏没好气地问道。

韦势然丢给他一粒药丸,给小榕服下,又指示他把小榕抱得离太极圈远些。小榕身上的异状,这才有所缓解,虽然仍未苏醒,呼吸却均匀多了。

"笔冢主人的用心,真是夺天地之机,不是我们这些凡人所能揣摩的。"韦势然这时候居然还好整以暇地拍了拍膝盖,晃头感慨。罗中夏刚要发作,韦势然缓缓举起一只手让他安静,转了一种口气道:

"这些事也不必瞒小友你,你该知道,这南明山的高阳洞里寄寓着管城七侯中的一支。诸葛家那些笨蛋一直把注意力放在石梁与云阁崖,却没人想到这浅浅的高阳洞内居然另藏玄机。我前几日亲自到了南明山,参透了进入里洞的关键在于沈括的题壁,便想闯入一探究竟。"

"哎哟哟,您居然亲自上阵,身先士卒,实在难得。"罗中夏讽刺地插了一句。当日他们拼尽全力破开了王羲之的天台白云笔,却被尾随而至的韦势然坐收了渔翁之利,此后他一直耿耿于怀。

韦势然道:"在云门寺你也见到了,为了锁住天台白云笔,笔冢主人花了多少心思来构筑困笔之局,又是智永的退笔冢,又是辩才怨灵,甚至连青莲笔都计算在内,环环相扣,致密至极。我原以为那已经是极致,可没想到笔冢主人在这高阳洞内设下的困局,竟还在云门寺之上!"听他的口气,是真的十分敬佩。

"什么极致?不就是沈括的石液墨海吗?有什么稀奇。"罗中夏不屑道。

"石液墨海不过只是个盖子而已,真正的玄机,你已经身处其中了。"韦势然突然一指四周,"你可知这鼎是什么鼎?这砚又是什么砚?"

"嗯?"罗中夏一下子被问住了,这爷爷与孙女一脉相传,都喜欢让人猜谜语。

"彼得或者诸葛一辉没告诉你南明山中最著名的两块摩崖石刻是什么吗?"

罗中夏立刻答道:"葛洪的'灵崇'与米芾的'南明山',今天我已经都看到过了。"韦势然点头道:"不错。而这大鼎,就是葛洪的炼丹鼎;这砚,却是米芾从宋徽宗那里讨来的紫金砚。"

相传米芾是个砚痴,一日觐见宋徽宗时,为其写完字以后,竟朝宋徽宗身后伸手一指,说陛下您能否把桌上这方砚台赏赐给我。宋徽宗知道他是个砚痴,又爱惜他的书法才能,遂赏赐给了他。这一方紫金砚从此名声大噪,在历史上留下了名字。

想不到今日竟在这里看到了实物,还被韦势然坐到了屁股底下。

"其实,你不觉得在整个南明山的摩崖石刻里,有一个人的地位一直很奇特吗?"韦势然忽然换了一个听似完全无关的话题。

"是谁?"

"处郡刘泾。"

韦势然这么一说,罗中夏忽然有了些印象。诸葛一辉曾经提及他的名字,似乎是与米芾同一时代的人。南明山两大镇山之题壁——葛洪"灵崇"与米芾"南明山",与这个处郡的刘泾关系密切。葛洪的字下,唯有刘泾的议论赞颂最为显要;而米芾的题壁,干脆就是刘泾亲自请来的。

"难道说,这个刘泾其实也是笔冢主人的化身?"罗中夏猜测。这并不是什么毫无根据的推理。在云门寺的时候,他们就发觉笔冢主人曾经化身萧翼,从辩才手里骗来《兰亭集序》。他在唐朝这么干过,没有理由不在宋代也干一次。

罗中夏想到这里,呼吸有些急促:"这么说的话,莫非葛洪与米芾的笔灵,就是藏在这里的七侯之一？"

"非也非也，这鼎与砚只是镇守笔灵的器物，却还算不上笔灵。但小友你想，葛洪、米芾何等人物，其地位比起李白、王羲之亦不遑多让，他们亲手用过的器物，那也是上上之品。而笔冢主人竟不惜把这两位高人的鼎、砚藏在这深山里洞之内，设成一个精密繁复的笔阵，作为镇护看守之用，可想而知，这藏在高阳洞里的七侯之一该是何等尊贵！"

罗中夏道："听起来你已经全都了然于胸了嘛！"

韦势然苦笑道："你还没看到吗？我若了然于胸，何必困在笔阵里枯坐等死？"

"什么？"罗中夏一愣，旋即明白过来。韦势然的言谈太过镇定，他几乎忘了这老头如今是身处险境。

韦势然拍了拍膝盖，颓然道："唉，年纪大了，脑子不中用。我闯过石液墨海来到鼎中，满心以为大功告成。结果进入这葛洪鼎以后，却过于轻敌，反被困在了这个阵里，如今根本动弹不得。"

"这是个什么样的笔阵？"

韦势然道："我知道小友你对我疑心颇重，为了证实我所言不虚，也只好拼上我这把老骨头再试着破解一次了。"他挥手让罗中夏抱着小榕再退远几步，然后右手食指与中指一并，用一层水雾把自己笼罩起来。做完这些以后，他略一欠身，从紫金砚上站了起来。

罗中夏忽然在心里冒出一个念头：韦势然这个老狐狸，身上的笔灵到底是什么？

他的屁股甫一离开砚台，那鼎脐上的盘龙纽立刻发出咝咝之声，高温气流狂涌。紧接着，立刻有一股金黄色的火焰从鼎脐喷射而出，哗啦一下，瞬间烧遍了整个太极圈。从罗中夏的角度看过去，整个太极圈都在火焰中跃动起来，就像是点燃了一堆熊熊燃烧的巨大篝火。他感觉脚下的鼎壁温度也在悄然升高，而且速度很快，只几个转念，就已经烫得有些站不住脚了。

这火焰明亮狂野，像是自己拥有了生命一样，不时爆出来的火星如同野兽的双眼在睥睨猎物。很快整个硕大的鼎腹都开始变成暗红色，让人绝望的高温化作无形的火龙，昂起赤红头颅围绕着丹鼎，仿佛要再现葛洪当年炼丹的盛景。

就在罗中夏搜肠刮肚地想什么可以降温的诗句时，火焰突然消失了，就像它出现时一样突兀。韦势然有些狼狈地坐回砚台上，他的衣服又多了几个破洞，连胡须都被烧去了一半。鼎内又恢复了清冷幽暗的境况。

"罗小友，你现在可相信我是在这困局之中了？"韦势然问，罗中夏尴尬地点了点头，心里有些惭愧。韦势然微微一笑，继续道：

"你看到鼎壁上那些细碎闪烁物了吗？乃是葛仙翁当年炼丹时所用的丹火固化而成。丹火之势极其猛烈，全靠这方米芾砚压在鼎脐枢纽之上，方能镇住。五行中砚台属水，紫金砚本来就是砚中水泽最盛的一种，米芾通灵的这一方水相更为显著。凭着这个，紫金砚才能勉强压制葛洪丹火，不致喷发出来把这鼎炉重新点燃。"

"可为何你一离身，火就烧上来了？按道理，砚与鼎之间的水火，不应该是自动平衡的吗？"

"这困局妙就妙在了这里。这其中还有个故事，这紫金砚是宋徽宗赏给米芾的。徽宗这人写得一手好瘦金体，他送出之前，忍不住在砚台上题了'云蒸霞蔚'四字，却错题在了砚池淌口，使得水墨研磨不畅，平白泄了这方砚台的水汽。因为是御笔所题，米芾也不敢磨去，便一直保留下来。"

韦势然低头指了指砚台，罗中夏站在太极圈外看了看，果然隐约可见四个汉字。

韦势然继续道："我猜笔冢主人拿这砚台来封丹鼎布局之时，一定是故意掩住这四字，使紫金砚刚好克制丹火。若是有人闯入高阳里洞，他必须身怀笔灵。笔灵本是才情所化，那'云蒸霞蔚'四字是徽宗亲书，也有了灵气，感到有才情临近，便会从砚池淌口浮现。这一显露，令砚台少泄水汽，原本脆弱的均衡状态就会被立时打破。紫金砚便无法完全克制丹火，非得这闯入者坐在砚台之上，以血肉之躯补其缺漏，才能继续维持水火平衡——倘若我刚才起身不再坐回去，丹火在一分钟内就能燃遍整个鼎炉，我们根本一点逃跑的机会也没有。"

"你知道得如此详细，怎还会上当？"

"小友你说颠倒了。我是陷入此局以后，每日枯坐，无其他事情可做，只好反复推敲，希冀能有个破法。"韦势然长长叹息一声，抬首望着鼎盖的无边墨海，"如今我尽知其妙，却还是破解不开。笔冢主人这困局实在精巧，若非沈括墨海，若非葛翁丹鼎，若非米芾之砚，若非徽宗的题字，非这四者齐备，是断然弄不出这等封印的。"

罗中夏也随之仰望鼎口，他最初以为石液墨海只是为了排除那些没有笔灵的人，却没想到还有如此之深的一层含义。无笔灵者不得其门而入；而有笔灵者虽能得入其门,却会触动砚台上的徽宗题字,令自己身陷囹圄。笔冢主人这一心思,当真是神鬼莫测。

为了封住这支笔,居然牵涉了沈括、葛洪、米芾、宋徽宗四位古人,这比封印王羲之的天台白云还下功夫——这笔灵到底什么来头?

韦势然仿佛看透他心中所疑,摇摇头道:"别看我,我也不知道。"

这一老一少陷入了暂时的沉默,谁也没有说话,鼎底又陷入了奇妙的安静。韦势然看了看仍旧躺在罗中夏怀里的小榕,眼神流露奇特的光芒,那是一种介于怜爱与愧疚之间的复杂神情。

"我本以为除我之外,不会再有人能闯入里洞。想不到小榕这孩子,不光领悟了高阳洞的玄机,居然还把你给找来了。"

罗中夏道:"我还以为是你故意把我诱过来替你当枪使的,就像在云门寺时一样。"

韦势然哈哈大笑:"恕我直言,小友你的青莲笔虽然威力无俦,在这里却是半分用处也没有。"

罗中夏听到这话,心中一阵轻松,双肩骤然松弛下来。原来小榕真的是走投无路找我帮忙,原来她并没有骗我。他欣喜地垂下头去,少女仍旧倒在他的臂弯里,瘦弱的身子微微颤抖着,紧闭双目,长长的睫毛上还挂着两滴泪珠,惹人无限怜爱。

这还是他们两个第一次如此亲密接触,罗中夏想把她抱得更紧些,却陡然感觉到小榕体内的笔灵有些古怪。他注意到,自从小榕踏入那个太极圈,就变得虚弱不堪。

"这是怎么回事?"罗中夏急忙问道。

韦势然淡然道:"我不是说过了吗?能来到这里的人,都要经过笔阵本身的挑选,不是笔冢吏是不行的。太极圈是这丹鼎的枢窍所在,自然比整个丹鼎的结界限制更为严格。"

"可是……"罗中夏说到这里,突然停住了。他想到小榕在高阳洞里一直不愿亮出咏絮、事事都要青莲笔打头阵的古怪行为,抬起头来想问问韦势然。

可就在他开口之时,他们的头顶传来扑扑簌簌的声响。罗中夏与韦势然同时举目,只见鼎口墨海翻滚,黑浪滔天。

"又有客人来了呢,今天这高阳里洞好生热闹。"韦势然唇边露出一丝笑意。

# 第十二章

○

雕盘绮食会众客

丹鼎上空的石液墨海翻腾了一阵，倏然朝着两边分开，如同摩西面前的红海。有数人被半透明的墨水包裹着，缓缓自天而降。

等到他们降下一半的高度时，罗中夏已经能够看清来者的身份：彼得和尚、颜政、秦宜、十九，还有那个又矮又胖的诸葛淳和一个三十多岁的美艳女子。

他们六个人中，秦宜与彼得和尚同在一个墨团之中，其他四人各据一个，五个墨团一起落下。罗中夏用肉眼甚至可以辨认出墨团中那一闪一闪的笔灵。麟角、画眉、如椽、五色，还有一支从未见过的笔灵，想来是属于那女子的。这五星徐徐而落，配上墨黑般的天穹，颇有几分古怪的圣洁感。

"这到底是怎么回事啊？"罗中夏仰望天空，喃喃道，对这个古怪的组合迷惑不解。韦势然也眯起眼睛，朝天上看去，他的视线在每个人身上都停留了片刻，嘴唇慢慢嚅动，不知在说些什么。

罗中夏很快发现一个奇怪的地方。其他几人各自都有笔灵，通过墨海并不奇怪，可彼得和尚没有笔灵，怎么也能下来？他再仔细一看，发觉彼得似乎受了重伤，一直被秦宜怀抱着。"难道没有笔灵的人，只要被笔冢吏带着，便也能闯入里洞？"

罗中夏想到这里，陡然一惊，他忽然想起来，小榕闯入高阳里洞的时候，很主动地一直握着自己的手，直到两人落到鼎底，方才松开，旋即虚弱倒地。

莫……莫非小榕不是笔冢吏？

说什么蠢话！小榕的咏絮笔自己不是亲眼所见吗？何况就算现在，都能感觉得到小榕体内笔灵特有的呼吸，在自己的怀抱里异常真切。

怀抱……嗯……

罗中夏突然没来由地背后一阵发凉，他还没来得及扶起小榕，就看到十九那冷冰冰的视线直射过来，像她的柳叶刀一样锋利，轻易就刺穿了自己。

此时其他几个人的墨团也破裂开来，陆续踏上了葛洪丹鼎的鼎底。

诸葛淳甫一落地，发现自己左边是十九，右边是颜政，吓得一溜烟跑到柳苑苑身后。别人还好，颜政可是诸葛淳最害怕的家伙之一，他在医院里那次凶悍的演出彻底吓破了诸葛淳的胆子。

柳苑苑厌恶地瞪了这个懦弱的家伙一眼，不知为何主人坚持要派他来参加这次行动。她环顾一下四周，发觉形势对己方不利，自己和一个废物要对付三个，不，四个笔冢吏，难度可着实不小。

不过在那之前，还有一个人需要打个招呼。

"势然叔，这一切都是你策划的？"她冷冷地对老人说道。韦势然对柳苑苑的出现倒是毫不吃惊，稳稳端坐在方砚上，笑道："真惭愧，这一次可不是。你看连我自己都陷入笔阵，动弹不得。"

"哦？"柳苑苑白皙的脸上露出惊讶的表情，不过稍现即逝，"这是你开的拙劣玩笑，还是另外一个圈套？"

"唉，难道我在你们的心目中，就只有这两种形象吗？"

"在主人眼中，你这头老狐狸和那头小狐狸，都是不可信赖的。但是你们居然勾结到了一起，倒有些出乎我的意料。"

柳苑苑冷冷说道，旁边秦宜冲她做了一个鬼脸。在针对彼得和尚等人的围攻中，秦宜非但没有完成隔离罗中夏的任务，还帮助彼得和尚逃离包围，使得整个行动功败垂成。若不是柳苑苑跟踪及时，恐怕她一直到现在还在与王尔德两手空空地在南明山上转悠呢！

韦势然道："你家主人和我只是合作关系，谈不上信赖不信赖。我自行其是，他坐享其成，这都是事先约定好的。至于我如何做，他又如何享，全凭各自造化。我如今运气不好，陷入笔冢主人布下的笔阵之内。就这么简单。"

柳苑苑哼一声，不再说什么，转过头去看了一眼罗中夏："原来这就是青莲笔的笔冢吏，看起来也不怎么样嘛！褚一民居然死在了他手上？啧。"

"是死在了你家主人手里。"韦势然提醒。

"连这么个毛孩子都打不过，形同废人，何必留存呢？"

关于这句批评，罗中夏并没注意到。他如今把全部注意力都放在了如何避开十九的目光上。为了不显得刻意回避，他略带尴尬地与颜政交换了一下失散以后各自的情况。

原来彼得和尚他们休养的那个岩洞，正是与高阳洞相反山体对向的凹窟，其实与高阳洞中间只隔一层薄薄的石壁。适才罗中夏触发了沈括的机关，让整个岩体都被波及，这一处凹窟也连带着被液化了。

颜政看了看小榕，又看了看十九，带着调笑对罗中夏道："这才是你真正的劫数啊，朋友。"罗中夏让颜政暂且扶住小榕，讪讪凑过去要对十九说话。不料十九只冷冷说了两个字："走开。"他吓得立刻缩了回来。

这时韦势然拍了拍手，把这葛洪鼎、米芾砚构成的笔阵之厉害约略一说，说得在场众人个个面色大变。他们落地不久，只觉得这鼎幽静清凉，却没想到其中藏着如此厉害的杀招。倘若真是韦势然推测的那样，只怕这一干人谁也逃不出去。

"我可不信！"柳苑苑大声道，"只凭你空口白话，就想吓退我们吗？"她话说得中气十足，脚步却一直没有向前靠去。对于这个实力深不可测的老狐狸，她还是有那么几分忌惮。她身后的诸葛淳更是大气不敢出一口，唯恐别人把注意力转向他。

韦势然道："我这砚下就是丹鼎大火，一旦离开，届时大家一起被葛洪丹火烧作飞灰，直登天界，岂不快哉？"

鼎内一下子安静下来，此时这里的气氛就如同那笔阵一样，保持着一个精巧、脆弱的均衡。一共有九个人，却分成了三派。韦势然和小榕、秦宜显然是一边的；柳苑苑与诸葛淳站在他们的对立面；罗中夏、颜政、彼得和尚与十九是中立的第三方——每一方都有麻烦，韦势然动弹不得，小榕又虚弱不堪，只剩秦宜勉堪一战；诸葛淳是个胆小如鼠的废物，柳苑苑孤掌难鸣；至于第三方，罗中夏面对十九的怒气噤若寒蝉，到现在也不敢直视。

大家你望望我，我望望你，彼此眼中都流露出不知所措的神情。这八个人之间的关系错综复杂，实在不知是该先大打一场，还是先求同存异，逃出生天再说。这个高阳里洞内的鼎砚之局，俨然变成了一个尴尬的牢笼。

"如果要打起来的话，恐怕会是一场混战啊！到底最后仍旧站着的人是谁呢？"颜政饶有兴趣地自言自语，"至少我希望不是韦势然。"

"为什么？"罗中夏心不在焉地问，他现在的心思，被对小榕的担心、对十九的愧心和对鼎砚笔阵的忧心交替冲击着，怀素的禅心摇摇欲坠。

"因为他若是从那方砚台上站起来，咱们就都死定啦！"颜政自顾自哈哈大笑。能够在这种情况下还有心情讲冷笑话的，就只有颜政一个而已。十九和柳苑苑同时怒目瞪视，觉得这男人简直不可理喻。韦势然却颇为欣赏地瞥了他一眼："你就是颜政？"

"正是，颜是颜真卿的颜，政是政通人和的政。"

"处变不惊，从容自若，真是有大将之风。"韦势然点点头称赞道，"不愧是宜儿看上的男人。"颜政面色丝毫不变，笑嘻嘻一抱拳道："我对秦小姐也是十分仰慕的。"秦宜眼波流转，也毫不羞涩地站起身来，咯咯笑道："你们两个，丝毫也不顾及人家面子，就这么大喇喇说出来，羞死人了——我给你的笔，可还带在身上吗？"

颜政张开五指："一直带着哩。"

颜政的画眉笔是秦宜从韦家偷出来的，后来被他误打误撞弄上了身，这么算起来的话，他们两个确实颇有缘分。

柳苑苑这时沉着脸喝道："好一对寡廉鲜耻的男女，你们未免也太没紧张感了吧？！我们之间的账，还没算清楚呢！"

秦宜立刻顶了回去："按辈分，我得叫您一声姨哩。您的少年感情生活不幸，可不要迁怒于别人哟！再说了，幸福就在你跟前，你不抓，能怪得着谁？"她伶牙俐齿地一口气说完，大大方方挽起了颜政的手臂，同时朝着彼得和尚别有深意地看了一眼。

柳苑苑大怒，她冰冷严谨的表情似乎产生了一些愤怒的龟裂："我的事，不用你管，你们乖乖受死就好！"

"把我们干掉？这计划很好啊，那么然后呢？自己孤独地在鼎里茕茕孑立，终老一生？哦，对了，你不用孤独一生，你还有那个矮胖子陪着你，在这丹鼎里双宿双栖。"

秦宜词锋锐利，她说得爽快，突然下颌一凉，一道白光贴着她脸颊飞过，却原来是一枚绣花针。柳苑苑微微屈起右拳，指缝里还夹着三枚钢针，冷冷道："你再多废话，下次刺到的就是你的嘴。"

秦宜毫不示弱，立刻振出自己的麟角笔，化出数把麟角锁浮在半空，遥遥对准柳苑苑，嘲笑道："苑苑姨，我这麟角笔你是知道的——不知你的笔灵是什么来历？不妨说来听听。"

柳苑苑的笔灵真身一直是个谜，它看似微弱，只能牵出人内心的愧疚，别无他用。但仅此一项能力，却尽显强势。秦宜虽然一直与"他们"打诨，却也不知详情。

柳苑苑傲然道："你不用知道，也不会想知道的。"柳眉一立，两道锐利视线切过虚空，高耸的胸前灰气大盛，很快汇聚成一支笔头倾颓如蓬的红头小笔。

一时间两支笔灵遥遥相对，鼎内原本稍微缓和下来的气氛陡然又紧张起来。

就在冲突即将在两个女人之间爆发的时候，一个声音忽然插了进来："秦小姐、苑苑，容贫僧说两句话如何？"

说话的原来是一直没吭声的彼得。他在云阁崖那一战受伤甚巨，加上又给秦宜讲了那一大通往事，实际上已是心力交瘁，面色苍白得吓人，每说一句话都让人觉得他命悬一线。那副金丝眼镜残破不堪，斜架在鼻梁上，看起来颇有些滑稽。

柳苑苑冷哼了一声，却没有阻止。秦宜笑道："彼得叔叔要讲话，做侄女的我怎能不听呢？"随即也收起笔灵来。她当日潜入韦家，曾自称是韦情刚的女儿，按照她当时的说法，论辈分确实该叫彼得和尚一声叔叔。

彼得和尚向韦势然略一鞠躬，起身道："出家之人，本该六根清净，不问俗事。可惜贫僧入世太深，不胜惭愧。与势然叔您有失亲之疑；与秦小姐您有夺笔之仇；与十九小姐有家族之争；与苑苑你有负心之愧；与罗施主、颜施主两位又有同伴之谊，可以说爱恨情仇，交相纵横。"

他所说句句属实，这鼎内的一干人等，彼此之间的关系无不是错综复杂，难解难分，此时听到彼得和尚说出来，众人心中均暗暗点头。

彼得和尚大大呼出一口气，显然是在极力压制体内痛楚。罗中夏有些担心道："我说彼得，实在坚持不住就别说了，反正若是真动手，我们也不会输。"彼得和尚摇摇头，继续道："若在别处相逢，贫僧也不好置喙。但咱们现在都身陷鼎砚笔阵，身涉奇险，动辄就有性命之虞，就应该暂时抛却往日恩怨，想想破局之法才是。像适才那样仍执着于争斗，胜又何喜？最后只会落得两败俱伤而已。"

他这番话说得，多少有些偏袒柳苑苑。如果真是打起来，这边青莲、如椽、画眉、麟角四笔外加彼得，对那支不知名的红头小笔与五色笔可是有压倒性的优势。

柳苑苑如何听不出来弦外之音，她虽摆出一副不领情的表情，红唇嚅动几回，却没出声呵斥。她身后的诸葛淳听到彼得的提议，却喜从天降，忙不迭地点头道："彼得和尚你说得很对，很对，这时候需要团结才是。"

十九却不依不饶地叫道："诸葛家的人是杀害房斌房老师的凶手，我怎能与他们合作！"颜政在一旁劝道："哎，没说不让你报仇，只是时机不对嘛！你就算杀了他们全家,也是出不去的,岂不白白浪费生命?"

"能为房老师报仇,死而无憾。"十九断然道。

"就算你自己不出去,也得为别人着想一下嘛!"颜政看了眼罗中夏,这不看还好,一看更让十九火头上升:"哼,他自去快活,关我什么事?"

颜政心里暗暗叫苦,心想不该把这醋坛子打翻,连忙换了个口气道:"就算是为你自己吧,杀害房斌老师的真正凶手,还活得好好的,你跟这几个虾兵蟹将同归于尽,有何意义?"

十九一听,言之有理,刚闭上嘴,柳苑苑却忽然发作了:"姓颜的,你说谁是虾兵蟹将?"颜政身为画眉笔的传人,对美女向来执礼甚恭,此时被突然质问,连忙分辩说:"我说诸葛淳呢!"诸葛淳最怕颜政,被骂到头上居然不敢回嘴,只得缩了缩脖子,硬把亏吃到肚子里去。柳苑苑见他如此没用,暗自叹了口气,把视线转到彼得和尚那里去,语调出乎意料地温和:"情东,那你说,该如何是好?"

彼得和尚道:"贫僧以为,既然这鼎砚是笔冢主人设下的一个局,那么必然就有化解的办法。"

这话是一句大实话,只是全无用处。大家听了,都有些失望,先前都以为彼得和尚能有什么智计,想不到听到的却是这么一句废话。韦势然坐在紫金砚上,不禁开口道:"贤侄,你这话等于没说。"

彼得和尚微微一笑,对韦势然道:"对别人来说是,对势然叔你来说,却并非如此吧?"韦势然不动声色,只简单地说了句:"哦?"彼得和尚紧接着道:"永欣寺那一战,我虽没亲临,也听罗、颜两位施主详细描述过。笔冢主人锁笔之法固然精妙,势然叔你破局之术更是奇巧。先是引出辩才鬼魂毁掉退笔冢,又用青莲绊住天台白云,种种筹划,十分细致。"

罗中夏和十九听到这些,脸色都不太好。那一战他们彻底被韦势然玩弄于股掌,白白为他人作了嫁衣。

"势然叔你既然能设下这么精密的陷阱,事先必然对笔冢主人设下的存笔之局知之甚详。永欣寺如此,这高阳洞的秘密,就未必不在您掌握之中。"

韦势然拍拍膝下砚台,苦笑道:"关于永欣寺的秘密我如何得知,我可以说给你们听。但这高阳洞我若尽在掌握之中,哪里还会被困在这里?"

彼得和尚道:"势然叔您的秉性我是知道的,向来都是先谋而后动,不打无准备之仗。您说您贸然闯入高阳洞内,恐怕难以让人信服。"

韦势然大怒:"那要不要我站起身来,大家一起烧死,你便信了?"

彼得和尚不慌不忙:"势然叔不必做出这态度给我看。您身陷囹圄,贫僧也是亲见的。只不过依势然叔的风格,一贯是借力打力,从不肯亲自动手的。"他略作休息,环顾一圈,又道:"秦宜小姐与势然叔您是一路,她把我们救去高阳洞的对侧,等苑苑的追兵一到,恰好一同陷入石液墨海。这其中应该不是什么巧合吧?"

今日在南明山上的一场混乱,导致参与者的思维都被搅乱,一直浑浑噩噩。此时听彼得和尚分剖清晰,细细琢磨,才觉得其中大有奥秘可挖。

罗中夏这时开口道:"这不合理啊,彼得。小榕找我,原是背着韦势然的,他怎能算准小榕和我几时到高阳洞,几时钻入里洞呢?"

彼得和尚道:"高阳洞要靠有笔灵的人才能触发液化,但却并非一定要青莲才行。秦小姐、苑苑,无论是谁,同样都可以触发。所以我想势然叔最初的计划,本来是打算把我们诱入洞中,而你却应该是被排除在外的。想不到小榕却意外去找你来,这才误入高阳洞内。"

"呃?"罗中夏的心情不知是喜是忧,不由得多看了一眼仍旧半晕半醒的小榕。

韦势然好整以暇盘腿而坐,眯着眼睛听彼得和尚说完,徐徐道:"姑且假定贤侄你所说不错,你能得出什么结论呢?"

"倘若我推断不错,这鼎砚之局,势然叔一个人是破不了的。破局取笔之法的关键,一定就在我们之中,甚至可能就是我们。"

彼得和尚这一言既出,众人俱是一惊。柳苑苑心跳骤然加速。她本来到南明山的任务,只是擒获这一干人等,但若是连七侯也拿到,主人定然更加高兴。她看着侃侃而谈的彼得和尚,心中尘封已久的情绪竟有些悄然萌动,从前那个只在自己面前口若悬河的少年韦情东,竟和现在这面色苍白的和尚重叠到了一起。

啪啪啪啪。

韦势然连续拍了四下巴掌,称赞道:"人说韦家'情'字辈的年轻人里,要数韦情刚最优秀。如今看来,他弟弟韦情东竟丝毫不逊色,甚至多有过之。"

"承蒙夸奖。"彼得和尚淡淡回答。

"这么说,你承认是早有预谋了?"柳苑苑大声道,她急切想知道如何脱离此局,如何拿到此笔。韦势然慢条斯理地瞥了她一眼:"你这孩子,急躁的脾气一点都没改。倘若当日你肯听情东分辩几句,何至于有这等误会,以致一个遁入空门,一个误入歧途?"

"轮不到你这韦家弃人来教训我!"柳苑苑被说中痛处,大为恚怒,纵身欲上。彼得和尚连忙上前按住她的肩膀,轻声道:"苑苑,莫急。"

柳苑苑被他按住肩膀,掌心热力隐隐透衫而入,心中一阵慌乱,连忙甩开:"我怎样,用不着你来管。"彼得和尚本来身子就虚,被她一甩,倒退了数步摇摇欲倒,柳苑苑下意识要去扶住他,却在半路硬生生停了下来,暗暗咬了咬牙。

颜政上前,将彼得和尚扶住。后者喘息片刻,抬头问韦势然道:"势然叔,我说的那些推断可对?"韦势然与秦宜对视一眼,秦宜朝后退了一步,脸色却有些难看,勉强笑道:"你若想告诉他们,尽管说好了。咱们是合作关系,我只负责引人进来,别的可不管。"

韦势然点点头,从怀里取出一卷书,扔给彼得和尚,口气颇为严峻:"你虽未全对,却也所差不远。究竟如何破局,全在这书中,只是……唉,你自己看吧。"彼得和尚接过书来,原来是一卷《南明摩崖石刻》的拓印合集,八十年代出的,不算古籍。他信手一翻,恰好翻到别着书签的一页,低头细细看了一遍,面色"唰"地从苍白变作铁青,双手剧烈抖动,几乎捧不起书来。

"这……这……笔冢主人怎会用到如此阴毒的手段?"

彼得和尚虚弱而愤怒的声音在鼎内回荡。

## 第十三章

○

冰龙鳞兮难容舠

众人都被彼得和尚的反应吓了一跳，这一本拓印究竟藏了些什么，竟惹得一贯淡定宴如的彼得和尚如此失态。罗中夏率先开口问道："彼得你怎么了？里面写了什么？"

彼得和尚没理睬他的问话，金丝眼镜后的两道目光锐利无比射向那老人："这难道是真的吗？"韦势然沉痛地点点头："不错，这是真的。我原本似懂非懂，一直到坐在这砚台之上，方始明白。"

"不可能！笔冢主人天纵英才，有悲天悯人之心，岂会是这种阴损毒辣之辈！"彼得和尚厉声叫道。韦势然道："你若别有解法，也不妨说出来，老夫十分欢迎。"彼得和尚答不出话，面色煞白。

韦家与诸葛家的笔冢吏虽然争夺千年，但有一点是相同的，那就是对于笔冢主人奉若神明。彼得和尚虽已破族而出，对笔冢主人的尊崇却是丝毫不变。

柳苑苑缓声道："情东，你到底看到了什么？"

彼得和尚声音如同一个瘪了气的轮胎，有气无力，他把书卷打开对柳苑苑道："苑苑你自己看吧。"柳苑苑打开这一页拓片，原来是一首刻在石壁上的七绝，拓印水准很高，反白墨印清晰可见："青泥切石剑无迹，丹水含英鼎飞出。仙风绝尘鸡犬喧，杉松老大如人立。"落款是处州刘泾。

这七言绝句写得中规中矩，未有大错，亦未有大成，通顺而已。

柳苑苑大惑不解："这诗，又怎么了？"

"这个处州刘泾，其实就是笔冢主人的化身之一啊！"

彼得和尚说罢，轻轻闭上眼睛。韦势然接着他的话说道："南明山整片摩崖石刻，如葛洪与米芾的手迹，都是刘泾苦心经营而来，并一一加以品题，以示标徽，却唯独留了这一首自己的诗句下来，必有缘故。诚如贤侄所说，有局必有破法，而鼎砚笔阵中的鼎、砚既已在摩崖石刻中有了提示，破法自然也被深藏其中。"

柳苑苑也是头脑极聪明的人，略加提示，稍微想了下，忽然悟道："青泥切石剑无迹，莫非指的就是悬在里洞外的石液墨海？"

韦势然道："不错，第二句中的丹水二字，意指葛洪丹鼎与米芾紫金砚。至于这鼎飞出，便是暗示这蕴藏的丹火一飞冲天的圈套。"

"那后两句呢，难道就是暗寓破局之术？"十九也被吸引过来，抛下罗中夏与颜政两个不学无术的家伙，加入讨论中来。

"仙风绝尘鸡犬喧，这里用的是一人得道、鸡犬升天的典故，俨然是个解脱之势，而关键就在于最后一句。"韦势然点了点指头。众人去看"杉松老大如人立"一句，字势写得银钩铁画，苍劲有力。

"嗯？"柳苑苑和十九此时已忘了敌对身份，凑到一起大皱眉头。秦宜在一旁看得不耐烦，开口道："哎呀，真笨，你们想想，在这鼎炉之内，有什么东西是最像杉松的？"

"难道是……笔灵？"这一次说话的居然是罗中夏，凭着鞠式耕的特训与怀素禅心，他也猜出八九分来，面色亦渐渐变白。

韦势然道："不错，看来罗小友已经窥破了玄机。笔灵无人不活，于是诗句后面又加了'如人立'三字，说的分明就是笔冢吏了。"他指头又指向第二句："丹水含英，丹水含英，只有丹水含英，方能有鼎飞出——笔冢吏，就是这'英'啊！"说到这里，他的声音变得至为沉痛。

说到这里，在场所有人都已明白笔冢主人这破局之诗的用意了，个个心中无比震骇。

"丹水含英"，含字乃是正意，意味着要将笔冢吏送去米芾紫金砚与丹鼎之火之间，以体内笔灵作为燃料，耗尽丹鼎飞出的火元，所藏七侯方能"仙风绝尘"，得以出世。

笔冢吏本是人间罕有的机遇，非福缘深厚者不能为之。而这笔阵居然把笔冢吏当作消耗品，毫不吝惜，生生要用他们与笔灵的性命耗尽鼎中火元，才能破开此局。这等视人命如草芥的破局之法，真是骇人听闻，残酷无情到了极致。

回想起来，笔冢主人于那洞口密布石液墨海，非笔冢吏不能进入，本以为是沙汰无关之人，想不到竟是为了给鼎炉挑选燃料。

无怪彼得和尚如此激动。笔冢主人正是为了留存才情，方才炼就笔灵，开创了笔冢一道。是以诸葛、韦两家的历代笔冢吏无不遵奉创始人的精神，对笔灵呵护有加，几乎已成为牢不可破的最高戒律。以笔灵为材料的笔童被列为绝对禁忌，正是出于对笔灵的尊敬。

而现在的破阵之法，却把这最高戒律践踏无余，等于是笔冢主人的核心理念自我否定，怎能不叫这些笔冢吏震惊。这……这跟殉笔余孽又有什么区别？

"没……没有别的解法了吗？"颜政舔了舔嘴唇，这种凶悍的办法，就连他心中都一阵恶寒，极力不愿去想。罗中夏把仍旧昏迷不醒的小榕小心交到颜政手里，然后独自走到韦势然面前。

"你刚才阻止小榕走进这太极圈内，是否就是怕她被丹鼎火元化掉？"

"小榕的咏絮是玄阴之体，碰到这种至阳火元，自然是不行的。"

"你的目的，就是把他们都诱入鼎里，统统烧死，你好取笔，对吗？！"

罗中夏语气骤然严厉起来，韦势然至今虽然劣迹斑斑，最多不过是利用别人，如果这次真的像罗中夏猜想的那样，可就真的触及了底线——要闹出人命了。

出乎意料，这一次解围的却是彼得和尚："贫僧以为，势然叔并非如此歹毒之人。入洞之前，谁都不知其中藏着葛洪鼎、米芾砚，又怎能参透刘泾诗句中的寓意呢？我想，势然叔只是在入洞之前猜测破阵需要多支笔灵之力，便安排秦宜诱我等来此，他自己先行入洞勘察，结果误中圈套被困笔阵。至于鼎火焚笔的玄机，我看多半是势然叔困守方砚之上，有了闲暇观察四周环境，才想透的。"

韦势然呵呵一笑，捋髯赞道："贤侄目光如炬，真是天资过人。"十九忍不住问道："难道……除了焚烧笔灵，就没别的法子了吗？"

韦势然道："老夫是没什么法子了，也许贤侄能想到些什么？"彼得和尚摇摇头，重新坐回地上，刚才那一番滔滔言辞消耗了他本来就不多的体力。他的举动，让周围的人心中都是一沉。秦宜不知从哪里又变出一罐红牛，给他递了过去。柳苑苑见她对彼得和尚举止轻浮，不知为何心中有一丝恼怒，这种情绪她自己都难以描摹。

罗中夏站在圈中，突然大喝一声，从胸中振出青莲笔，青光绽放。

"你要做什么？"颜政和柳苑苑同时问道。

"我只是不想大家都死在这里罢了。"罗中夏在青光中淡淡答道。在绿天庵外，他曾经因为怯懦而放弃了自己的同伴，最后自己反被放弃的同伴所救。这一根内疚的尖刺，从来不曾真正消除过，每到特定时刻，就会拱出来令自己痛苦不堪，提醒自己的怯懦。尽管没人责备他，甚至没人提及那件事，但他急切地想要弥补与赎罪，否则便永远不可能达成一颗真正的禅心。

"冰龙鳞兮难容刃！"

随着一声高亢的诗句从口中喷出，一条巨大的白色冰龙从青莲笔端飞出，鳞爪俱是冰凝而成，晶莹剔透，纤毫毕现。这龙身躯极长，稍稍仰脖就几乎够到了头顶的石液墨海，连鼎内都感受到它的低温，周围空气甚至都有点点结晶飘浮。

青莲笔所化出的东西，是与笔冢吏本身的李白诗悟性和精神力息息相关的。能形成如此规模的冰龙，罗中夏消耗的精神绝对不少，若非接受过鞠式耕的培训，决计是化不到这等程度的。

"罗小友，你体内的只是青莲遗笔，能力有限。若你打算用冰龙压制鼎内火元，是绝不可能的。"韦势然望着冰龙，开口提醒道。

罗中夏却不答话，他此时正全神贯注，贸然开口便会分神，轻则冰龙溃散，重则反噬自己。

那冰龙在半空回转片刻，便慢慢朝下游来，姿态优雅，龙头逐渐贴近了韦势然与米蒂紫金砚。众人都注意到，冰龙的冰晶一接触到太极圈，便立刻融掉。可见火元之盛，这冰龙怕是连靠近都没有办法。

就连专精冰雪的咏絮小榕靠近太极圈，都会被烧至昏迷不醒，遑论这条仅靠能力幻化出来的冰龙呢？！

冰龙不甘心地盘旋了数周，突然龙头一抬，发出一声清啸，朝着天顶飞去。众人同时仰望，只见那条龙矫跃飞旋，扶摇直上。就在它即将飞临洞顶墨海时，冰龙做了一个完全出乎大家意料的举动，一头扎进墨海里去。

其实"扎"这个字形容得不够准确，冰龙并不是完全把身躯都扎进去，而只是探进去一个头。与此同时，它的身躯拼命摇摆，龙尾伸长几乎接近鼎底。正像是一幅蛟龙入海图，海色纯黑，龙体纯白，两下辉映煞是醒目。

大约过了五秒钟，一个奇异的景象出现了。墨海围绕着冰龙入头的地方泛起了小小的旋涡，而冰龙体质也忽然发生了变化——从脖颈开始，原本晶莹剔透的冰躯开始染上淡淡的墨色，随着时间推移，墨色越来越重，而被浸染的区域也逐渐从脖颈开始朝着躯干扩散。

从鼎底的角度看上去，就好像是这条冰龙正试图把整片的墨海吸入体内一般。

"莫非他想把墨海吸干？那也没什么用处啊！"颜政大惑不解，他不敢惊扰全神贯注的罗中夏，彼得和尚又闭目养神，只好去问秦宜。秦宜抿着嘴想了一阵，忽然笑起来，挽起颜政的手臂道："你说，这冰龙像什么？"

颜政看了一眼冰龙，这冰龙头悬墨海，已经有一半身躯染上了墨色，脖颈处更是乌黑一片，显然已完全被墨海侵蚀。颀长无比的身躯在虚空中一圈一圈盘转而下，龙尾恰好搭到鼎底。

就像是……就像是一座冰雕玉砌的盘山悬桥！

颜政恍然大悟，可随即又有了一个疑问："可是这样的桥，真的能走上去吗？不是说青莲笔幻化出的，都不是实体吗？"

这时韦势然道："冰龙本是青莲笔幻化出来的，只具其冷，而不具其质，本是不能做桥的。可罗小友巧思妙想，驱使冰龙吸墨，墨海乃是实体，经过冰龙身躯便可冻成一条实在的墨桥。而且洞顶墨海被吸光以后，也便不会成为离开里洞的障碍，真是一举两得。"

经韦势然这么一说，众人均有醍醐灌顶之感，不觉对罗中夏多了几分尊敬。原本他们把他当作一个半路出家的小毛头，至今才知其已非吴下阿蒙。十九看了看躺倒在地的小榕，又看了看一脸凝重的罗中夏，心中颇不是滋味。

正在他们谈话间，那条冰龙已经吸足了墨海，通体泛起墨黑色的冰晶光泽。洞顶墨海似乎被吸去三分之二还多，就像干旱水塘中所余不多的几汪水洼，而这条冰龙身躯冻成的墨桥，也已经初具了规模：不仅用一圈圈龙盘接续的方式减低了倾斜度，而且每一圈的鳞甲都朝上形成一片片凹凸，成了方便落脚的天梯。

罗中夏这时控制着青莲笔朝冰龙墨桥一指，说道："雪山扫粉壁，墨客多新文！"这两句李白诗批此情景绝佳，一阵飞雪吹过，墨桥登时又冻硬了几分，墨冰棱角分明，光芒愈盛。

做完这一切，罗中夏长长出了一口气，身子委顿下去。他从未试过控制青莲笔做这么大的手笔，无论意志还是体力都消耗极巨，甚至连开口说句"我已完成了"都不能。颜政一个箭步过去扶住他的身子。

十九本想第一个冲过去，可见颜政身子一动，迟疑片刻，就晚了，只得停住脚步。

她见到罗中夏殚精竭虑的模样，心里又喜又气，复杂至极，连忙把视线转去别处，无意中瞥到柳苑苑正一直盯着彼得和尚——那副神情，就和刚才的自己一模一样。

颜政扶着罗中夏，叫道："喂，大家各自带好伤员，咱们赶紧上去。"十九这才回过神来，发现秦宜已经搀起彼得和尚，柳苑苑站在一旁，想要帮手却又拉不下面子，还在犹豫；而小榕依然躺倒在地，唯一能带上她的，就只剩身旁的十九一个人罢了。

对十九来说，摆在面前的是一道极难的题目。她的视线不由自主地又扫到罗中夏脸上，那张熟悉的面孔如今变得极度疲惫，五官却有一种奇妙的满足感，大概是什么心结被解开了吧。末了十九银牙暗咬，终于俯身将小榕横抱起来。少女体质极轻，又有着淡淡凉意，十九抱着她，心中五味杂陈。

这时秦宜忽然道："哎呀，可是即便如此，我们还得有一个人留下压制米芾紫金砚。"说完她看了眼韦势然："否则鼎火一起，恐怕我们还没爬上去，这冰桥就会被烧化了。"

这确实是一个大问题，所有人都盯着韦势然。倘若此时投票选择谁留下牺牲，恐怕除了昏迷的小榕以外，大家都会投给这个狡黠的老狐狸。

韦势然挥了挥手，语气介于无奈与淡然之间："不可能有这么完美的事情。你们爬上去就是了，我反正坐在米芾砚上也动不了。你们逃出去以后，想出解决的办法再回来找我就是，十天半月老夫我还撑得住。"

他这么大义凛然，倒是颇令其他人意外。

这时，鼎中一个陌生的声音响起：

"我有一个更完美的办法，不知诸位是否愿闻其详？"

# 第十四章

## 战鼓惊山欲倾倒

这一声，不啻旱地惊雷。鼎内地方不是特别大，除了他们九人以外，再无旁人。突然冒出一个从未听过的人声，自然要惊骇万分。

众人纷纷四下扫视，寻找那声音的来源，那声音又笑道："不必找了，我就在你们之中。"

大家包括柳苑苑这才惊愕地发现，说话的，竟是那个最不起眼的家伙。

诸葛淳。

诸葛淳自从掉落鼎底以后，一直沉默寡言，极为低调，因为他们一方势单力孤，对方阵容里又有他最怕的颜政。这人一贯胆小如鼠，柳苑苑最看不上眼，只当他是个累赘，也毫不关心。

此时他竟突然说出这么一句，委实出乎了所有人的意料。

柳苑苑瞪眼叱道："诸葛淳，你在说些什么？！"

诸葛淳此时如同换了一个人，原本微微驼着的背陡然直了起来，猥琐怯懦的五官完全舒展，面孔大变，以往那种畏畏缩缩的模样荡然无存，取而代之的是一种从容淡定的气质，从双眼中透出一种深不可测的深沉。

但真正让其他几个人变了脸色的，却是他的笔灵。他们大部分都是笔冢吏，很轻易地就感受到了诸葛淳笔灵散发的强大威势，这种威势非但没有丝毫隐藏，简直就是肆无忌惮地放射出来。

这先声夺人的无上威势萦绕在诸葛淳身旁，依次显现五种颜色，宛如孔雀开屏。

赤、青、黄、玄、白。

五色。

真正的五色笔。

五色笔与其他笔灵不同，本是晋代大儒郭璞所炼。可惜的是，郭璞因为说王敦谋反不会成功而被王敦处死，笔冢主人赶来不及，没有收齐他的三魂七魄，只得暂且收藏起来，直到两百年后寻到一个合适的孩子寄身，这孩子就是江淹。江淹凭此笔成名之后，笔冢主人现身入梦，以江淹肉身为丹炉，终于把迟了两百年的郭璞魂魄炼成了五色笔，收归笔冢，并留下一段"江郎才尽"的文史典故。

因此这五色笔，就有了两重境界：江淹与郭璞。

诸葛淳的五色笔曾经在第三医院与罗中夏、颜政与小榕战过一次，当时诸葛淳的境界只达到江淹的境界，只能驱动赤、青、黄三色，结果被颜政蛮不讲理的自杀攻势打破，从此吓破了胆，逢颜必逃。

现在诸葛淳身后竟显出了五种颜色，毫无疑问，这是郭璞的境界。

五色笔居然就在这个时候觉醒了。

"诸葛淳，这是怎么回事？！"

柳苑苑喝道，她不是很清楚诸葛淳的底细，她出发之前，主人才临时安排诸葛淳来协助她。就算此时五色笔已经恢复了五色，在她心目中诸葛淳仍旧是个地道的废物。

诸葛淳听到柳苑苑呼喝，露出温和的笑容："很简单，现在这里我说了算。这是主人的命令，你的使命已经结束了。"

柳苑苑面色一变："可笑！"她娇叱一声，三支飞针应声而出。可惜那三支快若闪电的飞针飞到诸葛淳面前，陡然变慢，像是静止在半空一样。诸葛淳轻轻松松抓住飞针，把它们丢在地上，慢条斯理地说道："敌人就在你身旁，你非但不去设法干掉他们，却要与你的旧情人合作来对付函丈主人。你可知道，你已经违背了对主人的誓言，主人会很不高兴的。"

"少在我面前装大瓣蒜，你这个废物！"柳苑苑大吼一声，她的笔灵朝着诸葛淳击打而去。

"没错，诸葛淳是个废物，可我却不是。"

诸葛淳一边说着奇怪的话，一边岿然不动，双手抄在胸口。柳苑苑试图找出他心中裂隙，却似撞到一面大墙，一无所获，自己反被那五色光芒晃得几乎睁不开眼。柳苑苑连忙闭上眼睛，大口大口喘息着，她的笔灵是心理系的，如果打击落空，很容易反噬自己。

"你以为主人真的那么放心,让你一个韦家的人独自处理这一切吗?"

诸葛淳也不趁机出手,稳稳当当活动着手腕。他说完这一句,把注意力转向了仍旧坐在方砚上的韦势然,恭恭敬敬地鞠了一躬:"韦大人,我代表主人向您问候。"

"恭喜你达到了郭璞的境界。"韦势然保持着一贯的镇定。

"事实上,我在一开始就已经达到那种境界了。"诸葛淳不失礼貌地纠正他的说法,如同一个面对客户的腼腆推销员。韦势然眉头一皱:"这么说,你一直隐藏在苑苑身边,其实你才是这一切真正的黑手。"

"也不尽然。五色笔的境界,是可以衍生出不同人格的。你们看到的诸葛淳,只是江淹境界下的我,那并不是演技——说实话,他的怯懦让我也很有些头疼呢!不过现在站在你们面前的,不是他,而是郭璞境界下的我,我叫周成。"

周成向每个人都点了点头,似乎对自己的自我介绍很满意,他居然笑了。

柳苑苑怨毒地瞪着他,突然问道:"那你怎么会突然觉醒的?"

"遵照主人的指示,一般情况下我是不会越俎代庖的,一切都交给诸葛淳来处理。他不需要做什么,只消在旁边看着就是了。没错,诸葛淳是一个监督者。如果柳小姐你尽心竭力的话,我根本不会有任何动作,只会默默观望你的成功。但如果你有什么异动——比如现在这种场合——诸葛淳的人格就会沉睡,我则会站出来,努力让局势朝着主人喜欢的方向发展。"

"可在绿天庵前,罗中夏打败褚一民时诸葛淳也在场,为何你不出手相助?"

周成耸了耸肩:"为什么要出手相助呢?不过是区区退笔小事,胜固可喜,败亦欣然,褚一民失败是他能力不足,于主人大业无甚损失。而今日局势有所不同,七侯近在眼前,错过机会可就难找第二次了。"

此时的周成文质彬彬,完全是一个满身书卷气的谦谦君子。可众人还是不敢轻举妄动,他的玄、白两色光到底是什么能力,还没人知道。

"正如我刚才所说的,其实我还有个更完美的办法。"周成说到这里,对韦势然说道,"刚才您说过,您与我家主人的合作原则是'自行其是,坐享其成',真是一句精辟的总结!现在我就代表主人坐享其成来了。"

"原来你才是他真正的伏笔。"

"这是自然啦!从一开始,主人就让我监督您参与的一切行动。"

"你想要怎样?"韦势然不动声色地问。

周成信步走到墨桥旁，用手指敲了敲龙尾边缘，发出浑浊的声音，看来冻得是相当结实。他点点头，笑道："青莲笔用冰龙冻出一条墨桥来，固然是个巧思。可惜只能逃命，却不能解开笔阵取得七侯，未免太过消极。我家主人一向不喜欢这种，不足取。"

"不足取"三字一出口，他眼中闪过一道诡异光芒，不知何处传来一声几乎细不可闻的声音。

嘎吧。

韦势然骤然醒悟，大喝一声："快散！"

众人得了韦势然的警报，无暇多想，立刻四下散去，他们的目光却不离那架代表了生存希望的冰龙墨桥。只见周成刚才敲击的龙尾处，居然有了一丝裂缝。裂缝开始只有一指之长，然后飞速延伸扩展，迅速爬满了墨桥全身，还伴随着缓慢而阴沉的"嘎吧嘎吧"冰块破裂声，极其恐怖。

仅仅只是一分钟，整座墨桥便变得支离破碎，不堪使用。只听到"轰隆"一声巨响，整条龙坍塌下来，桥梁土崩瓦解，无数散碎的墨色冰块砸在刚才众人站立之地。这些冰块一落在地上，立刻被鼎中蕴藏的火元融化，被禁锢冰中的墨海石液变成丝丝缕缕的黑烟，重新飘散回高阳里洞的洞顶，黑烟滚滚。

这一下子，可算是彻底断绝了他们的希望，大家个个面色煞白。周成只是轻轻一敲，就毁掉了罗中夏殚精竭虑做出来的冰桥，他的实力委实深不可测。

周成表情既没有得色，也不见欣喜，如同做了件稀松平常的事情，又信步回到鼎中间来。他拍了拍韦势然的肩膀，淡淡道："诸位莫急，倘若别无他法，我亦希望能逃出生天。但刚才你们明明已经参悟出破阵之法，却囿于道德，不肯使用，当真是暴殄天物。我不得不站出来纠正一下。"柳苑苑听到这话，捏紧拳头，淡眉一立："你……你难道想……"

"咏絮、麟角、画眉、如椽……嗯，除去主人不让动的青莲以外，至少尚有四支笔灵。再加上韦大人您和苑的笔灵，就有六支之多，我想怎么也够葛洪丹鼎的火元烧了吧？等到火元烧够了笔灵，鼎砚笔阵不破自解，届时七侯自然就会现身。"

周成坦然讲述着自己的想法，丝毫不加掩饰，语调充满了欢快的憧憬，似乎说的是远足郊游一样。无可抵御的恶寒爬遍了每一位听众的脊梁，要什么样的人才能面不改色地说着如此可怕的事情啊！

"你们说，是不是很完美？"周成满怀期待地向听众问道。

面对这种问题，听众们只有无语。柳苑苑见他把自己也算了进去，有些惊愕，把身子靠在鼎壁上不置一词。韦势然忽然阴恻恻地说道："可焚笔究竟能否脱困，只是我的猜测，未必作得数。"周成略一沉默，很快便释然地笑了："我对韦大人的见识与学问都佩服得紧，您的推测怎么会错呢？"

"我若真的有这么靠谱，又怎会被困在阵中等死？"韦势然一句话问住周成，然后跷起一个指头，点了点罗中夏，"本来我们可以先逃出生天，再详加推敲。现在你斩断了这条路，等于是把自己也置于险地了。"

周成没有答话，他捏住下巴想了一下，把目光集中到了小榕身上："如果大家没什么异议的话，我们就从咏絮笔开始好不好？"

"你休想！"罗中夏大喝道，他从极度疲惫的状态刚恢复了一点精神。

"为什么不呢？"周成看起来很惊讶，"难道你们还想从人开始烧起吗？"

"你到底想说什么？"罗中夏皱眉道。

周成先是一怔，随后露出意味深长的微笑："原来你还不知道啊！"

"知道什么？"

周成一指小榕，哈哈笑道："她不是什么咏絮笔的笔冢吏，而是韦势然为咏絮笔夺舍了一具肉身罢了。不过是一具徒有人形的殉笔童，根本不算人类。要牺牲，自然要从她开始。"

罗中夏闻言浑身一震，他急忙回过头去看小榕。少女依旧昏迷在原地，胸口起伏，呼吸尚在，白皙的面孔下还隐着浅浅的红晕。这样一个人，怎么可能是那种木呆呆的殉笔童？

周成啧啧称赞道："纵然是我家主人炼的殉笔，也不及这一具灵动鲜活，简直跟活人没什么区别。"

"少说废话！"

罗中夏和颜政同时怒喝，他们两个人合作最久，默契程度最高，一起扑了上来。

周成早就预料到要动手，丝毫没有慌乱，只是背后的五色光芒愈盛。韦势然坐在砚台上，想要阻止却无能为力。他老谋深算，一眼便能看穿，罗中夏的精神已是疲惫不堪，颜政又已在云阁崖为冲破柳苑苑封锁而消耗掉了差不多全部画眉笔的能力。他们两个对上十足状态的周成，很难说会占什么优势。

更何况五色笔中，玄、白二色的秘密，还不曾显露。敌情不明却轻军急进，实在是临阵大忌。

可那两个人箭在弦上，已是不得不发。罗中夏口中念诵李白诗句，召来滚滚惊雷，在天空随时蓄势待发；而颜政索性猱身近战，想用拳脚解决掉周成，就好像当初他解决诸葛淳一样。

就在这时，周成身后黄、青、红三色光带飒然飘出，朝着攻来的二人飞去。黄色致欲、青色致惧、红色致危，被哪一色打中，都是件极其危险的事情。

罗中夏和颜政早见识过这三色的效果，按说应该第一时间避之的，可他们两个不闪不避，就似看不到一般，仍旧朝前冲去。那三色光带也不需什么分进合击，直通通地就刺穿他们两个的身体。

可那两个人被三色光抽打在身上，却是浑若无事，身法丝毫没有迟滞。这倒出了周成预料，他眉头略抬，略一思忖，便把视线集中在了一个人身上。

秦宜也注意到了他的目光，并不退缩，反而迎着他视线妩媚一笑道："你有张良计，我有过墙梯。你现在发现，恐怕也晚了。"

麒麟本是祥瑞，其角能正乾发阳。秦宜的麟角锁能控制人的神经冲动，而无论是欲望、惊惧还是对危险的觉察，皆是通过神经来实现的。罗中夏和颜政在动手前，已经被秦宜悄悄在他们身体各处的神经元下了麟角锁，锁死生物脉冲。这样一来，就算是他们两个看到什么幻象，也没了什么感觉，等于是打了一剂麻药，变得麻木不仁，封锁了周成的攻击。

周成在一秒内想通了这一切，但罗中夏和颜政已经欺近了身。周成并不惊慌，双手轻轻一拍，本来在虚空乱舞的黄色带与红色带骤然合并到了一起，变成了一团橙色，猛然抽弹回来，把他们两个人笼罩起来。

在一旁观战的秦宜面色一变，她没想到这五色笔竟还能应用配色原理。好在五色笔三原色不全，否则每配出一色就有一种新功能，那这个周成的能力可就是无穷无尽，防不胜防……

而此时被橙光罩住的罗、颜二人，惊觉情况不对，抽身要撤，已是来不及了。黄色的欲望与红色的危境混合在一起，迸发出的是极度的刺激感——那种对蹦极、跳伞、徒手登山等危险活动的追求，从对环境的恐惧中寻求刺激。

在橙色的刺激之下，罗、颜二人肾上腺素毫无节制地开始喷涌而出，他们感觉到的是一股没来由的冲动，整个人一下子陷入奇妙的兴奋中，呼吸急促，双目圆睁，觉得浑身的血液流速都变快了，细密的汗水从皮肤表面分泌而出。

"快把他们拽回来，否则时间长了心脏会承受不住。"韦势然虽不知内情，但从他们的表情、动作等细微处还是感觉到了危险的端倪。

听到韦势然这么一说，十九立刻祭出如椽笔，大喊一声。这呼喊声经过如椽放大，直刺入耳，隆隆直响，震得罗中夏和颜政半规管一阵震颤，几乎站立不住。

也幸亏有了身体上的失衡，罗中夏才从那种兴奋状态暂时解脱，他顾不得许多，一把拽起颜政，三跳两跳脱离了橙色范围，后退了十几步方才停下。周成显然只打算把他们迫退，于是也没有刻意追击。罗中夏和颜政花了好一阵子才把狂跳的心脏与脉搏安抚下来，这番折腾对颜政还好，对精神还没恢复的罗中夏来说实在是雪上加霜。

罗中夏与颜政拿袖口擦了擦汗，暗叫侥幸。倘若任由肾上腺素肆意分泌，只怕几分钟内，他们就会心律失常而死。十九走到他面前，递过一块手帕，罗中夏刚要称谢，十九哼了一声，扭头转过身去。

韦势然眯起眼睛，回想刚才的交手过程，暗暗有些心惊。这郭璞的五色笔果然不凡，比江淹笔多用两色还罢了，还多了五色互配的功用，几乎立于不败之地。与他对阵，绝不能慢慢缠斗，唯有以万钧雷霆之力一举爆发，一招得手，才有胜机。眼下在鼎内的这些人里，几乎一半以上都丧失了战斗力，唯一可能发动这种攻势的，就只有罗中夏的怀素禅心加《草书歌行》了。

可是怀素禅心已经散入罗中夏体内，绿天庵外那一战已成绝唱。现在就算施展《草书歌行》，不知是否还能达成人笔合一的境界。

周成刚才说出小榕的真身，就是为了故意扰乱罗中夏心神。怀素禅心，不得不分出一部分去镇压罗中夏的乱心，还能有足够的精神力来发动攻势吗？

韦势然正暗自思忖，第二轮攻势已经发动了。

这一次的攻击除了罗中夏、颜政以外，还多了一个十九。三个人从三个角度扑向周成，十九的刀锋、颜政的拳势和罗中夏幻化出来的长剑一起朝周成招呼过来。

"来几个都一样。"

周成丝毫不慌，轻轻驱动三色，交相调配，在自己身前构成一片五彩斑斓的屏障。这屏障百色交织，就算这三个家伙被秦宜加上了封锁橙色的神经锁，面对这种变化多端的色彩墙壁也只能徒叹奈何。

可让他没想到的是，最先冲过来的颜政对这些颜色变化视若无睹，整个人穿行其中浑然无事。最初周成以为颜政是用画眉笔的时间倒流来反制，但他立刻推翻了这个想法，颜政的画眉笔早就消耗光了，而且他现在双手也没泛起红色。

那么就只有一种可能。

秦宜用麟角笔把人体神经节全数锁死，形成一个人体版的全频阻塞干扰。虽然这一招后患无穷，但此时确实也没有其他更好的办法了。

周成想到这里，唇边露出一丝微笑。

人体的神经节数以亿计，麟角笔能耐再大，也最多只能压制一人。这些家伙显然是打算让颜政一马当先，造成全员都被秦宜保护起来的假象，迫使三色光带后退，好乱中渔利。

"这种对我的不信任，真是令人伤心啊！"

周成喃喃自语之间，三色光带直取十九与罗中夏两人。秦宜既然把全部力量都放在了颜政身上，另外两个人等于是毫无防护，一打一个准。

就在光带抽中罗中夏的瞬间，罗中夏忽然张开左手手掌，大喊一声："剑花秋莲光出匣！"一柄青湛湛的长剑从掌心伸出。

这是《胡无人》中的一句。《胡无人》全诗连贯一气，本是罗中夏目前最强的杀招，但这时局势瞬息万变，全诗反不如单句有威力。

十九不失时机地用如椽笔加注在这光剑之上。如椽可增幅非实体的东西，这长剑本是青莲所化，此时受了增幅，剑脊一抖，陡然放大了数倍，非但整把长剑变成如同斩马刀般巨大，就连光芒也变得极为耀眼，一时间连那三色光带的光芒都被盖了过去。

"好个将计就计。"周成终于咬了咬牙，承认这个圈套用得巧妙。先用颜政转移注意力，诱使周成把三色光都集中在十九和罗中夏身上，再凭借他们两个的能力组合唤出一柄耀眼如日的光剑——任你什么颜色，如何调配，若是光线太强，也只得暂时丧失了功用。

而这时候，就是已然欺近的颜政的机会了。

周成虽是吃惊，却还远远未到失措的地步。三色被困，他尚有玄、白二色没动。他身形微晃，避开颜政的拳头，身后那束白光恶狠狠地冲了过去。

颜政只觉得眼前霎时晃过一道白光，在碰触身体的瞬间，白光的光芒尽敛，一下子凝成实体。颜政感觉整个身子像被一条鞭子——不，一根柱子重重抽中，生生被卷到了半空，喉咙一阵翻涌，哇地吐出一大口血来。他全身神经都被封锁，并没觉得有什么疼痛，但靠着生存直觉，他知道自己已是肋骨寸断、五脏移位，若非感觉尽失，此时恐怕已疼晕过去。颜政拼了全力，唤起左手拇指最后一支红光点中自己腰间，随即重重落在地上。

原本他们只道周成是一个精神系的笔冢吏，没料到这白光居然与前三者截然不同，竟可以进行实打实的物理攻击。

以五行而论，白色尚金，质地至正至纯。这白带本质上来说仍属于光，拥有光的一切特质，却可随时碎石断金，等于是一柄迅捷、收放自如的激光枪，威力无匹。

然而攻势并没有结束。

趁着周成的白光刚刚击退颜政的空当，罗中夏摆脱了那三色光芒的纠缠，在一瞬间高高跃起，挥舞长剑居高临下地朝着周成刺来，来势汹汹。

周成连忙召唤白光从颜政身边回来。白光虽然可以达到光速移动，奈何人脑终究是有极限的，白柱接到命令，散成光线返回周成身边，再重新凝结，还是花了一点点时间。在这段极短的时间内，罗中夏的身形已经稍稍偏了一点，白光凝成的实体只来得及撞飞他左手的长剑。

长剑离手，登时化为虚空。可怜罗中夏在半空改变不了去势，只得硬着头皮赤手空拳朝着周成扑去。周成不欲置他于死地，但也不想任凭他到处乱跳，心想不妨就趁这机会把他制住，免得多生事端。眼见罗中夏马上要撞到自己，周成朝后退了半步，双手做钳状，意图夹住这个不知天高地厚的臭小子。

就在他一闪念的工夫，攻势第三度起了变化。

在即将接近周成的一瞬间，罗中夏的右手肌肉骤然膨胀，一条绿色的飞龙破掌而出。

周成瞳孔骤然缩小，可是已来不及做任何反应。

罗中夏体内有青莲与点睛，这是周成熟知的。但是他忘了，罗中夏还有一颗怀素禅心，禅心里寄寓着绿天庵里的一条蕉龙。

这，才真正是这一次攻击的精髓所在。

此时就算罗中夏被什么情绪影响，都无济于事。他是半空落下，只受重力左右，即使是罗中夏本身，也无法阻止这一次的攻势了。

没有什么东西能阻止。

几乎没有。

## 第十五章

○

仰诉青天哀怨深

天下本没有黑光，只有黑暗。

当所有的光都熄灭以后，即是绝对的黑。

黑者，玄也。玄乃是天道。正如宇宙的终途，即是黑洞。

随着一声深沉恢宏的轰鸣，罗中夏的蕉龙正正砸中了葛洪鼎底，这一击，可真是声势惊人，强劲无匹，几乎立刻引起了一阵强烈震动。一圈空气涟漪从拳中扩散开来，四面鼎壁传来巨大的轰鸣回响，如洪钟大吕，每个人都感受到了脚底大鼎颤抖的节奏，几乎站立不稳。倘若这一击是砸在土地或者石地上，只怕是沙飞石裂，留下一个状如陨石撞击的大坑。

当大家从震动中恢复过来时，发现原本在鼎内肆流的五彩光带突然全部销声匿迹了，周围视野又恢复成了正常的静谧幽暗。而在罗中夏下方，除了鼎底那镂刻着的玄妙纹饰以外，却是空无一物。

莫非周成那家伙被砸成齑粉了？所有人的心中第一时间都冒出这么一个念头。

罗中夏一个趔趄，终于跌倒在地。刚才那一连串令人目不暇接的攻势，再加上搭建墨桥所耗费的心神，他现在已经是油尽灯枯，再也动弹不得。十九刚才为掩护罗中夏，中了周成一记黄光，正瘫坐在地上调息；而秦宜则忙着给颜政解掉麟角锁，这种全身封锁的手法如果持续时间太长，被施术者恐怕就会全身瘫痪，无可逆转。

柳苑苑靠在鼎壁，刻意与这一群忙碌的人保持一段距离。她本来是与周成同属一边，但是刚才周成被围攻时，柳苑苑却袖手旁观，连一个指头都没动。她无法解释自己为何如此，大概是因为周成刚才计算焚笔破阵之时，居然连她的笔灵都算进去了，这种视同伴如粪土的行径，实在难以激起她同仇敌忾之心。

柳苑苑想到这里，不由得用手抚住胸前，她的这支笔灵，可绝不能让彼得和尚他们知道真实身份。她略带不安地扫视那群忙碌的人，彼得和尚双手合十，默默地合目诵经，那副残破的金丝眼镜架在他鼻梁上，显得颇为滑稽。刚才那攻势，大半都出自他的筹划，柳苑苑忽然想到，这家伙身具笔通之能，活用笔灵本来就是他的拿手好戏，随之又想到两人少年时代的往事，心中一时五味杂陈。

韦势然双手交叠在一起，眼神闪动。刚才那一连串将计就计再就计的攻势，颇为出乎他的意料。那三个人里除了十九，都是半路出家，他们的成长之快，着实令人惊叹。他捋髯一顿，不知心中又有了什么筹划。其实所有人里，处境最危险的就是他，就算是罗中夏成功搭成墨桥，恐怕也无法把他从笔阵里解放出来。可韦势然却面色如常，从未有半点惊惶。

"一会儿只能劳烦你再搭一次桥了，唉，真是墨菲定律，什么事情可能倒霉，就一定会倒霉。"

颜政一边坐在原地任凭秦宜摆弄他的身体，一边好整以暇地对罗中夏开着玩笑。罗中夏晃晃脑袋表示听到了，却没力气回答，他现在想挪动一根指头都难。

十九这时已经恢复了情绪，面色却是一片绯红，喘息未定。她天生性格泼辣，天不怕地不怕，倘若被青光或者红光打中，也不会有太大创伤；可她偏偏却是被黄光打中，黄色致欲，恍恍惚惚之间看到房斌走过来，微笑不言，只是轻轻把她拥抱入怀，轻旋慢转，无限旖旎。

女性与男性对于观感追求截然不同。当初颜政和罗中夏被黄光打中，只见到半裸或全裸的性感女子，注重官能刺激；而女性则更喜欢心情体验，十九对房斌一直心存爱慕，是以她醒觉以后，觉得刚才的感受妙不可言，却又大是羞涩，觉得十分不好，根本不敢接触旁人眼光，就好像刚才的浪漫满怀众人皆知一样。

她正兀自迷乱，忽然觉得身体一轻，开始以为是情绪余波，还有些迷茫，可当她垂头一看，不由得发出一声尖叫。听到十九的叫声，众人俱是一惊，纷纷抬头去看。原来她的腰部被一条如蛇一样的白色光带牢牢缠住，卷举到了半空中，不住摇摆。

一个开朗到有些做作的声音从鼎内的一个角落传出来。

"居然把我的黑色都逼出来了，大家的执着精神好令我感动啊！"周成若无其事地从阴影里走出来，看起来毫发未伤。

众人的表情都很震惊，刚才罗中夏那一击的威势是都见到了的，这种程度的攻击都伤不到他,这家伙的实力到底有多强啊!

周成掸了掸袖子,笑道:"青莲笔刚才可着实吓了我一身冷汗呢,想不到还有这么一招。不过你们也不必惊讶啦,我也是人类,根本挡不住这种攻击。只不过我刚巧躲开了而已。"

躲开?说得轻松。

罗中夏的最后一击,是在离周成极近的距离发出,而且是居高临下,猝然发招,留给周成反应的时间不会超过一秒钟。

而周成就恰恰躲开了,这种反应速度,莫非就是黑色的效果吗?

局势已不容许他们做过多分析,周成操纵着白色光带把十九在半空抛来抛去,十分凶险。白色是五色笔硬质化的武器,刚才只一击就打得颜政几乎丧了性命,这时只要周成动了半点念头,十九就可能会被拦腰斩断。

颜政和罗中夏空自焦急,却是束手无策;秦宜在给颜政摘锁,也分心不得;而韦势然困于笔阵之中,小榕昏迷不醒,彼得和尚重伤未愈。

唯一能出手相助的,只剩下一个人而已。

彼得和尚睁开眼睛,向柳苑苑温和地看去。柳苑苑自然知道他想说什么,面上浮现一丝不快:"情东,你想让我背叛主人吗?"彼得和尚道:"阿弥陀佛,他们对你弃之如敝屣,苑苑你还不悟吗?"

"哼,说得大义凛然,谁知又有什么圈套。他们弃我,又关你什么事?你凭什么管我?!"柳苑苑不知自己究竟气恼些什么,语气似嗔如怒,竟有些撒娇泄愤的意思。

彼得和尚叹了口气,哗啦一下撕开僧袍:"苑苑,我的朋友危在旦夕,恳请你施以援手。贫僧任你处置,绝不还手。"柳苑苑面色一变,镜片后的双眸像是瞬间破碎的玻璃窗,星星闪闪。

"你现在,只是想让我杀了你吗?!"

彼得和尚道:"事急从权。"柳苑苑怒道:"死!死!你从开始就是,总以为你死了就能解决一切!你知道吗,我最讨厌你这种自以为是!"

"除此之外,贫僧实在不知该如何。"

柳苑苑声音忽低:"你难道……从不知亏欠了我一句对不起吗?!"

彼得和尚听到这句话,不禁一怔。柳苑苑长发一甩,不再理他,转身朝着周成走去。此时十九还在半空被甩来甩去,周成见她过来,笑道:"苑苑你莫急,主人的心愿马上就可以实现了。"

柳苑苑冷冷道："我刚才可听得清楚,你把我也算进焚笔之列。"周成看起来迷惑不解："可我已经把你放到顺位的最后了啊,活下来的概率可是很高的哦!"

"哼,先把你焚了,我再取笔给主人!"

柳苑苑话音落时,笔灵应声而出。

周成初时满不在乎,可当笔灵抵近之时,面色终于有了变化。五色笔强悍无比,却有一个致命的弱点,那就是双重境界与人格。郭璞境界匹配的是周成,江淹境界匹配的是诸葛淳,当一个人格与境界觉醒时,另外一个人格与境界就会沉睡在潜意识中。

而柳苑苑笔灵的功能,恰好是揪住对手潜意识里的纠结并无限放大,等于是用耳光抽醒沉睡的诸葛淳,把他生生拽出来。

倘若在这个节骨眼上把周成打回诸葛淳,那大局也便落定。

原本这招极难实现,周成只消远远应对就能凭着三色光把柳苑苑耗死;可他过于轻敌,自视过高,被柳苑苑近身也不曾防备。当周成意识到这一支笔灵会对自己造成多大麻烦时,已然中招。

"你……"

周成第一次显出了怒意,他面部肌肉抽动了一下,疾步后退。白光一下子松开十九,摆动了几下身躯,隐没在三色光中。黄、青、赤三色齐齐扑向柳苑苑。柳苑苑不闪不避,硬生生顶着三色光,继续把笔灵的力量倾注入周成体内。

周成又甩出白光,试图砸飞柳苑苑,却在即将接近她的时候骤然拐了个弯,砸到了葛洪鼎的另外一侧,发出咣当一声。众人大吃一惊,这白光质地硬实,无坚不摧,怎么一靠近柳苑苑就被弹飞了呢?

韦势然拍着膝盖,颔首赞道:"原来如此,柳小姐果然聪颖过人。"原来她不知何时,把眼镜摘下来拿在手里,那白光虽能碎金断石,终究还是光质,遇到玻璃或者镜子自然是要反射走的。

周成见白光也失去了效果,自信满满的五官开始扭曲,隐然已经恢复了几分诸葛淳的猥琐嘴脸。柳苑苑冲到周成面前,一面承受着其余三色光的鞭打,一面死死盯着周成双眼,全身几乎都化作一杆笔。她一个弱女子,竟能同时承受三色浸染精神而不崩溃,其心性之坚定,实在可怕。若非情绪极端到了一定程度,断然不会如此。

彼得和尚虽开口求她帮忙,却没想到她竟如此极端,几乎是拼了同归于尽的心。

他拼命想要站起来去阻止，两条腿却似截肢了一样，完全没有力气。彼得和尚再想动，却忽然发现柳苑苑在逼压周成的同时，似乎在暗自念诵着什么，表情随着念动越发痛苦，而她那支小巧笔灵的尖端，也越发锋锐。

笔灵炼自才人，无不带有强烈的个人痕迹，若是懂得如何运用这点，便能催发笔灵最大的潜力。李白诗之于青莲笔，即是如此。彼得和尚深知此节，此时见到柳苑苑念诵，知道这一定与她的笔灵干系重大。他闭上眼睛，极力倾听，终于听出这原来是一首词。

一首怨词。

世情薄，人情恶，雨送黄昏花易落。晓风干，泪痕残。欲笺心事，独语斜阑。难，难，难！

人成各，今非昨，病魂常似秋千索。角声寒，夜阑珊。怕人寻问，咽泪装欢。瞒，瞒，瞒！

这一首怨词柳苑苑念得越是愤怨，笔灵纠结的力量便越是强悍。难怪那三色光对她无济于事，当一个人的特定情绪达到巅峰之时，其他任何干扰也就都失去了效果。

彼得和尚听得这词，面色发白。他熟读诗书，这一首词的来历自然是知道的，心下欷然，喃喃道："苑，是我对你不住……"他终于明白为何柳苑苑一直不肯说出笔灵名字。韦势然在一旁露出恍然大悟的表情："原来竟是这支笔。"秦宜也反应了过来，杏眼圆睁，喃喃道："原来竟是她……"只有罗中夏与颜政表情茫然，不知怎么回事。

这一首词本是南宋大家陆游的表妹唐婉所作。唐婉与陆游本是两情相悦，后来却被父母拆散，各自成了亲。两人后来偶然在沈园相遇，陆游怅然久之，填了一首《钗头凤》题于壁间；唐婉见到以后，便以这一首《钗头凤·世情薄》应和，回去之后不久便郁郁而死。

柳苑苑的这支笔灵，正是笔冢主人为唐婉炼出来的。唐婉才情不彰，炼出来的笔灵本来微弱，但这一首词写得至情至性，字句所蕴无不是心血泣成，是以这一支笔灵的灵力虽不强，单就幽怨一道，却已偏执到了极致——即便是擅长操控人心感官的五色笔，也要被这笔灵的幽怨所淹没——所以这笔擅长催化心理偏执，也是有道理的。

而苑苑能被这支笔灵选中，恐怕也是因为她对彼得和尚这么多年来持续不断的偏执愤懑吧。只是这怨笔纵然以怨为主，却仍存了思念之情，怨而为念，思慕而不可得，柳苑苑的内心深处，对那个韦情东仍是一腔的留念怀恋。

这才是这首《世情薄》的主旨所在。

彼得和尚细细一想，便已明了，只是为时已晚。

随着柳苑苑念诵的声音越来越大，周成双眼开始暗淡无神，那个猥琐的诸葛淳即将从睡梦中苏醒，他的神情已经占据了三分之一的脸庞。柳苑苑为了抵御三色光的侵袭，本身情绪达到极致，精神力去得实在太尽，就像是一辆时速三百公里的汽车，迎头撞去固然破坏力极大，但自己也不免车毁人亡。

换句话说，诸葛淳苏醒之时，就是柳苑苑脱力身亡之日。

彼得和尚直呆呆地望着这一切，徒劳而疲惫。他本希望借助她的力量脱困，却没想到又把她送上了绝路。莫非柳苑苑也会如前世笔灵唐婉一样，为了这一个负了她的男子落得香消玉殒的结果？

"苑苑，对不起！"彼得和尚突然双手支在地上，泫然欲泣，这十几年来，他还从不曾如此失态过。

柳苑苑听到这句，浑身一震，下意识地回眸望去。就在这时，她的精神攻击出现了一丝裂隙，周成突然之间挺直了胸膛，双目圆睁，大声吼道："诸葛淳，给我滚回去！"诸葛淳的表情仿佛受到惊吓，立刻从脸庞缩了下去。四色光线霎时熄灭，又陷入一片黑暗当中。

五色笔的终极颜色——黑色，终于又出现了。

当黑色再一次出现的时候，周成消失在所有人的视野里。

柳苑苑瞪大了美丽而空洞的双眼，仿佛不相信这一切。她红唇嚅动，回过头试图对彼得和尚说些什么，末了却只是身子猛地弓起，喷出一口鲜血，划出一条弧线泼洒在巨鼎之上，整个人软软地朝后倒下去。刚才她的力量全部压了过去，如今全反噬回来了。

就在她倒下之前，被一道白光接住，拦腰卷起至半空中，再轻轻放低到离地面稍微高一点的地方。周成毫无征兆地出现在她的身后，冷峻的表情棱角分明，只是不再像刚才那么从容了。

"这家伙莫非会瞬间移动？"颜政和罗中夏心里想。

周成看出他们的疑问，冷冷道："不，我是走过来的，只是你们的速度实在太慢了。"他双指一并一分，白光分作了两条，一条紧紧裹住柳苑苑，一条高高翘起，像是条蓄势待发的眼镜蛇。

"这女人真是差点要了我的命。"周成老老实实地感慨道，他对自己的失败倒是丝毫不避讳，"有那么一瞬间，我还真的以为完了。她的这支'世情薄'本是二等小笔，竟能把我的五色笔逼到这番境地，实在令人佩服。"

周成说到这里，瞥了一眼伏在地上的彼得和尚："若非你多那么一句嘴，现在我已败了。苑苑她可真是遇人不淑啊！"彼得和尚垂着头，一动不动，胸襟上却满是鲜血。周成耸了耸肩，把柳苑苑搁回到地上，她已是奄奄一息，任凭随意摆布。

罗中夏见彼得受辱吐血，情知他内创至重，不禁心头大怒，冲着周成喝道："你的白光我们已经破解了，只要有镜子在手，就不怕你的那四色光！你敢再来打过吗？"

周成对这威胁丝毫不在意，他悠然环顾四周，拍了拍手道："好了，已经浪费了这么多时间，还是赶紧取笔吧！"

他刚一说完，白光嗖地闪到了十九脚踝，扭成一圈，把她整个人抛将起来。这一切都发生在电光石火之间，若不能预见到这白光会飞到何处，就算手里有镜子，也是无济于事。

"韦大人，您也老了，位置让年轻人坐坐吧。"周成嘴里说着轻薄话，白光却丝毫没闲着，抡着十九的柔软身躯，朝着韦势然砸了过去。

罗中夏以为韦势然应该心有成算。不料韦势然根本无从躲闪，被远远飞来的十九撞了个正着，"扑通"一声跌下了米芾紫金砚，就像是一个全无用处的糟老头子。

"怎么回事？难道他没有笔灵？"罗中夏大骇。

可已经没时间让他细想了。没了韦势然的压制，那方米芾紫金砚在一瞬间变成通红一片，砚底蓄积已久的丹火开始疯狂地冲击着砚台，把原本呈青灰色的砚面烧得越来越红，到最后甚至于有些发白，随时可能会被融掉。

这方砚台得了米芾真传，水性极重，所以才被笔冢主人挑选来做镇鼎之物。在这几千度的高温冲击之下，这砚仍旧勉强维持着大致形状。

可惜砚台再神，终究还是有极限的。随着烧灼时间的逐渐增长，终于一道细微的裂缝出现在米芾紫金砚上，像是一条触目惊心的伤口。金黄色的火焰在砚台的另外一端激烈地跳动着，侵蚀着砚面的伤口，高温的利齿在拼命撕扯咬噬。葛洪一代仙师，其鼎火已得三昧真传，又岂是米芾的砚台所能抵挡。

随着"嘎巴嘎巴"数声脆响，这一方千古名砚终于承受不住高温压力，生生被葛洪的鼎火烧得四分五裂，灼热的碎片挟着熊熊烟花向四周迸射而去。

方砚一碎，葛洪丹火登时冲破了最后的限制，从鼎脐的太极圈内剧烈地喷射出来，宛如绽放了一朵艳丽无比的赤红大花，映红了每一个人的脸庞。

鼎砚之笔阵，彻底失去了平衡。

第十六章 ○ 吳宮火起焚巢窠

葛洪丹火一喷出来，炽烈的火焰像喷泉一样从鼎脐喷射而出，冲到半空再化作万千火雨，像一把金黄色的大伞垂落下来，瞬间充斥了整个太极圈。而以太极圈为中心，整个鼎内的温度开始缓慢而坚定地上升，仿佛死神展开了他巨大的斗篷，狞笑着一步步朝着鼎内的生命靠近。

如果不采取任何措施，那么恐怕只要几分钟，鼎里的人就会被这丹火活活烧死。

周成盯着熊熊燃烧起来的大火，咧开嘴自言自语道："葛仙翁的鼎火，果然名不虚传。事不宜迟，就依着韦大人的推测，开始焚笔吧。"他瞥了一眼匍匐在地上一动不动的韦势然，继续道："第一个荣幸地献给这尊火鼎的，就是诸葛十九小姐好了。如椽笔嘛……嗯，是支好笔啊，一定很耐烧！"

十九刚才被他用白光卷起撞开了韦势然，受到了极大的冲击，那一撞让她浑身剧痛，几乎疼晕过去，哪里还能反抗。白光一动，她的绵软身躯立刻又被举得高高，甩了几圈，眼见就要丢去熊熊燃烧的鼎火之中。

"住手！"

罗中夏大叫着，他也不知道哪里来的力气，青莲笔挣扎着从胸中而出。

"骑龙飞上太清家！"

随着这句太白诗一吟出，罗中夏胯下立时出现一条鳞爪飞扬的青龙，驮着他一飞冲天，直直奔着甩在半空的十九而去。此时白光已经松开了十九，把她朝着鼎脐正洋洋喷射着的丹鼎盛火扔了过去。罗中夏骑着青龙死命追赶，只一个闪念，就划过大鼎上空。就在他行将触摸到十九衣袖的时候，身子却突然一沉。

青莲笔虽可幻化成龙，但终究不是实体。这一句"骑龙飞上太清家"效果惊人，却极费心神。罗中夏刚才连番用力,早已油尽灯枯,刚才能使出这一句来,全凭着一股气血,如今气血衰竭,胯下的青龙再也维持不住,眼看就要消散于无形。

罗中夏情急之下,双腿蹬着消逝着的青龙一用力,整个人横弹而出,一把抓住十九,抱了一个满怀。两个人在半空的去势俱是一顿,斜斜朝着那火焰喷泉飞去。韦势然、颜政、秦宜均是满面骇然,就连周成也惊在了原地,主人交代他青莲笔动不得,倘若罗中夏在这里被烧死,自己只怕也难逃罪责。

一念及此,周成恨恨地咬了咬牙,白光舞动,一下抽中罗中夏与十九,改变了他们两个的飞行方向。

只是这一切发生得实在太快,饶是白光有光速之能,还是稍微慢了半拍。只见罗中夏紧抱着十九,在白光干扰之下去势偏转,虽不会直直一头栽进鼎脐丹火,却还是穿过那高高喷射出来的火焰喷泉,这才落到了地面。

只这短短的一瞬,他们二人便已是全身冒起火苗来。颜政已经没了画眉笔的能力,只得和秦宜冲上来拼命扑打,只是这三昧真火历时千年,一时不是那么容易就打灭的。罗中夏与十九疼得大声惨呼,一时无计可施。就在这时,韦势然站起身来,大声道:"快把小榕抱过来!"颜政也无暇去问他为什么,转身过去,把昏迷不醒的小榕抱了过来。

"把小榕的衣服扯掉,然后把她搁到他们身上。"

"啊?"颜政愣住了,"这不是时候吧?"

"别啰唆,赶快!"

秦宜见颜政有些犹豫,一把推开他,自己上前扯掉小榕衣衫。小榕穿的是一袭薄薄的白衬衣与短裙,三两下就脱得干干净净。秦宜俯下身子,小心地把少女纯白无瑕的胴体搁在了罗中夏与十九之间,娇嫩细润的肌肤紧紧贴在那火热的两具躯体之上。

说来也怪,小榕的身体接触到他们两个的一瞬间,就像是一大捧白雪压在了火堆之上,不过三四秒的工夫,他们身上的三昧真火便彻底熄灭了。罗中夏和十九全身衣物已经被烧得残缺不全,焦黑一片,但这两条性命总算是保住了。

周成暗自松了口气:"咏絮笔果然不错,韦大人你炼得真是精细。"

韦势然冷哼一声,并不接受他的恭维:"刚才你也都见到了,我们这几个人关系密切,你若是想焚一支笔,他们只怕都会与你拼命,纠缠之下,便是个同归于尽之局。"

韦势然身边的鼎壁温度在缓步上升,表面已经开始微微变了颜色,可他的神态还是安然不动。周成盯着他的眼睛看了一阵，突然展颜笑道："韦大人教训得是，我知道了。"

如蛇一般的白光打了几转，猛然攫起一人，抛至半空。

被捉之人，是柳苑苑。

她适才逼攻周成未果，被力量反噬回来，躺在鼎底奄奄一息，性命已是十停去了七停。刚才鼎火燃起，温度上升，她才被烫醒，还未及有什么反应，就被白光捉住了脚腕，吊在了空中。

"那就先从我们这边的柳苑苑烧起，足以显示我的善意了吧？"周成嘴里说着，控制着白光让柳苑苑逐渐接近那火花四溅的赤焰喷泉。

"韦势然，你怎么能……"颜政指着韦势然，他虽对柳苑苑没什么感情，但天生固有的女性至上主义，让他对这个老头的举动十分不满。

"左右都是要烧，先烧敌人岂非更好？还是说，你打算从自己同伴里推出一个牺牲品来？"

韦势然淡淡回答，负手仰望，眼神闪动，不知在盘算些什么。颜政被噎了回去，答不出来。其他人对柳苑苑并无什么感情，眼见周成把她抛入火中，纵然心下怜悯，也是心有余而力不足。他们已经是残破不堪，根本没有救她的能力。

只有一个人例外。

"阿弥陀佛。"

一声佛号在鼎中响起，其声洪亮，却透着一丝绝唱的决然。周成似乎早料到了这一个反应，柳苑苑在半空停了下来。周成歪着脑袋端详了这和尚一番："如果是要告别的话，请快一点，我们没多少时间了。"

彼得和尚身子摇摇欲坠，面色苍白，胸前僧袍上的大团血迹历历在目。可是他还是站了起来。颜政想过去搀扶，却被他一个温和的眼神给制止了。颜政从来没见过彼得和尚露出如此温和的眼神，就像是……就像是大德高僧圆寂之前的安详。

对周成的话，彼得和尚并没有理睬。他抬头望了望柳苑苑，眼神充满了感慨与怀恋，默默不言，整个人似乎陷入了一种奇妙的情绪。

彼得和尚迈步前行，步履稳健。大家以为他会去找周成的麻烦，可彼得和尚却将身体偏了一偏，稳稳当当地朝着鼎脐走去，在太极圈的边缘停住了脚步。无论是周成还是颜政，都摸不清他的想法，现在的彼得和尚就像是一位深不可测的禅师，他的一举一动都透着神秘飘忽的色彩。

太极圈内火焰熊熊，原本是米芾砚台镇守的鼎脐已经陷入了极度的高温。即使是在太极圈的边缘，也是热力惊人，不时有火苗飘荡出来。彼得和尚面对着这如狂似暴的乱舞鼎火，不闪不避，任凭那些溅出来的火星扑到自己身上，舔舐着自己，很快僧袍便燃烧起来，眉毛也被燎焦。

"原来是想殉情啊，好吧，随便你好了。"

周成不再理睬彼得和尚，他信手一招，白光摇摆，把柳苑苑缓缓地送入火焰之中。柳苑苑身躯与火焰接触的一瞬间，她胸中微光泛起，那一支怨笔仿佛要从主人身体里跳脱而出，嘶鸣不已，妄图逃过这火势的侵蚀。可为时已晚，三昧之火不是凡火，乃是葛仙翁修道炼丹用的炉火，笔灵遇着这等火，根本无处遁逃。

随着柳苑苑的身躯慢慢被烈焰吞噬，那一支怨笔的嘶鸣之声也逐渐低沉，笔灵泛起的微光被一分一毫地吞没，宛如万顷波涛中的一叶小舟，很快便不见了踪影。鼎炉的火势陡然旺盛起来，被焚尽的怨笔给了这只怒焰巨兽最好的飨宴，它神完气足，火苗几乎喷到了天顶的墨海。整个鼎内金光大盛，连最偏僻的角落都照得一清二楚。

彼得和尚长长喟叹一声，摘下金丝眼镜，丢给了后面的颜政，举步毅然迈入了太极圈内，身影立刻为大火吞没。

"彼得！"

颜政握着彼得和尚的金丝眼镜，惊骇无比，瞪圆的双眼里暴出血丝。他虽有预感，却没料到彼得和尚会自蹈火海，为柳苑苑殉情。秦宜见颜政气色不对，从后面拉住他的胳膊，低声道："喂，你不要冲动……"颜政手臂猛地一甩把她甩脱，指着周成怒道："老子拼了这条性命，也要把你丫做了！"

周成面无表情地说道："莫要着急，倘若这支怨笔还不够烧，下一个就是你。"

颜政跳了起来，不顾一切想要冲过去，却被韦势然伸手拦住。韦势然道："年轻人，少安毋躁。"颜政瞪了他一眼，骂道："你给我滚开！这点破事全他妈是你搞出来的，明明是逼着彼得去死，还在这儿装好人！"

韦势然也不怒："你现在冲过去，就是等于送死。"

"流氓阵前死，胜过背后亡！"

颜政懒得跟他啰唆，作势又要冲。韦势然横在他身前，双臂抓住他两个肩头，轻轻一压，颜政立刻觉得有千钧之力压顶而来，登时被压制得一动都动不了。他动弹不得,只能瞪着眼睛张嘴骂道:"你明明有笔灵,为何刚才不用,现在倒来对付自己人!你他妈到底是哪边的啊?"

周成在一旁听到颜政喝骂,不由得"嗯"了一声,心中疑窦顿生。韦势然这个家伙,主人一向颇为看重,总说此人不可轻觑。可自从入鼎以来,这人除了判断与见识上表现上乘以外,没见到有什么特别之处,眼睛浑浊,周身半点灵气也感受不到,丝毫不像是个与笔灵神会的笔冢吏。刚才周成拿十九去撞他的时候,还暗暗做了准备,防备他突然反击,可这老头子一撞就被撞下了方砚,完全不堪一击。

未免……没用得有些过分了。

周成想到这里,不免露出一丝冷笑。他听到了颜政的那一句话,韦势然确实是一位笔冢吏,体内藏着笔灵。他之所以示敌以弱,恐怕是存了扮猪吃老虎的心思,先使别人丧失警惕,等到笔阵开启,七侯出世时再突然发难,坐享其成。

真是好计策,可惜啊,就是被识破了。

"任你什么花招,在五色笔的黑光前都没用。"

周成这么想着,怜悯地看了眼韦势然。这老头苦心筹划,智计百出,最终还是为他人作了嫁衣。他转过头去,继续欣赏那焚烧了笔灵的大火。

先后吞噬了柳苑苑和彼得和尚的大火仍旧照天狂烧,丝毫不见有消减之兆,鼎内的温度还在稳步上升,所有的人都开始面色泛红,汗水肆流。

等待了大概一分钟,周成对韦势然冷冷道:"看来这一支笔还不够啊,韦大人。"

韦势然继续压着颜政,从容答道:"看起来似乎是如此。"

周成瞥了他们一眼,抬了抬下巴道:"是你们毛遂自荐,还是我过去挑选一位?"说完他的白光威胁似的在半空晃了晃。

"那就从我开始吧。"

韦势然松开颜政,伸开双手朝周成走来。周成警惕地倒退了一步:"韦大人,请您不要靠近了。"

"呵呵,尊使有五色笔在侧,还用对我这糟老头子如此提防吗?"

"主人对您的评价可是相当高的,我不得不防。"周成坦然回答,"先说出您的笔灵是什么?"

"反正都是要烧掉的,你还关心这个干吗?"

韦势然说到这里停住了脚步,双肩垂下,脸上露出释然的笑容。周成猛然惊觉,这个人刚才一副淡然安心的模样，原来只是脸上的伪装，身体却一直处于紧绷状态。周成对韦势然的敬畏之心，让他忽略了这老人的一些细节。

这说明，他刚才一直在很紧张地拖延时间，等待着什么事情发生。

而现在这件事已经发生了。

周成还未及多想，耳边忽然听到一阵强烈的风声，热浪铺天盖地朝着他袭来。周成大惊，白光一卷，把他自己举到半空，张目望去。他方才落脚的地方，立刻就被火焰吞没了。

却见太极圈内的鼎火呈现一种极度紊乱的狂暴，已经越过了太极圈的范围，朝着四周喷射出来，所到之处尽皆燃烧。一时间眼前一片赤红，火热地翻腾滚动，灼热焰须像珊瑚触手一样舞动。刚才焚掉的怨笔，似乎起了相反的作用，反而催醒了这头恶魔，让它更为疯狂。

"这就是你的圈套吗？"周成的额头也开始出现汗水，他冲着韦势然瞪过去，看到他把其他几个人聚到一起，张开了一层水雾，勉强能够抵挡住飞溅火星的侵袭。不过这层水雾也是岌岌可危，在鼎火全面爆发之下，恐怕也支撑不了多久。

当这高高喷射出来的鼎火达到墨海的底部时，喷发似乎达到了一个巅峰，整个鼎炉几乎都被火焰充满，有如地狱的火湖，热气腾腾，连空气都似乎要燃烧起来了。

"难道我也要死在这里。"周成脑子里第一次浮现了绝望的念头。

就在这时，转机出现了。

正如所有的高潮结束之后，都是极度低落，熊熊鼎火在到达了巅峰之后，骤然间竟开始呼呼地退潮！高涨的火苗以飞快的速度朝下方收缩，如同坠落的陨石一样，在鼎内下了一场流星火雨，贴着鼎壁划出无数道金黄色的亮线，朝着太极圈中央的鼎脐飞去，仿佛有一位巨人在鼎脐的另外一端深深吸了一口气，把这些狂野的火焰吸了回去。

包括周成在内的所有人都被这番奇异壮观的景象惊呆了，一时间都忘记了自己的处境，近乎迷醉地望着这一场盛大的奇景。

短短十秒钟内，原本不可一世的丹鼎之火被鼎脐吸得干干净净，不余一烬，就像从来不曾存在过一样。只有葛洪鼎壁慢慢降低的余温，才能提醒人们刚才这里燃烧起了多么大的一场祝融盛宴。

周成暗暗擦了一把汗，长长出了一口气。他还从来没面对过如此可怕的压力。无论是发生了什么事情，这一切总算是结束了。他甚至开始有些后悔，早知道就应该跟着他们上了墨桥，离开高阳里洞，再做打算。

不过这火势既然退了，说明焚笔是有效果的，而笔阵也应该因此而解除了才对。那么接下来的问题，就是七侯之一了。

除了那个韦势然，余者皆不足论，看来这回是志在必得了！

周成舔了舔干燥的嘴唇，慢慢控制白光把自己搁回地面。他用袖子把汗水擦干净，环顾四周，忽然看到鼎脐之上站着一个人。

原来不是志在必得。

而是志在彼得。

彼得和尚还没死？周成悚然一惊，脊梁骨一阵发凉，可等到他再仔细一看，却发觉有些古怪。

那人身材与彼得和尚仿佛，全身不着一缕，就那么静静地站在那里。黑暗中看不清他的相貌如何，但周成却能感觉到一股极为深沉的气势从这具人体散发出来，让他的呼吸有些不畅。

五色笔这时在胸中开始剧烈地跃动，周成试图让它平静下来，却无济于事。这种震颤，不是见到同伴的共鸣，而是一种充满畏惧的惶恐。五色笔灵把这种情绪准确地传递到了周成的心里。

"莫非他就是七侯之一，只不过笔灵化作了人形？"

周成脑海里划过一个荒谬的念头——其实这也不算荒谬，笔冢之内，千奇百怪，有什么样的变化都不奇怪。只有尊贵无比的七侯，才能让五色笔拜服战栗。

这时候那人动了动双腿，周成能够望见在他脚下鼎火仍旧燃烧着，只是被这人轻轻抑住，无路可出。他似乎对这个世界还很陌生，每做一个动作都小心翼翼，像是在月球上行走的宇航员，在太极圈内优雅而不失谨慎地移动。这一次，葛洪鼎火失去了刚才的狂野，变成了被驯服的野兽，随着这个人的足踏节奏一点一滴从太极圈的缝隙中渗透出来，缓慢有致，不徐不疾，逐渐沿着纹饰走向用火线勾出阴阳双鱼。

最后当阴阳双鱼的鱼眼被两团火星点燃以后，那人终于满意地点了点头，重新站回到鼎脐之上。在他的周围，是一圈熊熊燃烧着的太极图。这火焰飘逸淡定，仿佛洗尽了往日暴戾，变成一位云淡风轻的火之隐士。

这才是真正的葛仙翁的鼎火啊！

所有人不约而同地冒出这么一个念头。刚才那种要烧尽天下的野性太过强横，与道家风骨不合，葛仙翁是修道之人，淡泊清净方为本色。

葛洪此人，虽非张道陵、陆修静、寇谦之、王重阳这种道家祖师级人物，但他在罗浮山潜心修行，总晋代之前的神仙方术以及炼丹之大成，融汇合一，化为后世诸派理论之渊薮，可以说是道家承前启后的关键人物。

这种大家，位列管城七侯毫不意外。

"彼得，你还活着？是你吗？"颜政的声音从另外一侧传来，从他嘶哑的嗓音来看，刚才着实被烧得不轻。那人听到呼唤，扭过头来。

周成借着太极圈的火光，总算看清了他的面目。

这人是彼得，却又不是彼得。就像周成和诸葛淳共享同一副面孔，却拥有不同表情与气质一样，这个人仍是彼得和尚的五官外貌，精神气度却大不相同。现在的这位"彼得"面色沉静，双眸黑不见底，似乎没有焦点，举手投足之间隐然有一种激浪拍岸的压迫感。尽管他现在慢如灵龟，缓似浮云，却可以清晰地感觉到皮肤下蕴藏着的、滚烫如岩浆般的激昂。

这一动一静的矛盾，就集于这人一身，显得说不出地奇妙。

他一招手，周围的火焰立刻收束成一支丹色长笔，笔身之上符箓纵横，隐有青火徐出，如内有鼎火。他伸手握住那支笔，面色淡然，霎时清净散淡的缥缈气息，弥漫在整个洞中。虽无天台白云昂扬之势，却别有渊深海藏之感。

若非七侯现世，断无如此气势。周成忽然单腿跪在地上，抱拳大声道："后学晚辈五色笔周成，参见葛老仙翁灵崇仙笔！"

七侯笔灵既然化为人形，必有它们自我的性格，不似别的笔灵浑浑噩噩。倘若贸然上前收笔，只怕是得不偿失，不如先消除它的敌意，再做打算。

那人听到周成的话，表情浮现些许困惑。

"葛洪？"

"正是，您不是葛老仙翁留下的灵崇仙笔吗？"周成道。

"彼得"摇了摇头，似乎想起些什么，又似乎在一瞬间忘记了。周成愣住了，连忙凝神细观，发觉自己一直忽略了一件事。

这个"彼得"身上，没有半点笔灵的气质。

尽管五色笔见了他，要颤颤战栗；尽管葛洪丹火在他脚下，驯服得像是小猫，但是他身上偏偏没有一丝笔灵的感应。

管城七侯都是笔灵中的翘楚，尊贵无比。像王羲之的天台白云笔甫一出世，气象万千，数十里内皆为其气势所震慑，在场笔灵无不拜服。

可眼前这位，却连笔灵在何处都看不到。以笔冢吏的眼光来看，根本就是一片空白。可这股威严是从哪里来的呢？周成皱起眉头，隐隐觉得有些不妥。

烧了一个和尚，居然冒出一个道士？这未免太荒唐了。

这高阳洞的格局，是用沈括墨、米芾砚和葛洪丹火来封印某种东西的。开始所有人都以为封的是七侯之一，可如今葛洪丹火已经化笔，证明它才是七侯之一。拿管城七侯来做封印，那得是什么东西？

一念及此，周成的额头开始有汗沁出来。

"那您……是谁？"

"他，就是陆游陆放翁。"

韦势然的声音从另外一侧传来，音量不大，却石破天惊。

第十七章

○

问君西游何时还

韦势然这一声，听在周成耳朵里可谓石破天惊。

陆游？那个"但悲不见九州同"的陆游？

"彼得"歪着头思索了一下，他的双眼一亮，仿佛终于找到了焦点："没错，我是陆游，是陆游啊！"他那与彼得和尚并无二致的表情，绽放出气质完全不同的微笑。他不再去理睬身旁的两个人，摆弄起手里那支灵崇笔来。

而葛洪灵崇笔对其并无排斥，乖乖在其手心震荡，笔体之上的符箓不断变换。

"这是怎么回事？！"周成有些糊涂。葛洪也就罢了，为何突然没来由地冒出来一个陆游？难道陆游也是管城七侯之一？

韦势然笑道："很简单，那鼎火烧去了彼得和尚今世之命，却也逼出了他的前世。"

"前世？这种虚无缥缈的东西……"周成说到一半，看到陆游，又把话咽回去了。

"和你一样，彼得其实也是拥有双重人格的。当他今世的人格受到严重伤害的时候，前世的人格便会觉醒。葛仙翁的火乃是炼丹之火，有洗髓伐毛的奇效，那大火把彼得烧得今世剥离，祖露他深藏的前世机缘，也不足为奇。"

"你是不是早就知道了？"周成低声吼道。他觉得自己完全被这个老狐狸给耍了。

韦势然整个人很放松，十个指头轻轻摆动眯起眼睛道："也不算特别早，大概也就是几分钟前吧。"

"几分钟前？"

"对，大概就是柳苑苑亮出她那支笔灵对付你的时候。"韦势然的表情很似在玩味一件趣事，"本来我被困在阵中，也想不出脱身之计。可当柳苑苑念出那首《世情薄》之后，我便忽然想到，唐婉与柳苑苑、陆游和彼得之间一定有什么关联。"

| 148 |

"就凭他们俩当年那点风流韵事？这推断未免太苍白了。"周成将信将疑。

"笔灵可不是随便选人的。笔冢吏与笔灵原主之间，往往有着奇妙不可言说的渊源。柳苑苑与彼得相恋而又分开，她又被怨笔选中，这冥冥之中或许会有天意。我赌的，就是这个天意！"

韦势然说到这里，音量陡然升高，右手高高举起，一指指向天顶。

周成冷冷道："所以你故意诱我先去焚烧柳苑苑的怨笔，算准了彼得和尚会蹈火自尽，想靠这样逼出他的转世命格？"韦势然点点头："虽然我把握亦是不大，但唯有这一个办法能保住这一干人等的平安了——很幸运，我赌对了。"

"倘若你猜错了呢？岂不是亲手把你的同伴逼入火海？"

"正是。"韦势然答得丝毫不见矫饰。

周成啧啧感叹了两声，忽然冲韦势然深深鞠了一躬："这种乖戾狠辣的手段，您都使得出来，无怪主人称韦大人您是人中之杰。小人佩服得紧。"

"彼此彼此。对同伴如寒冬般地无情，这一点小周你也不遑多让啊！你若有半分同僚之谊，不去先烧柳苑苑，只怕我如今也败了。"

这两个人竟然开始惺惺相惜，一旁颜政忍不住要破口大骂。秦宜一把拽住他，伸过手来封住他的口，用眼神对他说："别冲动！"颜政拼命挣扎，奈何力气耗尽，堂堂大好男儿被秦宜按在地上，动弹不得。

周成忽然朝后退了三步，五色笔陡然又放出五色光彩。在太极圈内的陆游像是被什么东西惊起，抬起头来朝五色笔这边望来。韦势然扬了扬白眉，沉稳道："小周你是打算动手了吗？"

周成面色如常，语气诚恳："承蒙老前辈教诲，该出手时，不可容情。彼得和尚饶是转世成了陆游，也是个没有笔灵的废人，又有何惧？恕晚辈得罪了。"

话音刚落，黄、红、青、白四色从周成身后齐齐绽出，化作四道光影朝着太极圈中的陆游刺去。周成仔细观察过，灵崇笔并非和陆游神会或寄身，所能发挥的威力也有限，是可乘之机。

四色光芒疾如闪电，只一闪过，就已全部刺入陆游的体内。

"好！"周成大喜，这精神与肉体的双重打击，换了谁也是无法承受的，就算是陆游也不能。

可很快他就觉得有些不对劲，这四色光芒平日杀敌，都是一触即行退开，可现在却深深扎入陆游身体，任凭他如何呼唤就是不回来。周成有些慌张，再用力御笔，发现就连五色笔本身都变得难以控制，仿佛一具被斩断了数根丝线的木偶。

陆游这时候站起身来，双目平静地盯着周成，右手一捏一抓，竟把那四色光线握在手里。周成脑子轰地一声，他出道以来，可从未见过这种以手擒光的事情。这时韦势然爽朗的笑声从远处传来：

"呵呵，小周朋友，你今次可是有失计较矣！"

"什么？"

"我赌的，其实并不是彼得转世，而是陆游复生啊！"韦势然呵呵大笑。周成拼命拉拽，可那四色光牢牢被陆游擒住，丝毫难以挪动。

"我刚才说凭着彼得与柳苑苑之前的一段情猜出他是陆游身份，不过是骗你罢了。试问我又怎会只凭着这点缥缈的线索，就敢冒如此之大的险？"

"……"周成正在全神贯注，虽然韦势然的话听在耳里，却不敢多说一字，生怕气息一泄，就被陆游得手。

"其实彼得是陆游转世这事，我从他出生的时候便已尽知。他甫一降生，韦家笔灵无不战栗嘶鸣，无笔能近其身，老族长为他卜了一卦，发现他竟是百年不遇的笔通之才，兼有古人英灵。老族长情知此事干系重大，便严令封口，除了彼得的父亲韦定邦、他哥哥韦情刚与我以外，并无人知道。彼得从小被人疏远，不许接触笔灵，其实皆是出自老族长的命令。"

"可这与陆游又有什么关系？"周成咬紧牙关，一个字一个字地从牙缝里蹦出来。

韦势然仰天长笑："我们只知彼得有古人英灵，却不知具体是哪位古人。一直到刚才柳苑苑亮出怨笔，我才彻底确认这位古人是陆游——你既看到陆游体内无笔，犹然不知吗？陆游陆放翁，正是笔通之祖啊！"

此时周成的四色光带被陆游完全钳制，猛然听到韦势然这么一说，不由得手腕剧颤，心下大慌。

天下除了能与笔灵相合的笔家吏之外，尚有两种异人。一种是罗中夏这样的渡笔人，可承载多支笔灵；还有一种人，叫作笔通。

笔通本无笔，却能统驭众笔之灵，结成一座行笔大阵。

最早的笔通，乃是王羲之的老师卫夫人。卫夫人能用笔灵，化为大阵，还为此写了《笔阵图》一篇。不过真正将此发扬光大的，却是南宋陆游。

陆游曾写过一首《醉中作行草数纸》:"还家痛饮洗尘土,醉帖淋漓寄豪举;石池墨渖如海宽,玄云下垂黑蛟舞。太阴鬼神挟风雨,夜半马陵飞万弩。堂堂笔阵从天下,气压唐人折钗股。丈夫本意陋千古,残房何足膏砧斧;驿书驰报儿单于,直用毛锥惊杀汝!"

他在诗中化笔入兵,排兵布阵,文义中透出凛凛豪气,写尽了笔通之能。那"堂堂笔阵从天下",正是笔通之人修至巅峰的境界。

笔冢主人在高阳洞布下的这个格局,说不定就是参考"石池墨渖如海宽,玄云下垂黑蛟舞"那两句而来的。

笔阵、陆游、彼得和尚、笔通、鼎砚笔阵、高阳里洞。

这些看似杂乱无章的东西,一下子在周成脑海里都连缀成串,一条暗线无比清晰地浮现。周成眼角渗出血来,不禁厉声骇道:"韦势然,这才是鼎砚笔阵真正的破法吗?"

韦势然不动声色站在原地,不置一词。

陆游听到鼎内响起"笔阵"二字,仿佛触动了身上的某个开关,面上的懵懂神情霎时褪得一干二净,整个人挺直了身板,双目英气逼人,如鹰隼临空。皮肤覆盖下的滚烫岩浆,开始汹涌翻腾起来,原本内敛深藏的气势,毫无顾忌地散射出来。

陆游本非清净闲散的隐士,他一世浮沉,快意江湖,驰骋疆场,却始终有着一颗慷慨豪侠的赤子之心,文风亦是雄奇奔放,沉郁悲壮。刚才的沉静,只是今世彼得的精神未蜕干净。而此时,那一个热情似火的陆游,从彼得和尚的躯壳内真正觉醒了。

无边的威势压将下来,雄壮浑厚,就像是刚才那狂野之火化作了人形。

危急之下,周成咬紧牙关,他悍勇之心大盛,现在还没输,他还有撒手锏。

笔通再强大,也是个没有笔灵的白身,他却是堂堂笔冢吏!只要能牢牢控住五色笔,仍旧能与陆游一战!

陆游盯着周成,慢慢攥起了拳头,用指缝夹紧了四色光带。周成默念郭璞《游仙诗》,五色笔乃是郭璞所炼,与《游仙诗》本是浑然天成。此系天然之道,陆游一时也难以控制,略为迟疑地松了松手。

机会稍纵即逝,周成一经占先,精神大振,立即出手。

只见四光齐齐熄灭,陆游的手中登时漏空。

玄色第三度出击。

随即整个大鼎被黑暗笼罩。

玄色为正，凌驾众色之上，无所不在，乃是天地至理。而只要是黑暗所及之处，周成便可瞬息而至。由此观之，宇宙无论如何深邃，借着玄色功用，对周成来说亦不过是一个没有距离的点罢了。

周成睁开眼睛，此时能力发动，他悬浮在沉沉玄色之中，已超脱于时间与空间之外。他大可以好整以暇，吃饱喝足，再从容撕破玄幕，挑选一个合适的角度切回时光洪流。

但是他现在没有心思，只想尽快出去。陆游的突兀出现，打乱了他的思绪。没想到那个其貌不扬的彼得和尚，居然还藏着一尊陆游的真身。

周成朝前走去，却越走越觉古怪，一种不可思议的不安感袭上心头。

"何必紧张，玄色是无敌的。"

周成安慰自己，然后撕开了一片玄色，朝外看去。这个角度非常好，恰好出现在陆游的背后。而且因为他是处于时光洪流之外，对外界来说只是一瞬间的事，陆游根本无从反应。

计议已定，周成猛然收起玄色，整个人"唰"地跳回正常时空中来，间不容发，白光立即化作一柄长剑，如白虹贯日，直刺陆游后心。

可当剑尖即将抵到陆游背心之时，速度却陡然降了下来，每往前一分都会慢上数分。虽与陆游只有咫尺之遥，却感觉无论如何也触摸不到。周成大惊，连忙唤出其他三色策应，却觉得那三色的动作也变得迟缓，自己如同身陷沼泽，进退两难。

他想故技重演，藏去玄色空间之内，五色笔却发出一阵鸣叫，灵气流转壅塞，难以驾驭。这时候，周成方才注意到，他的四周已经被密密麻麻的丝线包围，这丝线为灵力所纺，或青湛，或粉红，或莹白，或绛紫，五颜六色不一而足，互相缠绕凭依，盘根错节，貌似杂乱一团，其中却隐隐有着玄妙之道。

在这阵势当中，周成大感吃力，他情知这种东西必有关窍，破了关窍，便可出阵，于是便拼命沿着灵丝走势追根溯源。他到底是聪明人，透过这层层叠叠的丝线，看到有数支熟悉的笔灵各据一角，原来那些灵丝就是它们的笔须所化。青莲、如椽、画眉、咏絮、麟角、点睛、灵崇，只见每支笔灵各牵出数束灵丝，彼此穿梭交错，巧妙地构成一个无比复杂的空间。

他甚至看到了阵外的陆游。陆游星眸频闪，唇边微微露出笑意，举起双手，俨然一位钢琴大师，轻快地在虚空中摆弄着修长的指头，弹奏着笔灵的乐曲。

随着他的弹奏，丝线缠绕愈密，压制愈强。此时的陆游已然彻底复苏，像魔术师一样上下翻弄那七支笔灵，眼花缭乱，把笔阵天赋发挥得淋漓尽致。

直到这时候，周成方知道，自己到底还是失算了。

陆游确实没有笔灵，但笔阵天生便可御尽众笔。五色不服，尚有别的笔灵在。周成实际上要面对的，不是陆游，而是凭着笔阵攒在一起的七支笔灵，里面还有三支管城七侯，其威力之大，可想而知——而这，才是笔阵真正的意义所在。

随着陆游双手翻飞，往来如梭，那灵丝笔阵中，赫然织出十四个汉字，十四个神完气足的大字。

"堂堂笔阵从天下，气压唐人折钗股！"

当年陆游笔阵初成之时，意气风发，写下这两句气吞山河的诗句来，道尽一腔豪情，大有睥睨天下群雄之势。是句一出，那阵势立时光芒大盛，七支笔灵同气连枝，交相辉映，灿烂至极。千年以来，还不曾有过如此声势。

笔势之盛，一尽于斯！

"罢了……主人，我只能带给你这个了……"

周成闭上了眼睛，他在这笔阵之中已是肝胆欲裂，战意丧尽。五色笔光色顿敛，跟随它主人被周围逐渐升高的力量挤压、挤压……当五色笔与周成被挤压到了极限的一瞬间，一道光柱从人笔之间骤然爆出，荡开灵丝，破阵而出，直直向上冲入石液墨海之中。再看周成，为把这一丝笔灵传送出去，已经是耗尽了最后的力量，气绝身亡。

陆游对那冲破笔阵的一丝笔灵毫不在意，他见周成已死，便十指勾连，把那些彼此缠绕的灵丝解开，收归本笔。青莲、如椽、画眉、咏絮、麟角等如蒙大赦，纷纷飞回自己主人胸中。

陆游做完这一切，把注意力重新放在了罗中夏身上。此时罗中夏虽被小榕的清凉体质救回性命，可还未恢复神志。刚才青莲笔被借出，他浑然不觉。颜政盯着陆游，开口道：

"我说彼得？"

陆游端详着罗中夏，没理睬他。

"彼得和尚！"颜政又叫了一声。

仍旧没有回音。

"韦情东！"颜政愤怒地叫道，彼得可从来没如此怠慢过他。韦势然把手搭到颜政肩膀:"别费力气了,彼得已被葛洪丹火洗蜕,现在他是陆游。他根本就不认得我们,你我也根本就不入他法眼。"

"×!那他盯着罗中夏做什么?"

韦势然叹了口气道:"古人心思,谁能揣摩。我们现在只能旁观,却无从插手啊!"颜政冷哼一声,讽刺道:"原来算无遗策的韦大人,也有无法掌控局面的时候啊!"韦势然也不着恼,淡淡答道:"我只是尽人事,听天命而已。"

颜政忽然想起什么,盯着韦势然的眼睛道:"你到底藏的是什么笔灵?怎么连刚才陆游结笔阵,都没把它收去?"他记得清楚,方才陆游轻轻一招,自己的画眉笔和其他几支便乖乖集结到了陆游四周,任他驱使,而韦势然却岿然不动,没见一点动静。

韦势然回答:"此事非你所能理解,时候到了,自然就知道了。"

陆游对他们二人的对谈丝毫没有兴趣,专心致志地欣赏着昏迷不醒的罗中夏。他忽然伸出小拇指,轻轻一挑,罗中夏的笔灵从胸前飞出,仿佛被丝线牵引着,朝陆游游来。

这笔不是青莲,却是点睛。

陆游把点睛笔灵握在手中,面上浮现满意的微笑,转身走回太极圈内。颜政顾不得再质问韦势然,与秦宜一起屏息凝气,看这个千年前的古人到底想干什么。

陆游回到太极圈内,把点睛在双手中摩玩了一阵,一下子把它插入鼎脐之中。点睛善于预言,本身的笔力却很弱,可如今甫一入鼎,却激起了火势连天。好在这次丹火并未冲破鼎脐而出,而是在鼎下游走,很快就有无数缕金黄色的火线透鼎而入,沿鼎壁四散而走,把大鼎切割成了无数古怪的形状。

原来这葛洪丹鼎并非是铁板一块,而是由大小不一的鼎片构成。这些点睛笔催出的火线,正是沿着鼎片的结合缝隙而行。

哐。

一个沉重的声音传来。鼎壁上的一片长方形的厚片竟然开始脱离鼎体,朝外挪动。以此为始,整个葛洪大鼎除了底部以外,轰然解体,全都"喊喊咔咔"地被火线拆成了大大小小的矩形青铜块,在幽暗的空间中来回浮游,其上镌刻的符篆历历在目。从底部仰望,真有一种奇妙的敬畏之感。

"鼎砚笔阵,鼎砚笔阵……果然若非陆游,谁人能破啊!"韦势然喃喃道,一贯沉稳的他,额头竟然出现涔涔汗水。若依着他原来的法子,不知要焚上多少支笔,才能破解此阵；而陆游只用一支点睛，便轻松拆解，两人的差距，真是何其大也。

由是观之，陆游也并非这鼎砚笔阵封印的对象。正相反，他是布阵之人。真正要封印的东西，还在更深处。

韦势然眉头紧拧，这高阳洞内的隐秘层出不穷，上有沈括墨、米芾砚，下有七侯之一的葛洪灵崇笔所化的丹火炉鼎，现在居然连笔通陆游都复活了。笔冢主人花了这么大心血排布这个阵势，简直是如临大敌。

他直觉意识到，这里所封印的东西，与笔冢关闭有着千丝万缕的关系。

随着最后几声碰撞与轰鸣，葛洪大鼎完成了它的解体与再建。它不再是一尊丹鼎了，那些鼎片构建成的，是一具硕大无朋的青铜笔架，在幽冥的空间静静悬浮，就像是青铜铸成的帝王陵寝。

陆游周身气魄愈盛，双目愈亮，素净的脸上浮现兴奋与怀念的神色。他俯身抽出点睛笔，把它重新送回罗中夏的体内。

这时候，青铜笔架上绽出一毫微光。这微光如豆，荧惑飘摇。陆游望着那毫微光，双手一招，又一次唤来青莲、画眉、咏絮、麟角与如椽。只是他这一次却不急布阵，而是把五支笔拱卫在四周，笔端皆正对着笔架上缘，如临大敌。

毫光逐渐变盛，逐渐满布青铜笔架，有紫雾腾腾、和光洋洋。这雾朦朦胧胧，却广大深邃；这光柔和谦冲，却绵中带直。陆游上前五步，似要凭自己的通天气势迫住这泱泱光雾的弥漫。光雾扩散虽慢，却坚定无比，不多时已经把整个青铜笔架浸染成了绛紫。

若非有陆游的气势相逼，只怕此时连韦势然等六人所在的鼎底，都被这紫雾笼罩了。紫雾与陆游相持了一阵，倏然卷回。刹那间，紫芒大盛，就连陆游也不得不退了三步。

一支大笔，从青铜笔架上缓缓浮现，如日出东海，绚烂至极，一时间让人甚至忘记了呼吸。

这支笔通体紫金，紫须挺拔，从笔斗、笔杆到笔顶无一不正，一望即生肃然之意；笔杆之上镌刻着"紫阳"二字，亦是正楷正书，端方持重。

这才是高阳洞里，真正封印的东西。

陆游复上前去，与那笔灵对望不语；这笔灵见了陆游，亦不动声色，只静静悬浮半空，肃穆而阴沉。

这一人一笔凝视良久，陆游方开口叹道：

"昔日封你于此者，是我；今日解你于此者，不意亦是我，真是天数昭然。仲晦兄，你毁冢封笔的罪过，可知错了吗？"

一语既出，时光倒流千年。那段气冲长天的往昔旧事，再度浮现。

第十八章

○ 青松来风吹古道

宋，淳熙三年六月，上饶鹅湖寺澄心亭。

今日的天气有些异样，虽然刚入初夏时分，却已有了盛夏的蒸蒸气象。长天碧洗，烈日当空，无遮无拦，任凭炽热如焰的日光抛洒下来。然而在西边天尽处却有黑云麇集，隐隐有豪雨之势。

澄心亭其名为阁，实则是个雅致凉亭，亭内仅有数席之围。此时阁内已有三人分踞东西两侧，中间一壶清茶、三只瓷碗。外围有数十名儒生站开数丈之远，恭敬地垂手而立，保持着缄默。整个寺院内一片寂静，唯闻禅林之间蝉鸣阵阵。

亭内并肩而坐的两人，年纪均在三十多岁。年长者面色素净、长髯飘逸，虽身着儒服，却有着道家的清雅风骨，整个人端跪席上，俨然仙山藏云，深敛若壑；而那年少者面如冠玉、眸含秋水，颀长的身躯极为洗练，望之如同一柄未曾出鞘，却已然锋芒毕露的凌厉长剑。

而在他们对面的，是个四十多岁、脸膛微黑的中年男子，面相生得有些古怪，阔鼻厚唇，下巴却很平钝，是相书上说的那种"任情"之人，那种人往往都专注得可怕。他跪得一丝不苟，表情无喜无悲，像是一块横亘在二人面前的顽石，不移，亦不动。

"今日鹅湖之会，能与名满天下的陆氏兄弟坐而论道，实是朱熹的荣幸。"黑脸男子略欠了欠身子，双手微微按在两侧桌缘。

陆九龄、陆九渊见他先开了口，也一一回礼，年纪稍长的陆九龄躬身道："岂敢，晦庵先生是我与舍弟的前辈，闽浙一带无不慕先生之风。我等今日能蒙不弃，效仿孔丘访李耳故事，亲聆教诲，可谓幸甚。"

朱熹淡淡道："孔丘虽问礼于李耳，然周礼之兴，却在丘而不在耳。贤昆仲追蹑先迹，有此良志，可谓近道矣！"

他的话微绽锋芒，稍现即回。陆氏兄弟顿觉周身微颤，仿佛刚才被一股无形的浪涛拍入体内，心神俱是一震，两人不由得对视一眼，暗暗思忖，莫非这个朱熹真的如传言所说，已经养出了孟子所言的浩然之气吗？

倘若真是如此，这一次鹅湖论道怕是一场苦战。

但同时也说明，那个流传已久的传说是真的……

陆九龄正欲开口应答，忽然听到寺外传来一阵长啸，一下子惊起了林中数十只飞鸟。旁观的儒生们面露惊慌，纷纷东张西望，很快一声大叫自远及近传来：

"陆家与人论道，怎能不叫老夫来凑凑热闹！"

朱熹头也不回，略抬眼问道："是梭山先生？"

陆家是学问世家，陆九韶、陆九龄、陆九渊号称三陆子之学，陆九韶长年在梭山讲学，是以朱熹有此一问。陆九龄苦笑道："家兄隐行持重，又怎会如此狂诞。这人是我族分家一位长辈，叫陆游，如今在夔州做通判。这位族叔学问不小，只是最喜欢凑热闹。不知他哪里听来的风声我们今日与朱兄论道，想来是过来搅局了。"

陆九渊霍然起身，大声道："我去劝他回去，理学之事，岂容那老革置喙！"陆九龄道："你若劝得住，早便劝住了，且先坐下，免得让朱兄看了笑话。"兄命如父，陆九渊拂了拂袖子，只得悻悻坐下，却是剑眉紧蹙，显然气愤至极。

忽听见院墙外一阵喧哗，一人朝着澄心亭大步走来，左右三四名沙弥阻拦不住，反被推了个东倒西歪，竟被他直直闯将进来。

这人看年纪有五六十岁，宽肩粗腰，体格高大，行走间不见丝毫颓衰之气。他头顶发髻歪了一半，一头银白头发几乎是半披下来，远远望去如同一个疯子，同院内髻稳襟正、冠平巾直的一干儒生形成鲜明对比。

这个老人走到澄心亭前，稳稳站定，把亭内三人扫视了一圈，眼神锐利如刀，陆九渊虽然年少气盛，被他直视之下，也不免有畏缩之意。朱熹却面无表情，始终不曾朝这边望来。

老人穿的是一身官服，只是尘土满衫，处处俱有磨缺，想来是一路长途跋涉不曾换过。陆九龄拱手道："叔叔，既然您从蜀中赶来，一路劳顿，何妨先请去禅房沐浴更衣，稍事休憩，再来观论不迟。这一次论道，少则两日，多则十天，也不差这一时。"

老人根本不理睬他，自顾自瞪着朱熹的后背看了一阵，然后伸出右手搭在他左肩,毫不客气地问道:"你就是朱熹?"

朱熹道:"正是。"

"好朱熹,吃我陆游一拳!"声音未落,拳风已临。这一拳猝然发难,毫无征兆,眼见将轰到朱熹右肩,万无闪避之理。

这时,紫光乍现,包括陆家兄弟在内,在场之人无不面色大变。

他们看到了生平未有的奇景。

一支笔。

一支紫金毛笔。

这紫金毛笔端方严谨,锐气深敛,通体都被一层微微的紫光笼罩。陆游的拳风一碰到这支笔,倏然发出一阵低沉的爆鸣,紫光剧颤,那看似断石裂木的一拳居然被这薄薄的光芒弹开了。

陆游不怒反喜,他把拳势一收,哈哈大笑道:"果不其然,你这家伙居然自己炼出笔灵来了!那么再来试试老夫这一拳!"他话音刚落,右拳顿出。朱熹仍旧没有回头,那紫笔毫光绽放,比之刚才更盛,几乎把整个身体都包裹起来。在场之人,无不惊诧万分,只能傻愣愣地看着这不可思议的景象。

陆游这一拳挟风裹雷,居然隐隐带有风波流动。朱熹的紫笔碰到这一拳,又是一阵剧颤,霎时光芒四射。拳头砸到紫光之上,紫光微微往里凹了半分,便再不退让。一拳一笔胶着在了一起,两者接触之处噼啪作响。陆游赞道:"好一个浩然正气!"五指攥紧,手腕偏转,整个拳势与刚才的气势已大为不同。

寻常人来看,这一拳雄浑凌厉,实在是不可多得的强悍武功招数。可在陆氏兄弟眼中,这一拳与刚才相比,少了几分武道的暴戾,却蕴藏着几丝熟悉的文质。

"《汉书》?"

陆九渊疑惑地喃喃道,陆九龄点点头道:"你也这么觉得?不知为何,我看到那一拳时,心中不由自主浮现的居然是《汉书》,真是奇妙。"陆九渊紧皱眉头道:"不错。拳法与文学,这两者明明风马牛不相及,可为何我看到叔叔的拳路,就如同在阅读《汉书》一般,好生难以索解……"他一向很厌恶这个族叔,总觉得他粗俗不堪,与读书士子不是一路人,可如今见到陆游的拳法,竟有了读览大家名篇的感觉,心中惊诧,如波涛翻卷。

陆九龄轻捋胡髯,猜测道:"《汉书》向来是以古朴刚健而著称,也许与叔叔这一拳的风格有所暗合吧……"

这边拳笔相持了数十息的工夫，拳头越压越深，紫笔微显不支之象，眼看就要被戳破。朱熹露出惊讶之色，他缓缓转过头来，盯着陆游道："你原来是……不，你不是……"陆游笑道："你若能胜我，我便告诉你！"同时把拳头的力道又加大了几分。

"好！"

朱熹双肩微震，两道精芒从眼中射出。他头顶的紫笔陡然涨大了数圈，登时把整个澄心亭笼罩在一个完美的紫光圆球之中。陆氏兄弟立刻觉得身体变得重逾千斤，沉重无比，浑身的骨骼都被压得咯咯作响，不由得双手撑在地上，动弹不得。强大的压力之下，陆游的拳势也被迫减缓下来，他眉头一耸："这笔是什么来头，竟有这等能耐？！"朱熹淡淡答道："算不得什么能耐，无非是顺应天道、理气体用罢了。"

"理气体用？"

陆氏兄弟听了暗暗心惊。这理气论，本是朱熹一贯主张的，他认为天地之间，先有"理"，后有"气"，理是形而上者，是万物运转的规律；气是形而下者，是生成万物的质料。理依气而生万物，所以这天地之间，无非只有理、气二字。

这套理论陆氏兄弟早已熟知，他们请朱熹来鹅湖寺论道，也是想就这个学说进行辩驳。想不到，这个朱熹居然已经把理气发挥到了这种程度，早已脱离了学术的范畴。这究竟是什么样的体用啊！

陆游冷冷哼了一声："什么理气体用，我看也不过是故弄玄虚。倒要看看我这拳头，是不是破得开！"他猛一提气，整条右臂肌肉紧绷，右拳居然硬生生扛住重重压力，朝着朱熹面门搗去。

朱熹不闪不避，站起身来沉声道："天人感应，万物归道。在这支笔的范围之内，我就是理，我就是气，我就是这天地之间的规矩！"说完这一句话，朱熹的身躯陡然变得高大起来。紫光圈内的压力立刻发生了逆转。猝不及防的陆游和陆氏兄弟身子俱都先是一沉，然后飘浮到了半空，好似大地对他们已无任何束缚。

陆游有些恼怒，他之前可从来没想到过朱熹的领域控制如此强大。他闷哼一声，在半空转动腰身，双拳连连击出。朱熹不慌不忙，一一闪避。只要在紫光的领域内，他就可以轻松改变规则，饶是陆游拳劲再强，也难以碰到他。

陆游连续打出数十拳，全都被朱熹改变了拳势。澄心亭内一会儿沉滞壅塞，一会儿飘忽无定，他的动作变形得厉害，拳拳落空。陆游暗想这样下去早晚会被朱熹玩弄于股掌，立刻双掌猛然一合，一股气劲喷薄而出。身子借着这股力量霎时退开了数十步，脱离了紫光的笼罩范围。朱熹也不紧追，只把圈内的规则恢复正常，慢慢把面如土色的陆九龄和陆九渊重新搁回地面。

看到陆游退开，朱熹站在亭中道："阁下已经见识到了，可以收手了吗？"陆游发觉自己头顶的发髻已经散开，他索性一把扯下束巾，把头发散披下来，大声道："这理气果然不得了，让我再试试。"朱熹皱了皱眉头，心想我已留足了面子，这疯子怎么还如此纠缠不清。

他生性并不争强好胜，但却极为执拗，陆游既然如此逼迫，朱熹自然也不会一味忍让退缩。他双袖一拂，如同一块顽石坐定，对数丈开外的陆游道："倘若这一次你还攻不进这圈子，便不要妨碍了我与陆家兄弟论道。"

陆游道："好，一言为定！"他这次也不再靠近澄心亭，只是远远地轻抬右臂，手掌做了个握笔的姿势，手臂微屈，忽然道："九龄、九渊，你们两个仔细了，我这一招威力太大，可说不定会伤到你们。"

陆氏兄弟面色俱是一变，正要起身离开，朱熹却道："圣人泰山崩于前而色不变，两位学究天人，超凡入圣，不必如此惊惶。有我的浩然正气，可保全两位安全。"陆九渊、陆九龄相顾苦笑，心想今日本来是好端端的论道，却变成了莫名其妙的神异决斗，对他们两个读书人来说，可真是场无妄之灾。

朱熹负手而立，头顶的笔灵盘旋数圈，包裹着澄心亭的紫色光球又涨大了几分，而且圈内光芒比从前更加密集。陆游忽然右臂一动，做了一个掷笔的手势，大声道："投笔式！"

一股极大的力量从陆游的手中掷出，化作一道笔形的青光，朝着澄心亭射来。这道青光速度极快，一瞬间已刺入紫球之中。朱熹袍袖一挥，紫圈内的规则立刻改变，密度凝固为无限大，生生刹住了青光的冲刺势头。不料这道青光勇往直前，仍向前钻破了数寸紫光。

朱熹黑黝黝的面孔看不出一丝情绪，继续靠着理、气的规则之力去施加威压。这青光天然带着一丝决然，虽是被重重拦阻，却始终力道不变，像一把锥子一样顽强地一寸寸钻过去。朱熹连忙又变换了数种规则，却都难以撼动青光的冲击力。

眼看这青光即将钻破紫圈，朱熹沉沉喝了一声："道心！"从他胸中骤然爆出一个小太极，牵引着紫圈内流转的光气，整个领域逐渐流成一个大的太极图式。那青光纵然强横,终究只能顺着太极转动循环,直至力道耗尽。

这算是朱熹目前最强悍的一招。按照他的哲学理念,人性分"道心"和"人心"两种,其中"道心"依照天道而生,最为强大。刚才他便是召唤出自己的道心,使其与领域中的理、气融合,达到"吾即是道"的太极境界。

只是这一招威力虽大,消耗也是相当惊人。要知道,规则承载着天地运转,要让一个人的肉身变成规则,哪怕是承载澄心亭大小的领域运作,也是极耗心神的。朱熹的道心尚不够强韧,等到这青光被太极消磨光之后,他几乎油尽灯枯,面色微微发白,脚下有些虚浮,澄心亭周围的紫光圈也暗淡了许多。

陆游看到那青光逐渐被太极消解,目露赞赏之色,忽然哈哈大笑,连连摆手道:"不打啦,不打啦,我已经输了。"朱熹和陆氏兄弟这才松了一口气。朱熹神念一动,护住亭子的紫光圈飞到半空,重新凝为一支笔灵,然后消失在他体内。

陆游再度走进亭中,先对陆氏兄弟道:"没吓到你们吧?"陆九龄勉强笑道:"叔叔你搞出这许多神异花样,倒是把我们兄弟给唬到了。"陆游双手按在他们两个肩膀上道:"这是为叔的不是,给你们压压惊。"他双掌轻送,两兄弟立刻觉得体内流入一股暖流,霎时游遍四肢百骸,登时心平气和。

安抚完两位族侄,陆游转过来盯着朱熹,表情变得郑重无比,一字一顿问道:"这支笔灵能体用理、气,构成自己的领域,自成规矩,实在是一支好笔!老夫生平阅笔无数,还不曾听过有这种功用的。你这笔,叫什么名字?"

朱熹坐回坐垫上,双手抚膝,恢复到面无表情的样子:"紫阳笔。"

"这笔从何而来?"

"紫阳是朱某的别号。这笔,自然就是我自己所化。"朱熹回答。

陆游先是一怔,旋即跷起大拇指赞道:"你果然是个不世出的奇才。"朱熹奇道:"先生何出此言?"

陆游两片花白胡子激动得一颤一颤。他在亭里来回走了两圈,不住搓手,嘴里说道:"要知道,历代笔灵,无不是在笔主辞世前,由笔冢主人亲自炼成灵体,还从来不曾有人凭着自己的力量,在生前为自己炼出笔灵来。你这紫阳笔,实在是亘古未有的奇遇哪!你自己都不知道吗?"

朱熹肃然道:"理气本是天道所在,我顺乎天道,自然无往而不利,又岂是别人能比的。"

陆游微微皱起眉头，觉得这人的回答有些迂腐，他可不喜欢，不过言辞间那股舍我其谁的傲气却值得欣赏。

陆游耸耸鼻子，忽然想到一个问题："笔灵与人心本是息息相关，俗话说一心不能二用，所以必须要等笔主临死之时，才能采心炼出笔来。你如今尚活着，又怎能炼出笔灵来呢？难道你有两颗心不成？"

朱熹听到这问题，只是矜持地微微一笑，简短答道："无非是正心、诚意而已。"

这确实是他的肺腑之言。朱熹多少年孜孜向学，心无旁骛，只想读圣贤书，可从来没考虑过炼什么笔灵。一直到他的"理气论"大成之时，不知为何，这一支紫阳笔便自然而然地出现在体内。他是个简单的人，一向认为学问之道，只在"正心诚意"四字之内，想来笔灵的修炼之道，亦复如是。陆游既然问起，他便这样答了。

陆游见他说得简单，只道是不愿意透露自家修炼法门，也不好强求，搓着手叹息道："这历代以来，笔灵炼了也不知有多少，还不曾见过这样的，阁下可谓开天辟地第一人，难得，实在难得。"他这个人爱笔成痴，于历代笔灵掌故十分熟稔，如今见到有人自炼成笔，自然是见猎心喜。

朱熹忽然问道："阁下……莫非就是笔冢吏？"

"我？我可不是。"陆游连忙摆手否认，"笔冢吏都是有着属于自己的笔灵，我可没那缘分。"

朱熹微讶，缓缓抬眼道："我看阁下刚才出拳，无一拳不带有史家风范，刚硬耿直，颇有汉风，还以为阁下身上带着班大家的笔灵。"陆九渊在一旁插嘴道："我和哥哥刚才看到叔叔你的出拳，也不由自主想到《汉书》，难道这支笔，与班固有关？"

他们三个人俱是一代大儒，熟读经史，都能从陆游的招式中感应出几丝经典的端倪。只不过朱熹对笔灵了解颇深，比起陆氏兄弟感觉得更为精确。听到这个问题，陆游呵呵一笑，摊开右手手掌，一支短小尖锐的细笔自掌心冉冉升起，青光微泛。

"你们说的是这支吧？"

"不错！"三人异口同声，那短笔青光转盛，气息强烈。陆游道："你们不妨再猜猜看。"

朱熹闭目细细感受了一下，缓缓睁开眼睛道："豪气干云，不甘沉寂，这支笔中的英灵，胸襟大有抱负。我先前想错了，原来不是著《汉书》的班固，而是投笔从戎的班超班定远哪。"

陆游一拍桌子，大为激赏："老朱你果然不一般！你说得不错，这一支笔，名字便唤作从戎笔，正是炼自汉代名将班超。当初班定远毅然投笔从戎，这一支被投开的笔灵被主人豪气所感染，亦不甘平庸，继承了班超沉毅果决的杀伐之气，极见豪勇。说起来，在诸多文士笔灵之中，要数它是武勇第一哩。"

那从戎笔仿佛听到陆游的夸赞，笔身摇摆，跃跃欲试，颇有虎虎的英气。

"大丈夫就该学班定远。如今中原沦丧，金人肆虐，我辈不去上阵杀敌，反来热衷于这些文章小事，老夫我是看不惯的。"陆游说完冲陆氏兄弟翻了翻白眼，后者只能苦笑连连，不好与他争辩。

朱熹赞道："刚才那惊天动地的一掷，想必就是班定远的'投笔从戎'吧？那一掷蕴含了建功异域的雄心，难怪我几乎抵挡不住。"陆游点头称是，然后合起手掌，把那笔灵重新收了回去。朱熹又问道："班超的这笔，真可以说是威势惊人，不过在下还想知道，其兄班固之笔，是否更为雄奇？"

陆游哈哈一笑："这你可猜错了。班固虽然名声赫赫，却从来没炼出过笔灵。"

朱熹"哦"了一声，略显失望，他本身对班固的热爱，远胜于班超。文章千古事，又岂是一介武夫所能比。他又问道："可我听说，笔灵发挥能力之时，是要现出本相的。为何刚才陆通判你只见拳势，却没有任何笔灵的影子？"

"都跟你说了，我不是笔冢吏！"陆游有些急躁地辩解了一句，随即黯然道，"我这个人，虽然爱笔成痴，熟知一切笔灵典故，却限于机缘，一辈子也做不成笔冢吏。"

他停顿了一下，复又有自得之色："只不过我有种特殊的才能，叫作笔通，可以驱使各种不同的笔灵为我所用，行笔布阵。单独的笔灵在我手里，只能发挥出六成威力，但如果有数支笔灵在场，让我结成笔阵，威力却可翻番。正所谓一个笔冢吏我打不过，两个笔冢吏我能打平，三个笔冢吏便不是我的对手。"

朱熹暗叹，原来这笔灵之中，还有这许多门道。陆游抓抓头皮，惭愧道："笔冢主人说我性子太急，诗虽写得多，却欠缺了些灵气。寻常的文士笔灵不易发挥，倒是这种从戎笔最对我的胃口。所以这一次我来鹅湖寺，就特意向笔冢主人讨借了这支从戎笔。"

朱熹听到"笔冢主人"四字，眼睛闪过一道凌厉的光芒，喃喃道："原来，这笔冢主人，果然真有其人。"陆游拍了一下脑袋，道："哎，对了，我正要问你呢，你怎么会认识笔冢主人的？"

"哦，数月之前，我回建阳老家办事，半路邂逅了一个奇妙男子，自称是笔冢主人。这人潇洒飘逸，倒是世间绝伦的人物。他对我十分热情，讲了许多笔冢的秘辛。但圣人不语怪力乱神，我身为儒门弟子，自当对这种人敬而远之，于是当场拜别，后来就再没见过。"

陆游张大了嘴巴，几乎不敢相信自己的耳朵："笔冢主人闭关已久，极少外出，纵然是笔冢吏也难得见他一回。你竟能与笔冢主人邂逅，这是何等的机缘与福分，你……你居然就这么回绝啦？"朱熹正色道："圣人教诲，我须臾不敢逾规。这人逆天而行，有悖于儒家伦常，跟他交谈又有什么益处呢？"

听了他的话，陆游不怒反笑，一拍几案，大声道："哈哈哈哈，老夫我生平所见，就只有你敢如此批评他——其实我也看不惯那些笔冢吏把笔冢主人奉若神明卑躬屈膝的样子。别看笔冢主人大我一千多岁，我也只喜欢与他平辈论交，搞什么主仆，实在太无趣了。"说完他热情地拍了拍朱熹的肩膀："好小子，真有胆识，老夫喜欢——当然，如果能改改你这古板的毛病就更好了。"

朱熹看看亭外的天色，端起茶杯啜了一口，冷淡地对陆游说："笔灵之事，暂且不提，我与陆氏兄弟的论道已经耽搁太久，陆通判可还有别的事吗？"

陆游抓抓头发，暗暗苦笑，心想这家伙的顽固还真是了得。他从怀里掏出一封精致的云笺，递给朱熹："我此行，一是想亲眼见识一下生炼的笔灵是什么模样，二是代人转交这份请柬。"云笺上面写有一行小楷，字迹隽秀工整，一看就出自大家之手："闻君绝才，冀望来笔冢一叙。仆聊备清茗两盏，沐手待君，幸勿推辞。笔冢主人字。"

## 第十九章

遇难不复相提携

"笔冢？"

朱熹拈着这份云笺，面沉如水。陆游解释道："这笔冢，乃是笔冢主人的居所，其中藏着万千笔灵，是个至灵至情的洞天福地。靖康之时，笔冢主人突然封闭了笔冢，自己归隐其中，至今已经快五十年了。"

朱熹问道："那笔冢主人既然已然闭关，又如何能见人呢？"

陆游把情绪收回来，回答道："那是个秦末活到现在的老神仙，一身本事超凡入圣。他平时只用元神与笔冢吏沟通，没人见过他的本尊……你是这五十年第一个被邀请入冢之人。"

朱熹"哦"了一声，把云笺随手搁在身旁，不置可否，丝毫没表现出荣幸的神情。这种神异之地，在他看来终究是旁门左道，远不及鹅湖辩论这种道统之争更让他有兴趣。

陆游见他那副表情，便知道这块顽石的古怪脾气，只好拍拍巴掌，从座席上站了起来："好啦，你也不必急于这一时答复我，你们先去论道便是，老夫在外面等你们说完。"他扫了一眼陆氏兄弟，半是揶揄半是玩笑地说："只是有一条，可不要用紫阳笔吓唬我的这些贤侄哪。他们可是老实人，除了读书什么都不懂。"

"学术上的事，自然要用学术上的道理去说服。"朱熹一本正经地回答。陆游的笑话撞到了铁板，露出一副兴趣索然的表情，无奈地摆了摆手："你们继续。"

说完陆游大摇大摆走出澄心亭，随手抓住附近的一个小沙弥问道："喂，小和尚，去给我找间住处来。不用太干净，不过得要能喝酒吃肉。"小沙弥缩着脖子颤声道："鄙寺戒律严，从无酒肉……"陆游瞪大眼睛怒道："没有酒肉，算什么和尚！"

拎着他后襟大步走出山门。

看到陆游离开,朱熹双袖拂了拂案几,不动声色地对陆九龄、陆九渊道:"两位,我们可以开始了。"他身子微微坐直,开始散发惊人的气势,就像是一位即将开始决斗的武者。

鹅湖之会,一会便是三日。

这几日,朱熹持"理论",陆氏兄弟持"心论",双方引经据典,唇枪舌剑。陆氏兄弟知道朱熹的理气已经修成了笔灵,气势上未免弱了几分。好在朱熹事先承诺陆游,不曾动用紫阳笔,亦不曾运用浩然正气,纯以论辩对阵,一时间倒也旗鼓相当。

……一阵悠扬的钟声从鹅湖寺向四外传开,这代表论道终于结束。众人纷纷聚到鹅湖湖畔,议论纷纷。他们都来自全国各大书院学派,都想来看一看朱氏理学和陆氏心学之间的学术大碰撞,这将决定整个大宋王朝哲学道路的走向。

只见朱熹与陆氏兄弟并肩步出澄心亭,三人均是气定神闲,看不出输赢。陆游推开聚集在门外的旁人,抢先一步到了门口,连声问道:"你们聒噪了三日,可有什么结果吗?"

陆九龄和陆九渊相顾苦笑,陆九龄拱手道:"晦庵先生与我们各执一词,都有创见。"陆游把目光转向朱熹,朱熹还是那一副波澜不惊的表情,黝黑的面孔不见丝毫波动,淡淡道:"陆氏两位,在心性上的见解是极高明的,只是他们所言剥落心蔽则事理自明的说法,拙者实在不能赞同,须知格物致知……"

陆游哪里听得懂这些,完全一头雾水,不耐烦地打断朱熹道:"谁要听你们啰唆,直接告诉我谁赢了就好。"朱熹道:"我既不能说服他们,他们亦不能说服我。但拙者自信真理在握,以陆氏兄弟的智慧,早晚会体察其中精妙的。"

陆九龄和陆九渊一起躬身道:"晦庵先生谬赞了。他日有暇,我们兄弟自当再登门请教。"朱熹淡淡笑道:"我有志于将圣贤之学,广播于九州,正打算在庐山五老峰开办一所书院。两位可以随时来找我。"

"输就是输,赢就是赢,你们这些人矫情不矫情!"

陆游对这些客套话十分不耐烦,他一把推开陆九龄,把朱熹拽到一旁问道:"我也等了足足三天了。笔冢之邀,你到底要不要去?"朱熹不急不忙道:"这位笔冢主人,有什么奇处?治过什么经典?"

陆游一下子被噎住了,"呃"了半天说不出个所以然,还从来没人在接到笔冢主人邀请后，还会问这种问题。愣怔了半天，陆游才晃了晃脑袋，反问道："你问这些干吗？"

"我要去见的这个人，倘若并非善类，岂不要坏了我的心性？曾子有云：'君子以文会友，以友辅仁。'不能辅仁的朋友，又见之何益呢？"

朱熹说得理直气壮，陆游却为之气结。好在他毕竟也是个文人，转念一想，便道："笔冢主人自秦末起，专事搜集天下才情，举凡经典，必有涉猎。秦汉以来的诸子百家精粹，尽集于笔冢之间。你既然有志于传播圣贤之学，那里实在是应该去看看的。"

朱熹似乎被陆游说动，他低下头去，凝神沉思。陆游见这个慢性子沉默不语，急得原地转了几圈，末了一拳狠狠砸在鹅湖寺的山门之上，震得那山门晃了几晃，旁边一干人等都吓得面如土灰。陆九龄连忙劝道："叔叔你干吗如此急躁，哪有这么强迫请人的。"

陆游拽了拽自己的胡子，又瞪着眼睛看看朱熹。他来之前夸下海口，说一定会劝服朱熹同去笔冢，眼下这家伙三棍子打不出一个屁，这让陆游如何不急。若不是忌惮朱熹的紫阳领域，陆游真想用从戎笔狠狠地敲一下他的头。

大约过了半炷香的光景，朱熹终于开口说道："那笔冢之中，可有郑玄、马融、王肃、孔颖达等人的笔灵？"他所说几位，皆是历代儒学大师。

陆游长舒一口气，连声道："自然是有的。"朱熹点点头："既然如此，让我瞻仰一下先贤的遗风，也是好的。"陆游大喜，拽着朱熹袖子就要走。朱熹连忙把他拦住，又问道："只是不知那笔冢在哪里？我不日将去庐山开书院，不方便远游太久。"陆游道："只管跟我来就是，耽搁不了你的事情！"

于是陆游一扯朱熹袍袖，两人一前一后离了鹅湖寺。陆游脚下有神通，几息之间就蹿出去很远，而朱熹看似身法滞拙，却始终不曾落后。两人转瞬间就消失在山路之中。陆九龄、陆九渊兄弟俩立在山门前，久久不曾说话。

"哥哥，他们已经走远，我们也回去吧？"陆九渊忽然道。鹅湖之会后，他的锐气被朱熹磨去了不少。那一场辩论，他感觉自己像是撞在礁石上的海浪，无数次的凶猛拍击，都被轻松地化解掉了。朱熹没有伶牙俐齿，甚至还有些口拙，但那种稳如泰山的气势，却完全超越了自己。

陆九龄叹道："这个朱熹哪，深不可测，未来的境界真是不可限量。"陆九渊不服气道："焉知我等将来不会修到那种程度？"

陆九龄摇摇头道:"他们的世界,已非我等所能置喙……我们走吧。"

陆游和朱熹一路上也不用马车坐骑,只用神通疾驰。一日内便出了铅山县,三日便出了江南西路,数日之内两人已经奔出了数百里。

这一天他们进入荆湖北路的地界,沿着官道疾行。走过一处村庄,陆游突然放慢了速度,兴奋得大叫大嚷。朱熹朝前一看,原来远处官道旁边竹林掩映处,有一个小酒家。这酒家只是茅屋搭起,规模不大,却别有一番乡野情趣。屋前一杆杏花旗高高挑起,随风摇摆,伴随着阵阵酒香传来,对那些走路走得口干的旅人来说,十分诱人。

陆游这一路过得很憋屈。他本想跟朱熹聊聊那紫阳笔,谁知朱熹是个闷葫芦,沉默寡言,偶一张口,也大多是圣人言谈、理气心性之类,让陆游好不气闷。他本是个性子潇洒的人,哪里耐得住这种寂寞,好不容易看到前面有个乡间酒馆,怎会放过这大好机会,不让香醇美酒好好浇一浇心中的块垒呢?

"老朱,咱们连着跑了几天了,就算双腿不累,也得松松筋骨。前面有个酒家,你我过去歇息片刻如何?"陆游一边说着,一边已朝那边走去。朱熹知道他的性子,也不为难,简单地说了一句"好"。孔子说过"唯酒无量,不及乱",偶尔小酌一下,无伤大雅。

两人收了神通,回到官道上来,如同两个普通的远途旅人,并肩走进酒家。这天正值午后,日头正热,早有店小二迎出,带着他们拣了张阴凉的桌子,先上了两杯井水解解暑气。

陆游把杯子里的水一饮而尽,拍着桌子让店家快上些酒食。朱熹却双手捧起杯子,慢饮细啜,不徐不疾。店家看陆游一身官员服色,不敢怠慢,很快就送来了两大坛酒、四碟小菜。陆游也不跟朱熹客气,自斟自饮起来。

他们正吃着,忽然门外有三个人走了进来。这三人俱是青短劲装,头戴范阳笠,背着竹书箱,斗笠一圈上都有素白薄布垂下,看不清来者的面容。店小二一迎上去,为首之人便冷冷道:"三碗清水,六个馒头。"店小二很是乖巧,见这几个人举止古怪,不敢多说话,赶紧转回厨房去。那三人随便挑了张桌子坐下,把竹书箱搁在地上,只是不肯摘下斗笠。

陆游正喝得高兴,忽然"咦"了一声,放下酒坛,朝着那三人横过一眼。朱熹亦睁开双眼,朝他们看去,似乎觉察到了什么。

那三人却对陆游、朱熹二人毫不注意,只是低头喝着水,嚼着馒头。一人忽道:

"时晴大伯,眼看就到宿阳城了,咱们可需要事先做什么准备吗?"为首之人冷哼一声:"兵贵神速,在这里稍微休息一下,就立刻赶路,争取在傍晚入城。我不信诸葛家的人比咱们快。"另外一人又道:"可是几位长老最快也得明日才到,就怕今晚诸葛家的人也到了,我们实力不足啊!"为首之人把水碗"砰"地搁到桌子上:"怕什么,以咱们三人的实力,最不济也能牵制住他们一夜。"

"嘿嘿,有意思。"陆游低声笑道,他凑到朱熹身旁,"那三个人,你可看出什么端倪?"朱熹道:"我的紫阳笔有所感应,莫非他们也是笔冢吏吗?"陆游道:"不错,应该是韦家的小朋友们。他们居然跑到这种穷乡僻壤,不知有什么古怪。"

笔冢主人在笔冢闭关之后,就一直靠诸葛家和韦家这两大家族,只是两族互相看不起对方,隐隐处于对立状态。这些常识朱熹都是从陆游那里听到的。

陆游忽然露出唯恐天下不乱的表情:"听他们的交谈,似乎在这附近要有一场乱子。怎么样,咱们跟过去看看热闹吧?"

"何必多事,我们还是早日到笔冢的好。"朱熹对这些没有丝毫兴趣。

陆游悻悻地闭上嘴,暗骂这家伙就是块冥顽不灵的石头。可是他天生喜欢研究笔灵,眼看三个笔冢吏在身旁,就像强盗看到了黄金,心里瘙痒难忍,便又压低声音道:"让我去探一探他们的笔灵底细,看个究竟吧,这不费什么事。"朱熹啜了口茶,夹起一块腌菜放入口中,毫不关心地说:"君子非礼勿看,非礼勿听,你不是君子,随便好了。"

陆游笑眯眯地放下酒碗,闭目感应了一阵,咧嘴笑道:"两个神会,一个寄身,却是难得。"

"神会"指的笔灵自行认主,与笔冢吏融合度最高;"寄身"是强行把笔灵植入笔冢吏体内,能力便不及"神会"。

陆游掰起指头细细数着:"带头的那个叫韦时晴,是司马相如的凌云笔;另外两个年轻人,一支是王禹偁的商洛笔……嗯,那支寄身的,是颜师古的正俗笔。这阵容还不错。凌云笔是不消说的,商洛笔差了点,但胜在神会;那颜师古的正俗笔,也是不得了……"

朱熹听到其中一人居然带着颜师古的笔,不免多看了他两眼。颜师古是唐初儒学大家,与孔颖达齐名,朱熹身为儒门弟子,自然格外关注。

"那支笔灵,是属于颜师古的?"朱熹悄声问,语气里多了丝恭敬。陆游得意地看了看他："你不是君子非礼勿听嘛，怎么这会儿又来问我？"朱熹理直气壮地回答："非礼自然勿听。颜师古撰写过《五礼》，至今仍大行于世，乃是礼制宗师，我打听他老人家，又岂能算是非礼？"

两人正说着，那三位笔冢吏已经吃完了东西，起身上路。陆游问朱熹："你说咱们这次跟不跟上去？"朱熹毫不犹豫地回答："跟！"跟刚才的淡漠简直就是判若两人。陆游盯着他，无奈道："你这人该说是太直率了呢，还是太无耻了……一点都不加遮掩吗？"

"君子守正不移，略无矫饰。"

朱熹推开桌子，朝酒家外走去。陆游叹了口气，扔出几串铜钱给店家，也跟了出去。

这一次，一贯淡然的朱熹表现出了前所未有的积极态度，那种执着的劲头连陆游都自愧不如。两人紧紧尾随着韦家的三位笔冢吏，一路潜行。他们一个是笔灵世界的老江湖，一个是生炼笔灵的天才，很轻易就藏匿了气息。那三位笔冢吏浑然不觉，只顾赶路。

到了傍晚时分，官道前方果然出现一座小县城，城门刻着"宿阳"两个字。他们正好赶到城门关闭，混在最后一拨老百姓里进了城。

那三位笔冢吏进城之后，却没去客栈，而是掏出几方砚台，在小城巷子里四处溜达。陆游悄悄告诉朱熹，这砚台叫作聚墨砚，是笔冢吏用来搜寻笔灵的指南针。自古笔墨不分家，在这砚台的凹处滴上几滴灵墨，这些墨水会自动朝着笔灵的方向聚过去。

"看来在这个宿阳城内，可能会有笔灵蛰伏哪！"陆游的语气里有着遮掩不住的兴奋。他最大的乐趣，就是研究新出现的笔灵。朱熹奇道："可你不是说每一支笔灵都是笔冢主人收在笔冢里吗？"陆游解释道："不是每支笔灵都会收归笔冢，偶尔也会有例外。像是李白的那支青莲笔，被炼化后立刻消失无踪，笔冢主人都拿它没办法；如果笔冢吏在外面死亡，他的笔灵也可能会变成野笔，四处游荡。笔冢吏最重要的工作，就是在世间搜集这些野笔，送回笔冢。"

正说话间，三名笔冢吏聚到了城中一处祠堂。这祠堂看得出是个小家族的产业，陈设不多，石碑也只寥寥几块。祠堂前的小空地落满了残叶枯枝，看来这个家族的子孙们对祖先的孝顺不是那么殷勤。

三人站定，环顾四周，为首的韦时晴喜道："这灵墨已经在砚上聚做了一团，想来那笔灵就在附近。"其他两个人听他一说，立刻卸下背上的书箱，从里面取出笔筒、笔挂，准备收笔之用。

朱熹伏在离祠堂不远的屋顶，忽然压低声音问陆游道："那支颜师古的正俗笔，是什么功用？"陆游想了想道："颜师古一生最擅长审定音读、诠释字义，他的笔灵没有战斗能力，但却可以随心所欲地控制人的声音，改变人眼中看到的文字。和别的笔灵配合起来，威力无穷。这次派他出来，韦家可真是下了血本。"

"一代宗师，就只落得会篡削的境地吗……"

朱熹喃喃道，重新把身子伏下去，在阴影里看不出表情。

不知何时，四个黑影悄无声息地出现在祠堂四周的山墙上，都是头戴斗笠、一袭青衫，在夜空中矗立不动，说不出地诡异。站在祠堂空地正中的韦时晴正忙着勘定方位，突然心生警觉，抬头一看，一声大喝："诸葛家的，你们来做什么？！"

没人回答。

四支笔灵"呼"地从四人头顶冲天而起，霎时将整个祠堂笼罩其中。

祠堂空地中的三名韦家子弟均是面色大变。这四支笔灵出现得极其突兀，事先全无警兆，显然是早有蓄谋。不待他们有什么反应，另外又有六个人影跃入空地，他们每一个人都是颀长身子，面色乌青。

"诸葛家的散卓笔童！"

韦时晴反应最快，他双手一展，振声怒喝。凌云笔应声而出，平地掀起一阵剧烈的风暴，祠堂外一时间飞沙走石，让人几乎目不视物。那几个笔童被这大风吹得摇摆不定，韦时晴喝道："才臣，上！"

那名叫韦才臣的笔冢吏迎风一晃，手中便平白多了一杆白棍。这棍子极直极长，浑身纯白，不见有一丝瑕疵与节疤在上面，精悍无比。韦才臣双手握住棍子，虎目圆睁，用的居然是本朝最为流行的太祖棍法。有一个笔童本来就被大风吹得站立不稳，又突然被商洛棍扫中双腿，发出"噼啪"的竹子爆裂的声音，腿部寸断，立时跌倒在地。

"好一支商洛笔！"陆游不由赞道。

这支商洛笔的笔主，乃是宋初名士王禹偁。他开宋代诗文改革之先河，以文风耿直精练著称，被苏轼赞为"雄文直道"，所以临终前也被炼成了笔灵。只可惜与历代高人相比，王禹偁才学有限，所炼的商洛笔仅取其宁折不弯，化成一杆可长可短的直棍，成了笔灵中少有的近战武器。

只见那商洛棍在大风之中舞成一团，棍法精熟凌厉，剩下的五个笔童只能勉强与之周旋，很快又有一个被一棍扫倒。

墙头东北角的黑影一声冷笑："原来是凌云笔和商洛笔，看来韦家今天就来了你们几个。"

韦时晴面色一僵，这六个笔童，原来只是敌人用来试探虚实的。韦家与诸葛家这么多年争斗，对彼此之间的笔灵都了如指掌，谁能先判断出虚实，谁就占有战术上的优势。如今己方两支笔已经暴露身份，而对方仍旧实力不明，这仗便有些难打了。

韦时晴毕竟是老江湖，他舔舔嘴唇，鼓动着劲风在祠堂附近急速转动。那四个人显然对他的凌云笔十分忌惮，一直不敢跳入空地，这是一个机会。他知道笔童这东西，与控制者一定会有灵丝相连，双眼一扫，便发觉那几个笔童的灵丝都与东北角的黑影牵连——这黑影显然是控制这六个笔童的人。

"只要把他打倒，敌人就没有优势了！"韦时晴暗想，眉头一竖，低声喝道："韦才臣，东北！"说完一道凌厉至极的烈风扫过墙头。韦才臣二话不说，用商洛棍一撑地面，借着风势整个人朝着东北墙头跃去。

仿佛早已算准了他们的反应，四支悬在半空的诸葛家笔灵开始了移动。韦才臣冲上墙头，运足力气，当头用力一砸，那黑影居然碎成无数水珠，消失无踪。

"是幻影！"

这一击落空，韦才臣空中无处借力，复又跳回空地上来。他甫一落地，发觉脚踏到的那一块青石板变得稀软如粥，仿佛化作一片石液，双腿如陷泥泞。韦才臣大吃一惊，想要把腿从青石中拔出来，石板却陡然恢复了坚硬，硬生生把他裹在石中，动弹不得。

"大伯！"

韦时晴不待韦才臣求救，双手已然出招。风势变刮为旋，凝聚成两道急速旋转的锥形小旋风，朝着石板缝隙死命钻去，想把整个石板撬开。

这时候，两把几乎透明不可见的小锁悄无声息地从背后贴近了他，它们的移动很慢，却不带任何波动。韦时晴一心想把韦才臣弄出来，同时还要分散精力去控制风势，没有余裕的精力去观察四周。

当韦时晴觉察到不对劲的时候，已经晚了，那两把小锁倏然一闪，已经锁到了他的两处神经。一股剧烈的疼痛袭上脑海，让他忍不住惨叫一声，神识大乱，原本凌厉的风云登时衰减。几个一直被风力压制的笔童获得解放，一齐朝着韦才臣冲去。韦才臣两条腿动弹不得，只能靠商洛棍勉强抵挡，但终究寡不敌众，被打倒也只是时间问题。

"居然是麟角笔啊！"

陆游眉头一扬，看来这一次韦家和诸葛家都出动了好手。不过诸葛家明显更加训练有素，这四位笔冢吏配合默契，进退得宜，一笔负责控制笔童攻击，一笔制造幻影掩护，一笔化石为泥牵制，一笔制造痛觉，各个击破。整个攻击手段如行云流水，环环相扣。陆游精研笔阵，一眼就看出这四人阵势的不俗。

此时商洛笔被困在石中，凌云笔又因为韦时晴心神大乱而无法使用，另外一个人不知所终。大局已然底定，诸葛家的四名笔冢吏好整以暇地跳入祠堂中。

为首之人笑眯眯地对瘫坐在地上的韦时晴道："时晴哪，想不到这次你居然落到了我手里。"他指头一挑，韦时晴的痛楚又上一层，豆大的汗珠从额头流下来。韦时晴怒喝道："诸葛宗正，你小子只会用奸计！有本事跟我正面单挑，卑鄙小人！"诸葛宗正悠然道："这叫什么卑鄙，我的麟角笔胜过你的凌云笔，这次你们算是白……"

说到一半时，诸葛宗正的脸色突然一变，面部肌肉扭曲了几分，用古怪的声音对身后三人道："你们三个，赶紧离开祠堂！"他身后的三名诸葛家子弟迷惑不解，明明场面大优，为何要走？

"快走，否则家法伺候！"诸葛宗正怒喝道，脸色愈加古怪。诸葛家家法甚严，那三名诸葛家子弟也不敢多问什么，转身就要离开。可其中一名子弟临走前回眸看了一眼，发觉诸葛宗正一手抓住喉咙，发出嗬嗬的声音，一手却拼命冲自己摇摆，心头大疑。他连忙叫住其他两名子弟，回转来看。

却见诸葛宗正口中不住嚷道："再不走，就来不及了！"右手却抓住一名子弟的袖子，眼神急迫，颤抖的指头在衣服上画来画去。

那名负责控制笔童的诸葛家子弟心思最为缜密，皱眉道："宗正叔似乎有话要说，快取墨来！"其他两人连忙取来墨汁。诸葛宗正迫不及待地用指头蘸了墨水，在袖子上龙飞凤舞地写下几个字。

等到他写完，三名子弟一看，原来是"速离无疑"四个字。三人再无异议，起身便要走。诸葛宗正看到这四个字，双目赤红，拽住一人袖子，又挥指写了几个字："无须管我。"诸葛宗正气得一口血喷出来，口中却道："你们再不走，咱们都要死在这里！"

诸葛家的三名弟子还在生疑，祠堂空地中的风势突然又兴盛起来。韦时晴的声音随着风势传来："臭小子们，受死吧！"

百丈龙卷平地而起，如同汉赋一般汪洋恣肆的雄浑大风，瞬间充满了整座祠堂。司马相如的凌云笔灵号称笔中之雄，极为大气，很少有人能够正面相抗。刚才诸葛家以众凌寡，尚且不敢正面撄凌云笔之锋，要等笔主受制，才敢跳下祠堂。此时韦时晴趁着诸葛宗正分神之际，摆脱了麟角笔的束缚，带着怒气正面直击，其威力可想而知。

三名子弟和诸葛宗正的身体被凌云笔的风势高高吹起，在半空盘旋数圈，然后重重撞到祠堂的山墙上。

一个面色苍白的少年从祠堂石碑后站出来，在他的头顶，一支淡黄色毛笔默默地悬浮在半空。

"嘿嘿，韦家这用正俗笔的小子，时机选择得可真好啊！"

陆游忍不住赞叹，他看到朱熹还是一脸浑然未解，便给他解释道："正俗笔只能控制别人发声与写字，本来在战斗中的价值很有限。但这小子在己方不利的时候，竟能隐忍不发，一直等到诸葛家的人现身的绝佳时机，这才猝然出手。诸葛宗正被这么一搅和，控制力度便大大减弱，给了韦时晴摆脱麟角笔正面攻击的机会——没人能跟凌云笔正面相抗。"

朱熹道："这孩子的正俗笔，只是寄身。倘若到了神会的境界，又会如何？"陆游道："这我还真不知道，这笔自炼成以来，还没人真正神会过，所以韦家才会放心地把它扔给家里子弟寄身。"朱熹心里划过一丝嘲讽，想："这是当然，谁配得上这位儒学大师呢？"

祠堂中的战斗仍在继续。韦时晴一击得手，立刻把束缚韦才臣的青石板用劲风掀开。韦才臣双腿一经解放，手持商洛棍一阵穷追猛打，把那几名失去控制的笔童统统扫倒，紧接着又挥棍朝着那四个诸葛家的笔冢吏砸去。

王禹偁何等刚直，他化成的棍子更是坚硬无比。那四人刚被凌云笔撞到墙上，精神未复，又被商洛棍砸中，转眼已有两名弟子胳膊被打折。他们有心驾驭笔灵抵御，怎奈韦才臣的棍法速度太快，如暴风骤雨。他们原本站在墙头，靠笔童隔开距离，可以占尽优势,一旦陷入肉搏近战,则劣势顿现。点点血花,就在棍舞中溅现。

诸葛宗正怒极,他一咬牙,用麟角笔锁定了自己的痛觉,硬挨着棍雨拼命站起来,浑身绽放出怪异的光芒,麟角笔在半空开始分解成无数细小物件,朝着韦才臣招呼过去。韦才臣生性坚毅,任凭这些麟角锁撩拨自己的五感,凭着一口气支撑,下棍更不手软。两个人都打红了眼,完全不管自身,只是疯狂地朝对方轰击。诸葛宗正的笔灵,慢慢开始蜕变成许多的鳞片。

远远观望的陆游看到这一幕,霍然起身,怒道:"糟糕,这些小子玩真的了,至于拼到这地步吗?"

诸葛家和韦家虽彼此看不惯,但毕竟同属笔冢。所以两家虽然钩心斗角,却很少闹出人命官司。而眼下这个诸葛宗正要用的招数,陆游知道是麟角笔中最危险的一招,一经发出,方圆几十丈内无非敌我,尽皆会被麟角分解的小锁破坏掉五感,等于是同归于尽。

"这些浑小子,怎么跟见了仇人似的,下手如此之重。"陆游骂骂咧咧,对朱熹道,"你在这里先看着,我得出手教训一下他们。不然闹出人命,世间平白又多了几支无处可依的野笔。"

朱熹缓缓站起来,双眼却变得锐利起来:"这教化的工作,还是交给我吧。"

"啥?"

陆游还没反应过来,朱熹已经袍袖一挥,整个人如同一只大鸟飞了过去。

祠堂内的诸葛、韦两家的笔冢吏正殊死相斗,忽然之间,四下如同垂下了巨大的帷幕,所有人都陷入黑暗之中。他们愕然发现,周遭世界的运转似乎变慢了,整个人进入一种玄妙的状态,不能看,不能言,不能听,唯有一个极洪大的声音响起,仿佛从天而降高高在上:"子夏曰君子敬而无失,与人恭而有礼。礼之用,和为贵。尔等这等勇戾狠斗,岂不违背了圣人之道?"

若在平时,这些笔冢吏听到如此教诲,只会觉得可笑。可如今他们身在无边黑暗中,心态大为动摇,却觉得这真是字字至理名言,直撼动本心,斗志一时间如同碰到沸汤的白雪,尽皆消融,剩下的只是温暖如金黄色光芒的和煦氛围。他们觉得身体一软,精神完全放松下来。

"每个人都有两心,人心与道心。合道理的是天理、道心,徇情欲的是人欲、人心。汝曹所为,无非歧途;笔灵种种,皆是人欲。所以应当革尽人欲,复尽天理,方是正道。"

朱熹刻意把领域内的规则修改成无声静寂的悬浮状态。在这种状态之下，人的五感尽失，身体又无依靠，往往会对唯一出现的声响产生无比的信赖。

那七个人悬浮在领域中，朱熹仰起头来，一一观察着他们。最让他在意的，就是那个韦家少年——准确地说，是那个少年身上带着的正俗笔。

那可是颜师古啊，那个勘定了五经、撰写了《五礼》的颜师古啊！朱熹早在少年时代，就怀着崇敬之心阅读他的诸多著作，从中体察真正的天道人伦，发现他无限接近孔圣的内心世界。

而现在，这位儒学宗师的灵魂，却被禁锢在这么一支可笑的笔灵中，被无知少年拿过来像玩具一样戏弄。

"当我们连祖先都不尊重时，又怎么能克己复礼，重兴圣学。"

朱熹对着黑暗中的七个人大声吼道，七个人都有些脸色发青，身子摇摇欲坠，就连他们的笔灵都随之暗淡无光。

"喂，差不多可以了。"一只手搭到了朱熹肩上。朱熹心念一动，整个领域立刻被收回紫阳笔中，七个人愣怔怔地坐在地上，眼神茫然。

陆游有些不满地对朱熹说："只要劝开他们就好，何必说这么多话呢！"他觉得朱熹这一手，有些过分，这让他想起"大贤良师"张角蛊惑黄巾军的场景。

朱熹淡淡道："总要让他们知道，什么叫作天理。"陆游没好气地说："得，得，你又来这一套了。跟我家那兄弟俩你都没辩够啊？"说完，陆游走过去，把韦时晴和诸葛宗正两个人拉起来，给他们灌输了两道灵气去。两人浑身一震，这才清醒过来。

"陆大人？"两个人异口同声地喊道。陆游虽非韦家和诸葛家中人，却颇受笔冢主人青睐，平日里与这两家也多有来往，族中子弟对这位笔通大人都很尊敬。

陆游双手抄在胸口，盯着这两个小辈皱着眉头道："你们到底在想什么，拼命拼到这种地步，嫌诸葛家和韦家人太多了吗？"

韦时晴和诸葛宗正两人互瞪一眼，同时开口道："都是他们家不好！"陆游伸出拳头，一人头上狠狠凿了一下，喝骂道："你们两个都四十多了，还这么孩子气！"他一指诸葛宗正："你先来说。"

面对陆游，诸葛宗正大气都不敢喘，恭恭敬敬答道："数天之前，我家有人在宿阳附近游历，忽然看到一只灵兽，这只灵兽状如白虎，口中衔着一支毛笔，进入这宿阳城内，便再不见了踪迹。您知道，灵兽衔笔，非同小可。我家中自然十分重视，便派了我与三名子弟先赴宿阳调查，族中长老随后便来。"

"灵兽衔着毛笔，你确定？"陆游瞳孔骤然放大。诸葛宗正看了眼韦时晴，说道："他们韦家当时也有人目击，当然，那是先偷听到我家的情报，再去确认的。"

韦时晴一听，勃然大怒，两人眼看又要吵起来，被陆游一人一从戎笔，打得不敢多说。这件事看来是两大家族都有人目击，基本排除了作伪的可能。

陆游捋着花白胡子，表情变得严峻起来。这事蹊跷，笔灵向来独来独往，罕有别物相伴。如今竟然出现灵兽衔笔。

要知道，灵兽其实并非是兽，它和笔灵一样，也是灵气所化。只不过笔灵是取自人类的才情，而灵兽则多是天地间自然的灵气偶然凝结而成，几百年也不见得能碰到一回。灵兽口衔笔灵，这说明很可能是笔灵本身的力量太强，外溢出来，形成笔灵兽，所以这灵兽才会与笔形影不离。

力量强大到能够诞生灵兽，可想而知那笔灵是何等的珍贵罕见，无怪诸葛家、韦家拼了命也要得到它。

那支受灵兽眷顾的笔灵究竟什么来头，想来只有笔冢主人才能查到了，可他如今闭冢不出，无从索问。看来只有先收了这笔灵，再做打算。陆游一向爱笔成痴，如今一想到要碰到这前所未见的神秘笔灵，浑身都兴奋起来，充满期待。

"你们说，这灵兽，莫非就在这祠堂之内？"陆游问。

"正是，在下用聚墨砚反复勘察过，整个宿阳城就数这个祠堂灵气最盛。"韦时晴取出墨砚，上面的墨水聚成一团，已是浓度的极致。

陆游满意地点点头："嗯，不错。古砚微凹聚墨多。"诸葛宗正知道这是陆游自己写的诗，连忙恭维了一句："陆大人这句诗，真是切合实景。"陆游拍拍他肩膀，得意道："你这马屁拍得有些明显，不过老夫喜欢。"

"请问，刚才出手阻止我们时，陆大人用的是什么笔？"诸葛宗正恭敬地问道，他对刚才那奇妙的领域与声音记忆犹新，这种震彻人心可是他从来没经历过的。陆游呵呵一笑，指了指站在一旁的朱熹道："这是我一位同行朋友，刚才就是他出手。"

诸葛宗正和韦时晴看到这中年人貌不惊人，手段却如此了得，都十分钦佩，上前一一施礼。陆游道："你们可别小看了他，他的笔灵，乃是自己炼的。"

"生炼笔灵？！"韦时晴错愕万分，不禁疑道，"笔灵是人心所化，难道说先生可以一心二用吗?"朱熹道:"我刚才便跟你们说了。人都有道心,有人心。追求天道的,就是道心;追求贪欲的,就是人心。我坚心向道,灭绝欲望,这笔灵里,蕴含的正是我一心求证大道的道心。"

两人齐声道:"这生炼笔冢的法子,实在叫人佩服。先生高明之至。"朱熹沉声道:"刚才我与你们讲的道理,不是什么笔灵的法门,而是至理,你们可不要忘记。"两人连连点头称是。

陆游怕朱熹又是长篇大论,心想赶紧找个别的什么话题,忽然发现他正站在拥有正俗笔的少年身旁,便笑眯眯道:"老朱,这趟热闹,咱们得好好掺和一下。你既然那么关心正俗笔,等一下我们收笔的时候,那小孩子就交给你照管了。"朱熹"哦"了一声,不再有什么表示,只把右手搭在他肩上。那可怜的韦家少年被朱熹站在身旁,觉得威压实在太大,面露畏惧之色,却不敢动弹。

把朱熹安排妥当,陆游走到祠堂门前,来回踱了几步,观察了一番,开口道:"笔灵有灵兽守护,想来收起来也有难度。我这一次出来得急,身上只带了从戎笔。你们把笔灵都借给我,我要摆下一个笔阵。"

第二十章

○

龙门蹩波虎眼转

"我要摆下一个笔阵。"

陆游的口气轻松，却有无法拒绝的权威。

诸葛、韦两家的笔冢吏面面相觑，开始还有人不情愿，最终还是在韦时晴和诸葛宗正的带头下，把自己的笔灵唤了出来，悬浮在头顶。虽然陆游是半路杀出来的，可实力和地位在那里摆着，有他主导收笔，总比被另外一家占了先的好。

陆游五指并齐，微眯双目，在半空划了几个玄妙的手势，略一伸手，竟赤手将一支笔灵捉在手里。没见过陆游本事的笔冢吏无不惊诧，他们可从没见过有人能用肉掌去抓别人的笔灵。陆游东抓西握，很快便在双掌之间收罗了六支笔灵，连同自己的从戎笔，一共七支。

"才隽，快把你的正俗笔灵叫出来，给陆大人用。"韦时晴见朱熹身旁的少年还不动，连忙催促道。朱熹搂起那孩子的手道："颜师古之笔，不要轻用。就让我的笔灵代替正俗笔入阵吧。"

陆游知道他的心思，微叹一声，点头应允。朱熹拍拍那孩子肩膀，示意安心，心意一动，紫阳笔凭空而出，自动飞到陆游的手中。

旁观众人刚才已经见识了朱熹的能力，此时又见到紫阳笔灵的本体，心中均是一凛，都在想这笔究竟什么来历，怎么如此有压迫感。

"哈哈，有了老朱你的生炼笔灵助阵，这笔阵便更完美了。"

陆游双手十指开始吐出淡蓝色的灵体丝线，随着指头轻灵地摆动牵引，那些丝线彼此交织，以这八支笔灵为核心，从简单到复杂，构造出一面大网，把整个祠堂牢牢地围住。八支笔灵在陆游手里都服服帖帖，各自占据了阵法的一角。

在场众人虽然早闻陆游笔阵之名，此时却是第一次亲眼见识，无不瞠目结舌。

"这一次的笔阵，摆得实在舒服。诸多笔灵功能越是不同，搭配出的功效也就越丰富多彩。"陆游站在阵中，呵呵大笑，"我马上便可布完笔阵，你们在周围好生护法。"

最后一根丝线从陆游指尖飞出，在半空停顿了片刻，轻柔地飘到了紫阳笔的笔顶，绕了几绕，如同一只春蚕吐出的蚕丝，随即又飘向凌云笔，把两支笔灵连接到了一起。当它们连接起来的一瞬间，整个笔阵光芒大盛，赤红、绛紫、鹅黄、青碧……肉眼可见的诸多色彩沿着灵丝急速游走，一圈圈的光环从阵中笔灵四周有规律地振荡而出，层层叠加，把整个笔阵逐渐加厚，直到整个祠堂都被反复缠绕起来，像是一个大茧。

在场的每一个笔冢吏，都通过自己的笔灵，感受到这笔阵中充沛的力量。陆游手指一摆，八支笔灵振荡的速度突然变快，八个厚实的光圈朝着祠堂缓缓压去，并且不断被笔灵加强。当这八道光圈几乎聚合在一起的时候，忽然在笔阵之中的祠堂深处，传来一声沉沉的低吼。

这一声吼音量不高，但却拥有极强的穿透力，围观者心中均是一震，久久不能平静。若不是陆游设下笔阵，恐怕这一声吼能把宿阳所有居民从睡梦中吵起来。

"来了。"所有人暗想。

一只野兽缓慢有致地从祠堂的石碑之间走出来。这是一只巨大的纯白老虎，身上勾勒着条条玄黑色的条纹，如同在雪白的宣纸上泼上数道浓黑的墨汁。它的两只黄玉色的圆眼微微转动，形体的边缘不停变幻，看得出应该是灵气所凝，很不稳定。

许多人立刻就认出来它的真身："是白虎！"连陆游和朱熹都忍不住"咦"了一声。他们想过各种灵兽，却没想到居然是白虎。白虎是四灵之一，地位尊贵无比，这神秘的笔灵光靠外溢灵气而凝成白虎，委实让人瞠目结舌，这得多少灵气！

这只白虎只淡淡地扫了笔冢吏们一眼，便不再理睬他们，而是支起前身，瞠视着笔阵中的八支笔灵，虎须颤巍巍如森森剑戟。它端详半响，忽然把头颈低下来，虎尾高挺，摆出欲要扑击的姿态。主持整个笔阵的陆游微微怔了怔，双手飞舞，笔阵立刻开始发动。

笔阵的原理，是将各种笔灵连贯一气，浑如一体，兼具了阵中笔灵的全部能力。所以笔灵能力越多，笔阵威力越大。宿阳祠堂前的笔阵有八支，而且还有从戎笔、凌云笔、紫阳笔这样的强笔，就威力而言，是陆游布阵以来最强悍的一次。

八个光圈朝着白虎层层套去，白虎感受到了束缚，发出一声怒吼，身子一摆，钢鞭一般的虎尾朝着笔阵一角剪去。八支笔同时开始剧颤，发出微微的共鸣声。虎尾猛烈地抽到阵脚，数道闪电般的灵气飞驰而至，硬生生扛住了白虎这一次抽击，整个大阵的表面都泛起圈圈涟漪。

陆游暗暗吃惊，这白虎只是尾巴一剪，就让整个笔阵摇撼了半分，力量着实不小。他不敢怠慢，连忙指划手翻，调度笔灵。

白虎见一击未成，又换了个方向，试图伸出爪子去扑击。不料后腿还未运足力气，就觉得身子一沉，整个虎身都开始朝着青石板里陷了下去。原来这是笔阵中的一支笔灵的能力——属于诸葛家的雪梨笔。雪梨笔炼自岑参，因为岑参吟出过"忽如一夜春风来，千树万树梨花开"的奇想变幻，所以这笔的能力，便是可以改变物体质地。

刚才把韦才臣陷入石中的，正是这支雪梨笔。因为用这笔的笔冢吏年纪尚轻，这笔仅能改变一小块区域的材质，只能把韦才臣双足困住。而在陆游的笔阵中，雪梨笔能力得到大幅提升，竟能把整个一只巨虎脚下的石板都改变了，让它身陷其中。

与此同时，凌云笔吹起大风，已经液态化的石板被这阵风吹起层层波浪，甚至激起了石液水花，溅在半空之中。等到白虎被这石泥潭陷进去半个身子，陆游并指一弹，整片青石板顿时凝结如铁，那些恰好卷起的浪花，便保持着波涛的形状，化成了数把天然弯曲的石锁，牢牢锁住白虎的四肢和虎躯。

这一连串攻势让诸葛家那位雪梨笔的弟子看得如痴如醉，同样的战术，这位陆大人用起来可比自己强出太多了。而韦时晴也没想到，凌云笔和雪梨笔搭配起来，还有这样的奇用。只可惜二笔分属两家，否则……

白虎挣扎了几番，发觉这石锁牢固无比。它摆了摆头，虎躯一震，整个身体涨大了数分，额头那"王"字黑纹清晰分明。只听轰隆一声，数块宽大厚重的青石板竟被它硬生生挣碎了。

陆游毫不意外，如果这白虎连这点束缚都挣脱不了，那才真叫怪事。他手指挪移，商洛笔化作数条棍棒，幻化成无数白影，迎头打去。白虎本是灵体，对于这种实体攻击根本不惧。只见商洛棍轻易便穿过白虎身体，然后敲在地面上，腾起一阵尘土。

打空了？

陆游的攻击,就不会这么简单。

白虎没有注意到,每一根商洛棍上,都沾着几丝可疑的白银色丝线。当商洛棍穿过白虎身体时,这些丝线便留在了白虎体内。

而丝线的另外一端,则连接着笔阵中的另外一支笔——常侍笔。

常侍笔炼自盛唐诗人高适。高适擅写边塞诗,雄浑悲壮,胸襟高广,尤擅描摹兵戎之景,史称"高常侍"。这一支常侍笔能散发灵丝,靠灵丝操控笔童,如臂使指,无不如意。刚才朝韦家发动突袭的六个笔童,就是由它一体操控,控制力度之大,乃笔中翘楚。

这些丝线虽有控制,本身的力道却十分微弱,白虎表皮只消轻轻一弹,便可把它们拆开。所以陆游便把这些丝线拴在商洛笔上,来了一招明修栈道,暗度陈仓:商洛棍是实体攻击,打不中白虎,可它穿过虎躯的时候,那些灵质丝线便悄悄留在体内。

而这丝线一旦拴上身,就等于把身躯的控制权拱手相让。白虎很快发现,自己身体开始不受控制。它虎啸连连,力量喷涌,甚至于连整个笔阵都为之颤动。可这些丝线已经深深埋入了体内,外部力量根本无法切断。

常侍笔光芒大盛,笔端丝线越喷越多。笔阵的妙处,就在于诸笔能互相辅助,互通灵力。得了其余七支笔灵的支援,常侍笔的控制能力得到了前所未有的加强。白虎举手投足,都无法随心所欲,甚至连吼上一吼都难以做到。

白虎怒极,挥舞着锋利的爪子与尾巴,拼命挣扎。它一爪下去,祠堂"哗啦"一下便被毁去了半边;一尾扫过,一排山墙轰然倒塌。短短数息之间,整个祠堂便被它搞成一片废墟。然而附在祠堂上的笔阵,却未受到分毫冲击。

陆游见白虎折腾够了,微微一笑,手中银丝轻动。那些丝线如同牵引傀儡一样,牵引着这只可怕的巨兽朝着笔阵最中央走去。在那里,一个巨大的虬木笔筒安静地等待着,巨大漆黑的筒口弥漫着淡淡的气息与吸力,等待着吞噬笔灵。

到了这个时候,陆游忽然发现了一个问题,随即所有人都发现了这个问题。

白虎在此,可是白虎口中的笔灵呢?

它的口中,根本没有笔灵。

陆游站在笔阵中心,皱起了眉头。他们铺设这一切,就是为了要收笔灵。可如今笔灵不在,只有这只危险的灵兽,难道说,情报有误,这只是一只天地间灵气凝成的野兽,而非笔灵兽?

但这白虎的身上，却散发着十分清晰的笔灵气息，实在令人费解。

陆游犹豫片刻，手中丝线一缓。那白虎趁机仰天大叫一声，身体上的黑纹条条绽起。陆游惊道："不好！"急忙操控数笔齐发，可为时已晚。白虎张开血盆大口，"吭哧"一声，一口便把那虬木笔筒咬掉半边。那笔筒是笔冢主人所用，天长日久也沾染了灵气，可却经不住这威力惊人的一咬，可怜一代名器就这么毁于虎口。

两家笔冢吏无不大惊，都没想到这只野兽凶悍到了这个程度。韦时晴心中更是痛惜，这虬木笔筒是他收藏的宝物之一，收笔无数，想不到竟毁在这宿阳城内。

陆游这时终于也动怒了。他大手一挥，从戎笔昂然出阵，化作一个巨大的拳头，砸将过去。从戎笔坦坦荡荡，直来直去，那白虎入阵以来，总算碰到可以痛痛快快一较长短的对手，精神一振，张牙舞爪扑了过去，与从戎笔战作一团。

一笔一虎在笔阵内翻滚鏖战，打得昏天黑地，拳爪飞舞，周遭的金光帷幕不时被撕扯开几道裂口。其余几支笔灵被这声势震慑，只敢在一旁掠阵助威。从戎笔在笔灵中至为武勇，可碰到这只白虎，却显得有些束手束脚，和它平日里一往无前的气势颇为不符。

陆游知道自己只是笔通，不是从戎笔的真正主人，对它这种纯粹是天性的表现无可奈何，只能拼命凝神控制，试图通过阵法来弥补这种缺陷。

从戎笔和白虎战了半晌，彼此谁也奈何不了谁。白虎忽然纵身一抖，周身与额头的黑纹开始流转凝结，最终在脊背上变作一对玄黑色的飞翅。陆游心中一突，一种强烈的不安袭上心头。但凡灵兽，都有异能。这只白虎居然生出双翅，正应了如虎添翼这句话，没人能想象这只巨兽的威力会提升多少。

白虎双翅一摆，闪过从戎笔的拳头，朝着半空飞去。陆游以为它要逃逸，连忙加厚笔阵的防御。不料白虎在半空盘旋了半圈，突然把头一转，张开大嘴，朝着悬在半空的一支笔灵咬去。

那笔灵属于诸葛家，功用只是制造幻影，作用不大，陆游一直只把它远远地摆在笔阵边缘。白虎骤然袭来，笔灵根本毫无防备，只听"咔吧"一声，被白虎咬作两截。白虎还嫌不够，把那两截残笔又嚼了几嚼，索性吞下肚子里去。

原本高速运转的笔阵在瞬间停滞了，在场每个人脸上都浮现极度的震惊和惶恐。

笔灵乃是才情所化，本该是不朽不灭的，自有笔冢与笔冢吏以来，还从未有笔灵被灭的事情发生。而今日这只白虎，居然可以一口吞噬笔灵——究竟是什么样的笔灵，才能铸就这样一只凶兽啊！

在地面的一个笔冢吏突然发出凄厉的惨叫，正是诸葛家那支笔灵的主人。人笔连心，笔灵既死，笔冢吏的精神亦会受到极大损害。

仿佛受到他的刺激，笔阵中的其他笔灵都开始颤抖起来，笔阵一时间大乱。没有笔冢吏愿意自己的笔灵被这只可怕的怪兽吞噬，他们拼命控制自己的笔灵移动，生怕成为白虎下一个目标。陆游怒喝道："你们不要乱，笔阵一破，谁也跑不了！"

可惜他的呼喊无济于事，白虎吃笔给笔冢吏带来太大的冲击，每一个人都完全被恐怖慑服。人心一乱，笔灵便不受控制。几支笔在半空杂乱而无助地飞翔着，不时发出类似哀鸣的响声，笔阵在勉强支撑了几息之后，轰然崩溃。

白虎吃下笔灵之后，身躯又涨了几分。它意犹未尽地拍打着双翅，睥睨着惊慌失措的卑微人类，慢慢地挑选着下一个目标。它本身没有智慧，但诞生时就被赋予了一种强烈的本能，就是要吞噬所见到的所有笔灵。

它扫视一圈，忽然看到远处有一个惊慌的少年，他头顶浮着淡黄色的一支毛笔。不知为何，它总觉得那支笔有几分古怪的气息，与别的笔大不一样，于是便决定就从这一支下手。白虎身形一动，朝着那少年飞扑而去。从戎笔是唯一还保持着镇定的笔灵，它尾随着白虎拼命追去，奈何虎生双翼，速度太快，一时间追赶不及。

韦才隽见白虎冲着自己扑来，两股战战，害怕得忘记了把正俗笔灵收回体内。所有人都看得很清楚，但所有人都无能为力。即便是陆游，也只能让从戎笔尾随着白虎，却差一步赶不及。

只有一个人例外。

就在白虎扑向正俗笔的一瞬间，朱熹身形一动，伸开双臂挡到了韦才隽的前面。就在白虎即将扑到韦才隽的一刹那，它的脑海里忽然浮现一种奇妙的熟悉感。白虎迟疑了一下，仍旧张口冲着笔灵咬去。

这一咬，有千钧之力，正俗笔立刻断为两截。

白虎咬断正俗笔的同一瞬间，紫阳笔急速在朱熹和韦正隽周围形成了一圈领域。这领域虽小，却涌动着极其浓郁的紫金颜色，可见朱熹把所有的力量都压缩在这方寸之地。

白虎还未及咽下正俗笔的残骸，就发现天地间变成了一片充塞四野的洋洋紫光。它疑惑地鼓动双翼环顾四周，发现这空间里什么都没有，又似乎什么都有，周遭散发着如同初生记忆一般的气味，很舒服，很熟悉……它晃动硕大的脑袋，沉沉地发出一声怀念的吼叫。

然后它看到了紫阳……

在场众人看到那凶悍的白虎先吞噬了正俗笔，然后扑入朱熹的紫阳领域，硕大的身躯竟一下子融入紫光，消失无踪，都待在了原地不动，没人知道这是吉是凶。

陆游冲到朱熹跟前，大声喊道："老朱，那白虎呢？"他唯恐这白虎又有别的神通，把朱熹的紫阳笔毁掉，那可就真的是大麻烦了。朱熹直愣愣地待在原地，似乎神游天外。陆游的大嗓门连喊了数声，他方才缓缓抬起头，注视着陆游道："它在我的紫阳领域里。"

"需不需要助拳？你一个人撑得住吗？"陆游急切问道，从戎笔在半空也焦躁地鸣叫着。它空有战意，却找不到敌人。

朱熹道："不妨事。"他挥了挥手，意思是自己要静一下。陆游知道，在紫阳领域内，朱熹就是天道，一切规则都要顺从他的意思，便不再坚持，把注意力重新放回祠堂来。

"才隽！"

韦时晴忽然悲愤地喊了一声，三步并作两步跑过来，把失去笔灵的少年扶起来。他喊着名字，声音已经颤抖得不成样子。韦才隽是韦家年青一代中最受族长宠爱的孩子，这支正俗笔是族长破例赐给他用的。如今几乎弄至笔毁人亡，他如何能不惊。

在刚才的混乱中，他一下子发了蒙，凌云笔迟滞了半分，便只能眼睁睁看着白虎扑过去毁了笔灵。若不是朱熹慨然护在了少年前面，别说正俗笔，恐怕就连韦才隽这一条小命也难逃虎口。韦时晴如今对朱熹充满了感激，觉得这人真是程婴再世、田横复生，天下第一等的义士。

他的臂弯忽然一沉，原本晕过去的韦才隽终于恢复了神志。只是这孩子眼神浑浑噩噩，整个人似乎处于懵懂状态，对外界的呼喊显得十分迟钝。韦时晴心里暗暗庆幸。这支正俗笔与韦才隽只是寄身，与他的精神连接不甚紧密——像刚才诸葛家那支被毁的神会笔灵，那个不幸的笔冢吏恐怕已经是精神错乱了。

笔灵与笔冢吏就是如此，用之深，伤之切。

陆游看过韦才隽的伤势，知道他并无大碍，转去看其他人。诸葛宗正和其他两名诸葛家的子弟聚在另外一处，他们的同伴伏在地上一动不动，已形同废人。这个失去笔灵的人像是失去了魂魄，眼神空洞，原本浓黑的头发现出根根白发——这是失笔时精神受创过巨的症状。

诸葛宗正见陆游走过来，不禁悲从中来，半跪在地上："陆大人，事情怎么会变成这样子……"

陆游眉头紧皱，欲要搀起他来，却不知该如何回答是好。这一战，可以说是异常凄惨。诸葛家和韦家前所未有地各自损失了一支笔灵，两位笔冢吏也沦为废人。若不是朱熹在最后关头及时出手，他们甚至抓不住那只白虎。

从秦末至今，每一支笔灵都代表了一个独一无二的天才，毁掉一支，便少掉一支，永不可能复原。这次居然有两支笔灵陨落，他比韦家、诸葛家还要心疼。

"老朱，那只畜生怎么样了？"陆游满腹怨气地问，他现在对那只不知从哪里跑出来的白虎，充满了怨恨，恨不得把它剥皮抽筋。

朱熹此时一动不动，额头沁出一层细密的汗水，黝黑面孔隐约透着紫光，心力耗费到了极点。过了半响，朱熹方疲惫道："我已用紫阳笔将它打回原形，陆兄请看。"他心念一动，一件物事"啪"地凭空掉落在地上。

这件东西五丈见长，两丈见宽，外形平扁方整，赫然是一块与刚才那只白虎身量差不多的牌匾。牌匾底色呈玄黑，边框勾以蟠螭纹理，正中写着三个气象庄严的金黄色篆字：

"白虎观。"

陆游一看这三个字，倒抽一口凉气。饶是他见多识广，这时也是震惶到了极点，整个人如同被万仞浪涛卷入无尽深渊，一时间茫然无措。

"竟……竟然是白虎观……难怪我的从戎笔畏缩不前——若是那支笔的话，吞噬笔灵也就毫不为怪了……"

朱熹听到陆游自言自语，双眸绽出丝丝微芒。他何等见识，凭这三个字已经大略猜测出了真相，心中掀起的波澜不比陆游来得少。诸葛宗正和韦时晴对视一眼，奇道："陆大人已经知道这白虎的来历了？"陆游瞥了他们一眼，冷冷道："白虎观，哼，天下又有几个白虎观？"

那两人毕竟都是各自家中的长老级人物，饱读诗书，身上都有功名，经陆游这么一点拨，两人俱是"啊"了一声，嘴巴却是再也合不上了。

史上最出名的白虎观，唯有一座。

东汉章帝建初四年,四方大儒齐聚洛阳白虎观内,议定五经,勘辩学义,将孔子以降数百年来的儒家学说做了一次大的梳理,为时数月之久。史官班固全程旁听,将议定的内容整理成集,就是大大有名的《白虎通义》。至此儒家理论,始有大成。

在白虎观内的俱是当世大儒,个个学问精深,气势宏远,辩论起来火花四射。白虎观前高高悬起的那块牌匾,日夜受经学熏陶,竟逐渐也有了灵性。等到班固《白虎通义》书成之日,夜泛光华,牌匾竟化成一只通体纯白的老虎,盘踞在《通义》原稿之上做咆哮状。班固心惊胆战,几失刀笔。此后世所谓"儒虎啸固"是也。

后来班固受大将军窦宪牵连,入狱病死。临死之前,笔冢主人本欲去为他炼笔,不料那只白虎穿墙而过,先衔走班固魂魄,合二为一,让笔冢主人扑了一个空。

所以陆游的从戎笔碰到白虎,有畏缩之意。因为从戎笔乃是班超之物,班超见到自己兄长班固,自然难以痛下杀手。

这一段公案,笔冢中人个个都知道,只是不经提醒,谁也想不起如此冷僻的典故。

陆游有些不甘心地拽了拽胡须,眉头鼻子几乎快皱到了一起,他抓着朱熹胳膊追问道:"老朱,就只有这块牌匾而已?没别的东西了?"朱熹道:"不错。我已搜集到了那头白虎散逸在紫阳领域内的全部灵气,一丝不漏,最后凝成的,只有这块牌匾。"

"大祸事,大祸事啊……"陆游一边自言自语,一边蹲下身去,用手去抚摸那块牌匾,手指刚一触到表面,不禁一颤,匾内有极其狂暴的灵气横冲直撞——就算是被打回了原形,这白虎观的凶悍仍是丝毫不减。

朱熹道:"白虎观三字,无非是联想到班固而已,为何陆兄如此紧张?"陆游的表情浮出苦笑:"如今也无须瞒着老朱你了。这块白虎观的牌匾,可不只是代表一个班固,它其实只是另外一支笔灵的虎仆——而那支笔灵,只怕是笔冢建成以来最大的敌人。"

朱熹长长呼出一口气,袍袖中的手微微有些发抖:"是哪一支?"陆游摇摇头道:"它的来历,连我也不太清楚。笔冢主人讳莫如深,极少提及,我所知道的,只是那笔灵十分凶险。既然白虎观的牌匾在此,我想那支笔灵一定离这里也不远了,说不定,它就在什么地方窥视着我们。"

他的语气低沉,还带着一丝敬畏,言语间好似那笔灵已悄然而至。此时夜色森森,星月无影,四周黑漆漆的天空如同丛林,不知有多少双漆黑的双眼藏匿在黑暗中,正目不转睛地注视着这一小圈人类。笔冢吏们你看看我,我看看你,每个人心头都莫名发毛，有沉甸甸的压迫感袭上，不自觉地朝着彼此靠了靠，顾不得分什么诸葛家与韦家。

朱熹听了陆游的话，陷入了深思。陆游围着那块匾转了几圈，不时掐指计算。他沉吟片刻，然后把朱熹、诸葛宗正和韦时晴叫过来，严肃道："再把你们两家发现这白虎的情形描述一下，尽量详细点。"

诸葛宗正与韦时晴不敢多话，老老实实地各自说了一遍，巨细靡遗，谁也不提对方争功的事。陆游仔细听着，两道白眉几乎绞到了一起，嘴角的肌肉不时微微抽动，平时那种洒脱豪放的气概，被混杂着焦虑与震惊的情绪所取代。

听他们说完，陆游背着手缓缓道："白虎这种灵兽，若要刻意隐匿，又怎么会被人看见。诸葛家和韦家居然同时发现它衔笔而走，那么只有一种可能——它是故意在人面前显露行迹，然后躲藏在这个祠堂之内守株待兔，诱使笔冢吏过来，好吞噬笔灵。"

一想到自己原来才是目标，诸葛宗正和韦时晴面色俱是一寒，一阵后怕。这次若不是陆游现身、朱熹出手，恐怕这两家的七位笔冢吏都会沦为那白虎的口中食。

朱熹问道："可是那白虎吞噬笔灵，又是为了什么呢？"

陆游道："以我的揣测，这只虎仆是想积蓄笔灵的力量，去帮它的笔灵主人破开封印。"朱熹听到这个，有些惊讶："怎么，那支笔一直是被封印的吗？"

陆游苦笑道："老朱你有所不知。据说那支笔自炼成之日起，就异常凶险。甚至笔冢主人都不敢把它与其他笔灵同置在笔冢之内，而是另外找了个地方，把它跟那只虎仆重重封存。不过笔冢主人当初布下的禁制十分强大，我猜它的封印还不曾完全解除，所以才需要白虎出山来捕猎笔灵，好让它有足够的力量消除制约的力量。"

陆游说完，又补了一句："倘若刚才是那支笔灵亲自出手，嘿嘿，我估计在场之人一个也活不了。"

还未曾现出真身就让陆游如此忌惮，可见那笔灵是何等可怕。

诸葛宗正面色变了变，连忙道："兹事体大，看来得请示一下族长才是。"韦时晴亦开口道："就算是族长，恐怕也难以应付。没人知道那笔灵的正体是什么，更别说如何应对了。而今之计，只能请笔冢主人来定夺了。"说完他看着陆游，知道能够随时见到笔冢主人的，只有眼前这个老头子。

两个人都是一般心思，先尽快离开这片是非之地再说。一只虎仆，已经把这几个笔冢吏杀得人仰马翻，更别说虎仆的那个神秘主人了。今天已毁了两支笔，两人已经心惊胆寒，不想继续冒险了。

陆游双目一瞪，右掌猛拍牌匾，厉声喝道："少说废话！这一来一回，得多少时日？若不趁着它如今还虚弱的时候动手，就再没机会了！"诸葛宗正连忙改口，赔着笑脸道："那依您的意思呢？"陆游严肃地说道："那笔灵如今离这里肯定不会太远。事不宜迟，我们现在立刻动身，就去找到那笔灵栖身之处，把它重新收了——多拖一日，便多一分危险。"

诸葛宗正道："陆大人您说的是正理不错，可宿阳附近实在太大，那笔灵该如何寻找呢？"他对陆游十分尊敬，只是如今关系到性命问题，他不得不硬着头皮顶上一顶。陆游被他这么一问，不由一愣，他倒是没想过这件事。

这时候，朱熹在一旁忽然插道："那笔灵的藏身之处，在下倒是知道。"

其他三个人同时把视线转移到他身上，陆游一把按住他肩膀，大声急切道："在哪里？"朱熹一指南边："宿阳南三十里。"

诸葛宗正奇道："朱先生，您又是如何知道的呢？"言下之意，不是很信任朱熹。韦时晴因为朱熹救下韦才隽，对他一直心存感激，连忙斥道："朱先生行事谨慎，没有根据肯定不会乱说，还用得着你来质疑？"

诸葛宗正冷冷道："不是质疑，只是出于谨慎考虑。陆大人刚才也说了，时间十分紧迫，若是您弄错了方位，我们白跑一趟不要紧，就怕那笔灵已冲破了封印，届时我们这些笔冢中人可就麻烦大了。"朱熹微微一笑，丝毫不以为意，略指了指那牌匾："方才我迫使那白虎化回原形之时，已经从其中隐约感觉到它主人的藏身之地。虽不清楚具体位置，但方向、距离应当是错不了的。"

陆游点点头，他知道朱熹从不轻言，这么说一定是有信心。此时已经将近四更天，陆游看看天色，把所有人聚到一起道："把两名受伤的子弟送去客栈休养，其他人跟着我和老朱去宿阳南边查探。"

诸葛宗正忙道："如若碰到那笔灵，我们该怎么办呢？"

"一切随机应变。"陆游道。还未等诸葛宗正和韦时晴有何表示，陆游又冷笑道："我告诉你们，这事往大了说，关系到笔冢与你们两族的存亡。你们再像刚才那样畏缩不前，贪生怕死，莫怪我替笔冢主人清理门户！"说完剑眉一立，一拳砸到一块石碑上，石碑"哗啦"一声断成两截，倒在地上。

陆游既然把话说到了这份儿上，众人也便不敢再有异议。陆游又转向朱熹，郑重其事道:"老朱,按说这事跟你没有什么关系,实在不该把你也牵扯进危险之中。只是那笔灵实在强悍,若没你的紫阳笔助阵,胜算实在太低。"

朱熹忙道:"陆兄不必为难,在下自当鼎力相助。"陆游大喜,复又哈哈大笑:"有老朱你在,我就不担心什么了。"

他们连夜把两名受伤的笔冢吏送到客栈休养,然后陆游、朱熹外加诸葛家三人、韦家两人,一共七人连夜奔赴宿阳城南。

三十里的距离,对于他们来说只是瞬息而至。不过一炷香的工夫,陆游一行人已经到了城南之地。这里已接近山区,地势起伏不定,四野寂静无声,一条大路在幽明中几乎看不清痕迹,唯见远处山影耸峙。夜风吹过,遍体生凉。

朱熹忽然停下脚步,道:"就在前面。"

无须他再多说什么,其他六人也已经感应到前方那汹涌澎湃的力量。他们的眼前,是一座小山丘,上面栽种着苍桧古柏,整齐划一,分列在道路两侧,一看就是人工手栽而成。而那一条上山之路,全是条石铺就。石阶的尽头,是一座高大巍峨的石坊,四根柱子火焰冲天,中夹石鼓,匾额上写着三个大字:"棂星门。"

"居然是藏在孔庙。"朱熹笑了。

# 第二十一章

○

庙中往往来击鼓

南宋尊孔崇圣，只要是稍微富庶些的地方，都设有孔庙，四时享祭，香火不断。宿阳虽是小城，却素有仰圣育贤之心，在各地乡绅捐助与官府的支持下，在几十年前也建起一座孔庙，安享周围村乡县城的香火。

　　此时正是四更天，无论是庙祝还是守庙的庄户都已沉沉睡去，孔庙内外一片寂然。唯有几棵唐槐上的乌鸦，偶尔嘶叫一声，更显得寂寥空廓。可在笔冢吏眼里，那一股强烈的灵气波动，却是遮掩不住的。

　　朱熹与陆游对视一眼，心中暗暗提高了警惕，两人并肩拾级而上。其他五名笔冢吏带着惶恐跟在后面，彼此下意识靠得很紧。诸葛家与韦家如此和睦，还是破天荒。

　　这座孔庙规模不大，像是大成门、泮池、状元桥之类的建筑都付之阙如，过了棂星门之后，便是一片不算太大的广场，广场尽头便是坐北朝南的一座正殿。这正殿是典型的孔庙构造，上有单脊歇山顶，通体只有五楹，前后三跨，殿顶蹲着数只岔脊兽，做工倒还算精致。殿旁为东西两庑房，左边是乡贤祀，右边是子弟堂，联结的红墙上还写着"德配天地""至圣先师"等字样。

　　他们一行人到了大殿之前的广场，各自站定。陆游环顾四周，发觉那股强烈的灵气来自摆在殿中的孔圣塑像。那孔圣人的塑像峨冠博带，面容栩栩如生，一袭素色长袍飘飘若仙，一看便知出自名家手笔。

　　陆游挽了挽袖子，迈步就要进殿，却被朱熹拽住了。朱熹正色道："孔庙是天下学统的渊薮，就算我辈要在此作法收笔，也该先礼而后兵，心怀恭敬，不可亵渎了圣贤。"

　　陆游撇撇嘴，知道他是个迂腐儒生，也不跟他争辩，招呼其他几位笔冢吏一起跪倒在地，依着祭孔的礼仪拜了几拜。朱熹拜得特别认真，全套动作一丝不苟。

等到七个人都拜完之后，那孔圣的塑像突然动了一下。这时候，大家才看清楚，孔圣的怀中，居然立着一支笔。这支笔与普通毛笔并无二致，只是气势极强。但凡笔灵，多少会带有些光芒，而这一支笔却寸芒不散，反而把周围的幽光也吸收一净，它身周数尺之内极黑极深，如同笼罩着一层黑雾，难以看清形体，让人觉得深不可测。

陆游双目寒光一绽，认定它正是此行的目标。这时一阵强大的灵力以笔灵为中心向四周弥漫开来，众人均觉得气息一室。陆游发现这气息与朱熹的浩然正气十分相似，只是强出百倍之上。这支笔灵似乎全无藏匿的打算，就这么大刺刺地显现在他们面前。

它的笔管之上竖铭一列字迹，上书："道源出于天，天不变，道亦不变。"短短十二个字，居高临下，睥睨众生，仿佛与天地联结，蕴含着无限气势。

"果然是这一支笔啊……"朱熹仰起头来，目不转睛地盯着这支有笔冢以来最凶恶的笔灵，心中无限感慨。他的养气功夫再深沉，此时也无法抑制情绪，从肩膀到膝盖都激颤起来。

天人笔！

董仲舒的天人笔！

那笔灵居高临下，毫不掩饰地释放通天的浩然正气，朱熹、陆游与一干笔冢吏的灵台一下子被这气势淹没。朱熹双膝一软，几乎要跪在地上。饶是他心高气傲，此时也不得不收敛气息。

董仲舒是何等样人？天下儒生，谁能抗拒他的威严。

董仲舒生时去孔圣四百年，去孟圣二百年，乃是儒家承前启后之一代大宗师。此人奠定了儒家三纲五常的伦理基础，更首倡"天人感应"学说，成为后世儒家治学第一精要——故而笔称"天人"。董夫子在儒门的辈分之尊，只在孔孟之后。莫说是朱熹的紫阳笔，就算是颜师古的正俗笔，见了它亦只能俯首。

面对前代大贤，朱熹只有俯首叩拜的心思，陆游却神色凝重起来。董仲舒这支笔，他是知道的，也知道当初曾经发生过什么。

董仲舒儒学大成之后，曾向汉武帝进言"罢黜百家，独尊儒术"。得到汉武帝首肯之后，董仲舒便亲率门下弟子横扫天下，大肆捕杀百家传人。诸子百家虽得笔冢主人暗助，但他们所面对的是掌握了"天人"精要的董仲舒与整个大汉朝廷。"罢黜"历时二十余年，直至董仲舒去世，百家已被杀得人才凋零，十不存一，惨烈至极。儒家遂成官学，大行其道。

笔冢最为珍惜历代才情，总设法不使其付诸东流。而这董仲舒为了儒家独尊，竟灭尽天下百家学说，称为笔冢最凶恶的敌人，真是毫不为过。

"难怪那白虎仆能毁杀诸笔，原来它的主人是董仲舒的天人笔……"陆游喃喃道，脊背开始有冷汗流出。《白虎通义》根本就是董仲舒《春秋繁露》一脉相承的理论学说，那只白虎做了天人笔的奴仆，可以说是顺理成章。

陆游原本不知这笔灵身份，心中只是惴惴不安；如今他看清是董仲舒的天人笔，却忽生绝望之感。董仲舒当年风头极盛，就算是笔冢主人都难以制伏，如今光凭这几个笔冢吏，真的能顺利收笔吗？

他回头看看，那几名诸葛家和韦家的人，都傻呆呆地站在原地，被天人笔的气势所慑，他们的笔灵如同遇见雄鹰的雏鸡一般，甚至不敢露头——这也难怪，当年死在董仲舒手下的笔灵不知有多少，自然形成极重的煞气。寻常笔灵见了，无不退避三舍。

忽然之间，陆游眼神瞥到笔身，他注意到这天人笔虽然气势惊人，笔头却是半白半黑。寻常毛笔蘸墨，多是笔尖黑而笔肚白；而这支天人笔却与常识迥异，笔尖是白的，再往上的笔肚却黑得像浸透了墨汁。

"莫非那个就是笔冢主人的封印所在？"陆游心念一动，连忙靠近朱熹道："老朱，老朱。"朱熹被那天人笔的气势所惊，双眼迷茫，直到陆游拼命摇晃他的肩膀，才如梦初醒。陆游道："你注意到了没有，这支天人笔虽然主动现身，却不曾出殿一步。我们站在这里，除了精神上略受冲击，别的也没什么异状。"

朱熹何等聪明，只略一想便道："你是说它其实根本出不了殿门？"陆游道："对，我觉得笔冢主人的那道封印，仍旧还有效果，所以这天人笔活动范围有限，只要咱们在殿外，它便奈何不了。"说完他把天人笔笔头半墨半白的异象说给朱熹听。朱熹为难道："可我们在殿外，虽然它无奈我何，我们亦无法闯进去。"

陆游双臂交拢，关节发出嘎巴嘎巴的脆响，从容道："这好办，让我进殿去试探它一番便是。"他说得轻描淡写，可谁都知道这一去绝对是凶险无比。朱熹闻言一惊，把他扯住，沉声道："你可不要轻敌，那可是董仲舒董夫子，不是我们所能抗衡的。"他自幼向学，把这些大儒先贤奉若神明，如今亲见，生不出半点反抗之心。

陆游盯着那天人笔，嘴边露出一丝戏谑的笑意："若换了别人，恐怕是不行。不过合该这天人笔倒霉，今日之我，正好是它的克星。"朱熹见他说得坚决，便从怀里取出一卷书来放到陆游手里："董夫子一生精粹，就在这本《春秋繁露》。你带上它，或许这天人笔能看在往日情分，不会痛下杀手。"

陆游笑道："你这家伙，平时木讷少语，这会儿却忽然话多起来。"朱熹"哼"了一声，抿住嘴唇，仍是一副面无表情的模样，冷冷回答："书到用时方恨少。"陆游见他难得地说个笑话，哈哈大笑起来。

陆游又转身对身后几名笔冢吏叮嘱道："我若是出了什么事，我的性命可以不顾，你们记得一定把从戎笔收好，去交还笔冢主人。这是他借给老夫的，不还给他可不行。"诸葛宗正和韦时晴面面相觑，觉得这位陆大人似乎在交代遗言，答应也不是，不答应也不是。

这时候一人从队伍里毅然站起来，大声道："陆大人，我陪您进去！"陆游一看，原来是韦才臣。他拍拍这一脸激昂的年轻人肩膀，摇摇头道："这天人笔，不是你们这些小孩子所能应付的。"韦才臣还要坚持，被陆游轻轻一推，他顿觉手脚酸麻，不由得倒退了几步，撞到韦时晴怀里。

诸葛家的雪梨笔与常侍笔两位笔冢吏也都是年轻人，被韦才臣一激，也要站出来慷慨赴义，却被诸葛宗正一眼瞪了回去。诸葛宗正怒道："一切全听陆大人安排，不要自作主张。"陆游知道他的心思，也不说破，只是扫了他一眼，让后者一阵心虚。

交代完这一切，陆游把《春秋繁露》收到怀里，头巾扎紧，慨然迈步入殿。他脚步一踏进去，殿内空气流转立刻加速，天人笔从孔圣塑像怀中微微浮起来，仿佛一位起身离座来迎接客人的主人。

"董仲舒，别人怕你，我陆游可不怕！"

陆游哈哈大笑，随即把嘴闭上，开始吸气。只见他腹部收缩，整个胸腔都高高挺起，这一气吸了不知多少气息。他蓄气到了极限，突然开口一声暴喝，如霹雳惊雷，一腔气息急速喷吐而出，整个大成殿内的空气都被推动，霎时形成一个小旋涡。

"出来吧！"

从戎笔自旋涡中昂然出阵。这笔精光四射，锋芒毕露，就像是无数林立的长矛大戈，杀气腾腾。四周的气息被它的勃勃英气逼开数十步外，靠近不得。

天人笔冷冷地盯着它，一道淡不可见的威压推过去。从戎笔夷然不惧，挺立在半空岿然不动，像一块切开激流的江中巨石，让那道威压从两侧冲开，消散一空。

天人笔似乎很意外，它的地位无比尊贵，威压惊人，就连凌云笔这种级数的都要俯首称臣,怎么眼前这支其貌不扬的小笔却丝毫没受影响呢?它又连续散出三道威压,一道比一道大,最后一道甚至还隐含着儒学道统的浩然正气。

从戎笔从容而立,任凭这些威压拂过身体,只当是春风过驴耳,视若无物。陆游一阵冷笑,也不管那天人笔是否能听懂,挑衅似的大声道:"老夫子,今日你的克星到了!"

陆游一声低喝,从戎笔立刻化成两道黄光,笼罩在他的双拳之上。陆游一晃身形,提着两个酒坛大小的拳头,朝着那天人笔来了一个双风贯耳。

天人笔猛然从孔圣怀中腾空而起,避其锋芒。陆游的拳势太过刚烈,收之不住,正砸在孔圣人的塑像上,登时把这泥俑砸了一个稀巴烂。朱熹在殿外看到,面色有些难看,暗想这可太亵渎圣贤了。陆游在殿内大声喊道:"老朱你莫生气,孔子曰:始作俑者,其无后乎。这不过是个泥俑,我这也是恪尽圣人之道啦!"

令所有人大吃一惊的是,这天人笔在从戎笔前,似乎根本无心争斗。陆游连连出拳,挟着投笔从戎的决绝气势朝它轰去,它却只一味在半空浮游躲闪,不见有任何反制手段。

朱熹等人对笔灵了解不及陆游透彻,不知道这从戎笔是笔灵中的特例——当日班超投笔,凝练的是武人豪气,而不像其他人多数笔灵一样靠的是文人才情。所以面对处于文人巅峰的儒学宗师,从戎笔不像其他笔那样畏惧,反而跃跃欲试。

正所谓一物降一物。白虎因为寄寓有班固的灵魂,恰好能克制班超的从戎笔;而从戎笔的武人戾气,又恰好能对付文宗之魁天人笔。面对其他任何笔灵,天人笔都能占上一合之先,唯独碰到从戎笔,只能落荒而逃。正所谓"秀才碰到兵,有理说不清"。

果然不出陆游所料,他与天人笔相逐了许久,发现它只在大成殿内腾挪转移,却从不出门一步,果然是封印的缘故。陆游忽然注意到,那天人笔笔肚的墨色似乎比刚才变多了,朝着笔尖又前进了半寸。

"莫非那笔尖的白色,代表了它如今的灵力,而那墨色,便是封印的力度?"陆游暗暗思忖。

他知道笔冢内有一个法门,是用笔灵去蘸含有禁制之力的墨汁,借此来封住笔灵的力量,墨不退尽,封印不除。如今看来,封印天人的,正是这种办法。只是这里的封印是笔冢主人亲自施为,比寻常禁墨威力不知大去凡几。

而天人笔笔头两色的此消彼长，说明刚才这笔灵消耗灵力甚巨，无力抗拒禁墨，让墨色又重新开始浸染笔头。陆游暗喜，心想只待这么耗上一时三刻，就可让天人笔的力量消耗殆尽，禁墨便可重新封印了。

这时，殿外忽然传来一声呼喊："才臣，快回来！"随即有一个人影冲入殿中。陆游大惊，转头去看，却发现韦才臣手持商洛棍，满脸得色："陆大人，你我合力，把这妖孽尽快擒下！"

原来韦才臣见陆游打得很是轻松，心里觉得这天人笔声势惊人，原来也不过如此。韦才臣素来心高气傲，刚才被白虎冲阵，觉得十分耻辱，此时见天人笔如此示弱，便想借此机会将功补过，立一大功。

天人笔一见又有笔冢吏进来，笔头轻摆，笔身周围的浩然正气凝聚成了数个旋涡，一派道统气派。韦定臣拿着商洛棍，朝天一指，叱道："妖孽，还不快来受死！"陆游急忙喝道："蠢材，快滚出大殿去！"

话音未落，那些道统正气汇聚一处，形成一只巨大手掌。这巨掌掌心朝下，五指分开，几乎可以遮住半个殿面，指间凝结着无比的威仪。一声严厉而恢宏的喝声凭空响起：

"罢黜！"

这声音高高在上，宛如来自天神的制裁。巨掌朝着韦才臣迎头拍去，如泰山压顶。韦才臣手举长棍，打算挡上一挡。只听"轰"的一声，烟尘四溅，那手掌已经把韦才臣和商洛笔实实拍中，整个大殿都为之一颤。

陆游又惊又怒，右拳猛震，一道金黄色的拳波冲了过去。可惜为时已晚，那巨掌再度扬起之时，地板上已不见了韦才臣的身影，只是指缝间多了一些灵骸碎片。殿内外的几个人都惊骇到了极点，想不到这巨掌轻轻一拍，就把一个笔冢吏和笔灵生生拍成了齑粉。

"受死吧，老夫子！"

陆游拳影霎时盖满了半空。那天人笔收了巨掌，翻滚了几圈，闪避极快，笔尾还拖着一长串浩然之气形成的雾团。那雾团盘旋了几圈，把那些散碎的商洛笔灵骸一一吸收进去，雾中偶有挣扎的灵光一现。过不多时，嘶鸣声渐渐消失，说明那诞生不过百年的商洛笔灵，已经被天人笔彻底吞噬了。

天人笔的笔体此时多了几分光华，就像是一只饱餐了一顿猎物的野兽。陆游惊讶地发现，天人笔笔肚那截墨色，朝上退了几寸，笔尖的白色比刚才占的面积大了许多。看来这天人笔，是靠吞噬笔灵来增强力量。吃的笔灵越多，禁墨褪得就越多。等到笔头全数变白，就是天人笔彻底解脱之时。

陆游就这么稍微一走神，那天人笔突然蹿到他跟前，滚滚黑气化作血盆大口，朝着附在他拳上的从戎笔吞去。陆游见天人笔吞噬了笔灵之后，已经不惧从戎笔的锋锐，只得游走缠斗，不敢与它正面对抗。大成殿内的形势，立刻逆转。

殿内很快便被浩然正气形成的滚滚迷雾充斥，殿外之人根本看不清殿内情形。

朱熹看到陆游身临险境，急忙唤出紫阳笔，同时对其他四人喊道："我们快一起上前送笔，只要陆兄结成笔阵，便可立于不败之地。"

可无论是韦时晴还是诸葛宗正，都面露迟疑之色。诸葛宗正苦笑道："陆大人尚且不能抵抗，我们去了，岂不是白白送死，辜负了陆大人的嘱托？韦兄，我说得对吧？"韦时晴默默点了点头，自从看到韦才臣身死之后，他整个人形容枯槁，根本已是无心恋战。

朱熹冷哼一声，伸出手去："拿来。"诸葛宗正一愣道："什么东西？"朱熹道："你们收笔，应该是有灵器的吧？韦家的笔筒已经被白虎毁了，你们一定还有。"

诸葛宗正有些不相信自己的耳朵："你现在还想收笔？能逃得性命就不错了！"朱熹一把揪住他脖领前襟，冷冷道："拿来。"他头顶紫阳笔闪闪发亮，诸葛宗正知道这人的实力深不可测，只得咽下口水，从怀里取出一支鱼书筒。这支鱼书筒乃是湘竹所制，雕工十分精致，镂刻着冬日寒梅，最难得的是筒口写有一首王适的咏梅诗："忽见寒梅树，花开汉水滨。不知春色早，疑是弄珠人。"乃是柳公权的亲笔真迹，颇具灵性。

诸葛宗正有些不舍道："这是我家祖传灵物，只能暂借……"朱熹听都不听，从诸葛宗正手里一把抢过鱼书筒，飞身冲入殿内。

过不多时，殿内传来一阵嘶吼喧哗。诸葛宗正几人不知发生了什么，走近几步想看个究竟。突然一声长啸，有一支笔突破了浩然雾气，从殿里冲了出来。那四人定睛一看，脸色骤变，转身想要逃走，可已经来不及了。

悬在这几个笔冢吏面前的，正是得意扬扬的天人笔。

## 第二十二章 走傍寒梅访消息

朱熹握着鱼书筒冲入殿内,毫不迟疑地放出紫阳笔来。他也是儒家中人,修炼得一身浩然正气,与天人笔的性质相近,是以并没多少排斥。

　　这大殿其实并不大,朱熹只稍走了数步,便看到远处陆游正在与雾气缠斗。他金灿灿的双拳飞快地朝四面八方击去,带动着空气流动,不让雾气近身。这种出拳的速度虽然暂保安全,却持续不了多久,陆游已经是气喘吁吁,垂下来的乱发被汗水紧紧贴在额头。

　　"陆兄！"

　　朱熹大叫一声,连忙跑了过去,紫阳一展,四周雾气倏然退散。陆游的压力顿消,这才得以喘息。他抬头看到朱熹出现,眼里闪过一丝欣慰之色。朱熹走到他身旁,问道："天人笔呢？"

　　陆游摇摇头道："不知道。刚才它跟我斗了几个回合,忽然就喷出这个什么浩然正气,把我困住。"朱熹环顾四周,眼前一片雾气茫茫,什么都看不到："你最后一次看到它,是在什么时候？"

　　陆游忽然想到什么,拍了拍脑袋,感激道："说起来,这还得多亏了你给我的那本《春秋繁露》。刚才我一时不小心,险些被天人笔刺中。好在有这本书挡住,那天人笔一触到我的胸口,发出一声长鸣,立刻就退了回去。那是我最后一次直面它。"

　　说完他从怀里把书抽出来,发现上面一半的字迹都消失了,只剩下半页半页的白纸,不禁一愣。朱熹看到这缺字白书,面色忽然一变："糟糕,我忽略了一件事情！"陆游狐疑地望着他,朱熹道：《春秋繁露》本是董夫子所写,这书固然可以救你一命,天人笔却也能借机从中汲取力量。"

"这区区一本书，能有多少灵力给它？"陆游仍旧有些不信。朱熹忧心道："《春秋繁露》毕竟是儒家经典，富含圣贤之意。天人笔是儒学之笔，我想它多少能够从中获得一些儒家的精神作为补偿。"

陆游恍然大悟："难怪它要栖身在孔庙之中。这里四时享祭，书香弥漫，儒学氛围浓厚。它待的时间久了，恐怕不用吞噬笔灵也能自行脱困。"

朱熹道："不错。我那本书不是灵物，能提供的力量不多。但怕就怕刚够它突破瓶颈，便是大麻烦了。"

陆游面罩寒霜，对朱熹催促道："你赶快驱散雾气，我们出殿！"说完就要把那书扔开，朱熹忙拦住他道："你且留着，那书好歹还有一半字迹，以后说不定还有用处。"

陆游依言把书揣回怀里，朱熹立刻驱动紫阳笔，把前方雾气吹开。两人飞奔出大成殿，一看外面情形，心脏一下子几乎要凝结如冰。

只见那天人笔浮在半空，从笔头伸出四只巨大的手掌，分作四方，牢牢捏住凌云、麟角、雪梨、常侍四支笔灵的笔身，肆无忌惮地抽取着灵气。只见那四支笔灵浑身发颤，动弹不得，只能任由天人笔予取予求，光芒比从前暗淡了不少，倒是天人笔笔头的禁墨颜色退得越发淡薄。

至于那四名不幸的笔冢吏，早已经精神崩溃，仰着头茫然地望着天空。

"怎么会这样……"陆游有些失神，眼前的这一切实在太让人震撼了，亲眼见到四支笔灵被毁，这对爱笔成痴的他来说，是多么大的打击。他的双手微微发颤，原本无比旺盛的活力一下子从身子里消逝，就像是变回一个真正的老人。

朱熹这时重重拍了陆游的后脑勺一下，没头没尾问了一句："你是笔通，应该可以徒手拿住笔灵对吧？"陆游被他这么一拍，恢复了些神志，恍惚地回答道："啊……正是，正是。"

朱熹扳住他的肩膀，双目瞪视，怒声道："听着！夫子有云，行百里者半九十，你想在最后关头放弃吗？"说完一股强烈的浩然之气从他的身体传出，通过搭在肩膀上的双手，猛烈地冲击陆游的精神领域。陆游悚然一惊，随即完全清醒过来。

"老朱，这真是，咳！"陆游回想起刚才自己一瞬间的软弱，觉得实在无地自容。朱熹却没有继续跟他扯这些闲话，重新问道："你是笔通，应该可以徒手拿住笔灵对吧？"陆游道："不错。"

朱熹盯着天人笔，淡淡道："那么陆兄等一下听我号令，我们兵分两路。我去收天人笔，你去救下那些笔灵。"陆游吃惊地望着他："你……你怎么能一个人与它抗衡？"朱熹傲然道："我的紫阳笔也炼的是浩然正气，它奈何不了我。何况你看它一次想吞噬四支笔灵，也已经是自身极限，不吞完笔灵它是动弹不得的，这是我们唯一的机会。一旦它吞噬完毕，封印解除，就彻底没希望了。"

"你也是儒生，能对付得了董仲舒吗？"

"学人自有学人的坚持。"朱熹淡淡道。

陆游想了想，觉得如今也只有这个办法，他挽着朱熹的手沉声道："那么，老朱你一切小心。事成之后，我请你喝上好的蜀山茶。"朱熹"嗯"了一声，不再多说什么。

那天人笔身形越发涨大，仅仅只有一丝笔毫上还残留了少许禁墨痕迹，那十二个大字构成的浩然之气无比耀眼。整个小山上光芒万丈，如朝日初升，俨然是圣人将出之兆。反观那四支笔灵，却被一层灰气笼罩，暗淡无光，只怕再过上小会儿就被完全吸干了。

就在这时，天人笔看到有另外两支笔灵朝着自己高速移动过来。一支是虽然很讨厌但已没了威胁的从戎笔，还有一支则是与自己气息十分接近的紫阳笔。它想应对，可是这四支笔灵需要它全神贯注地去吸收，难以分神。它有些为难，最终还是决定不去理睬这些小辈，等到彻底解封再应对也不迟。

陆游看到朱熹周身都被紫光笼罩住，这一圈紫光很快扩展到整个广场，把天人笔和其他四支笔灵都笼罩在领域之内。

领域内的朱熹，就是道之所在。他意念一动，运转规则立刻改变，空间介质陡然变厚了数十倍，天人笔吸收灵力的速度登时慢了下来。

陆游见朱熹初击得手，不敢耽误。他暗暗祷祝老朱平安无事，同时发挥自己的笔通能力，飞快地去徒手捉拿那些笔灵——能救回一支是一支。

距离他最近的是凌云笔，陆游左手套上从戎笔，用力一击，那捏住凌云笔的巨掌立刻断裂了数片，他右手手腕趁机一翻，已经把笔灵握在手里。陆游心中稍安，略一感应，忍不住一阵喟叹。这凌云笔灵力已经损耗了九成以上，没个几百年怕是恢复不过来。

天人笔愤怒地嘶鸣一声，一边用自身的浩然之气中和朱熹的领域，一边加快了吸食的速度。那支雪梨笔已经油尽灯枯，被天人笔猛然用力一吸，整支笔的光芒猝然熄灭。

那宛如制裁的声音再度响起：

"罢黜。"

巨掌用力一捏，雪梨笔断成数截，自半空跌落，那些残骸还未落地便消逝至无形。可惜一代才人岑参，今天彻底才消魂殒。

陆游心中一痛，他顾不得惋惜，奋力朝着另外两支笔灵冲去。这时一只巨掌朝着从戎笔泰山压顶般拍来。陆游正要反击，那手掌却突然缩了回去。他一抬头，看到朱熹悬在半空，双手伸开，整个人贴在天人笔正前，两股浩然之气激烈地纠缠在一起，都在争夺对领域的控制权。朱熹整个人面泛紫光，神情可怖，显然已是凝聚了最大的心神与董仲舒抗衡。

这两位都是儒学大师，如今就看谁对天道的理解更为透彻，便能夺取领域的控制。

陆游伸手一捞，又把麟角笔抓在手里，这支笔也是几近枯竭，奄奄一息。陆游把它暂时收入怀中，脚不瞬停，立刻奔向最后一支常侍笔。那天人笔的几只手掌，已经全部集中到了常侍笔的身上，灵力疯涌。它想要借着这笔灵的力量，破开最后一丝封印。

陆游化拳为掌，挟着从戎笔的锋锐之劲猛劈过去，当即斩断了数根触须。天人笔像是一只痛极了的八爪鱼，拼命挥舞着剩余的触须，朝陆游刺来。陆游一接触到浩然正气，便觉得浑身紧绷，仿佛被这些正气僵化了身体一般。他咬紧牙关，勉强拽开双手，用出从戎笔最强的一招——投笔从戎，从戎笔化成一柄汉代古剑，剑刃上淡淡的一圈寒芒。

班超当年投笔从戎，正是因为不甘为文笔小吏，想要在疆场上建功立业。所以这一招，最强的便是与文气决断的坚定。凡是与"文"有关的东西，在这一招面前都只能被毫不留情地斩开。

陆游挥笔如剑，身子如陀螺般飞速转动。锋锐所及，手指寸断，那些罢黜之掌纷纷被削断了指头。剩下的手掌见状，不敢再正面对抗，在半空中掌掌相对，重新汇聚成一扇巴掌。这巴掌大得几乎可以遮住天空，五指微动，挟着无比的威压朝着陆游本体猛拍过来。

"罢黜！"

声音第三度无情地响起，要把这无法无天的从戎笔彻底抹杀。陆游纹丝不动，待到手掌行将拍到自己头顶时，骤然举剑，口中暴喝：

"小子安知壮士志哉？"

仿佛这一声呼喊引发了强烈的共鸣，那汉代古剑陡然身涨数十倍，剑身剧颤，剑鸣不已。

班超当初欲要投笔从戎，其他文吏嘲笑他，他慨然说出这一句话，气壮山河，名留史册。今日眼看那文气十足的罢黜巨掌拍下来，陆游一声暴喝，让从戎笔回想起了当年的记忆，那隐藏许久的雄心壮志，彻底苏醒过来。

万里封侯这等豪情，又岂是寻章摘句的老雕虫所能制御！

剑掌相对，轰然作响。那巨掌被从戎笔怒击之下，终于抵受不住，掌心被一剑刺穿。无数裂痕一下子爬满了掌心手背，不过数息之间，便彻底溃散。

手掌既消，只剩一息尚存的常侍笔陡然失去了支撑，歪歪斜斜朝地上跌去，被陆游一把接住，暗叫侥幸。若再迟上一步，这笔便保不住了。

陆游还未及仔细查看这笔灵的状况，就觉得身后突然紫光大盛，随即听到朱熹发出一声长啸，啸声响彻长空，竟是要把一身生命一次啸个干净似的。陆游急忙转头，却看到天人笔的笔头一片纯白，连最后一丝禁墨也退得干干净净。

"不妙！"

他脑海里刚有所反应，滔天的浩然正气就扑面而来，陆游如同被巨浪正面抽中胸膛，心口一窒，眼冒金星，一下子栽倒在地上。胸口那半本《春秋繁露》"哗啦"一声碎成万千纸屑，化散在半空。

陆游趴在地上，只觉得胸口剧痛，疼得头晕目眩，莫说爬起来，就是想定定神都不能。好在《春秋繁露》与浩然正气同属儒家一脉，刚才吸去了大部分力道，否则陆游只怕早已被抽得筋骨碎裂而死。从戎笔受这一击，也受损非轻，歪歪斜斜勉强飞回陆游胸中。

他大口大口喘着粗气，拼命转动脖颈，眼前却全是虚影。陆游花了好大力气才把视线凝住，朝前面看去。

殿前已经恢复了以往的清冷寂寥，刚才挣脱了封印的天人笔已不见了踪影，只剩下朱熹倒在地上，一动不动，手里还紧紧握着一样东西。

只见朱熹的前襟呕满了大片血迹，面色煞白，双鬓竟染上了一片雪白，可见耗神之深。陆游挣扎着爬过去，抓住朱熹的手臂拼命摇晃，可他任凭陆游如何呼唤都没有反应。

陆游鼓起最后一丝力气，捏住朱熹的右手虎口，把从戎笔的锋锐之气硬生生从右手灌入朱熹体内，去冲击他的灵魂和心脏。从戎笔天生擅长直劲冲击，它每冲击一次，朱熹的身子便抽搐一下，旋即又恢复平静。如是者三，陆游已是大汗淋漓，以他如今的状况，能让从戎笔连冲三次，已经是极限了。

陆游看了眼广场上散碎的纸片，咬了咬牙，尽鼓余勇，还要冲击第四次。朱熹突然弓起身子，张嘴呕出一口鲜血，缓缓睁开了眼睛。陆游又惊又喜，连忙道："老朱，你醒啦？"

朱熹虚弱地点了点头，把手里那个东西递给陆游，低声道："最后一刻，我把它收……收进来了。"陆游接过那东西，发现是诸葛家用的寒梅鱼书筒，有些诧异："你收了什么笔？"他记得那四支笔灵被自己救下三支，还有一支已经毁了。

"天人……"朱熹的面容一瞬间苍老了许多，脸上沟壑纵横，如同一块历尽沧桑的顽石一般。这两个字已经耗尽了他全部体力。

陆游大惊："天人笔？董仲舒？我记得它不是脱离了封印吗？你怎么能……"他见朱熹没有力气再说什么，便拿起鱼书筒凑近自己耳朵。隔着凹凸的寒梅镂刻，他能感觉得到，鱼书筒里有一个强大的笔灵在挣扎，在呐喊，不时来回冲撞，似乎不甘心才获得自由就又被关起来。透过筒口的封印，他甚至能感觉到那股强烈的浩然正气。

"果然是天人笔！"

陆游大喜，一时间忘了自己的伤势，一骨碌从地上爬了起来。他轻轻拍打着鱼书筒，不禁仰天大笑起来，笑得连连咳嗽不止。纵然天人笔再强大，入了寒梅鱼书筒这类专收笔灵的器具，也是难以逃遁的。

陆游一下子觉得全身一点力气都没有了，他把鱼书筒揣好，慢慢躺下来，舒展四肢，仰卧在孔庙大成殿前。适逢日出东方，一道和煦的光线自天空投射下来，照在了他脸上，暖洋洋的，刚才生死相斗的惨烈，被这缕阳光一扫而净。陆游忽然觉得，人生真是说不出的奇妙有趣。他眯着眼睛，不由得脱口吟道：

一物不向胸次横，醉中谈谑坐中倾。梅花有情应记得，可惜如今白发生。

## 第二十三章 ○ 武陵桃花笑杀人

烟波渺茫，水汽升腾，此时正是一天之中雾气最盛的时候。沅江之上，一条乌篷小渔船正缓缓逆流而上，狭长的船艏将江水从容不迫地迎头切开，哗哗的细腻水声却让周遭更显得静谧。

船尾立着一位披着浅灰色蓑衣戴着斗笠的渔翁，正在用一根竹竿撑船前行。只是看他的动作颇有些怪异，四肢关节似乎从不弯曲，也不知疲倦，撑船的动作总是保持着相同的速度，一连几个时辰过去也没变化。

船内端坐着两个人。一个人粗腰宽肩，身架极阔，一头花白长发被方巾草草束起，显得有些浪荡；另外一人则是方脸厚唇，面色黝黑，双鬓白如雪。两人一同望着船外两侧不断后退的山林，有意无意地闲聊着。

"我说老朱，你每天这么坐禅，不觉得闷吗？"

"这可不是佛家的坐禅。孟子曰吾善养浩然正气，这养气的功夫，可不能荒废。"

"好啦好啦，我怕了你了！你不引圣人之言就不会说话了吗？"

"我这一辈子，倘若还有机会能为圣人注解，使道统不断，传于后世，也便没什么遗憾了。"他口气中却有淡淡的惋惜，对方听了这话，却有些慌张，勉强一笑道："莫要胡说，你才多大年纪！老夫还不曾伤春悲秋，何况你？"他微微露出笑意，不再说话，拂了拂袖子，继续望着远方水域，目光透过稀薄雾气，不知注视何方。

这两个人正是陆游与朱熹。而那撑船之人，则是一位散卓笔化成的笔童。

宿阳孔庙一战，诸葛、韦家共有七名笔冢吏死伤，四支笔灵被毁，再加上天人笔横空出世，可谓从未有过的大乱。笔冢自建成以来，还从未有这么多笔灵一次被毁。要知道，每一支笔灵，都代表了历史上一位惊才绝艳的天才。它们的损失，无可挽回。

最后天人笔侥幸被朱熹所收，总算是不幸中的万幸。为免夜长梦多，陆游顾不得通知诸葛家和韦家，只是留了笔银子给孔庙的庙祝，嘱咐他代为照顾两家伤者，然后带着封印天人笔的鱼书筒，和朱熹日夜兼程，直奔笔冢而去。

这一路上，最让陆游焦虑的，是朱熹的身体。自从孔庙之战之后，朱熹的健康一日不如一日，面色暗淡枯槁，比起从前更是寡言少语。陆游猜测，这是朱熹强行去收天人笔造成的后遗症。完全破开封印的天人笔太过强悍，虽不知朱熹当时用的什么神通与之抗衡，可以想象那种神通反噬的威力一定不会小。

陆游问过几次朱熹，朱熹都只是笑着摇摇头，只说他是杞人忧天。朱熹这种闷葫芦，如果不想说的话，任凭谁来也别想问出什么，陆游毫无办法，只好加快脚程，争取早日把他带到笔冢去，让笔冢主人想办法——这种笔灵造成的伤害，寻常药石是没有用的。

他们疾行数日，进入荆湖北路常德府境内，在当地买了一条渔船，溯沅江而上。为了掩人耳目，陆游没有雇船家，而是用了一个笔童做船夫。他在孔庙救下的那支常侍笔，恰好可以控制多个笔童，如今正好派上用场。

一般的笔冢吏，一世只能驱使一支笔灵，也只有像陆游这样体质特异的笔通之才，才能把各种笔灵随意拿来当工具使唤。

船行两日，逐渐进入沅江的一条支流。陆游实在无聊，就弄了根钓竿，坐在舷边开始钓鱼。可小船一直在向前行进，又哪里能钓来什么鱼。陆游耐不住性子，就用常侍笔又弄出一个笔童，让它代为拿竿，自己躲到船篷里去了。如果高适在世，看到自己的笔灵被如此滥用，不知会做何感想。

这条支流河面狭窄，两岸桃林枝条繁茂，落英缤纷，有些甚至伸展到河面上空，船上的人触手可及。而且这条河流地处偏僻，自从入河以来，除了他们这条船，还不曾碰到别人。

"陆兄，你可知此地为何叫作常德？"朱熹难得地首先开口说道。陆游正呆坐在船头发愣，听朱熹今天居然有了兴致说话，大出意料。

"呃，不是一直叫常德吗？"陆游摸着脖子回答。

朱熹摇摇头，抬起手腕在半空画了几个字："常德二字，是取自孔颖达的《诗经·大雅·常武疏》，他说'言命遣将帅，修戒兵戎，无所暴虐，民得就业，此事可常为法，是有常德也。'"

"哦。"陆游简短地表达了自己的看法。

朱熹感叹道："倘若天下都如此常德，便好了。"

"就靠如今的朝廷？"陆游不屑道，"如今半壁江山都沦入鞑虏之手，斯文毁于膻腥，也不见他们有什么着急。"他忽然想到什么，又道："你可知道，靖康之时，笔冢主人毅然闭关笔冢，就是不欲与夷狄为伍，免得千年国学，横遭污染。"

朱熹冷笑道："这躲起来眼不见心不烦的法子，也不见得有何高洁。若真有救世之心，何不入世？"

"笔冢主人是半仙之躯，怎么肯入俗世。他只是想尽力保全华夏的一点根苗，不教天下才情付诸东流嘛！"陆游压低声音道，"你知道吗，笔冢主人这几十年来，就出关了一次。他去了极北之地，为临终的徽宗陛下炼了一支瘦金笔出来。这是多么用心。"

朱熹木然道："莫说了，这若是传出去，可是要杀头的罪过。"陆游笑了笑，两人心照不宣。迎回徽、钦二宗这种话题，一直到现在也算是个禁忌。假如当今圣上知道徽宗还有笔灵流传下来，恐怕会食不知味夜不能寐。船里又重新陷入沉默。

朱熹拍了拍船顶，从里面扯出一根篷草，若有所思地盯了一会儿，又主动开口道："说实话，笔冢主人如此行事，我虽然佩服他的用心，却觉得此举愚不可及。"陆游不悦道："老朱你怎么这么说？笔冢主人怜惜文人才情，这有什么不对吗？"

"这些所谓才情，无非就是诗词歌赋、丹青书法，再加上各类方技，不过是些小道而已，于世情无所裨益，于仁德也是无所促进。"朱熹似乎在心里酝酿了许久，这一次索性一吐为快，"这些小道，若只是娱情自乐，也就罢了。这位笔冢主人呢？却把这些声色犬马郑重其事地炼成笔灵，高高供起，视若珍宝。教世人都觉得大有可为，把精力都投诸这些东西上，乐此不疲，罔顾了圣贤之学——要知道，为人一世，求天道、悟正理尚且时间不够用，又怎可以把光阴浪费在旁的东西上？他开创笔冢，岂不是误人子弟，引人误入歧途吗？"

陆游被这一席话说得哑口无言，只得搓着手道："你这话，太偏颇，太偏颇！"

朱熹朝着虚空一拜，然后道："比如徽宗陛下。若他不是耽于书画笔墨，专心政事，又怎会有靖康之耻？"陆游被这句话给问住了，半天才支吾道："这又不同。他是皇帝，不是诗人嘛！"

"若是民间道德整肃，这些东西形不成风气，君主又怎会沉迷于此？所以我说小道害人，于上于下都是损德无益！"朱熹似乎又陷入鹅湖之会的精神状态，论辩起来言辞锋利，毫不留情。他的词锋连陆氏兄弟都不敌，更别说陆游了。陆游只得歪着脑袋，扁着嘴，看着篷顶发呆。

"若是人人都能明白存天道、绝人欲的道理，早便是个清平世界了，何必要笔冢？"朱熹得出了结论。

陆游转过脸去，从笔童手里接过渔竿，望着江面，免得被朱熹看到自己的尴尬表情。他宁可跟天人笔再打上几场，也不想跟朱熹辩论这些玩意儿。过了半晌，他发觉身后没了声音，觉得有些奇怪，回头道："老朱，你啰唆完啦？"

还是没有反应。陆游再仔细一看，发觉朱熹直挺挺倒在了船舱里。他这一惊，非同小可，连忙扔开钓竿，冲进船舱把他扶起来。一探鼻息，几乎微弱不可闻。陆游握住朱熹的手，觉得手的温度在飞快地降低，他的生命力在逐渐流失。

陆游立刻拿出从戎笔，想故技重施，像孔庙那会儿一样靠冲击唤醒他。但这一次却不灵了，从戎笔连冲了几次，朱熹还是紧闭双眼，气息全无，一层若有若无的灰气开始笼罩在脸上。

难怪朱熹刚才主动说了那么多话，原来是感觉到自己大限到了，想在临死前一吐为快。

陆游急得双目圆睁，他一抖手腕，唤出了六名笔童分列小船两侧，用常侍笔操控它们一起撑船。六根撑竿整齐划一，小船陡然变得飞快。陆游把朱熹一把横着抱起来，冲到船头，对着薄雾冥冥中的水岸大声吼道："笔冢主人，你快出来！快出来，晚了可就要出人命了！"

他的嗓门奇大，周围几里内可能都听得到。渐渐地，小船钻入浓郁的雾中，很快只能听到陆游的呼唤。再过了一阵，连他的喊声都几不可闻……

朱熹从未感觉如此奇妙，他发现自己超脱了时间的束缚，化作天上的云，化作山间的风，化作清晨的第一滴露水，化作城镇中的每一个男女老少。在世间，又似乎不在世间，他化身万物，冷静地俯瞰着大地之上的时光变迁。

白云苍狗，沧海桑田。不知多少岁月流逝，在斗转星移之间，朱熹逐渐触摸到了那神秘而不可言说的天理轨迹，看到了它是如何操控着"气"和"气"所凝结的整个宇宙。每一样东西，哪怕是最小的最微不足道的，都严格地遵照"理—气"的秩序，庄严而精密地运转着。

理和气，就是这个宇宙的本原，这就是道之所存啊！

朱熹忽然仰天长笑，他的声音响彻宇宙的每一个角落："原来我就是理，我就是气，我是最初的，也是最终的。"

然后他终于醒了过来。

朱熹的第一反应，是自己已经死了。因为这里四周都闪着奇妙而和煦的微光，而且有幽幽的香气扑鼻而来。儒家从不提及人死之后会去哪里，朱熹也从来没考虑过这一点，但是人性使然，他还是忍不住暗自希望会是个舒服点的地方。

很快他发现自己也许想错了，因为眼前正悬浮着数支笔灵，每一支笔灵都有一根丝线与自己的身体相连。它们都很陌生，也都很熟悉。数股充沛柔和的灵力正滔滔地灌输进来，修补着他精神上的每一处残缺。朱熹觉得浑身暖洋洋的，让人变得慵懒，提不起精神。

"我，这是在哪里？"朱熹艰难地嚅动嘴唇，甚至没有转动脖子，他知道陆游一定会在附近。

"老朱，你没事了，放心吧！"陆游的声音出现在耳边，显得异常兴奋。

"回答我的问题，这里是阴曹地府还是凌霄宝殿？"这是朱熹想象中仅有的两个人死后可能会去的地方。他不敢奢望自己还活着，猜想这也许是奈何桥上的什么鬼把戏。

这时候，他的耳边又响起了第二个声音——不，准确地说，是他的意识直接被这声音潜入。这是一种极为特殊的声音，宽厚温和，丝毫没有烟火气，如山间溪流般清澈淡泊。

"欢迎来到笔冢，晦庵先生。"

一听到"笔冢"这两个字，朱熹一下子清醒过来。

他双手一撑，努力抬起身子，放眼望去，发现自己置身野外。四周土地平阔，一片片农田阡陌相连，田间稀稀拉拉坐落着十几处茅屋，偶尔还可听到鸡鸣狗吠，俨然一派恬静的田园风光，让人心神一畅。那一片村落之中，还有栋三层楼阁矗立其中，显得别有风雅。

而自己正躺在一片桃林之中，触目皆是桃树，阵阵馨香正是从那些桃花中飘来。陆游笑眯眯地拍了拍他的肩膀道："老朱啊，这一次你可捡回了一条命。"

朱熹没睬他，转动脑袋，试图找出刚才那个声音的来源。这时候，那个声音再度响起："我留意晦庵先生已经很久了，今日先生来访，可真叫人高兴。"

"尊驾……可是笔冢主人？"朱熹踌躇了一下，谨慎地问道。

那声音"呵呵"一笑，略带羞涩地回答："正是在下。"

朱熹环顾四周道："这么说，这里就是笔冢喽？"他忽然想到了什么，不由一惊道："难道这里就是……"陆游得意道："我初入此地，就和老朱你现在的反应完全一样。你猜得不错，这里就是五柳先生一直向往的那个桃花源了。"

陶渊明的《桃花源记》朱熹不知读过多少遍，但只当是一则寓言而已。就算是陆游说去常德的时候，他也没多想什么。现在仔细回想，常德府正是旧武陵郡的所在。

"想不到，陶渊明所写居然都是真的。"朱熹喃喃道，觉得喉咙有些干燥。陆游也不去打搅他，让他慢慢去消化这个事实。自陶渊明以来，这世外桃源多少人梦寐以求，谁能想到居然是笔冢的所在呢？

"当初五柳先生来访，我曾叮嘱他不为外人道，却没想到他离开以后，居然写出一篇半真半假的《桃花源记》，既让世人皆知此地之名，亦没有违背对我的誓言，可真是个妙人。"笔冢主人的声音充满了怀旧和感慨。

"原来桃花源就是笔冢。"朱熹沉吟。陆游纠正他道："非也非也，应该说，笔冢是在桃花源内。只是如今笔冢主人闭关，我们无缘得见罢了。"

这时候，桃林深处的土地忽然高高拱起，泥土像被一只无形的大手抓起来，瞬间聚成一张小圆石桌与三个石凳。一阵山风悄然吹过，桃花遍撒，那些掉在石桌上的桃花变成了一壶醇酒与三只酒杯。

桌边一棵桃树身形忽变，化成一位面如冠玉、身着青袍的男子，微笑地望着陆游和朱熹。他身旁还站着一个梳着双髻的童子，那童子忽然见到生人，有些畏缩，连忙躲到了男子背后。

这男子忽然开口道："在下闭关不出，不能亲身恭迎，只能权借桃木为身，略备薄酒，还请晦庵先生见谅。"

朱熹仔细端详这笔冢主人的桃树化身，长眉细眼，年若三十，除了皮肤上隐约可见一些树皮纹理，表情神态竟与真正的人类无异，不禁暗暗称奇。笔冢主人声音一起，这化身的嘴唇就随之嚅动，倒也似它在讲话一般。那个小童生得唇红齿白，眉目清秀，不知是不是真人？

朱熹朝前走了两步，忽然发现那半空中悬浮的笔灵们嗡嗡作响，这才想到那些笔灵仍旧还连着自己的身体，为自己输送着力量。

陆游见他这副发怔的表情，嘿嘿一笑，连说带比画道："你当时在船里忽然晕倒，可把老夫给吓得三魂出窍，啧啧。好在那时候离桃花源已经不远，我一路狂奔，用坏了三四个笔童，这才赶到笔冢。"

"多谢陆兄。"朱熹拱手称谢，陆游"哧"了一声，不屑道，"我有什么好谢，要谢就谢笔冢主人吧。你能捡回这条命，可全靠他了。"

朱熹看不到笔冢主人实体，只得隔空一拜。笔冢主人的化身笑道："何必如此，于我笔冢有大恩的，是晦庵先生你呀！孔庙之事，我已听陆游说了。若非你仗义出手，那几支笔和陆游这个冒失鬼，都难免会被吞噬。先生为我笔冢受伤，我拼力救治，那是分内之事。"

陆游插嘴道："你调教的那两家好后人，要么贪生怕死，要么愣头愣脑，可拖累了我们不少，白白糟践了这许多好笔。"他随手一挥，把从戎、凌云、麟角和常侍四笔扔给笔冢主人。笔冢主人略一招手，它们便消失了。

笔冢主人略带痛惜道："这凌云和麟角怎么伤得如此之重……咦，连从戎都没什么生气了。没几百年时间，只怕是恢复不过来。"陆游道："哼，还不是你所托非人！"

笔冢主人淡淡道："看来当初我把凌云赐给韦家，麟角赐给诸葛家，是个错误，也许交换一下，会好很多。"他说完转向朱熹郑重其事道："见笑了。我一心盼望晦庵先生来访，可没想到居然会是以这种方式。全怪我御下无方，以致有此横祸。"陆游撇撇嘴，冷哼了一声，拽着朱熹一屁股坐到石凳上。小童吓得朝后躲了躲，陆游大眼一瞪："怕什么，难道我会吃了你？你这娃娃哪里来的，怎么先前没见过？"

小童嗫嚅半天，不敢出声。笔冢主人道："别欺负小孩子了。"随即让朱熹伸出右手来，摸了摸他的脉搏，颔首道："现在好多了。晦庵先生你刚被送来的时候，灵力损耗过巨，又失去了本源，无可补充，以致真气不继。再晚来几个时辰，整个肉身的生气都会被耗尽。"

"失去了本源？难道说，他的紫阳笔没了？"陆游惊道，他也是第一次听笔冢主人说起。一转头，他看到朱熹那花白两鬓，便明白了几分，心中一阵黯然。朱熹反而是神色坦然，看来是早已知道这个事实了。

笔冢主人吩咐小童给三人都斟满一杯桃花酒，继续道："好在你是纯儒之体，意志精湛。我便召来这几支儒笔，与你直接灌输灵台。"他手指一并，那几支原本悬在半空的笔灵纷纷飞到朱熹跟前，排成一列。

"这几支笔灵，炼自马融、徐遵明、孔颖达、韩愈等人，俱是历代大儒，与你的体质颇有相似之处，不会产生排斥。你如今身上已经身具众家之长，儒气充沛，就算笔灵已失，性命应是无碍了。"

朱熹闻言，凛然离座整冠，对每一支笔都恭恭敬敬拜上三拜，又跪下来叩了三个头，一丝不苟。

笔冢主人讶道："晦庵先生为何先执弟子礼，又行奠丧之礼？"朱熹正色道："这几位先师的著作，我自幼便熟读，深受教诲，这次又得他们倾力相救，侥幸活下来，自然须执弟子礼致谢。可我看到这些先贤的灵魂，不散于万物，却被禁锢在笔灵之中，如辕马耕牛一样受人驱使，沦为傀儡小道，所以再行祭奠之礼，以致哀悼感伤之情。"

笔冢主人闻言一怔，旋即哈哈大笑，赞道："晦庵先生真是个直爽人。"然后斜眼看了眼陆游，戏谑道："老陆，你平日自命潇洒直率，怎么如今却拘束起来，还不及晦庵先生？"陆游瞪大眼睛道："我哪里拘束了？"笔冢主人道："你若是看得开，又何必在桌子底下猛踢晦庵先生的小腿呢？"

陆游被笔冢主人说破，面色一红，抓起桌上的酒杯先气哼哼地干了一杯。笔冢主人转向朱熹，朝他敬了一杯。朱熹规规矩矩捧起杯子，一饮而尽，只觉得一股甘露流入喉咙，散至四肢百骸，说不出地舒坦。这时，那几支笔灵飞入童子身体内，隐没不见。

笔冢主人捏着空杯子，若有所思道："笔灵的存在有何意义，这问题见仁见智。不瞒晦庵先生说，自我从秦末炼笔开始，就一直有所争议。我所炼化的那些人中，有些人欣然同意，觉得肉体虽灭，笔灵却可存续千年，不失为长生之道；有些人不甚情愿，但也不抗拒，觉得无可无不可；有些人却如先生想的一样，视笔灵为囚笼，宁愿魂飞魄散，也不愿被收入笔冢。"

朱熹眉头一扬，对笔冢主人的开诚布公觉得有些意外。笔冢主人停顿了一下，忽然感慨道："盛唐时节，曾经有一位诗仙，我本已得了他首肯，把他的才情炼成了笔灵。可那笔灵却是天生不羁，炼成之后便直接挣脱了我的束缚，消失于天际。我还从未见过如它一样对自由如此执着的笔灵。"

陆游猛拍大腿："那可是你做过最蠢的事情了，多么优秀的一支笔灵哪！你每次一提起来我都难受。"两人都是一副痛惜神情，彼此又干了一杯。笔冢主人又道："还有唐婉那支，就算被炼成了笔灵，仍是幽怨冲天。"陆游神色一黯，低声道："我本是想可以时时见到她……早知她如此痛苦，还不如放她解脱。"

朱熹没想到一贯豪放的陆游还有这么一段情事，不禁多看了他一眼。小童端着酒壶走过去，好奇地望着他，朱熹摆摆手道："去给他们倒吧。"小童嘻嘻一笑，又走去笔冢主人那边。等到另外两个人又喝了两杯，朱熹方才慢慢问道："笔冢之事，董夫子又是什么想法？难道他甘心化身为笔奴，供人驱使吗？我想尊驾当年炼天人笔的时候，一定与他有过交流。"

两个人听到董仲舒这人，都停住了手中的酒。他们都知道，以朱熹的性子，早晚会问到这个问题。

"哦……天人笔啊！"笔冢主人双眼流露一种异样的神色，尽管只是桃树化身，可这化身的表情可谓丰富至极，"……那可是很久以前的故事了。天人笔与我笔冢渊源极深，你可愿意从头听起？"

朱熹立刻道："愿闻其详。"

笔冢主人点点头，袖子一挥，让小童把桌面的酒具都收走，然后道："晦庵先生于我笔冢有大功，自然有资格知道这些事情。"陆游兴奋道："我之前也只是知道个大略，从没听你详细讲过。这次我可不走，要听个明白。"笔冢主人笑道："随便你了。"他手腕一翻，一个镂刻着寒梅的鱼书筒出现在手里。

这鱼书筒，正是朱熹用来收天人笔的那件灵器。此时它被笔冢主人拿在手里，反复把玩，里面的笔灵似乎仍未死心，隐约可听见鸣叫声。朱熹见了，微皱了下眉头。笔冢主人注意到他的表情，手里便不再摩玩，把那鱼书筒搁到石桌上，任凭它自己立在那里。

"若说董夫子，须得从秦代那场儒家浩劫开始说起……"

笔冢主人的化身重新变成了桃树，声音却从四面八方响起。陆游和朱熹发现身边的景象和小童倏然消失了,整个世界似乎只剩下两个石凳,和一个清朗的声音。很快,他们两个人感觉时间开始飞速流逝,越流越快,最后形成了一圈旋涡,呼呼地围着他们疯狂地旋转着。陆游和朱熹的眼前,出现许多倒转的影像,它们稍现即逝,从宋至五代,从五代又至唐,一直一直在朝前追溯,仿佛在时光洪流中逆流而上。

千年光阴,过眼云烟。

朱熹和陆游发现自己变成了一个历史的旁观者,能够听到,能够看到,却不能动弹,如同一个死魂灵,只能默默地注视着这一切重演,却无法干涉。

他们的眼前,是一片满是沙砾的黄褐色旷野。旷野的开阔地上,有数十个巨大的火堆。这些正熊熊燃烧着的火堆都有数人之高,方圆十几丈,滚滚黑烟扶摇直上,如同几十条粗大的黑龙在半空飞舞,遮天蔽日。

在火堆旁边,有数百辆牛车排成了长队,每一辆牛车上都装载着满满一车的竹简。穿着黑甲的士兵从牛车上抱下竹简,投入火堆中去,不时传来噼啪的爆裂声。在更远处的山坡上,一群身着襦袍的老者跪倒在地,望着火堆放声大哭,涕泪交加。

在更远处,一位中年人站在一辆马车上,脸上阴晴不定。一位年轻书吏怀抱着三四卷竹简,满脸惊惶地跑到车前,努力地把竹简伸到中年人跟前,似乎在恳求着什么。中年人却置若罔闻。

"秦王政三十三年,始皇帝焚尽天下书。那一天,我碰到了一个人,他叫叔孙通。"笔冢主人的声音不失时机地在两个人耳边响起。

"我祖上是阴阳家邹衍,可到我这一代,只是一个爱书如命的小书吏。当始皇帝陛下下令焚书之时,我吓坏了,就把自己珍藏的几卷书简交给叔孙通,希望他能够出面保全这些前人心血。叔孙通这个人,他的公开身份是侍奉秦皇的一位儒生,实际上却是天下的'百家长'。当年苏秦合纵六国的时候,六国的诸子百家也秘密联合起来,共同推举了一人为百家合纵的领袖,统摄百家,抵抗暴秦。叔孙通,就是百家合纵在这一代的继承者。

"他是百家之长,有责任保护百家的利益。可当我见到他的时候,他却拒绝了我的请求。他说满齿不存舌头犹在,面对强大的朝廷,激烈的反抗只会让百家彻底灭亡。书简只是死物,烧就让它烧吧。一时的委曲求全,是为了人能够继续活下去,只要人在,学问就会有传承。说完这些,他从我手里拿走那些珍藏的典籍,投入火堆里。我对此很伤心,也很无奈。叔孙通倒是很欣赏我,把我召去他身边做了随身书童。"

朱熹和陆游发现周围的时空又开始变幻了，他们很快意识到还是同样的黄褐色旷野，但是旷野上的人却变了。

这一次可以看到有数百名身穿黑甲的士兵执戈而立，分成四个方阵。在四个方阵的中间，是一个巨大的坑穴，坑穴里站满了人。朱熹和陆游能辨认出其中的几张脸，是焚书时在山坡上痛哭流涕的几个儒生。

这一次，中年人仍旧远远站在车上，脸色铁青。他身旁的小书吏却是满脸激愤，暗自攥紧了拳头。当士兵们开始朝坑里填土的时候，那个小书吏毅然转过身去，独自离开。

"叔孙通也罢，我也罢，我们都没有想到，在焚书的第二年，始皇帝居然又开始坑儒。这是一次前所未有的惨剧，四百多名儒家门徒和其他几十名百家门徒都死于这次事件。叔孙通在这次事件中，仍旧保持着沉默。诸子百家哗然一片，纷纷指责叔孙通的懦弱。儒门的领袖孔鲋甚至扬言要罢免他'百家长'的头衔。我也对这种委曲求全的窝囊做法表示不满，当面质问他，如今人也都被杀害了，那么学问该如何传承才好？叔孙通苦笑着摇摇头，什么也没说，于是我决定离开。

"叔孙通没有挽留我。在临走之前，他告诉我，当初设立'百家长'，是为了防止诸子传承灭亡。历代百家长尝试过各种办法，扶植过墨家的非攻，资助过儒家的复礼，推动过道家的绝圣弃智，甚至效仿过法家的权术主张，可惜无一例外都失败了——最后的答案就是焚书坑儒。叔孙通说也许是时候换一条新道路了。"

周围的场景又开始变幻，这一次是绵延数十里的巨大宫阙，华栋玉楼，无比壮丽。一名小书吏端坐在其中一座宫殿外，痴痴地仰望着天空。在他身后的宫门内，堆放着浩如烟海的竹简。

"叔孙通对我说，他预感到即将有一场比焚书坑儒更大的浩劫，身为百家长，有责任引领诸子从浩劫中幸存，为此他不惮用任何手段。可是他说，老一代有老一代的做法，新一代有新一代的希望，他对我寄予厚望，认为我也许能走出一条新路来。因此他把我送入了阿房宫，负责在国咸里整理六国幸存下来的书籍——那里是天下书籍最全的地方。叔孙通说，如果我能够找出如何传承的答案，到那个时候，他会把百家长的印信与责任都交付给我。说这句话的时候，他一瞬间老了许多。

"在接下来的十几年中，我在阿房宫足不出户，疯狂地阅读着，吸吮着，希望能从这些典籍中寻找出答案。宫外世界的变化，对我来说已经没有了意义，我不知道始皇帝的驾崩，不知道太子扶苏、丞相李斯的败亡，不知道胡亥的践祚与赵高的擅权，更不知道大泽乡和天下的崩乱，我只是沉浸在书海中，直到那一场大火发生。"

笔冢主人的声音带着一丝自嘲。

朱熹和陆游看到身边忽然幻化成一片浩荡无边的火海，刚才那片壮丽宫阙就被这可怕而疯狂的祝融吞噬。四周无数的士兵朝着这些建筑丢着火把，拍手大笑，一面楚字大旗迎着火势高高飘扬。一位少年蜷缩在宫内，倚靠在堆积如山的竹简中瑟瑟发抖。

"项羽火烧阿房宫的时候，宫中的人早已经跑干净了。可我实在太过入神，竟然一直到大火烧到国戚才觉察到，那时候已经太迟了。我看到火焰吞噬了一本又一本好不容易传承下来的典籍，发了疯一样地找水来灭火。可一个人的力量，能有多大呢？很快，整个宫殿都燃烧起来，我放弃了救火，也放弃了逃生，那些书就是我的生命，是诸子百家最后的希望。没了它们，我还能去哪里？

"大火足足烧了三天三夜，整个阿房宫被烧成了白地。我亲眼看到我的躯体和那些竹简都化作了灰烬——这不是什么修辞，是真真切切地看到。不知道为何，我的魂魄没有消散，而是停留在阿房宫上空，浑浑噩噩，茫然不知所措。

"这世上每一本典籍中，都倾注着作者的心血与精力，当书被毁灭的时候，这些微不足道的意念也会随之飘散。可是阿房宫里的卷帙数量实在太多了，当它们都被焚毁的时候，书中含有的精神一起释放出来，汇聚到了一处，前所未有地密集。恰好我的魂魄飞入其中，也许是触发了什么玄奥的法门，被它们紧紧包裹着，无法消散，直到彼此合为一体。

"我在阿房宫的废墟上空飘荡了许多年，像一只孤魂野鬼，彷徨无定，四处徘徊，吸收着典籍的灵气。每吸收一分，我的魂魄便凝固一分，我的神志也便清醒一分。当最后一丝灵气也被吸纳之后，我发觉自己变了，不是仙人，也不是鬼怪，而是一种极其特殊的存在，拥有着奇特的神通。于是我便离开了阿房宫，想去看看外面的世界。"

朱熹和陆游的周围又开始幻化。一个个画面飞速飞过，各色旗帜来回飘摇，兵甲交错，箭矢纵横，惨叫声与欢呼声交错响起，一派混乱至极的场面。

"外面的世界，已经变成了乱世。我漫无目的地随处飘荡，所见皆是杀戮与破坏，学者们被狂暴的士兵杀死，写满真知的书简被践踏在脚下，令我痛心不已。我试图找到叔孙通，却没有任何头绪。后来我来到了当年焚书坑儒的地方，竹简燃烧的噼啪声和人们的惨呼仍旧萦绕在耳边。我忽然记起了我生前的责任与承诺，可惜一切似乎都晚了。我回忆起了那时候的痛苦与无奈，即便只剩下魂魄，仍旧感觉到了一种痛彻心灵的悲伤。

"就在这个时候，我碰到一位儒家的传人。他姓董，是从旧燕地专程赶过来，想祭拜一下自己的老师。可惜的是，由于沿途艰险，这位儒生抵达坑儒遗址的时候，已经濒临死亡。他在临死之前，流着泪问我诸子百家是否真的完了，我无法回答他。他抓着我的袖子，在失望中死去。他死去的一瞬间，我惊讶地发现，我可以清晰地看到他身体中散发出来的精魄，其中包含着他的愤懑、他的不屈和他的才情。

"我不希望他的魂魄就此消失，于是灵光一现，把它凝练成了一支笔。那支笔很粗劣，灵力也很低，与后世所炼的名笔根本没法比，可那却是我炼的第一支笔。当这支笔炼成之时，我霎时找到了自己的答案，也明确了我的目标：天下如此之多的才情，不可以坐视这些宝贵的瑰宝付诸东流。我要去拯救它们，这是上天赐予我这个神通的使命。"

战乱的场景消失了，取而代之的是一座宽阔的大殿，一位皇帝模样的人高高在上，下面有文武百官。一位老者站在殿内，高声呼喊着，指挥着诸位大臣遵照朝仪向皇帝行礼，进退井然有序。皇帝露出满意而兴奋的神情，老者却面无表情，一丝不苟。

"后来九州归汉，终于天下太平，我也终于找到了我的老师叔孙通。原来他后来一直在秦王身边侍奉，殚精竭虑想依靠皇权来保全传承。在秦二世时，他甚至不惜自污己身，只为换得诸子百家喘息之机。楚汉争霸时，他冷眼相看，直到刘邦得了天下，他才以儒生的身份重新出山，从教导诸臣朝仪开始，得到皇帝信赖，为百家谋求发展之途。

"叔孙通对现状充满了信心，经过战乱的诸子百家，也很高兴能有一个宽松的环境休养生息，一切都欣欣向荣。我找到他，告诉了他我的决心和神通。叔孙通很惊讶，但也并不十分在意，他说既然天下太平，传承之事不成问题，这种神通意义已经不大了。不过他依然信守承诺，把百家长的信物交给了我，并且希望我成为一位监督者，在他死后负责挑选每一代百家长，继续守护这一切。我有些失落，但还是答应了他的请求，然后飘然离去。

"我先去了旧燕地，在广川附近找到了董姓儒生的家族。把那支笔交给了他的后代。在接下来的岁月里,我开始了炼笔的生涯,并开创了笔冢。天下有那么大,叔孙通能够照顾到的,只是一小部分。那么那些被遗漏的天才,便由我来保存吧。焚书坑儒和阿房宫的悲剧,我不想再发生第二次。"

场景再次变幻,一位头戴葛巾身着素袍的儒生昂然走进未央宫内,周围的臣子恭敬非常,就连皇帝都亲自走下座来迎接。他瘦削的脸上透着踌躇满志,双目的光芒如太阳般闪亮,一支笔灵在他的头顶盘旋着。

"光阴似箭,白驹过隙,转眼已经是几十年过去。到了汉景帝时,一位天才出现了。他是广川人,叫董仲舒。我一眼就认出来他是当年那位董儒的后人,因为那支笔灵与他如影随形。要知道,秦末损失的典籍极多,许多经典都散佚或者失传,就算是知名学者,亦很难独自治经。而董仲舒凭借着那一支先祖的笔灵,展现了极其耀眼的才华,被人称为'通才''鸿儒'。

"我饶有兴趣地看着这个年轻人一步步成长起来,觉得他应该是新一代百家长的最佳人选。董仲舒和叔孙通的想法一脉相承,他认为百家若想发展,必须依靠皇权的力量。我对此不是十分赞同,但也并不打算刻意压制,便把百家长的头衔正式授予了他,并把我收藏的一些珍本与心得都交付给他,希望能够对他有所帮助。结果他果然不负众望,在我给他的经典基础上,发挥出'天人感应''三纲五常'等学说,大大把儒学推进了一步。其他学派也因为他的扶植而发展迅速。很快他便在朝廷中取得一席之地,深得汉景帝信赖。

"董仲舒很兴奋,把这些成就说给我听。可我看得出来,董仲舒并不怎么满足,他继续钻研这些东西,简直入了迷。逐渐地,我发现他变了,他一头陷入自己的那一套学说中去,并认为其他人都是错的。我试图规劝他,他反而变得不耐烦,脾气暴躁。他的精神状态变得亢奋、执着,对儒家以外的流派态度十分恶劣。他甚至很少履行百家长的职责。我一直试图弥补这个缺陷,可董仲舒完全不肯听,反而指责我对真理漫不经心。他已经变成一个刚愎自用的人,对与自己意见相左的人都视如仇雠。"

朱熹和陆游看到,一个中年男子面色阴沉地从未央宫走了出来,双手捧着一卷圣旨,每走一步,都无比沉重,仿佛那圣旨重逾万斤。他一走出宫门,就有一群与他同样服色的人拥上来。中年男子略说了几句,一挥手,他们便面带兴奋四散离去,在更远的地方,早已经准备好的信使大声呵斥,几十辆马车隆隆地碾轧着大道,冲出长安四面的城门。

"到了汉武帝即位后，变故出现了。董仲舒突然秘密上书，建言天人三策，其中最重要的一条，就是'罢黜百家，独尊儒术'。当这个消息公布天下的时候，诸子百家和我都被惊呆了，这简直就是赤裸裸的背叛。我去质问他，他冷淡地告诉我，天下只需要儒学就够了，其他的传承都是错误的。我没法说服他，只能警告说他的举动意味着战争，当场剥夺了他的百家长头衔。他没反抗，乖乖地把信物还给了我。

"很快我和诸子百家的人发现，我们都错了，这不是战争，是一边倒的屠杀。董仲舒从很早以前，就开始处心积虑地积蓄着力量，利用他百家长的职权暗中培植儒家的力量，不动声色地削弱其他诸家的实力。他之前的每一次建言，每一个决定，都经过了深思熟虑，属于一个宏大计划的其中一步。等到我们公开决裂的时候，他的网早已经编好，只待着轻轻收紧，便可以勒住我们的脖子。"

似曾相识的场景又回来了。车辚辚，马萧萧，到处都是脚步声和喊杀声，号哭声和惨叫声此起彼伏。不同服色的人被驱赶，被追杀，在火与血的交织中仓皇逃窜。整个大地又陷入了混乱之中。

"那对于毫无准备的诸子百家来说，简直就是一场灾难。董仲舒的儒门苦心经营了这么多年，一动便是雷霆万钧。每一个试图反抗的人都被他们'罢黜'，每一个学派的学馆都被拆毁，每一本书都被焚烧。在董仲舒的背后，是整个大汉朝廷，无人能够反抗。我试图阻止这一切的发生，可已经领悟了天人感应的董仲舒，变得十分强大，而我那时候开始炼笔尚不足百年，手里还没有多少笔灵，根本无法制住他。

"罢黜持续了二十多年，诸子百家被屠戮一空。我唯一能做的，就是在这些传人临死的时候，多炼一些笔灵出来，抢救出他们的传承，以免白白泯灭。二十多年后，董仲舒终于也到了大限之时。出乎我意料的是，他主动找到我，希望能够变成笔灵。我讽刺他说，如今的儒门如日中天，你何必要把自己变成笔灵。董仲舒没有解释，只是问我是否愿意。经过考虑，我答应了他的要求，作为交换，我希望他停止对诸子百家的追杀，而是任其自生自灭，他答应了。那时节诸子百家风雨飘摇，如同一栋千疮百孔的房子，即使没人去推，早晚也会轰然倒塌。"

厮杀的场景陡然消失，整个空间扭曲了片刻，变成了一间屋子。一位老者盘坐在屋子中央，头发已经是全白，身前的凭几上搁着一份刚刚写完的奏章。他双目紧闭，纹丝不动。一个身材颀长的青袍人站在他的背后，正在用右手按住他的天灵盖，一种玄妙的光亮从手掌与脑袋接触的地方流泻而出。

"董仲舒死后,我把他炼成了一支笔,并起名叫天人。我在炼笔的时候,发现了一件奇怪的事情,就是当年我为他先祖炼的那支无名笔灵,不在他的身体里。可我没有多加思考,匆匆把天人笔放回笔冢,然后去寻找诸子百家的残余力量,告诉他们不必继续亡命了。当我再一次回到笔冢之后,却惊讶地发现,笔冢里存放的笔灵们,全部都被天人笔吞噬了。

"我一直到那时候,才意识到董仲舒的用心。他知道我为诸子百家炼笔,也知道这些笔灵会一直流传下去。他不能容忍儒家在后世还会受到潜在的挑战,于是便故意被炼成笔灵,让自己化身成为天人,把其他笔灵吞噬下去,以绝后患。而他祖先的那支无名笔灵,就是第一个牺牲品。

"必须得承认,他的执着与智谋都是极其可怕的,居然可以把信念贯彻到这一步。我愤怒至极,可我发过誓言绝不毁掉我炼出的笔灵,于是我只能把天人笔用最强的禁墨封印起来,关在笔冢之外的一个地方,让它无法再对别的笔灵造成伤害。"

场景变幻,这一次变成了一座精致的砖石宫阙,殿门上方挂着一块匾额,上书"白虎观"三字。一群白发苍苍的儒生分坐于两侧,手持书卷与刀笔,激烈地辩论着,唾沫横飞,十分热闹。在殿角坐着一个人,书吏模样,他一边倾听着学者们的声音,一边紧皱眉头,奋笔疾书,试图要把这一切都记录下来。

"董仲舒身后的儒学地位,已经是不可动摇。接下来的日子里,我唯一能做的,就是一边安抚诸子百家的余族,一边重新寻才炼笔。时间转眼就到了东汉建初四年。各地大儒齐聚京师,在白虎观内开会探讨学术。这次会议持续了三个月,最终由班固整理成《白虎通义》一书。接下来的故事,我想你们也许都知道,那块牌匾受感化虎,叼走了班固魂魄,以致我未曾为这位《汉书》作者炼出笔来。

"可他们不知道的是,这一切,居然又是董仲舒的一个伏笔!他在临终之时,在我到来前,把他亲手抄写的一本《春秋繁露》交给了最信任的弟子,让他转呈给汉武帝。这本书,就一直留在了秘府之内。一直到白虎观会议,章帝决定从秘府里调了一批珍贵古本给学者们参考,于是《春秋繁露》便成了白虎观会议上重要的参考资料——事实上《白虎通义》就是继承了《春秋繁露》的思想。这是董仲舒早在几百年前就预料到了的。

"这本《春秋繁露》早被董仲舒浸染了他的一部分魂魄。趁着这次大儒齐聚、儒学氛围浓郁的机会,这缕魂魄从书本中逃逸出来,附在白虎观匾额之上,尽情吸收大儒们的灵气，化成虎形。可如果想破开天人笔的束缚，这还远远不够。于是白虎便选中了整理《白虎通义》的班固，趁他濒死衰弱之时，叼走了他的魂魄，并与之合为一体。"

崇山峻岭之中，一位青衫君子负手而立，身旁数笔围绕。他身前有一只巨大的白虎，不时吼啸扑击，试图接近他，却每次都被那些笔灵打退。白虎转身欲走，却被另外几支笔灵挡住。这些笔灵纷纷放出光华，布下天罗地网，让那只巨兽根本无处可逃。

"《白虎通义》是儒门经典，班固又是一代才人。白虎吞噬了班固魂魄后，实力大涨，让天人笔重临天下的欲望愈加强烈。我绝不容许笔灵被吞的悲剧重演，也不容许天人笔再度断绝百家的传承，于是亲自出手，成功地破去了白虎九成的灵力，使它功亏一篑。在接下来的一千年，白虎彻底销声匿迹，逐渐被笔冢所淡忘。"

笔冢主人的语速转慢，逐渐低沉下去。周围的场景又飞速旋转起来，朱熹和陆游眼睛一花，发现他们又回到了桃林之中，眼前是石桌石凳，还有一壶桃花酒。而笔冢主人的化身，正坐在旁边，面带着温和的笑容，手里还把玩着那具鱼书筒。小童蹲在地上，自顾自看着蚂蚁搬家入神。

"没想到原来它这一千年，一直卧薪尝胆，暗中积蓄力量，仍未曾放弃复活天人笔的希望。啧啧，看来董仲舒与我笔冢的缘分，还未穷尽。可见造化弄人，命数玄妙啊……两位，欢迎回来。"

无论朱熹还是陆游，都没有立刻说话。他们没想到，这一支天人笔，居然牵扯到如此复杂的故事。一下子有太多信息涌入脑中，他们不得不花时间慢慢消化。

笔冢主人看着朱熹，清俊的脸上浮现有些无奈的笑容："晦庵先生，如今你是否明白了？董夫子的天人笔，不是我要束缚它，而是它要灭尽笔灵。我将其封印，非为私怨，实在是不得已而为之。"他指头一弹，小童连忙为朱熹斟满酒杯。

朱熹对此不置可否，他默默地端起酒杯，啜了一口，不知在想些什么。

陆游忽然问道："那诸葛家和韦家……"笔冢主人道："不错。他们两家，就是诸子百家中仅存的两脉遗族。我为了照顾他们，便让他们的子弟做了笔冢吏，也算是履行当年我对叔孙通老师的承诺。"

陆游露出恍然大悟的神情，他摸摸额头，张了半天嘴才冒出一句："你们原来还有这种渊源。那现在的'百家长'是谁？"笔冢主人怅然道："诸子百家的学说消亡许久，只剩下几支残笔余墨和为数不多的血脉流传，这百家长的名衔，早已是名存实亡了。"他摇了摇头，复又欣慰道："好在百家虽逝，后继有人。这千余年来，才人名士层出不穷,其繁盛之势,不亚于当日百家争鸣。不知董夫子若再度临此盛世,是否会改变他当初的执念。"

陆游一拍桌子,大声道:"说得好,说得好。当浮一大白!"小童给吓了一跳,手里酒壶几乎跌在地上。陆游索性抢过酒壶给其他两人斟满,然后高高举起酒杯,叫嚷着再碰一个。朱熹想要说什么,却欲言又止,只是举起酒杯略碰了碰,却没喝就搁下了。

原本摆在桌上的鱼书筒忽然没来由地微微一颤,似乎在里面发生了什么变故。笔冢主人指尖轻弹书筒封口,眼神霎时闪过一丝异色。

"打开它吧。"朱熹忽然严肃地开口道,前所未有地严肃。

第二十四章 ○ 咆哮万里触龙门

笔冢主人似乎等待他这句话很久了，仍是那一副淡然笑容："晦庵先生，看过那段往事，你仍坚持要如此吗？"朱熹把杯中酒一饮而尽，然后站起身来，像是下了一个极大的决心：

"是的，这个决定我从一开始就没有动摇过。"

陆游听得有些糊涂，他惊讶地望望笔冢主人，又看看朱熹："老朱，你脑子糊涂啦？打开这书筒，天人笔就会跑出来啊，咱们岂不是前功尽弃了？"朱熹转头对陆游平静道："陆兄，对不起，这鱼书筒里，其实并没有什么天人笔。"

陆游霍然起身，愕然道："不可能！我亲自检验过的，里面那股浩然正气，不是天人是谁！"

"有浩然正气的，可不只是天人笔啊。"笔冢主人轻轻敲了敲桌面，语气有些惋惜，似乎在说一件耐人寻味的事情。陆游一下子怔住了，他的情绪仿佛黄河壶口的奔腾水流一下子冻结成冰凌。

朱熹默默地起身离座，朝陆游与笔冢主人深鞠一躬，然后把身体挺得笔直，黝黑的面孔变得不可捉摸。一股强悍的力量从他身子里喷薄而出，朝四周涌去。这股气势就像是决口的洪流，一泻千里，周围的桃树被震得东倒西歪，几乎站立不住。笔冢主人挥一挥袖子，才让它们回复原状。小童早躲到了笔冢主人身后，面色有些惊恐。

其实不独小童，就连陆游也惊呆了。他眼前的朱熹似乎换了一个人，还是同样的眉眼，却变得冷峻威严，甚至还有一丝丝悲悯世人的哀伤。很快那些通天气势汇聚到了朱熹的头顶，汇聚成了一支笔。

"不可能！"陆游失声叫道，他攥紧了拳头，全身的筋骨咯咯作响，如临大敌。

他看到那一支笔的笔管之上竖铭一列字迹："道源出于天，天不变，道亦不变。"正是董仲舒的天人笔！那支本来应该在宿阳孔庙被收回了的天人笔。

笔冢主人一副好整以暇的表情，似乎他对这件事早了然于胸。他双手一拱，朗声道："董夫子，咱们可是有一千多年没见啦！"

朱熹缓缓挪动脖颈，沉声道："这里没有什么董仲舒，只有我朱熹，和我的意志。"他只是嘴唇稍微嚅动了一下，声音却居高临下，无比清晰。这区区一句话，却传递给了周遭无比的压力。石凳石桌"咔吧"一声裂开数条裂缝，轰然坍塌在地，化成一堆瓦砾；几棵稍微细瘦一点的桃树拦腰折断；就连小山坡本身都微微一颤，抖起许多尘土。

陆游连忙运气抵御，才勉强站稳，胸口一阵憋闷。他略偏了偏头，发现笔冢主人的脸露出无数细小裂缝，整个面部支离破碎。它只是桃树所化，自然承受不住这澎湃的压力。那个小童吓得双手抱头，陆游一个箭步过去，把他拽到自己身后。

过不多时，这化身"啪"地碎成了千百片木屑，四散而飞。笔冢主人的声音变得有些意外："阁下仍旧是晦庵先生？"他原本以为天人笔一定会侵占朱熹的身体，借机复活，但现在看起来，朱熹似乎仍旧拥有自由意志。

朱熹举起右手，食指朝天。

"我并非被它控制，而是我选择了与它神会——现在的我，不是天人笔的奴仆，而是可以操控天人笔的笔冢吏。"天人笔乖巧地围着朱熹转了一圈，似乎是为了证明他的说法。陆游大吼道："不可能！你已经有紫阳笔了，没人能同时拥有两支笔灵！"

朱熹意味深长地看了一眼陆游："陆兄你说得对，没人能同时拥有两支笔灵。"他朝着那寒梅鱼书筒道："在那鱼书筒里装的，才是我的紫阳笔。"

陆游倒退了三步，如遭雷击。他突然意识到，书筒里那浓郁的浩然正气，原来并不是出自天人笔，而是紫阳笔散发出来的。

"可你是怎么做到的？"陆游不甘心地问。除非笔冢吏死亡，否则人笔绝不可能分离，因为一心不能两用。朱熹却能把自己的紫阳笔封印起来，换上了天人笔，这实在太违反常识了。

"陆兄你是否还记得我在宿阳教训那些笔冢吏的话？"朱熹语气很温和，"每个人都有两心——人心与道心。顺应天理的是道心，徇情欲的是人心。只有革尽人欲，复尽天理，方才是正道。"

陆游不情愿地点了点头。他当时对朱熹这套说辞不屑一顾，觉得太过迂腐。

"我修炼理气多年，人心渐蜕，道心渐盛，此消彼长之下，方才有了紫阳笔。我为了不影响修身养性，就让紫阳笔选择了与我的人心结合。在孔庙中，这一笔一心同时被收到鱼书筒中，反倒因祸得福，让我只剩下一颗纯粹的道心，旁无杂念——这正是'灭人欲，存天理'的至纯境界啊！"

"原来你受重伤的事，根本就是在骗我！"陆游怒不可遏，胡须根根竖立。

"并不是那样。"朱熹微微露出苦笑，"这样的事情，也是我始料未及的。孔庙之时，我本意是想拼出自己的道心，与天人笔同归于尽，因为我不能容忍一位儒学天才死后还被禁锢在笔灵里。可当我冲过去的时候，天人笔却感应到了我的浩然之气，向我的意识传递过来一条信息。"

陆游还记得，当时朱熹冲到天人笔前，绽放出了耀眼的光芒。天人笔在一瞬间有些退缩，这才被陆游捉住机会救回笔灵。他一直以为那是朱熹最后的神通，没想到居然别有内情。

"天人笔——或者说是董仲舒——要求我履行儒生的天职，让他借助我的身体振兴儒家。我拒绝了，我告诉他，儒学复兴只能经我的理气之学，而非其他。就算他是尊崇无比的老前辈，也别想动摇我对真理的追寻。遭到我的拒绝之后，天人笔无比愤怒，它想要把紫阳笔彻底吞噬，我别无选择，只能让紫阳笔和人心主动钻入鱼书筒。"

朱熹回忆着当时的情景，如今说起来很长，其实只是一瞬间罢了。

"失去了紫阳笔和人心，天人笔以为我只剩下一副躯壳，便打算乘虚而入占据我的身体。可它没有料到，我仍旧有一颗道心留存。你们都知道，当一支笔灵侵入一个人空荡荡的身体，却发现他的心还在的时候，会发生什么事。"

"神会或者寄身……"陆游喃喃道，事实上这正是笔灵认主的原理：笔灵深入人身，与笔冢吏的心碰触结合，然后供其驱使。无论多么强大的笔灵，都无法超脱这个规律。

"不错，阴差阳错之下，天人笔反而被我吸收，变成了我的笔灵。"朱熹语气变得激动起来，"就在那一瞬间，我做到了'灭人欲，存天理'。人欲被彻底摒弃，只有坦坦荡荡的天道。"他双眼闪闪发亮，周身的气势更为猛烈。

"那你还装出一副重病……"

朱熹苦笑道："我初失人心，心神耗尽，就算是有天人笔，仍旧无以为继，这又岂是装出来的。当时我已经存了必死之心。我那时心想，已经悟得大道，就算死亦无憾了……"朱熹说到这里，遥空一拜，语气里颇多感激，"若非陆兄仗义，又有那几支儒笔为我灌输浩然之气，只怕我已凶多吉少。"

朱熹说清了原委，陆游长长松了一口气，他抓住朱熹肩膀，半是埋怨半是欣慰道："老朱你这闷葫芦，怎么不早说，几乎被你吓死了。谁想到这天人笔竟成了你的笔灵。"朱熹后退一步，躲开陆游，左手一扯，刺啦一声扯去了衣袍的一角。陆游疑道："老朱你又想做什么？"

朱熹叹道："陆兄你和笔冢主人，于我朱熹恩重如山，本当涌泉以报。只是今日我不得不断袍绝义，不能以私谊废了公义。"陆游错愕万分，开口问道："公义？什么公义？"

"我为天下公义，要将笔冢永久废弃，不复临世。"

声音恢宏，字字洪亮，一传数百里，几乎响彻整个桃花源。

朱熹的身体开始慢慢浮空，双手平举，周围的空气以他为中心开始盘旋，黝黑的脸膛满布浩然正气。陆游靠得太近，无法承受这种压迫，五脏六腑翻腾不已，几乎要呕吐出来。他忽然觉得身体一轻，再低头一看，自己已经在数十丈之外，笔冢主人不知何时已经站在身旁，一只手按着他肩膀，另外一只手牵住小童。

这位笔冢主人仍是桃树化身，他看到朱熹终于吐露出目的，仰起头幽幽一叹："在下特意为晦庵先生你一窥往事，想不到先生仍是固执己见，不能体察在下用心。"

朱熹浮在半空之中，肃容而立，一张黑脸越发威严起来："董夫子的所作所为，为儒家千年计，与朱熹实在是心有戚戚焉。我正是看了这段往事渊源，才更加坚定了心意。正如我在船上与陆兄所说，笔冢小道，无益世情，只会叫人罔顾正理，不复尊儒重道。"

"那你何必惺惺作态，在孔庙与那天人笔打作一团！直接去舔董仲舒的臭脚，把我们都干掉不是更痛快！"陆游再也按捺不住心中愤怒，破口怒骂，这种遭人背叛的滋味，让他浑身的血液都沸腾起来。

朱熹闭上双眼，似乎闪过一霎的痛惜之情："我在孔庙乃是真心助你，只是天降大任于我朱熹，我又岂能逃避公义之责。"

陆游大怒："什么狗屁公义，笔冢收藏天下才情，又碍着老朱你什么事了！"

"天下才情？圣人之外，又有什么人敢僭称天下才情？"

朱熹的声音转而威严,他猛然睁开眼睛,两道凌厉的力量"唰"地扫出。霎时飞沙走石,天地震动,桃花源原本一个恬静的田园世界,立刻变得扭曲不堪,崩裂四起。小童看到这熟悉的地方被那个人折腾得面目全非,吓得瑟瑟发抖。

笔冢主人抱起小童,面色凝重道:"想不到天人笔到了晦庵先生身上,威力更胜从前。这'灭人欲,存天理'的境界,果然不得了。"陆游一挥拳头,咬牙切齿:"我说,把从戎笔先借我,我去教训一下老朱。这家伙脑子一定坏掉了!"他着实气得不轻,以至于全身的皮肤浮起一层淡淡的锋芒。

"天人一出,如之奈何。"笔冢主人轻轻叹息。

天地变色,隐有雷鸣,朱熹已经完全为天地所融。以朱熹为中心,天人笔的领域在逐渐扩大,所及之处,山川河流都轰然崩塌,化作细小的齑粉,被卷入旋涡之中。

陆游能感觉得到,朱熹的力量不断在增强,恐怕再这样下去,整个桃花源都会被天人笔吞噬下去。他看到笔冢主人还是一副从容的表情,不禁急道:"我说你这桃木疙瘩,就算本尊闭关不出,也该想个办法啊!"

董仲舒的"天人感应",仅仅只是探究天意之于人世的关系;而朱熹的"理气论"却是直刺天道本原,比之前者要深刻透彻得多,对规则的掌控亦高出不止一个级数。笔冢主人学究天人,一眼就看出两者之间的差距。就算是董仲舒复生,恐怕也不及此时的朱熹强大。

陆游道:"你若不行,就让我来。把你的笔灵借十几支来,老夫就不信收拾不了那个腐儒!"笔冢主人按住他的肩膀,用一种奇妙的语气对他说道:"你不要冲动,我有些话要说与你知。"

陆游一副气势汹汹的模样:"都什么时候了!说什么说,先打过再说!"笔冢主人徐徐说道:"今日乃是我笔冢注定的大难,你不必给我陪葬。但有一件事,却非要你来做不可。"

陆游疑道:"难道你邀请朱熹来的时候,就预料到他和天人笔之间会有勾结?"笔冢主人展颜一笑:"我曾炼过一支笔,名唤点睛,你可知道?"

陆游点点头,这笔的功能他是知道的,可以对未来做出一些模糊的预测。

笔冢主人继续道:"靖康之时,我看到中原横遭荼毒,京城沦陷,心中郁闷,就取出点睛卜问,看我中华文化,是否会毁于膻腥铁蹄之下。"

"结果如何?"陆游急忙问。

此时朱熹的领域已经扩展到了他们面前，戾风阵阵，小山坡连同那一片大好桃林都被卷入旋涡之中。笔冢主人随手一挥袍袖，他们三人登时被包裹在一个气罩之内，这个气罩阻隔了外面的威压，悬浮在无尽的黑暗之中。朱熹见了，也不去逼迫他们，继续专心横扫桃花源的残余部分。

笔冢主人这才对陆游说道："点睛给我的预示说，笔冢将会有一大劫，毁于宿敌之手。我当时便猜到必然与天人笔有莫大的关系。于是我从十几年前起，便潜心准备，只待天人笔到此。若能收服此笔，笔冢便可去一大敌。"

陆游听了，大为懊恼："怪我把老朱带过来，让你的盘算落了空！"

笔冢主人摇摇头，又望了望远处的朱熹，语气里却无一丝遗憾："就算你没邀请，我也会请他过来。晦庵先生惊才绝艳，正是我所钦敬的天才。只是没想到他的性情坚毅到了这地步，人算不如天算，最终却促成了他与天人笔的结合——可见这一切皆是定数，非人力所能扭转。"

陆游忍不住急道："那又如何？难道笔冢之内万千笔灵，敌不过那区区一支天人笔吗？"笔冢主人颇有深意地看了他一眼："我当年和天人笔曾经交过手，勉强救下百家才情。如今儒门已传承千年，积泽深厚，又承历朝正统气运，我早已不是对手。今天它既然借朱熹之身进入桃花源，也是天数昭然。"

"谁说的，咱们打不过，难道还跑不了吗？"

"如今在你面前的，不过是一具分身。我元神已在桃花源深处的笔冢之内，避无可避。封冢之日，就在今朝。"

"可恶……那以后谁还能制得了他？"陆游一拳捶在地上，砸出几道裂痕。

笔冢主人把怀里的小童抱到陆游面前："莫急，莫急，这正是我要你做的事情。"陆游一愣，伸手把小童接过来，忍不住仔细端详："是你的私生子？"

笔冢主人爱怜地摸摸那童子的脑袋，说道："这孩子，可是货真价实的人类。这是我去北方为徽宗炼笔的时候，在半路无意中发现的，是个战乱孤儿，只知道姓罗。这孩子体质十分特异，就连我也从来没见过。他居然可以在身体里任意承载笔灵，最多时可装七支之多。"

"什么，七支？"陆游皱起眉头。一笔一人，这是笔灵的铁律，就算是朱熹，严格来说也并没违背这个规矩——他有两心，所以才有两支笔。可眼前这小孩子，一装就装七支，可着实有些骇人听闻。

"我把这体质叫作渡笔人，罕有至极。"笔冢主人道，脸上浮起怜惜慈爱之色，"以后他就托付给你了，不可让别人欺辱，多让他喝水，多喂他吃糖，好好过完此生。"

陆游听他的口气有些不对头，连忙截口道："怎么听起来，你好像是在托孤一样。"

笔冢主人笑道："这一世，笔冢自封已成定局。可天道无恒。今日儒门如日中天，却未必万古不变。只要身秉不移之志，心怀希才之冀，笔冢总有重开之日。"他说到这里，指了指怀里小童："这孩子，就是笔冢的希冀所在了。"

陆游眉头拧成一团，伸手把孩子接了过去。孩子有点怕生，身子不断扭动。笔冢主人道："他是罕有的渡笔之才，如今我把管城七侯里的五支都存在他的体内。"

陆游一听，惊得差点没抱住孩子。

"管城七侯？你都定下来了？"

陆游知道笔冢之中，有七支笔灵地位最高，号称"管城七侯"。一直以来，笔冢主人只选定了六支，尚有最后一支悬而未决。

"不错，如今都齐了。这孩子体内，有天台白云、灵崇、点睛、慈恩、太史，还有一支青莲遗笔，一共六支。"笔冢主人略一颔首，指了一下远处的朱熹，"最后一支，不正是它吗？"

"它？你说的是朱熹还是天人笔？"

"都是。"

陆游眉头一皱，不由得开口道："老朱何德何能，能与那几位先贤同列？"笔冢主人微微苦笑："晦庵先生如今摒弃紫阳笔，选择本心与天人笔合而为一。我有种预感，接下来的几百年来，他的成就之大，影响之深，简直不可想象。于情于理，都该位列七侯之内。"

"那这寒梅鱼书筒里的紫阳笔算什么？"

笔冢主人叹道："如今这紫阳笔被主人舍弃，也成了遗笔。换言之，天人笔和紫阳笔合二为一，才是真正的七侯之一。"他说到这里，敛起笑意："且不说晦庵先生，天人笔对笔冢志在斩尽杀绝，打算把所有笔灵一并吞噬。倘若让它得逞，那笔冢才是彻底毁弃，再无半点希冀留存。"

两人对话之时，朱熹的领域已经扩展到整个天空，墨色的云彩从四面八方悄然麇集，遮天蔽日。厚重云层绵延长达几十里，宛若一条怒气勃发的黑龙悬浮在半空，冷冷地注视着桃花源。在云层之中，力量正在悄然蓄积着、翻腾着，不时有一道金光撕裂云层,露出一瞬间的峥嵘,紧接着一连串低沉的隆隆声滚过天际,如同一辆马车的巨大车轮碾在御道之上。

他知道眼前的笔冢主人只不过是化身,真正的本尊还隐藏在桃花源中的某一处,便不急于与之一战,而是索性把整个桃花源世界都封掉。只要笔冢一闭,就可以吞噬掉所有笔灵,成为华夏人心中唯一的存在。

"所以你要我把这个装着七侯的孩子带出去,为下一个千年的笔冢保存元气?"陆游并不笨,立刻猜到了笔冢主人的意图。

主人微微点头,递给他一枚竹简:"出去以后,这里有七侯的封印之法。你依简而行,以待天时。时机一到,自有人会集齐七侯,重开笔冢。我的本尊元神和一切真相,都留在了那里。"

"别跟老夫打哑谜,什么时候才是时机?"

笔冢主人看向那小童:"那就要着落在这支青莲遗笔上了。"

陆游知道,当年笔冢主人去炼李太白的青莲笔,结果笔灵逃遁,只留下一支遗笔。此后笔冢主人一直孜孜以求,却从未寻见,时常嗟叹不已,特意在七侯里给它留了一个位子。

笔冢主人道:"天人笔之志为灭人欲,锢性灵,乃是笔灵天敌。纵然其他五侯齐出,也未必是它对手。唯一能破开天人封固的,非得是不羁于世的青莲笔不可。可惜它神游天外,今世已不可得,所以我才不得已而封冢——你记住,青莲重现之日,即是笔冢重开之时。"

陆游面色一凛,没再多问什么,仔细地把竹简揣好,把小童抱得紧紧。这小孩子如今可是尊贵得不得了,可不能有任何闪失。

"做完这些事,这孩子应该也就没用了。你也不必跟他说什么,好生抚养,让他如普通人一样,过完这一生吧!"

他说完以后,伸开双臂,轻轻抱了抱童子。童子似乎知道笔冢主人心思,乖巧地缩在陆游怀里,泪光盈盈。过了半晌,笔冢主人终于松开了童子,右手轻轻一拂,陆游发现身上又多了数枚灵器,有笔挂、笔洗、笔海,都是收笔之用的器物。

"这里装的是凌云、麒角、从戎、常侍。留在我这里已经没用了,你也把它们带出去,交给诸葛家和韦家吧。"笔冢主人就像是一位临死的伟大君王在向他最忠心的臣子托付江山,严厉而又细致,希望在自己身后,这一片大好江山不至于拱手让人。

其实这笔冢，又何尝不是另外一种江山呢？

朱熹的声音忽然从远处隆隆传来："陆兄，你快快离开，这桃花源很快就要被彻底封闭，再无开启之日。"朱熹知道陆游不是笔冢吏，只是笔通之才，他唯一的一支从戎也已还给笔冢主人，身无笔灵，因此不妨放他一马。

陆游仰天挥动拳头，吼道："老朱，你小子不仗义，现在还来卖什么人情！"

朱熹在天上叹息一声，不再相劝，专注于操控天人笔吞噬掉整个桃花源。陆游一手抱着童子，另外一只大拳紧紧捏着，恨恨道："这个腐儒，气死老夫了！"

"就是这样了。"笔冢主人的口气终于出现了一丝落寞与疲惫。托孤结束了。他的本尊元神早已经被封闭在笔冢之内，这里的分身也完成了自己的工作。"我暂时还能抵挡得住天人笔的吞噬，你就趁这机会离开吧。"

陆游"嗯"了一声，面色严峻，他感觉自己的肩膀无比沉重。他如今负载的，可不只是沉积千年的才情，还有未来千年的希望所在。整整两个千年，过去与未来，都交汇在了这一个没有笔灵的人身上，陆游忽然觉得有一种超级荒谬的奇异感受。

分身交代完这一切，转身离去。只见他慢悠悠地踱出一步，两步，三步，身体冉冉升起，朝着桃花源深处飞去。半空中传来最后的朗笑："虽然天数不可违，但我相信，天下才情，又岂是他区区儒门所能磨灭！冢有重开之日，才有再现之时。去吧！"

一瞬间，笔冢主人那种睥睨天下、纵观千年的气魄毫无保留地展现，甚至连朱熹的浩然正气都一下子被压制。暗红色的天空出现了几抹碧蓝。朱熹睁开眼睛，呼吸有些急促，道心一时间竟有些紊乱。他头顶的天人笔，也鸣啾不已。

借着天人笔的记忆，朱熹的脑海里清晰地浮现当年的场景：笔冢主人一人护在百家之前，凭风而立，也是这一番言辞，也是这一番神情。

锋芒毕露，群儒束手。

纵然只是笔冢主人的一个分身，也拥有着极强的实力，朱熹半点侥幸之心都不敢存。

陆游抱着那小童，望着笔冢主人飘然而去的背影，忽然觉得自己的眼眶一片湿润。他不知道这是因为朱熹的背叛，还是因为他忽然意识到这竟是与笔冢主人的永别。

"冢有重开之日，笔有再现之时。"

笔冢主人最后的声音在他耳边响起，无比温和。随即陆游和小童的身体逐渐变淡，他最后瞥了一眼远方，在暗红与碧蓝交织的天空之下，两个人影正在半空直面相对,要将那场千年之前的恩怨做一了结……

陆游再度睁开眼睛的时候,发现自己和小童躺在一片桃林之中,旁边的小河边拴着一只乌篷船,三支笔童斜靠在船边,如同忠诚的船工在等待着主人归来。

"我们走吧。"陆游抱起小童,慈祥而又和蔼,他标志性的锋芒与锐气似乎都留在了桃花源内。现在出现在武陵的,只是一个普通和善的老头子罢了。

小童转动着两只大眼睛:"我们去哪里?"

"回家。"陆游回答,他没有再回过头。

淳熙四年,失踪近一年的理学大师朱熹东山再起,在庐山建立白鹿洞书院,开经讲学,天下无不景从;淳熙七年,朱熹在武夷山设武夷精舍,刊定四书,为儒门万世之法;绍熙四年,朱熹重建岳麓书院,讲授理学,一时声势极盛。没有人知道,这位沉寂了许久的大师,为何会突然爆发,展现令人咋舌的才学与推行理学的执着。

庆元六年,朱熹在建阳与世长辞,临终前尚在修订《大学》,享年七十一岁。

十年之后,在山阴城中,一位老人亦溘然去世。他临终之前,慢慢吟出"死去元知万事空,但悲不见九州同。王师北定中原日,家祭无忘告乃翁"。然后伸出手来,紧紧握住了一个陌生少年的手不放,直到生命力从他身上彻底流失。周围的家人都很惊讶,因为这个少年并不是他们家的一员。少年并没有说出来历,他冲老人的遗体磕了七个头,大哭七声,然后转身离去,从此再没人见过他。

他们两人死后,朱子理学终于成为天下主流,之后历朝无不奉为圭臬,定为官学。八股取士,皆以四书五经以及《朱子语类》为准绳,不敢逾越半步。儒学之盛,远胜前世,直至近世,方呈式微之象。 而后一个甲子,儒门日渐衰落,星流云散,几至不存,又是半个甲子过去,方有复燃之兆。

屈指一算,时间已这么过去了八百多个春秋,已近千年之久……

第二十五章

○

尔来四万八千岁

"仲晦兄,你毁冢封笔的罪过,可知错了吗?"

陆游的声音响彻整个葛洪鼎内,这声音不大,却震得鼎壁嗡嗡,引起阵阵回声。

紫阳笔静静地悬浮在半空,没有做出任何表示。和寻常的无主笔灵不同,这一支笔灵被封入寒梅鱼书筒的时候,还带着朱熹的一颗"人心",所以严格来说,这支笔仍旧有着自己的笔冢吏——只不过它的笔冢吏徒有魂魄,却无形体。

丝丝缕缕的回忆如潮水一样漫过陆游的意识,千年前的那段往事逐渐清晰起来。陆游的脸上露出一丝笑意,他是从彼得和尚身体中苏醒的,所以相貌也与彼得和尚无异,再不是千年之前那个放荡不羁、虎背阔肩的老头子。

罗中夏、韦势然、秦宜等人站在陆游身后,垂手而立,大气也不敢喘一声,就连颜政都敛气收声。当年笔冢之内的种种秘辛,随着陆游的记忆蔓延出来,同样映照于他们脑中。一时众人无由自明,都看到了笔冢关闭那最后一幕的前因后果。

此时站在他们面前的,不再是那个熟悉的彼得和尚,而是活生生的传奇人物陆游陆放翁!这个曾经只在书本里出现的古人,如今就站在自己面前,那种来自历史的沉重压力,无论是谁都是难以承受的。

小榕依旧昏迷不醒,但气色比之前好多了。葛洪鼎的丹火已经彻底消失,她的玄冰之体不再有什么排斥感。十九把她的衣服重新套好,心情突然觉得有些莫名复杂。这个女孩子,居然是被咏絮笔灵夺舍的笔童,一想到这个,她的恼恨就全不见了,取而代之的是一丝怜惜。

紫阳笔和陆游直面相对了片刻,陆游终于轻轻摇了摇头,叹息道:"这都快一千年了,老朱你还是一点没变哪!"这一声叹息,里面包含着极其复杂的情感,有惋惜，有感怀，还有些许的愤懑与无可奈何。

说完这些，他缓缓抬起右手，唇边吐出一个字："收。"

听到这个字，紫阳笔连同那尊巨大的青铜笔架立刻开始急速缩小，很快便变得只有巴掌大小，陆游手一招，它就飞到手里。陆游一手托着笔架，一手把紫阳笔取下来抓在手中，端详片刻，便收入袖中——好在彼得和尚穿的是僧袍，倘若换了别人穿着现代装束，恐怕就是无袖可藏了。

当年陆游离开桃花源之后，依照笔冢主人的指示将七侯一一封印安置。最后一站，就是在这南明山内。他用沈括墨、米芾砚和葛洪丹火做成一个阵局，把紫阳笔镇压于此。如今又是他亲手把这个局解开，回首千年往事，别有一番滋味在心头。

收下紫阳笔，陆游方才回过头来，注意到身后这一群千年之后的晚辈。彼得和尚平易近人，慈眉善目，而这位陆游虽然眉眼相同，却有不怒自威的气势，被他这么一扫视，众人都惶惶不敢作声。颜政忽然想到，彼得和尚入火之前，把金丝眼镜扔给了自己，连忙又给这位"彼得和尚"恭恭敬敬递了过去。

陆游接过眼镜，好奇地摆弄了几下，似乎不知道这东西该如何用。颜政大着胆子比画了一下手势，陆游迟疑地把眼镜架到了鼻梁上，看了看四周，显得很满意。他就这么戴着彼得和尚的残破眼镜，环顾人群一圈，忽然展颜笑道："不意还有故人之后在此，真是难得。"

"故人之后……是谁啊？"颜政低着声音问秦宜，后者也是莫名其妙。

罗中夏发现陆游正盯着自己。他心中大疑，故人之后？难道他说的是我？我们家祖上还跟陆游有过瓜葛？

他正自己胡思乱想着，陆游已经走到他跟前："渡笔人，我们又见面了。"罗中夏想不到陆游一眼看破自己的体质，只得讪讪道："正是，让前辈您取笑了。"

陆游温言道："当年你的祖先被我带出笔冢的时候，还只是个小孩子，如今都传了这么多代啦，也是不容易。"

罗家本是小姓，这一支历经战乱，能从南宋绵延至今天，也的确是不容易。

陆游又道："伸出你的手来。"罗中夏只得乖乖伸出手，被陆游握住，心里忐忑不安。他朝着韦势然望去，韦势然却也是一脸茫然，只做了一个安心的手势，这让罗中夏更不放心。

一种奇特的热感从陆游的手传递到罗中夏身上，很快就遍布四肢百骸，罗中夏觉得这种热感似乎长着眼睛，把自己从内到外都看了一个通透。陆游眯起眼睛，嘴里喃喃道："点睛笔，呵呵，原来这笔如今是在你这里，很好，很好……"

他之前虽然施展笔通之能，把诸人之笔摆布出一座笔阵，可他当时转生初醒，神志蒙昧，一切都依本能而行，到如今才算彻底清醒，沉下心来仔细点数一下身边笔灵。

罗中夏挠挠脑袋，心意稍动，陆游"咦"了一声，忽然又笑了："怀素禅心……渡笔人，你很不得了啊！那怀素自闭于绿天庵内，我都不曾亲见，想不到也被你收罗帐下。"

罗中夏见他轻轻一探，就把自己的底细说得清清楚楚，佩服得五体投地。陆游望着眼前这少年，虽然面相有些怠懒，但和桃花源中那小童是一般模样，不禁又是感慨，又是欣慰。他又探了一探，双目突然爆出两道锐利光芒："青莲遗笔？！"

罗中夏挠挠脑袋，这个故事说起来可就话长了。陆游忍不住仰天大笑："想不到千年之后，青莲遗笔又回到渡笔人心中，这可真是天意！天意！你可找到青莲笔了吗？"罗中夏惭愧地摇摇头。

陆游略感失望。笔冢主人曾经交代，青莲笔是天人笔的唯一克星，青莲笔出，方是决战之时，如今只有遗笔，说明时机还未到。

这时候，韦势然上前一步，拱手道："陆前辈，在下韦家的韦势然。"陆游"哦"了一声，又问道："可还有诸葛家的人在？"十九连忙上前致意。陆游眉头一皱："怎么只有你们两个？"两人相顾苦笑，不知该如何解说才好。

其实严格来说，韦势然早已不算是韦家之人，他已经被族内除籍了。加上秦宜、颜政、罗中夏三个外姓，还有已死的柳苑苑、周成两人，真正意义上的笔冢两族后人，在这里的只有十九一个人而已。

陆游端详了一番十九，长长叹息了一声。他面相清秀，偏偏是一副老气横秋的气度："我布下鼎砚之局，本是为诸葛、韦两家后裔准备的。想不到如今有这么多外姓笔冢吏，这近千年来，两家已经衰败到了这种程度啊？"

韦势然正要说些什么，却被陆游一个手势拦住了："此地并非久留之所。既然紫阳笔已为我所收，还是先出去吧。"

他这么一说，大家都露出喜色。他们在这葛洪鼎内连番大战，已经是油尽灯枯，早就想脱离这鬼地方。颜政和罗中夏却突然一起问道："那……彼得和尚怎么样了？死了吗？"

陆游看了他们一眼,赞许道:"义不忘友,危不离弃,你们很好。放心吧,他的魂魄只是暂时被我压制住,不会有事——再怎么说,他是我的转世。"

两个人这才如释重负,颜政忽然悄悄捅了一下罗中夏:"喂,到你表现的时候了。"罗中夏顺着颜政目光,看到小榕躺在地上。他恍然大悟,连忙俯身过去想把她抱起来。弯腰弯到一半,他突然心生警兆,抬头恰好看到十九正盯着他,一下子不知是抱起还是放下。颜政尴尬地笑了笑,装成没事人一样把脸扭过去。

罗中夏尴尬地笑了笑,心里暗骂颜政挑事,两手往回缩了缩。十九冷着脸,猛敲了一记他的脑壳,喝道:"还愣着干吗,你想把她一个人扔在这里?"罗中夏如蒙大赦,立刻把小榕横抱起来,十九冷哼了一声,忍不住讽刺道:"动作还挺快,惦记很久了吧?"

罗中夏不敢接她的话,只得把小榕再抱得离自己身体远一些,以表明只是为了救人,全无私心。小榕的身体散发着阵阵清冷,这说明原本一直被丹火压制的体质又恢复了正常,这让罗中夏稍微放下心来。

至于她到底是什么人,罗中夏此时也顾不得了。

这时候,陆游的声音传了过来:"你们都把笔灵叫出来吧,我要开鼎了。"

众人进鼎的时候就知道这墨海只有靠笔灵才能通过,听到陆游吩咐,纷纷唤出笔灵,把周身笼罩在光圈之内。罗中夏也叫出青莲笔,把自己和小榕包裹其中。不过他注意到,韦势然背着手,并未唤出任何笔灵。陆游也不催他。

韦势然的笔灵到底是什么,为什么不亮出来?

陆游看所有人都准备好了,他仰望穹顶,神色凝重,喃喃道:"一千年了。这一开,恐怕天下就要再度震动,希望你是对的。"

他手指朝天上一举,原本聚在鼎口的沈括墨海开始翻腾起来,盘转了数圈之后,骤然失去了托力,大团大团的墨汁从半空争先恐后地跌落,化作巨大的雨滴铺天盖地倾泻而下。在一瞬间,葛洪鼎底黑水四溅,声势极其惊人。

墨雨越下越大,已经从原本的零星雨滴变成了无数条直线的倾盆大雨。众人都有笔灵保护,没有被这场疯狂的墨水海啸波及,可这种声势还是令他们有些不安。因为短短一分钟内,鼎底的墨水就已经积到了膝盖部分。他们不由得把目光投向陆游。

陆游站在鼎脐之上,保持着仰望的姿势。他没有笔灵,但那些泼下来的墨汁却乖乖绕开他走,仿佛惧怕他身上的强烈气息。这个活过了千年的魂灵,此时的心情却并非是古井无波，反而微微有兴奋之情。

他见墨水在鼎里积得差不多了，双指一并，旋即电光石火般地分开，口中舌绽道："开！"整个葛洪鼎四面沉重厚实的青铜壁分成数百片矩形，像积木一样自行挪动起来，发出嘎啦嘎啦的碰撞声。整个鼎边一下子露出许多缝隙，那些积墨顺着缝隙流了下去，直涌到葛洪鼎的鼎底，又重新汇聚起来。

陆游又把双手虚空一托，道："起！"

整个大鼎先是微微摇摆，然后发出一声闷闷的碰撞声，晃了几晃，居然浮在了墨海之上。墨雨的雨势不减，越积越深，于是水涨鼎高，整个葛洪鼎载着这些人飘飘摇摇朝着洞口升去……

很快众人便从高阳里洞升起来，重新回高阳外洞。此时已是深夜，洞外一片狼藉，木石毁断，看来诸葛一辉和那个叫王尔德的笔冢吏狠狠地打了一架，只是两人都不见踪影，不知胜负如何。

陆游背着手，踱步走到山崖边缘的石阶，俯瞰整座漆黑的括苍山。众人讷讷不敢靠近，只有与他有渊源的罗中夏胆怯地跟在身后，等着吩咐。陆游忽然抬起头来，仰望天空一轮皎洁明月，脸上颇有落寞神色，唇齿微动，慢慢吟出一首苏学士的词来：

"明月几时有？把酒问青天。不知天上宫阙，今夕是何年。我欲乘风归去，又恐琼楼玉宇，高处不胜寒。起舞弄清影，何似在人间。转朱阁，低绮户，照无眠。不应有恨，何事长向别时圆？人有悲欢离合，月有阴晴圆缺，此事古难全。但愿人长久，千里共婵娟。"

吟完之后，他长长叹息了一声，低声道："不知天上宫阙，今夕是何年，是何年哪……"

罗中夏自然知道这首词，也大概能体会到陆游此时的心境。一千年的时光，世易时移，沧海桑田。如今，已经与陆游所在的时代大不相同。即便是陆游这样的天才，碰到这样的事情，也会变得惶惑不安吧——这个世界，对陆游来说，毕竟已不再熟悉。

"想不到这世界已变成这副模样，好在还有这轮明月，还和从前一样……"陆游把目光从月亮移到远处山脚下那一片灯火通明的高楼广厦，如同一片琼楼玉宇，高处只怕更不胜寒。

彼得和尚的记忆，已经和陆游共享。他已经知道，他所热爱的宋朝与他所痛恨的金国早已灰飞烟灭，如今之华夏，已与当日情势截然不同。莫说诸子百家，也莫说诗词歌赋，就连朱熹一心极力维护的儒学，也已经陷入了前所未有的低潮。

"你说，我在这个时代复活，究竟是幸事还是不幸？"陆游喃喃道。他自复活后，就以绝对的强势压制住众人，无比自信；可此时他展露的，却是一位思乡情怯的老人，于陌生的异国惶惑不安地望着家乡的明月，心潮起伏不定。

笔冢主人交托给他的责任太重了，而这个世界又太陌生了。就连陆游，都微微生出疲惫之心。

罗中夏想到鞠式耕曾经对他说的话，于是脱口而出："只要不违本心，便是好自为之。"陆游听到罗中夏的回答，先是摇了摇头，然后点了点头，没有再说什么。罗中夏在心里浮现出一个假设：假如再给他一次机会，陆游还会承担如此沉重的责任，让自己的魂魄穿越千年，来到这个陌生的世界挽救不可知的命运吗？

这个问题他不敢问陆游，可留在心里，很快变成了另外一个问题：我竟是渡笔人的后裔，那么这一切是否注定？如果我那天没有去长椿旧货店，人生会变成什么样呢？大概会是和普通大学生一样，逃课、玩游戏、考试作弊、谈恋爱、被甩，然后稀里糊涂毕业找一份普通工作，终老一生。

那样的人生，和现在比起来，究竟哪一个更好一些，罗中夏还真是说不上来。他这个人懒惰、胆小、怕麻烦，最喜欢安逸，但和所有的男人一样，血液里始终隐藏着渴望冒险的冲动。

他一直希望退笔，回复到正常的人生。可当初在绿天庵内，他自己选择了救人，而不是退笔，把最后回归平淡的机会毁掉。自己对此是否后悔？又是否做得对呢？那时候是为了拯救别人的生命，不得已而做的抉择；假如现在再给他一次机会，不需要考虑任何风险，他是否还会选择把所有的笔灵都退掉？这答案罗中夏自己都不知道。

这一老一小肃立在月色之下，各怀心事，一时谁也没有说话。

直到月亮被一片云彩所掩，陆游才笨拙地抬起右手，把鼻子上的金丝眼镜扶了扶，还差点把眼镜弄掉。他露出一丝难为情，对罗中夏道："我还不大会用这个东西。"

"这个很简单，慢慢习惯就好，唯手熟耳嘛！"罗中夏难得地开了一个很有文化典故的玩笑。

陆游看了看他，嘴角露出一丝笑意："你和那家伙，还真像啊！"

"谁？"

"你的那位渡笔人祖先。"陆游拍了拍他的肩膀,忽然回过头去,"说吧,何事?"

罗中夏回头一看,发现韦势然站在那里。这家伙刚才在洞里,似乎就有话要对陆游说,现在又凑过来了。

韦势然躬身道:"回禀放翁先生,天台白云已在我手。"罗中夏正准备告诉陆游这个消息,没想到韦势然居然先坦白了。不愧是只老狐狸,他大概是算准这消息瞒不住,索性主动说出来,还能卖个好。

果然,陆游眉头一挑:"你居然能破掉辩才的怨气?"他又端详片刻,语气变得不善:"你没把它带在身上,果真是个心思细密之人,如今对老夫说这些,想必是别有意图吧?"韦势然道:"在下本来是打算自己集齐七侯,打开笔冢。如今既然放翁先生转生,在下随时可以双手奉上——只有一个不情之请。"

"讲。"

"万望重开之日,能随侍左右,亲睹盛况。"

这个要求并不过分,可罗中夏觉得,这只老狐狸肯定还有别的企图,只是自己实在看不出来。陆游沉吟片刻,不置可否,反而抬起手掌道:"那个叫函丈的人,你可了解?"

陆游继承了彼得和尚的记忆,今世之事,已有了大略了解。韦势然躬身道:"函丈此人,身份不明,但显然与天人笔有着千丝万缕的关系。"

陆游"嗯"了一声。

韦势然又道:"如今世情已变,儒门亦蛰伏日久。在下疑心这个函丈,已经掌握了天人笔。他欲聚齐七侯,重开笔冢,恐怕是想让天人笔吞噬掉其他笔灵,完成当日未竟之事,儒门必可中兴。"

陆游哂然一笑。渡笔人体内有青莲、点睛,鼎砚阵里封着灵崇、紫阳,再加上天台白云——青莲、紫阳算是遗笔,只能算半支——七侯已得其四,无论如何也要比函丈占据优势。

"那么青莲笔的下落,你可有头绪?"

韦势然道:"在下愚钝,只是在当涂寻获了青莲遗笔,青莲真笔却一无所获。"

陆游看向韦势然,眼神微有赞赏之意。这家伙能凭一己之力获得天台、青莲两支笔灵,无论实力还是心机,都是一等一的高明。他眯起眼睛盘算了一阵,开口道:"既然青莲未出,说明时机未到。而今之计,得先把其他尚存的七侯收入筒中。韦势然，你既然有心要重开笔冢，那就随我去把它们取出来。"

当年七侯封印了五支，都是陆游运用笔阵亲自排定。他若亲至，打开封印可谓轻而易举。韦势然大喜，当即按照古礼拜倒。

陆游微微一笑："你若是跟随我去，须得……"他话音未落，突然伸出一掌，打在韦势然胸口。韦势然猝不及防，倒退了数步，几乎倒在地上。

这一下惊变，让所有人都为之一怔。说得好好的，怎么突然又动手了？陆游上前一步，沉声喝道："你的笔灵呢？"

这一声提醒了周围的人，对啊，韦势然的笔灵呢？刚才在高阳洞里，陆游唤出了所有的笔灵排阵，韦势然的笔灵都没露面，可若说这只老狐狸没有笔灵，那怎么可能？

韦势然身躯微晃，却是苦笑不语。陆游道："你瞒得过别人，却瞒不过我。"他伸手一指依旧昏迷不醒的小榕："你的笔灵，就是这个殉笔童吧？"

罗中夏听见这一句，如遭雷击。在高阳洞里，周成已说了小榕是殉笔童，可罗中夏却一直不愿意去相信。直到陆游也说出这个判断，他才对这个残酷现实避无可避。

罗中夏忍不住上前揪住韦势然的领口，脱口而出："你快说，小榕到底是什么？"韦势然看着他，整个人似乎苍老了几分："放翁先生说得没错，她就是我的笔灵啊！"

"胡说八道！"罗中夏大怒，"小榕是活生生的人，我又不是没见过殉笔童！"

陆游冷笑道："老夫曾经跟殉笔吏打过交道，那都是些疯子，想不到还有余孽流传至今。我看你和紫阳根本就是一伙，想蒙骗老夫，真是自投罗网！"他抬起一掌，正要拍向韦势然天灵盖。一支笔灵却突然挡在前头，迫他停手。

"麟角笔？"陆游一怔，转眼去看旁边的秦宜。

秦宜双手抱臂，一改之前的娇媚，冷笑道："哎哟，放翁先生，你既然有彼得的记忆，就该好好回忆一下。殉笔童乃是夺人心智，为笔灵所用，何曾像小榕这样灵动活泼的？"

陆游斥道："殉人炼笔，本就有违天道，炼得好坏又有什么分别？"他的压力源源不断地传过来，秦宜非但没有撤笔，反而继续说道："殉笔亦分正邪，邪者害人，正者救人，放翁先生可不要太武断啊！"

陆游没想到这个小字辈居然教训自己，眼睛一瞪，正要发作。罗中夏却突然颤声道："你说，这怎么算救人了？"

一提小榕的事，就连怀素禅心都抑制不住他的心。

秦宜看了一眼韦势然，见对方没吭声，便轻叹了一声："此事说来，牵扯可不小呢！我的母亲，其实是殉笔吏一脉的传人，当年她和我父亲韦情刚相好，韦家异常震怒，派了许多人来追杀。我父母被围攻至重伤，结果我父亲与诸多长老同归于尽，只剩下我母亲和一个叫韦势然的长老。"

罗中夏此前听彼得讲过这个故事，当时只知道是一场情场悲剧，没想到里面居然还牵扯到殉笔吏。

秦宜继续道："我母亲当时怀了我，以为这次一定无幸。谁知韦势然却出乎意料地提出一个条件，要我母亲把炼笔的法门交出来，他可以放我们母女一条生路。我母亲别无选择，只得交出来，然后韦势然便离开了。我母亲隐姓埋名，在一个小城市生下我。在我十六岁那年，她因病去世，临终前告诉我这一切。我恨极了韦家，一直想要设法报复，可我去一打听，发现韦势然居然也在那时候叛逃了……"

罗中夏"嘿"了一声。韦家那边的说法是，诸位长老被韦情刚所杀，只有韦势然一人逃回。如今看来，这显然是韦势然为了掩盖殉笔法门而编造的谎言——可见他从那时候，就起了叛心。

这时一个苍老的声音道："还是我接着讲吧。"秦宜一看，韦势然脸上已恢复了几丝血色，便轻轻一点头，后退数步。

韦势然扫了罗中夏一眼："我有个孙女，叫韦小榕，这并非谎言。她胎里带来一种怪病，医生说叫作渐冻症，到十几岁就会变成植物人，无可逆转。我到处寻医问药，都无济于事，便把主意打到了笔灵身上。我主动请缨围攻韦情刚夫妻，其实正是为了她手里的殉笔法门。当时的我想，哪怕把小榕变成一具行尸走肉，只要能活着就好。"

"你都不问问小榕自己的想法，就自作主张？"罗中夏质疑道。

"别跟病人家属谈人权。"韦势然一句话抽回去，又继续道，"当涂一战，我成功拿到了殉笔法门，本来要立刻回去实验，可这时我却被一样东西所吸引。"

"青莲？"陆游沉声道。

"不错，翠螺山下的江中青莲。"韦势然道，"我知道这里是李太白的辞世之地，也曾来此访古采风过。不过那一次，我心怀炼笔法门，感受到的东西却和以往不同。"

陆游问："你看到了什么？"

"醉江映月。"

陆游"哼"了一声，知道韦势然说中了。曾经有一个传说，说李白在当涂江上饮酒，饮到酣畅处，看到江中有月亮倒影，便弃船去捞，不幸溺水而死。这传说自然是假的，不过笔冢主人因此得了灵感，设计了一个实中带幻、幻中藏实的封印，寻常看只是普通江面，只有映出月色之时，青莲遗笔正藏在月色水影之中。若要开启这个封印，非得领悟太白诗中"举杯邀明月，对影成三人"的虚实相变之法不可。

青莲封印是陆游按照笔冢主人的指示，亲手布置，所以一听韦势然说出那四个字，就知道他窥破秘藏关键了。

韦势然道："我得到青莲遗笔，简直欣喜若狂。只可惜无论我如何催动，它都不理不睬。我知道这是缘法未到，没有强求。但从它身上，我却悟出另外一个道理。所谓遗笔，是用前人遗蜕炼成，难道不也是一种殉笔法门吗？邪法殉笔，是把笔炼入人身，我却反其道而行之，把人炼入笔灵之中，反借笔灵滋养本主魂魄。若说邪法是夺宅杀主的话，我这法子，却是合住共生。"

这一番话说完，连陆游都为之动容。这个韦势然多大能耐，居然能从殉笔之道独辟蹊径，另外推演出一个法门。而这个法门，已很接近笔冢主人的正统炼笔之法了。

"若要救我孙女，必须得用一支笔灵，而且那笔灵还得与我心意相通，才能保证炼制过程不出错。唯一的选择，就只有我自己的笔灵——咏絮笔。侥天之幸，这一次我居然成功了，从此小榕和咏絮笔合而为一，她就是笔，笔就是她。若归类为殉笔童，也不为错，但小榕的魂魄却从不曾被夺走。她始终是我孙女。"

秦宜亦补充道："函丈手里，掌握的就是殉笔的邪法，差点把我也给炼成殉笔童，相比之下，韦老爷子这个就好多了。何况这法门和我家也有渊源，我这才过来帮他。"

说到这里，韦势然看向陆游："前因后果，就是如此。至于放翁先生如何处断，我听凭安排。"说完把头垂了下去。

罗中夏听完这些，一时百感交集，不知是该庆幸小榕的经历，还是该同情。仔细回想他们两人相识的种种细节，确实都能从韦势然的话里得到印证。按照罗中夏的理解，和自己打交道的，岂不就是一支化为人形的笔灵？他回过头去，突然发现，小榕已然醒转过来，在十九的搀扶下看着这边，面色苍白，眼神却很平静。

两人四目相对，却没有半点言语。罗中夏猛然想起小榕留给他那四句诗，前面三句都有寓意，唯有最后一句"青莲拥蜕秋蝉轻"殆不可解。现在再看这一句，却如拨云见日。韦势然自己推演出的这个法门，不正是受了青莲的灵感，让小榕如秋蝉蜕壳吗？

原来她早就暗示我了，只恨我愚钝无知，竟不能体察她的心意。若是早点明白，也不至于闹出这么大误会。他想走过去抱抱小榕,却又看到十九那复杂的眼神,脚步一顿。

罗中夏正不知如何是好,这时陆游朗声道:"小榕,你过来。"

十九搀着小榕从罗中夏身边走过,来到陆游身前。陆游伸手摸着她的额头,深入一探,便知道韦势然所言不虚。他啧啧称赞,在这个时代还能有这等天才,着实令人惊叹。

陆游收回手来:"咏絮笔是冰雪体质,太靠近葛洪丹火,受损不小,十年之内,不可摧动能力,否则会有性命之虞。"他言下之意,把小榕当成了活人对待,自然也就不追究殉笔童的事了。

陆游转过身来,面色严肃地对秦宜道:"你适才说,函丈现在掌握了殉笔法门,还把一批笔灵都炼成了殉笔童?"

"不错。"

"那么你们可曾见过?"

众人面面相觑。这一路打过来,函丈组织的人见了不少,可都是活生生被收买的笔冢吏,殉笔童却没见过几次。

陆游眉头紧皱:"我有一个预感,儒门如此行事,只怕是在蓄积一个大阴谋。决战迫在眉睫,我等须得早做筹谋——十九。"

"在。"十九没想到陆游忽然叫到自己名字。

"你回诸葛家,让家主来见我。"陆游说。这也是题中应有之义,既然要与函丈及其组织决战,那么追随笔冢主人的诸葛、韦两家必不可少。不过奇怪的是,陆游却没提韦家的事。

他又对一人道:"韦势然。"

"在。"

"时间紧迫,如今七侯尚有两支在封印中,你随我去取其中一支。"陆游吩咐道。这既是信任,也是提防,韦势然知道陆游疑心未去,所以要把自己带在身边。他也不辩驳,只是拱手称是。

陆游又看向罗中夏:"渡笔人,另外一支,则要靠你去取了。"

"啊?"罗中夏一怔,"去哪里?"

"韦庄。"

"韦庄？"这一下子，别说罗中夏，就连韦势然都面露惊骇。这玩笑可开大了，韦庄找了那么多年，竟然不知道七侯之一藏在自己庄里？

"嘿嘿，笔冢主人的规划，岂是寻常人所能揣度。"陆游看起来不想多做解释，"总之我会告诉你们取笔的窍门，你们取了笔来，尽快与我会合。"

"那……韦家的族长，还需要让他过来拜会您吗？"罗中夏怯怯一问。既然陆游让十九去通知诸葛家，那么论理也该通知韦家才对。不过罗中夏算是韦定邦去世的嫌疑人之一，这次去韦庄，实在有点尴尬。

陆游淡淡道："若我这一具肉身的记忆无差，韦家如今的族长韦定邦，之前曾在你的面前离奇死亡，秋风笔也消失不见？"

罗中夏点头称是。

陆游叹了口气："既然如此，只怕韦家如今已无暇顾及这些了。"

第二十六章 ○ 栗深林兮惊层巅

众人在括苍山上计议既定，韦势然跟随陆游前去另外一处收笔；十九赶回诸葛家；而罗中夏、颜政和秦宜三人则再次赶赴韦庄。

说来可笑，这三个人里，秦宜是窃笔贼，罗中夏是杀人犯，都是韦家欲除之而后快的人。这么一个阵容回到韦庄，实在不知对方会是什么反应。

其实罗中夏挺想和小榕多说几句，可陆游说小榕这种体质很特别，出发前也把她带上了，两人基本连单独说话的机会都没有。颜政倒是挺高兴，可以和仰慕已久的秦宜并肩同行，可惜此时秦宜对颜政却不怎么感冒，反而没事来撩拨罗中夏。

罗中夏对秦宜的撩拨，浑然未觉。这一路上，他一直沉浸在深深的矛盾中。十九离开括苍山之前，把罗中夏叫去，很直接地问了一个问题："咱俩到底算什么？小榕又算什么？"罗中夏张张嘴，实在不知该如何回答。因为他自己也不知道对小榕是什么心意，对十九又是什么心意，懵懵懂懂。十九一反常态，没有逼他表态，只是淡淡表示把函丈组织解决后，再来听他的答案，然后转身离去。

越是如此，罗中夏感觉越是难受，可他实在没什么解决方案。这一路上，他就在这种郁闷中度过，怀素禅心能帮他战斗，可对男女之事也帮不上什么忙。

这三人就这么各怀心事地来到了韦庄。

眼前的韦庄外庄还是老样子，屋舍相连，竹林掩映，一条蜿蜒小路从村中伸出来，两侧绿树成林，说不出地幽雅静谧，连空气都为之一澄。

三人也没叫车，就这么沿着小路，信步走入外庄。

"奇怪，怎么气氛这么怪异。"罗中夏忽然耸动一下鼻子，他发觉，这外庄实在是太安静了。就算是一个不问世事的小村子，这人……也未免太少了些，他们已经进入了外庄，可一个人都没看到。街道上冷冷清清的，沿街各家关门闭户，连狗叫都听不到一声，和上次迥异。

"你不是说，韦定国打算把韦庄改装成一个旅游景点吗？"颜政问道，他也开始觉得不大对头。

眼下这外庄，简直就像是无人区一样，仿佛所有人在一瞬间就彻底消失了。空气还是一样的清新，只是多了几丝异样的诡秘味道。谁家的风景区会是这个模样？

罗中夏对这种气氛有些发怵，便开口道："那我们赶紧去内庄吧，他们可能都聚集去了那里。"他感觉此时外庄的气氛，很像他玩过的一款游戏《寂静岭》——那可不是什么让人身心愉快的游戏。

秦宜社会经验最为丰富。她眼波一转，快步走到街旁一处房屋，敲了敲门，看没人应声，她就掏出一根别针，三捅两捅就弄开了。颜政冲她一跷拇指，两个人很有默契地进了屋子。

这是一间小卖店，里面堆着许多日用品，柜台下还有几个未开封的纸箱子，几乎没个落脚的地方。两个人前屋后屋转了几圈，一个鬼影子都没有。最后还是颜政眼尖，在柜台旁的窗台上发现了一张纸。

这张纸看起来像是政府公文，还盖着韦庄村委会的大红章。公文里说因为最近有投资商要来考察，韦庄要全面改造，要求所有居民暂时离开一周，在这一周，他们在外地的住宿餐饮和经济损失都由村委会补偿云云。条件十分优厚，口气却十分强硬，一点余地都没留。

"看起来……是韦家的人强行让外姓人离开庄子？"秦宜捏着公文，"怎么搞得像是如临大敌一般？"

这大敌，不是函丈还能是谁？

"事不宜迟，咱们赶快去内庄吧。"罗中夏道，抬腿就想走，可秦宜却把他给拦住了，"慢！"罗中夏一愣："怎么？"

秦宜一屁股坐在旁边石阶上，慢条斯理道："如今内庄形势不明，敌我难辨，我们就这么贸然一头闯进去，可是很危险的。怎么进去，咱们可得仔细琢磨一下。"

罗中夏道："韦家有那么多笔冢吏，怕什么？"

秦宜冷冷道："谁说韦家那些人，就不是敌人了？"她这一句话把罗中夏堵了回去。他们两个身份特殊，如今在这个敏感时期，很容易被韦家人当成敌人。

罗中夏道:"那依着你的意思呢?"秦宜撩了撩头发,轻松自如地答道:"等晚上吧,我知道一条可以潜入内庄的小路,咱们先潜进去看看情况,再做定夺。"颜政好奇道:"这就是你盗笔用的那条通道吧?"秦宜展颜一笑:"小家伙,你不知道的事,还多着呢。"

于是他们三个人在外庄忐忑不安地待到了天黑,随便吃了一点东西,然后在秦宜的带领下钻进外庄内部,在复杂如迷宫的巷道里七绕八绕,最后也不知怎么就一头扎进一片密林之中。这林中的树木极粗极密,密密麻麻,几乎没有插脚的地方。后面两个人都必须紧紧跟随秦宜的脚步,才不至于掉队。

"我说,这么走真的能进内庄吗?这路也太难走了。"罗中夏一边喘息一边抱怨道,努力把树枝从脑门前拨开。这里又黑又陡峭,还有层出不穷的树干、树根,稍不留神就会被绊倒。

秦宜在前面头也不回:"好走,那还能叫密道吗?"韦庄的内庄和外庄之间,不是简单地用道路相连。韦家祖先为了保证不会有外人误打误撞闯进来,在两庄之间设下了一个遮掩阵法,把整个内庄包裹起来。没有得到许可的人,就只能在外围打转而浑然不觉,甚至还让这一带流传起鬼打墙的传说。

秦宜如此轻车熟路,说不定是得自她父亲韦情刚的真传,而韦情刚又是彼得和尚的兄长……总之这些人的关系实在复杂。

罗中夏正垂头沉思,忽然前面秦宜喊道:"好啦,我们到了。"其他二人抬头一看,前面是一座废弃的小山神龛,这神龛不知是哪年修建的,衰朽得不成样子,里面的石像满是污泥,不仔细看,根本看不出来人形。

秦宜祭出麟角笔,朝着神龛上面一点,神龛立刻隆隆地挪开,背后露出一个洞口,洞口极圆极黑,边缘还在不断蒸腾变化,很像日食时候的太阳。三人一看便知,这不是真实存在的洞口,而是用笔灵生生开拓出来的一个灵洞,至于这灵洞通往哪里,就不知道了。

罗中夏忍不住问道:"这是你弄的?"秦宜摇摇头:"这东西存在已经有几百年了吧,要不是别人告诉我,我才不知道有这么一条小路。当初我在韦家偷出笔灵,就是顺这条路出去的。"

秦宜说完一猫腰,利索地钻进洞里,其他二人紧随其后。

这个洞并不长,他们只略爬了几步,就看到了出口。毕竟这是一个灵洞,物理距离对它来说没有意义。罗中夏爬出洞去，刚打算抬起头来观察四周，却被秦宜猛地按住脑袋："小心！"

秦宜压低声音，用手势示意他爬出来以后也不要直起身子，罗中夏依言而行，心中不免有些打鼓，心想莫非韦家的人就在附近吗？

灵洞的这一侧出口是在一片山壁的岩缝之中。岩缝不大，距离地面有数米之高，恰好被地上数簇竹子的茂密竹冠遮挡住，极为隐蔽。不刻意去寻找的话，是不可能被注意到的。

很快颜政也钻了出来，他们三个安静地趴在岩缝里，屏息静气，透过茂密竹叶之间的缝隙朝远处看去。远处可以看到一座雅致的青色小竹桥，小桥从容不迫地跨越过一个月牙形的纯净湖泊，在桥的尽头是一片古朴的村庄，那里就是韦家的核心——韦庄内庄了。

不过此时的内庄，比平时更加神秘。以湖泊为界限，一道淡紫色的屏障把内庄和内庄外面隔成了两个世界。这道屏障接天连地，如同一个巨大的肥皂泡，表层不停地涌动、涨缩，似乎随时都可能破掉似的，却始终保持着足够的表面张力。如果仔细观察的话，能够看到肥皂泡表层每一次掀起的涟漪，都狭长得像是一支毛笔，整个内庄就像是被无数游走的毛笔构成的屏障所包裹。

"卫夫人《笔阵图》？！"

极度的惊愕，让秦宜的声音听起来十分尖锐古怪。

卫夫人是南北朝人，名叫卫铄。她融钟繇、卫瓘两大流派于一身，自创新局，就连一代书圣王羲之，都拜在她门下为弟子，其书法功力可见一斑。卫夫人曾写过一篇《笔阵图》，传为一时绝学。《笔阵图》以笔为阵，以战喻书，杀伐之气浓郁激烈。

王羲之曾经借老师《笔阵图》看过一遍，惊得汗水涔涔，连连叹息说没想到书法之中，也有兵戎杀伐之意，遂题在《笔阵图》后："夫纸者阵也，笔者刀稍也，墨者鍪甲也，水砚者城池也，心意者将军也，本领者副将也，结构者谋略也，扬笔者吉凶也，出入者号令也，屈折者杀戮也。"笔阵真意，一尽于斯。

原本笔冢主人也想把卫夫人炼成笔灵，但看她《笔阵图》如此精妙，便换了心思，让她的魂魄寄寓在自己的《笔阵图》中，流传至今——笔阵在陆游手中，始有大成，但若论最早的源流，还要从卫夫人这里算起。

秦宜曾经探听过一二。这一幅卫夫人《笔阵图》真迹，自从韦家定居于此，就一直被秘藏在内庄之中，被韦氏一族视若镇庄之宝。《笔阵图》从不轻出，除非韦庄遭遇极大的劫难，避无可避，族里才会祭出它来。《笔阵图》一出，便会自行将所有笔灵融入阵中，无须笔通主持，便可布下一个绝大的笔阵。

韦家藏笔洞中，笔灵少说也有二十余支，加上族里笔冢吏的笔灵，足有天罡之数，此时尽皆吸入卫夫人笔阵，其威力可想而知。

而逼迫韦庄祭出这压箱底绝招的敌人，实力得有多可怕？

三个人都看到，在卫夫人笔阵的外围，内庄对岸，站着一大群黑衣人。他们个个身穿黑色西装，戴着墨镜，面无表情地用同一个姿势仰望笔阵。

第二十七章

○

如此风波不可行

那些黑衣人人多势众，少说也有百余人。他们三五成群，不动声色地聚集在河对岸，隔着小竹桥与内庄遥遥对峙。

这些人都是两手空空，看起来并没有携带什么武器，只有其中几个像是小头目的人，手里攥着个手机。

卫夫人《笔阵图》张开的气泡不断翕张，看起来随时有可能破掉。大概也是忌惮这个笔阵的威力，这些人只是在河边伫立，却不敢踏上竹桥半步，更不要说去试图戳破这个泡泡。这一百多人纹丝不动地站在原地，说不出地诡异。

颜政看了一会儿，低声对其他两人说道："这些人，好像一个笔冢吏都没有。"其他二人潜心观察了一阵，确实感受不到笔灵的存在。可是这一百多个普通人，凭什么能把内庄逼得祭出《笔阵图》，龟缩不出？

就算是函丈的人，也不至于强悍到这地步吧？

罗中夏身具怀素禅心，自己的心意可以做到古井无波，也可以探测到别人情绪有什么微妙变化。可他把感知的触角伸到那些人身上的时候，却像是摸到了一块冰冷的石头，无知无觉，又冷又硬。罗中夏心里很不解，面对着卫夫人《笔阵图》这种百年难遇的奇景，你们好歹也该畏惧一下吧？就算是不畏惧，好歹也要惊讶一下吧？就算是不惊讶，好歹也要着急一下吧？就算是不着急，好歹也应该兴奋一下……

但这些人什么表示都没有，如果单纯以脑波和情绪来判断，他们与深度昏迷的植物人没有任何区别。韦庄被一百多个植物人逼得使出了镇庄之宝，这事怎么想都觉得滑稽。

"难道说，他们在等待着什么……"罗中夏隐隐觉得有些不安。秦宜冷笑道："等？他们把《笔阵图》想得也太简单了。"

就像是为了证明秦宜的话一样，内庄上空的《笔阵图》开始了奇异的变化，那个大泡泡开始自己撕扯起来，形状逐渐发生了变化，整个内庄的空气都随之躁动不已。那些黑衣人感受到了压力，把头仰得更高，却没有一个人退缩。

很快《笔阵图》的状态重新稳定下来，这一次它的形状变得欲直不直、弯环势曲，俨然像是书法中"努"的笔势。

"看来韦家人是打算转守为攻了啊！"秦宜拨开竹叶，目不转睛。

卫夫人《笔阵图》按照笔势特点，分成数种形式："横"如千里之阵云、"点"似高山之坠石、"撇"如陆断犀象之角、"竖"如万岁枯藤、"捺"如崩浪奔雷、"努"如百钧弩发、"钩"如劲弩筋节。形式之间，威力大不相同，乃是一套攻守兼备的阵法，绝非寻常人想象只能龟缩防守。

而这一个努之笔势，就是攻击形式中十分强烈的一种。它欲挽不发，将笔阵内笔灵的力量蓄积在这"不发"之中，当这挽到了极限的时候……

就是百钧弩发！

在一瞬间，所有人都丧失了视力，觉得整个视网膜都被白光充满。一股极其巨大的灵压呼啸而过，像高速驶过身边的蒸汽机车，让人呼吸一室，感觉整个身体都几乎被吸入车轮底下。

等到数十秒钟之后，三人才从这种恍惚中勉强调整过来，心脏跳得怦怦作响，耳鸣兀自不已。颜政最先恢复过来，他睁眼朝外面一看，不禁骇然道："这……实在是……太牛了。"

内庄外侧的大地上，生生被犁出了一道极宽极深的沟壑，沟形笔直，边缘无比齐整，远处的一个小山坡竟被彻底铲平，变成一个古怪的大坑——就像是什么人在一片绿地上写下了浓浓的一笔撇，然后在这山坡上顿了顿，努了回来——至于刚才站在这片区域的黑衣人们，恐怕已经被这股巨大的力量彻底湮灭。

卫夫人《笔阵图》的威力，竟至于斯！

"这是《笔阵图》还是宇宙战舰大和号啊……"罗中夏咋舌不已，他虽然见识过陆游笔阵的威力，但那个笔阵跟这个相比，简直就是手枪与导弹的差别。

那些黑衣人遭受了这一次严重打击后，并没有表现出任何震惊与惶恐，仍旧站立在原地，如同守陵的翁仲石像。这倒是大出罗中夏、颜政和秦宜的意料。

"该说他们是单纯地悍不畏死呢，还是反应迟钝，"颜政摸摸下巴，语带调侃。

他正在沉思，远处《笔阵图》忽然又起了变化，整个泡泡朝着两侧拉长，边缘也变得扁平起来，慢慢化成了一柄横跨整个内庄的长刀形状，起笔处浑圆，落撇处却锋锐无比。

"撇之笔势！"

就算罗中夏再不懂书法，也从这滔天的气势和形状中辨认了出来。

按照《笔阵图》的说法，撇之笔势是陆断犀象之角。在书法中，横撇的笔势锋锐最盛，一撇既出，横扫六合八荒。看眼前这横刀的架势，看来内庄的人不打算跟这些家伙拖延时间，打算毕其功于一役，一扫而净。

这时候，秦宜却皱起了眉头，她拽了拽颜政的衣角："我觉得这事情有古怪。"颜政正看到兴头上，随口回了一句："什么古怪啊？"秦宜道："那些黑衣人嘴里，似乎都开始念诵着什么，可惜太远了我听不到。"颜政呵呵一笑："大概是知道大难临头，在念经为自己超度吧！"

秦宜见他一脸轻松，知道这家伙根本没放在心上，瞪了他一眼。

这时，那《笔阵图》化成的巨大锋刃开始动了，接天连地，横扫而来，巨大的灵压掀起滔天的泥沙，如惊涛骇浪，整个内庄地面都因此而剧烈震动。刚才的"努笔势"是点攻击，如今这"撇笔势"却是面攻击，一扫就是一大片，在这种攻击之下，任何人都断无生还之理。

这一次，三人学乖了，连忙把眼睛闭上，免得被《笔阵图》的光芒晃花了眼睛。只听到耳边轰隆声源源不断，还伴随着尖厉的摩擦声，十分刺耳。地震的波动十分强烈，连他们藏身的岩缝都剧颤不已。

很快他们就觉出不对劲来了。撇笔势的攻势，应该是瞬息之间的事情，不会拖得这么久。他们先后睁开眼睛，再朝外面望去，不禁大吃一惊。

志在必得的撇笔势，居然被挡住了。

挡住撇笔势的，是几十道气柱。这些气柱个个都有大殿廊柱一般粗细，柱身中的滚滚气息凝而不散，浓郁处还泛着暗蓝色的光芒。这些气柱纵横交错，顶天立地，构成了一片柱林。这构成柱子的气息颇为古怪，说烟雾不是烟雾，说光芒却又不是光芒，形散而神不散，撇笔势切在上面，一时间竟无法寸进。

刚才那巨大的轰鸣和摩擦声，就是《笔阵图》与这几十根柱子较劲所发出的声音。

更令他们惊讶的是，每一道气柱的源头，都是一个黑衣人。那些黑衣人盘膝而坐，浑身都散发出那种暗蓝色气息，这些气息朝黑衣人的头顶天空涌去，不断补充进气柱，让它愈加粗大。远远望去，就好像柱子底下压着一个人一样。

罗中夏拥有禅心，勉强能压下惊讶，他扫视一圈，发现并非所有的黑衣人都化身成了气柱，只是大部分人。还有一小部分黑衣人站在原地，一动不动，对周围的异象熟视无睹。

此时天空中的交锋已趋白热化。《笔阵图》的撇笔势锋锐虽盛，后劲却不足，碰到这种盘根错节的柱林，一时间也没什么办法，于是它又开始变化。

狭长的横刀开始收缩，刀刃的边缘不断起伏，刀身越缩越小，最后汇聚成了一个圆。严格来说，这不算是一个圆，而是一个点。点中顿落，清晰可见。

将笔阵中的笔灵凝结在了一个点中，威力该有多大？

点如高山坠石！

变成了点笔势的《笔阵图》，在半空盘旋半圈，骤然下坠，真的像是自高山坠落的岩石，挟风掣雷砸向其中一根柱子。那气柱纵然有其他柱子支撑，也难以抵抗这种"只攻一点，不及其余"的攻势。只听得一声哀鸣，柱子底下的黑衣人晃了晃身形，扑倒在地。他一倒地，气息顿无，无从维持的气柱登时溃散，化成一片烟雾飘散，很快消逝在空气中。

"我就说嘛，就算他们有点门道，也是班门弄斧。"颜政兴高采烈地说。他话没说完，就看一个原本没参与的黑衣人盘腿坐下，一道气息从他身体里冲天而出，凝结成一道新的气柱。

原来他们来了这么多人，是算好了备用的。

可即使如此，又能改变什么呢？点笔势继续横冲直撞，所到之处，气柱无不溃散。短短一分钟内，已经有四根气柱被撞断，尽管立刻就有新的黑衣人补上去，可这么消耗下去的话，很快黑衣人就没有多余的人手了。

秦宜心细，其他人在看着《笔阵图》与柱林大战的时候，她却在心里暗暗点数。很快她就发现，整个柱林一共有七十二根气柱，每断一根，就会立刻补齐，始终保持有七十二根柱子存在。

这七十二，究竟有什么讲究呢……秦宜陷入沉思，七十二般变化？七十二地煞？

她忽然想到对方身份，立刻联想到一种可能，一种最可怕的可能，脸色骤然变得煞白。颜政看到她的异常，握住她的手道："你担心什么，韦庄现在正处于优势地位啊！"

秦宜顾不上理他，一把抓住罗中夏，大声道："快，我们快下去，快去韦庄，告诉他们把《笔阵图》收起来！"

"怎么了？"罗中夏有些迷糊。

"这里有七十二根气柱，你还不明白吗？"秦宜瞪着这两个不学无术的呆子，见他们还是茫然未解，一咬牙，翻身跳下岩缝，朝着内庄方向跑去。

颜政和罗中夏面面相觑，不知就里，但他们不会放任自己同伴孤身冒险，也跟着跳下岩缝。三个人各运神通，朝着内庄疾奔而去。就在他们的头顶，点笔势和柱林正战至酣处，双方一个是船坚炮利，一个是人多势众，互不相让。

黑衣人对他们的出现没任何反应，罗中夏他们正好捡了便宜，埋头狂奔。就在他们快接近小竹桥的时候，天空中突然传来一阵沉闷的滚雷声，一股巨大的灵气从天而降。

这股灵气的压力实在太大了，罗中夏、颜政和秦宜一瞬间心中笔灵剧颤，登时力不从心，纷纷栽倒在地。

与他们相反的是，那七十二根气柱却仿佛像是打了兴奋剂，士气大振，朝着《笔阵图》席卷而去。化作点笔势的《笔阵图》忽然发现，自己再不能像刚才一样横冲直撞，这些气柱的灵活性和坚韧程度都上了一个境界，有好几次都差点把《笔阵图》死死缠住。

而天空中那股灵气，越发强烈，虽还看不清形体，但那通天气魄已经把整个内庄完全笼罩起来。

"这……这到底是怎么回事……"罗中夏喘着粗气问道。

秦宜仰起头来，恨恨道："这些气柱，乃是浩然正气所化，形如束脩。七十二根束脩，正是代表着七十二位贤人哪。"

七十二位贤人？

孔子门徒三千，一共出了七十二位贤人。

敌人，果然是儒门。

儒门在中华大地，曾经风光无限，可惜在这个时代，却早已式微。那一群黑衣人又是西装革履、墨镜分头，哪里有半分儒生的模样，因此罗中夏根本就没有做过多联想，直到此时，他才猛然醒悟过来。

七十二根气柱，又是浩然正气所化，显然就是那七十二贤人的化身了。

这是当年儒门最为著名的大阵，须得聚齐七十二位博学鸿儒，每人化为一名贤人，七十二人一起发力，气柱林立，所以这个阵，就叫作儒林桃李阵。董仲舒当年靠着这个凌厉大阵，在追杀诸子百家之时大占优势，甚至笔冢主人都一度为其所困。

可从场面上看，这两个大阵斗得旗鼓相当，《笔阵图》还占着优势。儒门的后手，仅仅只是如此吗？

天空中忽然光芒大盛，就如同暗夜里放起了一束巨大的烟花一样。

罗中夏抬起头来，看到空中赫然出现了一支笔灵。这笔灵居高临下，周身洋溢着浩然正气，比那些黑衣人的浩然正气不知精纯了多少倍，雾霭云团的边缘泛出金黄色的光芒。它的笔管之上竖铭一列字迹，上书："道源出于天，天不变，道亦不变。"

"天人笔？！"

那支罢黜百家的天人笔，那支毁弃笔冢的天人笔，那支使儒门道统两度中兴、制霸中华传承两千年的天人笔。

居然再次现身了。

陆游曾经推测过，函丈之所以如此强大，很有可能是掌握着天人笔。如今天人笔现，岂不是证明函丈就在左近？看来函丈组织果然也觉察到隐藏在韦庄的七侯笔灵，所以才会倾力来攻啊！

三个人都觉得浑身一沉。天人笔天生喜欢吞噬其他笔灵，乃是天敌，它一出现，所有笔灵都会被压制。

操控《笔阵图》的人也已经觉出有些不妥，立刻改换成竖笔势。竖如万岁古藤，不蔓不枝，垂立于天地之间。如果说横撇攻击力最强悍的话，那么这竖笔势就是最强的守御状态。任凭颠山倒海，只要它屹立于天地间，就稳守不败之地。

可惜的是，眼前的对手，是天地都可以翻覆的。

天人笔的出现，令儒林桃李阵的亢奋达到了一个巅峰。七十二根气柱如同疯狂的触手一般涌向《笔阵图》，它们纷纷攀上化为竖笔势的《笔阵图》，紧紧盘住，就像是给一条金龙缚上重重的锁链。

《笔阵图》此时已经动弹不得，但它看起来并不急躁。你可以困住我，但是你却也奈何不了我。竖笔势的守御，不是那么轻易能破开的。

这些气柱确实奈何不了《笔阵图》，但是自然有人能对付得了。

天人笔此时缓缓从天而降，它的每一根笔须都优雅地翻卷着，泛着金黄色的光芒。忽然，那些笔须猛然伸长，瞬间突破了无形的距离，直直插入了《笔阵图》的核心之中。

《笔阵图》在被插入的一瞬间变得僵硬，下一秒钟，整个《笔阵图》炸毛了。因为操纵它的人清晰地感应到，这个天人笔，居然在从《笔阵图》中吸食笔灵！

此时韦庄内庄那些人的心情，就像是当年他们的祖先韦时晴碰到白虎时一样：见惯了笔灵互斗，却还没见过可以吞噬笔灵的。这该是件多么可怕的事情！

为了支撑这个《笔阵图》，韦家集合了一族之精华，将几十支笔灵布入阵图中，才能有如此之大的威力。可谁能想到，这些笔灵，竟成了天人笔的盘中珍馐；堂堂卫夫人的《笔阵图》，变成了盛满金玉良食的餐桌。

纵然他们不知道天人笔的来历，看到此情此景，也必然骇然到了极致。

《笔阵图》突然发了疯一样，变成崩浪奔雷捺笔势，接着变成百钧弩发的努笔势，又变成劲弩筋节的钩笔势，在几秒内变了数种形式。可惜它的挣扎却徒劳无功，七十二根气柱牢牢地把这《笔阵图》给锁住，而天人笔好整以暇地慢慢吸吮着《笔阵图》中的笔灵，从容得像是一只大蜘蛛。

核心受制，整个韦庄的保护也随之减弱。

一直到此时，罗中夏才明白当初韦定邦为何而死。

若是韦定邦还活着的话，有他的秋风笔坐镇核心，天人笔还未必会如此轻易地攻进来。函丈早早出手，提前刺杀了韦定邦，吸走秋风笔，就是为了让大阵平白削去数成威力。

所以陆游一听韦定邦遇害，就立刻判断出函丈对韦家将有大动作。

看到眼前的屏障越发稀薄，知道《笔阵图》的力量已经开始衰减，罗中夏知道此时再不进去，只怕没有机会了。他对秦宜和颜政喊道："天人笔的压制，压不住青莲遗笔。你们两个在外头策应，我进去看情况收笔。"

说完他也不等两人回答，便毫不犹豫地冲了过去。他的身体与屏障甫一相触，温度急速上升，衣服发出一阵焦煳味道，开始卷曲燃烧起来。可毕竟这屏障的力量已经不足，还未等这股灼热传递到肌肤，他已经闪身冲破了屏障，置身内庄之中。

敌人做的什么打算，他已经完全明白了。

他们的真正目的，不是韦庄，而是卫夫人《笔阵图》——更准确地说，也不是《笔阵图》，而是阵中笔灵！

韦庄的笔灵，要么是由笔冢吏持有，要么存放在藏笔洞里，十分分散。即使天人笔亲自出手，也不能保证能把笔灵一支不漏地收回来，一个不慎，被对方搞得全盘翻转也是可能的。韦家流传千年，谁知道除了卫夫人《笔阵图》还藏着什么东西？

所以为了确保把韦家收藏的笔灵一网打尽，就必须施加足够大的压力，逼迫韦家用出《笔阵图》。《笔阵图》必须要有笔灵才能驱动，韦家为了御敌，势必要把大部分笔灵放入阵中，聚集在一处——这便正中了天人笔的下怀。

黑衣人以及他们的儒林桃李阵，都是为了这个目的才围而不攻。韦家拼尽全力发动卫夫人《笔阵图》，以为这是最后的撒手锏，殊不知那才合了对手的心意。

罗中夏想到这里，心中一阵发凉。函丈这次真是志在必得啊！既要吞噬韦家的全部笔灵，也要顺便收走隐藏其中的七侯笔。

他忽然觉得头顶有异，不由得抬头望去。结果他发现原本紧缚住《笔阵图》的七十二根气柱，此时却少了数根，而且数量还在持续减少。罗中夏猛然意识到，这是颜政和秦宜干的好事，在为他争取时间。

罗中夏顾不得多发感慨，立刻发足狂奔。

韦家的覆亡，已不可逆转，只能尽快去把七侯笔灵收走，避免落入函丈之手。

这是他们唯一的机会了。

罗中夏还依稀记得韦庄的路，一口气跑到正对着竹桥的韦氏祠堂前，立刻有两个年轻人跳出来拦住他。罗中夏没时间跟他们解释，唤出青莲笔干倒那两个护卫，趁机冲破封锁。

此时内庄里大部分笔冢吏都去支援《笔阵图》了，没人能拦得住罗中夏。他依仗着对地形熟悉，七转八拐，很快便穿过内庄迷宫一样的巷道，跑到了藏笔洞前。

果然不出所料，藏笔洞前此时有几十人，他们全都坐在地上，聚成数个同心圆圈。最中间的圆圈是几位须发皆白的老长老，他们一起托着一个古老的卷轴，举轻若重。在他们的外围，是三圈青壮年，这些人各自头上悬浮着一支笔灵，笔尖全都冲着圆心位置，与卷轴有着若有若无的连接。

这个应该就是卫夫人《笔阵图》的操控中枢了。从人员构成来看，韦家确实拼尽了全力，这个阵势里的是韦家几乎全部的笔冢吏。

此时所有人都面色凝重，目不瞬离。阵中有几个人已经瘫倒在地，想必是自己的笔灵已被吸食一空，心力交瘁的缘故。但没有一个人敢擅自离开，大家都清楚这一战关系到韦家的生死存亡。托着卷轴的一位长老不时喝道："点笔势！快，再换横笔势！"另外几位长老则用手指在虚空中急速比画。

显然，他们还没有死心，还指望着能靠《笔阵图》本身的力量打破束缚。

在更外围，则是一大群韦家无笔的成员，有老有少。他们此时什么都做不了，只能忧虑地看着自己的家人在阵中奋战，默默祈祷家族能撑过这一次大劫。

"快把笔阵撤掉！"

罗中夏突然从暗处跳出来，高声喊道。

阵中之人恍若未闻，倒是一干无笔的韦家成员把注意力转过来。场面先是沉默了几秒，然后立刻就有人认出他来："是罗中夏，那个杀死老族长的凶手！"

当时彼得和尚和他仓皇出逃，韦庄上下都把这两个人的样貌记了个十足。此时见他突然出现在这里，都以为这个奸贼是为敌人做前驱，前来捣乱。立刻就有十几名年轻人气势汹汹地朝罗中夏逼来，他们看着前辈们拼尽全力支撑大阵，自己没有笔灵，帮不上忙，早憋了一肚子气，此时正好发泄出来。

罗中夏哪里有时间跟他们计较，他一面躲闪，一面大叫道："韦定国，韦定国呢？"

彼得和尚曾经叮嘱过他，如果说韦庄里只有一个人能听他说话的话，那就是韦定国了。他与俗世纠缠最深，执念也最少，行事脚踏实地。

韦定国没有笔灵，《笔阵图》的事他帮不上什么忙，但他是现场不可或缺的灵魂。谁来负责支持《笔阵图》，谁来负责护法，谁来负责疏散韦家子弟，谁来唤醒藏笔洞中的诸多笔灵，都需要他来统筹安排。此时他正忙着组织家中的老幼撤退到藏笔洞里去，忽然听到有人喊他的名字，韦定国从人群中站出来，不禁一愣："罗中夏，你来这里做什么？"

罗中夏见韦定国出现，心中大喜，几个箭步冲到他跟前，急促道："你们得立刻把笔阵撤下来！"

"为什么？"韦定国皱起眉头，同时挥手让那几个要冲过来的年轻护法停一下。

罗中夏一指外面："那支吸收笔灵的，是儒家的天人笔，不是我们所能抵挡的！如果现在不撤，韦家笔灵就会全军覆没！"

韦定国听到"天人笔"的名字，面色一滞。不过既然儒林桃李阵都出现了，那么同属儒家一系的天人笔的出世，也并不是很让人意外。

"可你也看到了，现在这情况，那儒林桃李阵把《笔阵图》锁住了，一时半会儿根本动弹不得。长老们也没什么好法子。"

罗中夏道："我的朋友们，正在外面拼命削弱阵法，他们应该能争取到一段短暂时间。"韦定国又道："把《笔阵图》撤回来的话，韦庄的屏障可就会全部消失了啊……"

"撤回来，靠剩余的笔灵，还有一拼之力；如果不撤，就等于被彻底缴械，连反抗都没有机会。"

韦定国看了看周围充满怀疑与愤慨的族人，对罗中夏缓缓开口道："我相信你不是为了救我们才来的吧？"

罗中夏毫不犹豫地说道："是的，我是来取管城七侯。"

又一个黑衣人一头栽倒在地，浑身散发焦煳的味道。

这是颜政干掉的第四个黑衣人。

这些黑衣人十分奇怪，他们的实力很强悍，体内蕴藏着雄浑博大的力量。可是他们却呆头呆脑，对外界的反应不闻不问，只能做极为有限的反击，就像一个身怀绝世武功的白痴。对付他们，就像是用小刀去砍木桩——砍起来真的很费劲，可木桩毕竟是木桩，只要肯花力气，就可以轻易搞定。

这些傀儡的皮肤泛着奇异的光芒，应该就是函丈炼制的那一批殉笔童。不过颜政也明白，殉笔童是笔灵夺舍而成，威力肯定远不止于此。如今之所以这么好对付，是因为它们的大部分精力，都放在桃李阵的气柱支撑上。

很明显，函丈大量炼制殉笔童，就是为了对付韦家的卫夫人笔阵。这也就解释了，为何他们之前没碰到过，殉笔童生性呆板，对付单独的笔冢吏几无胜算，唯有在大规模阵仗里才能发挥作用。

颜政再一次扑向黑衣人，几番交手，将其踢倒在地。他气喘吁吁地用画眉笔给自己恢复了一下，忽然眉头一皱。

"哎呀，如果是殉笔童的话，那秦姑娘那边可麻烦了。"

他稍微辨认了一下方向，纵身朝着气柱最旺盛的地方跑去。不出几十步，他恰好看到秦宜在和三个殉笔童纠缠，打得难解难分。她用的是麟角笔，以干扰敌人心神为主,面对无神少心的殉笔童,无法发挥优势,被逼得不断后退。

颜政也不多说,抖擞精神跳进战圈,挡在了秦宜前头。他是街头野路子拳法,反倒效率最高。有他冲锋,秦宜在后面策应,两人很快就搞定了眼前的敌人。

颜政指头一晃,要给秦宜恢复。秦宜知道这不是矫情的时候,蛾眉微皱,身形不动,受了这一戳。颜政笑意盈盈道:"算命的说我有福将的命格,所到之处,有惊无险,逢凶化吉。"秦宜白了他一眼:"少吹牛,姐姐我不吃这一套。"

"对啦,电影里的男女主角在最危险的时候,往往都会问对方一个关键问题。我也有个问题,想请教一下。"颜政笑嘻嘻地说着,可下一瞬间,他的态度却陡然变得严肃起来,"秦姑娘你跟这件事明明没多大关系,也没什么好处,为何要甘赴险地呢?"

秦宜没料到,这个吊儿郎当的家伙,突然问出这么尖锐的问题。她一时有点慌乱,不知该如何作答。颜政大笑着后退几步:"只怕你自己都不知答案吧?不必为难,我就是随便问问,你自己想明白就成,不必告诉我啦!"

秦宜气得说不出话来,正要祭出笔灵来教训一下这浑蛋,不料这时天色发生了异变,忽明忽暗,风云肆流。两个人看到,那《笔阵图》本来遮天蔽日的阵势开始急遽缩小。原本深入《笔阵图》的天人笔须被这么一撕扯,居然被扯断了。

天人笔原本正吸吮得十分舒畅,没料到《笔阵图》居然挣脱了束缚,还扯断了笔须。它不甘心地鸣叫一声,立刻又拔地而起数根新的气柱,凑起七十二贤人之数,朝着《笔阵图》钳制而去,打算故技重演。

出乎意料的是,《笔阵图》脱身之后,却没跟他们硬拼,反而涨缩几番,化作一团红光,一下子遁回了韦庄。原本笼罩在内庄上空的屏障,也随之消失不见,神秘莫测的韦庄内庄,终于袒露出了它真实的面目。

"呀,这家伙真的成功了。"

颜政心里大乐。可他还没高兴多一会儿,就发现周围的气氛有些诡异。

从内庄外围的各个方向,不知从哪里出现了许多人。这些人有男有女,有高有矮,穿着年龄都不相同。他们的步伐十分从容,朝着竹桥慢悠悠走来,那场景就像是一场电影结束,观众们纷纷散场。

可颜政感觉得到,这些家伙都非善类。他们都有笔灵,每一个人都是货真价实的笔冢吏,不是殉笔童。

敌人的新一轮进攻？

眼前的笔冢吏少说也有四五十名，看来是打算趁着《笔阵图》撤销的空虚，一举攻入韦庄。这么多笔冢吏凑在一起，就算是实力未损的韦家，恐怕也未必能抵挡得住。

"寡不敌众，还是先退入内庄，跟罗中夏会合好了。"

颜政护住秦宜正要撤离，忽然注意到远处人群里有几张熟悉的面孔：

费老爷子、魏强，还有在括苍山不知所终的诸葛一辉。

"诸葛家？"颜政的身形一滞，脑海里飞快地闪过一个原来一直被忽略的念头：

"难道说，函丈已经收服诸葛家了？"

## 第二十八章

### 争雄斗死绣颈断

诸葛家和韦家，都是诸子百家的遗族，被笔冢主人悉心扶持，遂成了笔冢传承的两大流派。历代笔冢吏多出自两家门下，都是绵延千年的大族。

这两家从创立之日起，就一直隐隐有着竞争关系，彼此互别苗头，都想压过对方一头。自从南宋末年笔冢关闭以来，两家为争夺有限的笔灵资源，更是势同水火，一度视若仇寇。

但无论两家争斗如何激烈，有一条底线却是始终不曾跨越——即是从不动摇对方根本，不赶尽杀绝斩草除根。这是因为儒门如日中天，势力太过强大，作为笔冢传承的两家，实际上是唇齿相依。这一个传统，这些年来从未被抛弃过。

一直到现在。

颜政没有想到，这一次对韦庄发动攻击的，居然是诸葛家。这可不是什么普普通通的攻势，而是从一开始就拉足了架势的灭族之战！

先是天人笔和儒林桃李阵，后是诸葛家的总动员。

很明显，诸葛家已经投靠函丈组织，甘为函丈的前驱。

看着眼前密密麻麻的诸葛家笔冢吏，颜政咬咬牙，放弃了冲到费老和魏强面前质问的打算。他们根本无法与人多势众的诸葛家抗衡，而今之计，是尽快进入内庄，向里面的人发出警告。

看到颜政和秦宜往庄内退去，队伍中的费老冷然道："蕞尔小患，不用理他们。"

诸葛家的笔冢吏一起点头称是。费老又道："刚才天人笔只吞噬了一半卫夫人《笔阵图》，现在韦庄内的笔冢吏恐怕还有不少。你们务必要跟随自己的团队行动，保持对敌人的优势，不要落单。"

"那我们,要不要开始突击?"

"就这么慢慢走过去就好。"费老淡然道,表情露出些许疲惫,那是一种发自内心的疲惫,似乎这一切并非出于本愿。

于是诸葛家的队伍仍旧保持着松散队形,缓缓朝着内庄移动,逐渐形成一条半圆形的包围线。这包围线疏而不乱,内中暗藏杀机。一看便知,他们是不打算让一个人逃脱。

远远地,有两个人并肩而立,正朝着内庄方向望过来。一人身穿长袍,一张略胖的宽脸白白净净,不见一丝皱纹,鼻梁上还架着一副玳瑁黑框眼镜,正是诸葛家的现任族长老李;而另外一个人瘦高细长,通体皆白,面色木然铁青,俨然是一个笔童的模样。

"你们诸葛家,真是打的好算盘哪。"那笔童冷冷说道。它说话的时候,只见到嘴唇嚅动,其他面部肌肉却没有一丝变化,显得极其生硬冷峻,就像是一个木偶,只有双目炯炯有神,如同被什么力量附体。

老李听到它说话,微微侧过头来:"我们诸葛家不惜抛弃了千年以来的原则,来助函丈尊主,难道还不够有诚意吗?"

"还不够。"函丈断然道,"我要求的是绝对的奉献,绝对的服从。"

"诸葛家五十六位笔冢吏,除了如椽笔以外全数在此。这对尊主来说,还不够吗?"

"哼,精锐尽出?儒林桃李阵被人搅乱时,你的护法在哪里?"函丈未等老李分辩,它又说道,"你的心思,我岂会不知。你故意拖延迟至,先挑动我的天人笔与《笔阵图》争斗,再纵容他们破坏桃李阵。如此一来,既削弱了韦庄的实力,又未让天人笔实力大至不可收拾,你好从中渔利。"

老李露出温和的笑容,他未做任何辩解,反而咧开嘴坦然道:"尊主明鉴,这正是我定出的方略。"

笔童不以为然道:"哼,你们这些小辈,总试图玩这种小伎俩……我的殉笔童,可是损失了二十几具呢!"

"反正尊主实力卓绝,并不在意这些锱铢之事。晚辈身为族长,毕竟得为族里考虑嘛!"老李平静地回答。他知道眼前这个家伙,有着深不可测的实力与超凡的智慧,与其耍小聪明,还不如把一切都摊开来说。

"君子喻于义,小人喻于利。你算是哪一种?"笔童突然问道。

"往小处说,是为了诸葛家的存续;往大处说,是为了国学复兴。是利是义,一念之间而已。"

笔童的双目闪过一丝值得玩味的光芒，它机械地抬起手臂，指向内庄："天人笔只吸取了五成笔灵。韦庄之内，尚有半数。你的人进去，恐怕也得费上一番手脚。"

"这种损失早已在晚辈计算之内。"老李恭恭敬敬道，"但回报总是好的。至少这一半韦家笔灵，我可以收回大半——倘若放任尊主的天人笔吸取一空，诸葛家固然可以轻易攻陷韦庄，但也只得到一个空壳罢了。"

这种赤裸裸的利益分析，似乎很对笔童的胃口。它称赞道："想法不错。这样一来，你诸葛家的实力又可以上升一阶了。"

"尊主的天人笔，乃是七侯之中的至尊，又对诸葛、韦家经营那么多年，取走了许多笔灵，晚辈再不精打细算，将来怎有实力与尊主一战呢？"老李说到这里，仍是稳稳当当，面带笑容，仿佛他汇报的是件稀松平常的事情。

这两人说话都十分坦荡，把桌底下的心思完全摆上台面，全不用担心对方会存着什么后手。对于老李的大胆发言，笔童大笑了三声。只可惜这笔童没有任何表情，和笑声配合在一起异常诡异。

"那么，接下来的攻击我不插手，就看你的手段吧。"

"恭送尊主。"

老李冲着笔童一躬到底，等到他抬起身子来时，这笔童双目已经暗淡下去，表情更加木然，已经恢复成一尊童仆，再无半点生息。它的双肩突然歪斜，"哗啦"一声，整个身体一下子土崩瓦解，化作一堆竹灰。

而原本悬浮在半空的天人笔和地上的黑衣人，不知何时也悄然消失了。

恢复孤身一人的老李有些疲惫地闭上眼睛，原本泰然自若的神态消失了，一直到这时，他的冷汗才从额头、脖颈和后背涌出来。他张开嘴，大口大口地喘息，仿佛一个溺水者刚刚爬上岸来。

"天人笔……真是个大麻烦。"

刚才他仅仅只是站在笔童身边，就能感受到那强烈的压力。这还只是附身笔童，如果是函丈亲来，还不知道威势会大到何等程度。天人笔使儒学中兴了两次，其实力用深不可测来形容，都嫌不足。

他十分清楚，自己是在与一个历史传奇在烧红的刀尖上跳舞。可事到如今，已经没有回头路可以走了。要么被传奇终结，要么成为新的传奇，没第三条路。

老李想到这里，摇摇头，拿出手机，用冰冷的语气说道："费老，开始突击吧。"

家主的命令一下，原本慢吞吞的诸葛家队伍行进速度骤然加快，五十多个笔冢吏迅速分成了数十个战斗小组，从不同方向突入韦庄，几分钟内就抵达了内庄的入口——竹桥。

突击正式开始。

过了竹桥，正对着的是韦家祠堂。可最先冲过来的几个笔冢吏发现，韦家祠堂前的这一片开阔地变成了一片水泽，水深过膝，举步维艰。那几个笔冢吏刚想要拔腿出来，从内庄深处的建筑里突然飞来数条丝线，登时把他们绑了一个十足十。

其中一个笔冢吏见势不妙，大吼一声，浑身肌肉暴涨，把丝线撑断。可是他的同伴们就没那么幸运，被丝线缚住手脚以后，平衡都无法掌握，"扑通"一声栽倒在水里，很快就沉了下去。那笔冢吏大为着急，双臂探入水中去够同伴，却没提防一朵小巧的黑云飘到水面之上，惊雷直下。

水能导电，那笔冢吏一瞬间浑身跳满电花，整个人抽搐了几下，再也动弹不得。

毫无疑问，刚才是韦家的人做出的反击。只是他们刚刚遭受天人笔的荼毒，居然这么快就从混乱中恢复过来，还能组织起如此有条理的反击，倒是出了诸葛家的预料。

吃了点亏的诸葛家没有陷入慌乱，老李是个有心人，他很早以前就苦心孤诣按照现代军事教程来培训自家笔冢吏，此时终于体现过硬的心理素质来。

诸葛家的第二波攻击来得非常快。那一片水泽突然之间被冻成了坚冰，十几名笔冢吏踩在冰面上朝前飞快地跑去。对面的丝线又再度射了过来，队列中的一个人右手一挥，那些丝线登时僵在了半空，然后一节一节地冒出火苗，很快便化成了一串灰烬，洒落到地上。那朵小雷雨云有些急躁地飘过来，一连串雷电打了下来，一面镜子凭空出现在雷电与诸葛家之间，雷电正正砸在镜面之上，纷纷反射到了四面八方，一时间无比耀眼。

这些笔冢吏分工明确，合作默契。就在几名主力对抗韦家的时候，其他几个人打破了坚冰，把先前几名遭难的同伴捞出来。立刻就有具备医疗能力的笔冢吏跟上前来进行抢救，旁边有人张起护盾，挡在他们身前。

一名笔冢吏用双手在眼前结了一个环，扫视一圈，面无表情地说："前方右侧房屋内三人，左侧房屋两人，房顶上还有一人，距离六十五。"

两名笔冢吏点了点头，四掌齐出。那几栋青砖瓦房感应到了一股迅速上升的热力，然后像纸糊的一样燃烧起来。几个韦家的人慌张地从燃烧的房屋里逃出来，又纷纷跌倒在地，浑身冒出血花。原来房屋周围早就被布满了隐形的刀锋，他们只要一出来，就立刻会被割伤。

"收笔队，上！"指挥官下了命令。

立刻就有四五个人手持着笔架、笔筒、笔海等专收笔灵的器具，冲到那些韦家笔冢吏身前。老李在事先就已经确定了目标：尽可能多地把韦家笔灵收为己用。所以诸葛家的人出手都还掌握着分寸，轻易不会痛下杀手。

收笔队的人俯身下去，查看这些人的鼻息。其中一个韦家人突然睁开眼睛，一拳打在收笔队员的鼻子上，然后身子急速倒退，朝天一指。一只泛着笔灵光芒的巨大苍鹰飞扑而下，两只爪子一爪捉起一名受伤的韦家人，飞上半空，朝着藏笔洞方向飞去。

可惜这苍鹰飞到一半，就被一柄流光溢彩的飞剑刺穿，斜斜落到了地上……

阵亡者的出现，让整个事态都朝着狂热和绝望的悬崖滑落，双方都知道对方已经下了强硬的决心，谁也已经无法回头。类似这样的攻防战在内庄各处都在轰轰烈烈地展开，整个内庄被分割成了无数个小战场。笔冢吏的吼声与笔灵的嘶鸣混杂在一处，一时间喊杀声四起，冰火交加，时不时还有巨大的轰鸣声传来。

诸葛家胜在人多势众，而且无论单兵素质还是同伴配合都非常出色；韦家虽然开始在天人笔手里折了半数笔灵，但这一次面临家族倾覆之劫，同仇敌忾之心大起，反成了哀兵。再加上韦家尚有许多无笔成员，也为了保卫家园而纷纷上阵，依靠地理优势殊死抵抗，两边陷入了僵持状态。

费老看到这番景象，忍不住叹息了一声。

"真的要做到这一步吗？"费老心里涌现疑问，笔灵乃是文人才情，是风雅从容之物，现在却变成了杀戮用的武器，岂非背离了笔冢主人的本意吗？

这些疑问费老只能隐藏在心里，他绝不会去质疑家主的决定。而且他现在是现场的指挥官，任何迟疑与犹豫都会害了他的族人。

"预备队。"费老头也不回地说。他身后立刻有四名男子挺直了腰杆，"你们去韦氏祠堂往里的青箱巷，那里的直线距离离藏笔洞最近。那是我们最终的目标，务必打开通道。"

"明白。"

那四个人一起躬身应道，然后飞快离去。他们都是费老精心调教出来的干将，以四季为名，即使在诸葛家也少有人知。

这四人的笔灵都是寄身,但这四支笔灵生前并称四杰,性情自然相近,加上四人自幼一起生长,配合默契,极擅长集团作战。他们单打独斗未必是寻常神会笔冢吏的对手,但若是四人对上四个神会笔冢吏,胜面却在九成之上。

他们四人得了费老指示,对两旁殊死争斗的两家笔冢吏不闻不问,直扑青箱巷。一路上击退了数个不知死活的韦家族人之后,四人很快就到了青箱巷口。

而就在他们的身影隐入青箱巷的时候,又有两个人出现在巷口。一个是妖娆的成熟美女,一个却是愣头愣脑的壮实少年,浑身都是斑斑的血迹,双目赤红。他们一前一后,来到巷口,停住了脚步。

"我说二柱子,真的是从这里走吗?"秦宜皱着眉头问道。她的头发已是乱七八糟,身上的名牌衣服也破烂不堪,就连高跟鞋都丢了一只,看得出也经历了一番苦战。

二柱子答道:"没错,这是现在通往藏笔洞唯一的一条路。"他说话的时候根本不看秦宜,整个人冒着熊熊的杀气,与他平日里的憨厚形象截然不同。

秦宜心中大疑:"怎么我上次去的时候,不是从这里走啊?"

"这是现在通往藏笔洞唯一的一条路。"二柱子把"现在"二字咬得很重,然后不肯过多解释。这是内庄的秘密之一,长辈们反复叮嘱过不可以对外人说起,尤其是不可信赖的外人。

二柱子对这个女人一点都不信任。他记得很清楚,当初他跟随着彼得和尚出山,正是为了追捕这个女人。他还曾经靠着一套少林拳法,把她逼得走投无路。后来虽然这事就算是过去了,但在二柱子的心里,这女人始终是那个窃取家中笔灵的坏人。

这一次,他们两个是在混战中相遇的。秦宜破坏完儒林桃李阵之后,本来是和颜政一起退入内庄,却正赶上韦家的笔冢吏从藏笔洞赶回村子布防。她生怕与韦家人发生冲突,就暂且和颜政分开,躲在一个院子里。好死不死,那些韦家笔冢吏和一批诸葛家的人正在这个院落附近相遇。韦家在院子里据险抵抗,诸葛家把院子团团包围,双方相持不下,秦宜更加不敢露面,生怕被波及。

就在院落行将被攻破之时,二柱子带着十几个平日里一起练习拳脚的小伙伴拿着刀枪冲了过来。他们没有笔灵,却有着年轻人特有的热血与冲劲。凭着一口锐气,那些诸葛家的笔冢吏竟被这些功夫小子打得人仰马翻。院落里的韦家人趁势冲了出来,接应二柱子,居然一时间占据了优势。

不料诸葛家觉察到这里的异常,立刻派三个小组的笔冢吏前来接应。当诸葛家认真起来的时候，韦家便抵挡不住了，死伤惨重。二柱子力战到了最后一刻，被诸葛家一支笔灵打飞，落到了隔壁院中，正撞见了趁乱逃出来的秦宜。

秦宜急于赶去藏笔洞，于是便一把抓住二柱子，要他带路。二柱子根本没心思理她，自己的族人正被杀戮，自己的家园正被敌人践踏，他唯一想做的，就是拼尽全力去抵抗，别的一概不予考虑。秦宜没奈何，只得说出了罗中夏、颜政的名字。

二柱子对他们是极熟极亲近的，听到他们如今也身在韦庄，对秦宜的敌意就去了一半。秦宜趁热打铁，说有重要的事情必须禀告族长，事关韦家存亡。听到她这么说，二柱子只得答应下来。他的思维逻辑很简单，这女人是不是骗子，自有族长判断，他只要把她带过去就可以了。

就算她骗人，还有罗大哥、颜大哥教训她呢！二柱子这么想。

"走吧。"二柱子说。

他们两个刚要闪身走进，却看到迎面走来四个陌生男子。他们看到二柱子和秦宜，一起停住了脚步，眼神里露出狐疑的神色。其中一个人环顾四周，忍不住说道："这里，不是我们刚进去的地方吗？"

这四人正是刚才那诸葛四兄弟。他们走进青箱巷之后，本以为可以一通到底，却没想到里面越走越复杂，岔路很多，转来转去，最后居然又转回起点了。

"看来这里也有韦家的人，不妨问问看。"诸葛秋舔了舔嘴唇，露出不怀好意的笑容。其他兄弟仨立刻站开一个阵势，把他们两个围住。诸葛春盯着二柱子和秦宜打量了一番，冷冷问道："快说，去藏笔洞该怎么走？"他语气倨傲，也不提任何交换条件，显然是认为对方只有老老实实回答一条路可走。

二柱子二话不说，立刻攥紧了拳头，准备拼命。秦宜却按住他的肩膀，悄悄说："把他们交给姐姐。"然后她走上前去，笑意盈盈道："你们是上哪位老师的课？"

诸葛兄弟四人听她一说，不由得都是一愣。诸葛家培养笔冢吏的手法很有军事色彩，平时会按照笔灵性质把笔冢吏分成数班，每一班都有专门的文化讲师负责有针对性的培训；到了战时，同班的人都编入一队，由讲师统领，默契度与凝聚力都极高。所以诸葛家的笔冢吏，平时互相介绍时，都自称是上某某老师的课，便知是哪一部分的。

秦宜这一句问的，十足是内部人口气。诸葛兄弟暗想："难道她是自己人？"诸葛春立刻回答道："我们上费老师的课，看小姐你的样子，很陌生啊……"

秦宜笑道："呵呵，我是上夏老师的课，平时出现得少。"诸葛家的各个班级之间很少互动，所以学员彼此不熟也属正常。诸葛秋眼珠一转，抢着问道："夏老师？那诸葛长卿就是你同学喽？"秦宜笑容一敛，仿佛受到什么重大侮辱："哼，别提他，我可丢不起那人。"

诸葛春一直盯着秦宜的表情，没看出什么破绽。她从一开始的惊讶、淡然到愤慨的转折都十分自然，没有任何突兀的地方。诸葛长卿通敌卖家的事，诸葛家内部早已通报，她如果是诸葛长卿的同学，这种反应可以说是恰如其分。

"可你怎么孤身一人在这里？你的队友呢？"

秦宜道："都被打散了，谁知道这些韦家的人反抗如此激烈啊！事先老李可不是这么说的。"说完她耸了耸肩，显得很不耐烦。

这下子可真是不好判断了。诸葛家和韦家不同，老李的原则是有教无类，只要能与笔灵契合，就算不是诸葛一族的人，诸葛家同样兼收并蓄，不做任何歧视。时间一长，诸葛家其实已经是个大杂烩，三教九流的什么人都有，个个个性十足。想从衣着气质上来判断秦宜是不是诸葛家的成员，委实有些难。

正相反的是，韦家的人一向对血统看得极重，连带着对族人衣着的要求也很严格，反而可以轻易辨认出来。

"看这女人穿着与做派，肯定不是韦家的人。"诸葛春至少能肯定这一点。经过一段时间犹豫，他终于点了点头，指着二柱子道："他是谁？"

秦宜听他这么问，知道对方已被自己骗过，她拍了拍二柱子的肩膀，亲热地说："他啊，他是韦家的一个小家伙，现在被我控制了。"二柱子睁大了眼睛，却被秦宜一下子拍了把麟角锁在身体里，表情立刻僵硬起来。

诸葛春扫了一眼，发现他没笔灵，兴趣立刻就少了一大半。一直没说话的诸葛冬忽然开口说道："这个韦家子弟，可能知道藏笔洞该怎么走。"

这一句话提醒了诸葛春，诸葛家也抓到过几个人来问，怎奈韦家人个个刚烈，竟没一个肯与他们合作的。不知道这个憨厚少年，是否会和他的族人一样强项。

他走到二柱子跟前，盯着他问道："你知道去藏笔洞如何走吗？"二柱子紧紧闭上嘴，不肯回答。

"不回答的话，可是会吃苦头的。"诸葛春平静地说。秦宜却拦住了他，很不高兴地说："喂，这可是我的俘虏。我好不容易才快要探听到，你们来捣什么乱？"

诸葛秋不屑地嗤笑了一声，他们是费老的嫡系部队，平时眼高于顶，怎会理睬秦宜的牢骚。诸葛夏一拱手："事急从权，我们奉了费老指示，务必要打通藏笔洞的通道。若是耽误了，恐怕你我都要挨批的。"他这话说得绵里藏针，还抬出费老来压人。秦宜却冷笑道："我怎么知道你们不会抢我的功劳。总之这人是我抓的，要问也得我来问。"

"要顾全大局。"诸葛春有点急躁地说。诸葛家的统一大业就在眼前，你还在这里叽歪个人利益。

"我顾大局谁顾我啊？"秦宜似乎意识到这样也不好，垂头停顿一下，复说道，"反正我是必须要跟着的。"

"只要进得了藏笔洞，你就跟着我们好了。"诸葛春如释重负，这种小要求太容易了。秦宜凑到二柱子耳边，指了指诸葛四人，又指了指自己鼓鼓囊囊的裤袋，二柱子似懂非懂地点了点头。

原来韦家的藏笔洞，与内庄的相对位置是不固定的，按照时辰与月份的不同，通往藏笔洞的巷子也不同。韦家的人，都家传了一套歌谣，歌谣里包含了如何计算日期的方式。只要会背这歌谣，就可以推算出哪年哪月是哪条巷子通往藏笔洞。

二柱子在前面走，秦宜和诸葛兄弟四人在后面跟着。诸葛冬掏出手机，想要通知其他人，却被秦宜拦住了："先别告诉其他人，万一这小子故意说错位置，岂不丢脸？等确定了藏笔洞的位置，再说不迟。"

她的理由冠冕堂皇，但诸葛春却听懂了潜台词："何必让别人抢去头功？咱们拿走就是了。"诸葛春眯起眼睛，对这个利欲熏心的女人有些不以为然："百足之虫，死而不僵。"

秦宜娇笑道："凭初唐四杰联手，难道还有害怕的人吗？"诸葛春哈哈大笑，终于说道："好吧，真是输给你了，就依你的意思。"于是他们五个押着二柱子，走入青箱巷。

这条巷子又深又窄，岔路极多。这六个人走得越深，四周就越发静谧，远处嘈杂的喊杀声逐渐变小，到最后几不可闻。不知何时，有淡淡的雾霭飘荡在四周。诸葛秋最先耐不住性子嚷嚷道："我们是被骗了吧，这哪里是藏笔洞？分明是带着我们兜圈子啊！"他用手在二柱子后颈比画了一下，意思是得惩罚一下这小子，秦宜却瞪着他："这是我的俘虏，你不要越俎代庖。"诸葛秋怒道："你这臭八婆，我们带你来，已经给你面子，少得寸进尺！"

两人正要开吵，二柱子忽然停下脚步说："到了。"诸葛兄弟和秦宜都松了一口气，一起望去。

巷子的尽头，是一片开阔地，三面皆是高逾数十米的石壁，壁上崖下种的全是郁郁葱葱的翠竹。正对着青箱巷口的是一片岩层呈赤灰色的峭壁，峭壁半空悬着一个半月形的洞窟，两扇墨色木门虚掩。洞口两侧是一副楹联：印授中书令，爵膺管城侯。洞眉处有五个苍劲有力的赤色大篆：

韦氏藏笔阁。

"这儿就是韦家藏笔洞？"诸葛秋大喜，正欲迈步向前，忽然发现洞脚处的小平台上，早已有几个人等候多时。

罗中夏、颜政，还有韦定国。

第二十九章

○

眉如松雪齐四皓

"奇怪，怎么这么多外人？"

在诸葛春原来的估计里，在藏笔洞韦家必然是重兵镇守，可眼前数来数去也只有三个人。这三个人之中，他只认得出韦定国是现任族长，其他两个人就完全认不出来了。

这倒也不怪他，罗中夏和颜政虽然在诸葛家住过一段时间，但诸葛家只有几个高层知道这件事。

诸葛春又扫视了一圈，发觉韦定国没有笔灵，只有那两个年轻人是笔冢吏。诸葛春冒出一个疑惑："难道说他们是示弱于敌，玩的是空城计？"他下意识地朝他们身后的藏笔洞里看了一眼，却看不出什么端倪。

"算了，都无所谓。"诸葛春决定不去想它。对方只有两支笔灵，谅他们也玩不出什么花样。在绝对的实力面前，任何阴谋诡计都失去意义。

这一点他可是有自信的。想到这里，诸葛春微微一笑，他的三个兄弟知道兄长的心思，立刻默契地分开站立。诸葛夏还不忘好心提醒一下秦宜："你在旁边站着就好，不要贸然冲进来被误伤。"

秦宜一阵苦笑。

秦宜刚才悄悄把手机打开放到裤袋里，是想让她与诸葛兄弟的对话被颜政或者罗中夏听到，在藏笔洞前提前做些准备，把他们四个孤军深入的家伙先诱进来干掉。

可她没想到的是，韦家藏笔洞最后的防线，居然只是这副残破的阵容。

看到对方准备动手，韦定国不得不站出来，朗声道："对面诸葛家的朋友们，自古诸葛家、韦家都是笔冢传承后人，如今却要搞得兵戎相见，你们究竟意欲何为？"

他义正词严，铿锵有力。诸葛春却无心与他争这种口舌之利，只是拍了拍手，笑道:"韦族长,这都是上头决定的。我只是个执行者,您跟我说,没用的。"

韦定国叹了口气:"自我兄长去世之后,韦家已经逐渐世俗化,早有退出笔冢纷争之心。你们又何必这么急?"

"跟您说了,跟我说没用。等把您接去诸葛家以后,您自去与老李说就是。"

诸葛春这句话说得轻松自如,却透着一股霸道,仿佛韦定国被擒回诸葛家这事,已经板上钉钉了一样。韦定国眉头一皱,却没说什么。他只是个普通的国家干部,没有任何异能,如果诸葛兄弟真要动手,他可真是没任何反抗的余地。

诸葛春又道:"您若是下令让那些笔冢吏放下笔停止抵抗,乖乖跟我们回去,也许还能为韦家保留几分骨血,免得两家太伤和气。"

"无耻之尤!诸葛家也是书香门第,怎么会有这等无耻之徒!"韦定国冷冷地说,"我就不信,诸葛家所有人都愿意跟着老李发疯。"

诸葛春不以为然地说道:"那些逆历史潮流而动的不合时宜者,早被处理掉了。"

诸葛秋不耐烦道:"何必这么啰唆,直接抓走就是!"他迈步向前,要去抓韦定国的脖子,却忽然被一道电光击中,手臂一颤,登时缩了回来。诸葛秋大怒道:"谁敢阻我?!"

"我。"这边一个人忽然走上前来,语气平静,平静到有些可怕。

诸葛春一看,拦人的是个小青年,而且看得出不是韦家的人,便问道:"你是谁?"

"我叫罗中夏,中是中华的中,夏是华夏的夏。"

罗中夏淡然回答,他的禅心已经完全发动起来,整个人气息内敛,进入一种禅意状态,气场登时一变。

"我跟你们说啊,他这次可是真生气了。"

颜政大声警告道。他刚才在混战中与秦宜失散,迎头撞见罗中夏和韦定国,那时就已经觉得这家伙情绪不对。等到了藏笔洞前,颜政靠近罗中夏时,身体居然隐隐有灼伤之感。

诸葛兄弟听到这警告,都放声大笑,觉得韦家人真是穷途末路,这种小孩子吓唬人的手段也好意思拿出来。

罗中夏静静地看着他们四个,神情淡漠。他其实对诸葛家还是挺有好感的,费老和诸葛一辉都是直爽的人,老李虽然拿腔拿调,但也不招人讨厌,更何况他和十九之间,还有点不清不楚的感觉……但自从他发现诸葛家居然与函丈沆瀣一气之后,整个心态立刻就起了变化。

诸葛家居然勾结函丈,联手来毁掉韦家,甚至不惜杀人毁笔,这实在是超出了他的底线。

更重要的是,他想到了十九。以十九那种性子,如果知道自己家族做出了这样的事情,绝不会同流合污。当诸葛春说出诸葛家不合时宜者被处理掉时,罗中夏百分之百相信,那其中一定有刚返回家里的十九。诸葛家究竟如何处理这些反对者,他不敢想象,也不愿去想象。

所以他现在不得不站出来,哪怕要为此推迟收笔。

"老李说的国学复兴,争取人心,难道就是用这种下三烂的手段吗?"罗中夏居高临下地质问道。

诸葛春明明感觉不到他的任何情绪波动,却能清晰地体会到对方散发的怒意,不由得认真起来。他知道这种对情绪收放自如的对手,一般都是挺难对付的。"罗中夏"这个名字听起来很是熟悉,他仔细想了想,忽然想起来费老曾经略微提过几句这个人。

"你……你不就是……"

未等他说完,罗中夏已经给出了答案。青莲笔从他的胸前跃然而出,青光四射,把整个藏笔洞的岩壁映出一片青灿灿的光芒。两侧的竹林仿佛感受到了翻涌的气势,沙沙作响,为一代诗仙唱和。

"果然不错,七侯之一的青莲笔!"

诸葛春望着那支笔灵,露出一丝意味深长的神情。诸葛秋脾气最急躁,大声道:"管他什么笔,一并干掉!"作势就要上前。

"那你就来试试看!"罗中夏大声喝道,眼睛圆瞪,两道视线锋锐如剑,青莲的飘逸气势霎时在他身体中炸裂开来,一直蓄积内敛的锋芒一下子毫无掩饰地辐射而出,光芒万丈,整个人如同浮在一个无比耀眼的光球之中,就连头发都飘浮起来,一根根竖立如矛。

手中电曳倚天剑,直斩长鲸海水开!

银紫色的弧光在罗中夏右手噼啪回闪,不知何时,他手里早已握起一柄虎啸龙吟的倚天长剑,剑身颀长,刃间流火,还有雷电缭绕其间。剑柄与罗中夏的右手若即若离，只靠着电光相连。

诸葛兄弟只觉得眼前一亮，一道波纹状的巨大半月冲击波沿着直线疾突而来，一往无前。他们四个寒毛倒竖，纷纷朝两侧闪避。那道冲击波呼啸而过，正正击中青箱巷的巷口，只听"轰隆"一声，巷口一带屋舍碎成一地瓦砾，仍有残留的气流在半空划出道道痕迹。

罗中夏手持长剑，冷冷望着他们四个。他无论是在悯忠寺、退笔冢、绿天庵还是高阳洞，从来都是被动去接受、被动去反抗，一生之中，还从未如此主动地锋芒毕露过。

这一次，为了十九，他再也不能忍了。

强横的气息啦啦流转，禅心与诗仙迅速融汇一体。青莲笔本来就是任情之笔，怀素禅心亦是狂草之心，加上罗中夏此时滔天的怒意，至极至盛。

诸葛兄弟四人见识到青莲笔的威力，丝毫不敢怠慢，诸葛春低声道："结阵！"

兄弟四人毫不迟疑，各据一方，四支笔灵呼啸而出，在半空结成一个菱形，与青莲笔遥遥相对。韦定国一看到这四支笔灵，脱口而出："初唐四杰？"

诸葛秋看了韦定国一眼，咧嘴笑道："老东西却识货。"

初唐四杰是指王勃、骆宾王、杨炯与卢照邻四位大家，这四人在初唐各擅胜场，诗文才学均是一时才俊，是以并称四杰。诸葛兄弟四人的笔灵，正是炼自这四位大家。

诸葛春握有王勃的滕王笔；诸葛夏握有骆宾王的檄笔；诸葛秋拿的是杨炯的边塞笔；诸葛冬身上的是卢照邻的五悲笔。兄弟四人心意相通，四杰笔灵亦气质相契，两者结合在一处，威力绝不可小觑。费老苦心孤诣训练他们，甚至不惜让四支笔灵寄身在兄弟四人身上，正是为了追求这种可怕的默契程度。

罗中夏对初唐四杰了解不多，只听鞘式耕约略提及过，想来不是什么惊才绝艳的人物——至少与李白不在一个级数。他对这个小小的阵势毫不在意，看着诸葛兄弟如临大敌的脸色，只是冷笑一声，青莲笔再度攻来。

这一次他没有丝毫保留，上来便施展《草书歌行》。凭着怀素禅心，这诗的威力与高山寺那时候相比，不遑多让。

少年上人号怀素，草书天下称独步。墨池飞出北溟鱼，笔锋杀尽中山兔。

刀风飒飒，笔锋洋洋。怀素草书一往无前的狂放气势，被青莲笔宣泄而出。霎时天昏地暗，飞沙走石。

四杰笔阵在狂风中摇摇欲坠，却偏偏不倒。诸葛春道："五悲笔，出！"诸葛冬闻言双手一挣，卢照邻的五悲笔应声而出。

一股悲愤之气迎面扑来，四下环境登时凄风苦雨。

卢照邻一生命运多舛，先染风疾，又中丹毒而致手足残疾，万念俱灰，只能归养山林，在家中挖好坟墓，每日躺在其中等死，是以写出《五悲文》，极言人生际遇。这五悲笔，浸透卢照邻的失落之意，笔灵所及，能叫人心沮丧、意志消沉，任凭对方通天的气势，也要被搞至烟消云散，再也提不起劲头来。

罗中夏初时还有些慌乱，随即便恢复了正常。他冷笑一声，口中诗句不断，竟丝毫不受五悲笔的影响。那些悲云被怀素草书冲得难以聚成一团。

自古文人多悲愁，如李煜的愁笔、杜甫的秋风笔、唐婉的怨笔、韩非的孤愤笔、陈子昂的怆然笔等等，或殇国运，或叹数奇，或感伤时事，或深沉幽怨，每各有不同。这五悲笔不过是个对自身仕途充满怨懑的文人，从境界就已经落了下乘，又岂能拘束得住放荡不羁的李太白？

诸葛冬见拘不住青莲笔，奋力驱使五悲笔灵。那五悲笔突然笔须戟张，分作五束，狰狞如黄山怪松。

那些悲云陡然增多，层层叠叠，一浪浪朝着青莲笔涌去。《五悲文》里共有五悲：一悲才难，二悲穷道，三悲昔游，四悲今日，五悲生途。世间任何人，都逃不过这五种悲伤的范围。此时这五悲同时爆发，阴云密布，滚滚黑云中一悲高过一悲，一时间竟有要压过青莲笔的势头。

罗中夏此时境界，与往日大不相同。他只略抬了抬头，先停下了《草书歌行》，改口轻声吟道："别君去兮何时还？且放白鹿青崖间，须行即骑访名山。安能摧眉折腰事权贵，使我不得开心颜。"

卢照邻在《五悲文》字里行间，充满着未能出仕朝廷的委屈，进而怀疑人生。而这几句太白诗，说的正是不事权贵、游遍名山的潇洒之姿，简直就是当面抽他的脸，而且还抽得噼啪作响。

一头幻化的白鹿自青莲笔端跃出，甫一出世，便放蹄狂奔，如行走于五岳之间，无牵无挂。五悲之云被挂在鹿角之上，一会儿工夫就被急速飞奔的白鹿扯得七零八落，风流云散。诸葛冬吐了一口血，身子晃了几晃。

悲愁之情与洒脱之意，并无绝对强弱之分。李煜的伤春悲秋，足可压制岑参与高适的边塞豪情；而苏轼的豪放洒然，轻易便可横扫"孤凤悲吟"的元稹。

无非只是境界高低而已。

罗中夏准确地感知到了对方的风格，并准确地选择了诗句予以对抗。这就是他的境界。颜政和秦宜在一旁看得瞠目结舌，他们印象里那个无知大学生，不知什么时候已经变成了这等强者。

诸葛春原本打算是让五悲笔困住青莲，使其意志消沉，然后其他三笔齐上彻底压制，这也是他们兄弟四人的常规战法。但现在诸葛冬已经动用到了五悲的层次，还是无法约束住罗中夏的境界，看来寻常方式已不足以应对了。

诸葛春十指并拢，低声念动几句，他头顶的滕王笔，连续吐出气象万千的烟霞，烟霞中似还有孤鹜展翅。整个空间都开始剧烈地波动起来，无数裂隙凭空出现，旋即又消失不见，很快便构造出一栋精雕细琢的古朴楼阁，檐角龙梯无一不具。

"《滕王阁序》？"罗中夏眉毛一扬，这篇古文他曾经读到过，不过当时他境界不够，不能领悟其中精妙之处，只依稀记得那两句"落霞与孤鹜齐飞，秋水共长天一色"是千古绝唱。看来眼下这诸葛春是打算把自己困在滕王阁内。

"可笑！"

罗中夏深信，这些精雕细琢的东西，岂能比得过"明月出天山，苍茫云海间"的皇皇大气。他从容换作《关山月》，足可以抵消《滕王阁序》的影响。

他早已经顿悟，笔灵之间的战斗，不是靠技巧，也不是靠能力，而是靠境界。

一轮云海间的明月，足以撑破滕王阁的狭小空间。

可就在这时，罗中夏突然觉得一阵寒风袭上背心，他下意识地蹲下身子，一柄长枪如蛟龙出水，擦着他的肩膀刺了过去。滕王阁内太过狭窄，罗中夏无法及时闪避，只得就地翻滚一圈，朝右边躲去。长枪这东西硬直不弯，在如此狭窄的空间内如果一击不中，很难立刻收回去重组攻势。

可罗中夏这一次猜错了。刚才长枪明明已横着擦过肩头，枪杆尚未收回，下一秒钟枪头却突然从脚下的地板突出来，从下向上猛然撩起。他的肩膀能感觉到枪杆仍旧在继续横着前进，枪头却朝着竖直方向挑刺。

这就好像是多了两个空间缝隙，一横一竖，长枪从缝隙横进，却从另外一个缝隙竖出。

罗中夏暗暗叫苦，如果对方能够随意控制空间出入口，那么那杆长枪无论怎么刺，都可以从任何方向刺向自己，简直防不胜防。

正在他思考哪首诗才能完美地破解掉困局的时候，诸葛秋的声音邪邪地传到他的耳朵里："臭小子，等着被我戳穿吧！"

诸葛秋的笔灵炼自杨炯。杨炯诗文以"整肃浑雄""气势轩昂"而著称，诸葛秋的边塞笔，便是一柄气贯长虹的长枪。五悲挫其心志，滕王封其行动，然后这致命一击，就交给了化为长枪的边塞笔。

诸葛秋长枪一送，本以为罗中夏避无可避。可罗中夏情急之下掣出了倚天剑，反身一挡，剑枪猛然相磕，铿锵作响。罗中夏的倚天剑毕竟强悍一些，拼了数招，长枪一退，又消失在半空。

这长枪来去自如，无影无踪，罗中夏手提倚天剑，环顾四周，心中忐忑不安，不知敌人何时从什么方位再度出手。他忽然想到一句太白诗来，不禁苦笑道："拔剑四顾心茫然……这句诗倒符合如今的情形。"他让青莲笔幻化出数面盾牌，横在身前，以备敌人偷袭，一动不动地站在原地，捕捉着战机。

诸葛春在滕王阁外，冷冷一笑，这个青莲笔冢吏看似强悍，终于还是中了自己的圈套。

罗中夏以为他的笔灵叫滕王笔，便以为只有滕王阁序。殊不知，《滕王阁序》不过是王勃的成名作，他真正最高的境界，却是另外那两句诗：

"海内存知己，天涯若比邻。"

天涯若比邻。

所以空间和距离对王勃的笔灵来说，没有意义，它可以在任何空间打开一个缝隙，并在其他地方再打开一个缝隙，两个缝隙之间的距离恒等于零。

刚才边塞笔化作长枪，正是靠滕王笔"天涯若比邻"的能力，才能自由地在空间之中穿梭。诸葛春并没指望诸葛秋能打败罗中夏，他的目的，只是让罗中夏对"天涯若比邻"心存忌惮，老老实实待在滕王阁里。

而真正的杀招，就在此时出现。

就在诸葛春和诸葛秋两人的配合完成的一瞬间，第三个人以无比精准的时机加入战局。

诸葛夏，以及骆宾王的檄笔。

第三十章

○

飞书走檄如飘风

骆宾王在初唐四杰中排名最后，然而名望却最响。这名望并非因为他诗文精致，而是来自他讨伐武则天的一篇檄文：《代李敬业传檄天下文》，又名《讨武曌檄》。

当年武氏篡唐，徐敬业起兵讨伐，骆宾王亲撰檄文。这篇檄文写得风云色变、气吞山河，海内为之震动不已。就连武则天本人读到其中"一抔之土未干，六尺之孤何托"两句时，都问左右这是谁写的。左右回答说是骆宾王，武则天感慨说："这样的人才未能被朝廷所用，都是宰相的过失啊！"

《讨武曌檄》字字锋利，句句阴损，揭皮刺骨，不留任何情面。千古檄文，公推是篇第一。即便是陈琳的《讨曹檄文》，从气势上也要弱上三分。

此时《讨武曌檄》中的每一个字，都化作了一枚拳头大小的蒺藜，密密麻麻分布在整个滕王阁外，如同一群阴郁的黑色炸弹。檄文最大的特点，就是每一个字都是挖空心思的诛心之作，务求将对手恶名扩至最大。所以无论多强横的人，被这许多诛心蒺藜贴近爆炸，也会被炸得体无完肤，精神崩溃。

颜政见罗中夏迟迟不出来，又看到这许多来历不明的蒺藜，大为担心："这家伙不会有什么事吧？"韦定国忽然开口道："这四杰阵，其实有个致命的缺陷。"

"什么缺陷？"颜政急忙问。

"这个就要靠罗小友自己去领悟了。倘若罗小友发现不了，也只能怪他自己才学未济，不能堪当重任，怪不得别人。"

"你……"

颜政悻悻地缩回头去。

诸葛夏这时开始飞快地朗诵起《讨武曌檄》，他每念出一个字，就有一枚蒺藜飞入滕王阁内，旋即发出一声爆鸣。檄文讲究的是行云流水，读之铿锵有力，行文越流畅，感染力便越大，随着他念诵的速度加快，有更多的蒺藜飞入，爆炸声几乎连绵不绝。

笔若刀锋摧敌胆，文如蒺藜能刺人。

恐怕就算是朱熹和董仲舒再世，也会被这持续不断的诛心言论炸到精神崩溃吧。

历代文体之中，诗言志，词抒情，而攻击力最为强悍的，莫过于檄文。而《讨武后檄》又号称檄文第一，其杀伤力可想而知。

《讨武曌檄》全文五百二十多字，就是五百二十多枚蒺藜炸弹。这些炸弹全都陆续落在滕王阁这弹丸之地，轰炸密度之大，恐怕比二战时期的德累斯顿、利物浦和东京还夸张。在这种持续轰炸之下，滕王阁内外一片烟腾火燎，摇摇欲坠。面对眼前一片檄文火海，旁观的颜政、秦宜等人均是面如死灰。

诸葛夏在兄弟四人里最为低调，可他的檄笔却是四笔之中最为强悍的一支，试问谁能够一口气接下五百多枚可以自由操控的炸弹？更何况，还有"天涯若比邻"的滕王阁封锁了全部的空间移动，想不死都难。

"二哥也真给面子，难得见他一口气把整篇檄文都念完。"

诸葛秋从虚空中探出头来，笑嘻嘻地说道，随即他的身躯和长枪从一道空间缝隙中慢慢钻出来。他刚才靠着诸葛春的能力躲藏在空间之中，伺机要给罗中夏致命一击。虽然边塞枪终究不敌青莲笔，但他成功把对手困在滕王阁内，也算是大功一件。

"青莲笔毕竟是管城七侯之一，对先贤我们还是要保持尊敬的。"

诸葛春说是这么说，可嘴角还是流露出一丝抑制不住的笑意。堂堂的青莲笔都被他们兄弟四人联手灭掉，这可是多么值得夸耀的荣誉。他们四个人都是笔灵寄身，一直被家里那些神会的笔冢吏看不起，若不是费老一力维护，他们四个恐怕在家里就是二等公民。这一次，他倒想看看那些人还有什么话说。他们四个是第一批突入了藏笔洞的，是第一批干掉了青莲笔的，而且是第一批擒获了韦家族长的。

诸葛秋此时身体已经完全从空间缝隙中走了出来，只剩下半截长枪留在里面。他轻松地一抖手腕，想要把笔灵带出来，却觉得手头一沉。诸葛秋不在意，只是往手腕加了些力道，可长枪却不动，仿佛另外一端被什么东西死死钩住一样。

"有古怪。"诸葛秋嘟囔道，却也没太放在心上。他运起全力，双手把住枪杆奋力往外一拽。这一次整杆长枪都被拽出裂隙了，可长枪的枪头上，还挂着一个古怪的钩子。

"西当太白有鸟道,可以横绝峨眉巅。"一个清秀的声音从缝隙里传了出来,那钩子听到这声音,把长枪钩得更加紧密。诸葛秋拽了几拽,竟再也拽不动了。

一只手扶住了空间缝隙的边缘,两条腿从容跨出,胜似闲庭信步,声音再度响起:"地崩山摧壮士死,然后天梯石栈相钩连。"最后那"钩连"二字,被咬得十分清晰。

罗中夏手里握着钩子的另外一端,从裂隙中悠然出现。于是,就出现了这么一番古怪的场景:诸葛秋拽着长枪,长枪钩住了钩子,钩子却被罗中夏握在手里。两个人、一把长枪和一柄铁钩连缀成了一个整体。

诸葛春大惊,他"天涯若比邻"的能力,是可以无视距离传送一个整体——即是说,所有与被传送者有物理接触的,都会被算作一个整体被传送出去。通过这种古怪的连接,罗中夏显然和诸葛秋也算成了一个整体,当他把诸葛秋拽出空间裂隙的时候,罗中夏亦随之而出。

"你……你怎么能逃脱!"诸葛春骇然问道。他明明看到罗中夏被困在滕王阁内,什么时候又钩住诸葛秋了呢?

罗中夏冷笑道:"多亏我运气好,平时读书读得不少,要不然几乎被你们给炸死了。"他得意地晃了晃脑袋:"愧在卢前,耻居王后。连我都知道这典故,你们不会忘了吧?"

全场登时一片寂静。

当年"初唐四杰"这一说法刚刚提出来的时候,人多以"王杨卢骆"排座次。也是知名文人的张说与崔融曾经问杨炯对这个排名有什么意见。杨炯的回答是:"愧在卢前,耻居王后。"意即我很惭愧排名比卢照邻靠前,但是居然排在王勃之后,这让我很不爽。

这一段公案,费老自然熟谙于胸,并悄悄做了调整,让老二诸葛夏拿骆宾王的笔,让老三诸葛秋拿杨炯的笔,而让老四诸葛冬拿卢照邻的,以便最大限度消弭这一个不可避免的天然缺陷。可缺陷始终是缺陷,兄弟四人可以变成铁板一块,而这四支笔灵的裂隙,却是无可弥补。

按说这段故事很生僻,少有人知。偏偏罗中夏最喜欢八卦,在鞠式耕那里受特训的时候,他对品诗鉴词什么的一直兴趣缺乏,对这些文人之间的龃龉八卦却大有热情。刚才在滕王阁内,罗中夏看到杨炯的长枪,又想到王勃的滕王阁序,一下子联想起这个典故。

果然不出他的所料，王勃与杨炯两支笔灵之间，因为这排名的历史问题，暴露出了一点点的不协调。纵然诸葛春和诸葛秋两人心意相通，边塞笔和滕王笔却未必如此默契。罗中夏抓住机会，趁着边塞笔欲撤、滕王阁未封的一瞬间空当，用青莲化出一条铁钩，钩着边塞笔钻入空间裂隙，只在滕王阁内留下数面盾牌迷惑诸葛春。

诸葛夏拼尽全力轰出去的蒺藜，炸的只是一栋空荡荡的滕王阁罢了。

韦家这边长出了一口气，诸葛兄弟四人却都是脸色铁青。他们这一套战法演练已久，还从未出过纰漏，想不到今天却被人抓住了破绽。

罗中夏见他们四个的脸色僵硬，心头大爽，右手一指，快意道："你们玩够了，那么该我了吧？"青莲笔势一振，祭出了攻击力最强的七律《胡无人》。

一时间天兵照雪下玉关，房箭如沙射金甲，云龙风虎尽交回，太白入月敌可摧。诸葛夏刚才已把诛心蒺藜释放一空，这时恢复已经来不及了；诸葛冬的五悲笔更是被这肃杀气氛搞得无计可施；诸葛秋气得火冒三丈，挺枪刺去，却不提防被云龙风虎卷起在半空，然后重重摔下地来。诸葛春眼看自家兄弟抵挡不住，终于下了决心，大声呼喊道："兄弟们，血锁重楼！"四人对视一眼，眼中尽是无奈。

罗中夏闻言一愣："他们居然这么拼命。"兄弟四人一起咬破舌尖，喷出四支血箭，洒向半空。诸葛春强忍疼痛，驱使滕王笔跃至半空，化作一栋滕王阁。那四道血箭正好喷到阁楼四周，小楼毫光微现，嗡嗡作响，整栋建筑剧烈地颤抖起来，随即朝罗中夏头顶罩来。

罗中夏看到那小楼从天而降，不禁冷笑道："黔驴技穷。"他双臂一顶，大喝道："飞步凌绝顶，极目无纤烟！"整个人双足踏空，飞到半空，堪堪与小楼错开。

那楼却似有了灵性一般，阁楼一转，周身血雾缭绕，又朝着罗中夏罩了过去。罗中夏没想到这滕王阁看似笨重，却如此灵活，一下子又一次被罩进了楼里。

"糟糕！"

颜政跳起来大叫道，挽起袖子要去助阵，却被韦定国轻轻拦住："你且莫惊。"颜政被他这么一说，定睛一看，却看到诸葛兄弟四人没像上次一样对滕王阁狂轰滥炸，而是极力控制着笔灵，任凭舌尖鲜血潺潺流出，化成血雾围绕在滕王阁四周。四个人面色苍白，身躯都微微发颤，也被浸在自己的血雾之中。

"这是什么？"颜政疑惑道。

韦定国道："古人写文，有'呕心沥血'一说，言其耗费心力之巨。这四位正是用自己的精血，把初唐四杰的笔灵发挥到了极致。换言之，他们是用自己性命，重重封锁了滕王阁，让罗小友动弹不得。"

韦定国虽然身无笔灵，但学问眼光却非颜政所能望其项背。

"那他在楼里，岂不危险？"

"不会，这四个人只是寄身，未臻化境。就算是牺牲这四条性命，也只能困住罗小友一时三刻而已。他虽失去自由，却无性命之虞。等到这四人血液耗尽，滕王阁便会自行崩溃。"韦定国说得十分笃定。颜政"哦"了一声，放下心来。

仿佛为了证明韦定国说的话，罗中夏的声音从滕王阁里传出来，自信十足："你们不要担心，这里没啥古怪的。用不了一会儿，我自己就能破楼而出。"

众人还没接口，诸葛春忽然哈哈大笑道："你当真以为，你们可以等到那时候？"他全身血量正在飞速下降，脸色也愈加苍白，这笑声开头中气十足，笑到后来便上气不接下气了。诸葛家其他三个人仍是面不改色地喷吐着血液，滕王阁已经变成一座血楼。

一直没说话的韦定国皱起眉头，背着手问道："你什么意思？"

"看看你的周围吧！"诸葛春的声音已经低沉下去，他看起来虚弱不堪。

这时诸葛兄弟四人和罗中夏刚才剧战掀起的烟尘已经平息。藏笔洞前的众人看到，在已变成一片瓦砾废墟的青箱巷口，影影绰绰出现了许多人影。他们陆陆续续从外围聚拢过来，衣着狼狈，没有一个人不带伤不挂彩的。可见在内庄这些人吃了不少苦头，连人数都大不如前。

"诸葛家的主攻军团？！"

韦定国身形一晃，几乎站立不住，他感觉到嗓子里有甜甜的液体涌出嘴边。诸葛家主攻军团此时在这里出现，只说明一件事：

韦家的笔冢吏，已经全军覆没。整个韦庄内庄，再无半支韦氏笔灵。

历代战乱依然顽强存活下来的韦家，却在这太平盛世之时，遭受了灭族之痛。身为族长，韦定国感觉到一阵头晕目眩，心如刀绞。

"他们怎么会知道这里的？"颜政诧异地问道。藏笔洞地处隐秘，诸葛兄弟四人都是靠着二柱子引路，才能走过来。就算韦家笔冢吏全灭，诸葛家也不可能凭自己的力量摸过来。

听到颜政的疑问，诸葛春惨惨一笑，转头看着秦宜，道："你以为我们真的会相信你吗？小狐狸！"秦宜嘴角抽搐，她意识到自己犯了一个大错。

"你自以为用名利为借口，诱使我等孤军深入，便可以各个击破？殊不知，我等兄弟四人又怎会为这些虚妄浮名而耽误了费老的大事？我们出发之前，就早被费老暗中设置了笔灵印记，一举一动费老都看得清清楚楚。从我们踏入藏笔洞的那一刻起，所有韦庄内的笔冢吏，就都知道了藏笔洞的方位。"

秦宜花容失色，她本来想略施小计，却反被人将计就计。这对素来以谋略自豪的她，真是个无比沉重的打击。

刚才罗中夏的胜利，一下子变得毫无意义。他已经被诸葛兄弟四人用生命封在了滕王阁内，剩下的人里，只有颜政和秦宜两支笔灵勉堪一战，却与诸葛家的主力军团根本不成比例。

"你们从来就没占据过优势，呵呵！"诸葛春傲气十足地说道。

这时候，进入藏笔洞的诸葛家笔冢吏沉默地朝着两边分开，费老缓缓走了过来，两条银白色的眉笔皱在了一起。一个相斗了千年的家族被他亲手终结，可从他的脸上，丝毫看不出胜利的喜悦。

"费老。"诸葛兄弟四人同时低下了头，他们必须要控制血楼，动弹不得，只能用这种方式表达对费老的尊敬。

"你们做得很好。"费老淡淡道。

"我们寄身的笔冢吏，并不比神会下等！"

诸葛春突然大声说道，他的面色已经苍白到不成样子，双眼先是坚定地直视着费老，然后移向了费老身后的主攻军团。队伍中的一些人朝他们看过来，眼神里是敬佩和惊讶，还有一些人把视线移开。

费老面无表情地说道："我知道，我从来没觉得你们和别人不一样，你们已经证明了这一点。"他没有回头，但所有人都知道他是说给诸葛兄弟四人听的。

诸葛兄弟四人感激地瞥了一眼费老，同时运劲。他们周围的血雾一下子变得浓郁起来，血液被更快地抽走，把那一栋小楼彻底淹没在暗红色的雾气之中。滕王阁内的罗中夏忽然觉得周围压力陡增。原本他以为只要再过几分钟自己便可以脱身而出，现在看来又要多花些时间了。

"青莲笔已经被我们锁住了，请您尽快进入藏笔洞，胜利是我们诸葛家的！"诸葛春催促着费老，他们兄弟已经失去了全身四分之一的血量，恐怕已经支持不了多大会儿了。

费老不再去注视诸葛兄弟，他迈着沉稳的步子，走到藏笔洞的洞口。此时韦定国、颜政、秦宜和二柱子等几个幸存者都站到了一起，挡在了洞口，紧紧盯着这个造成韦家灭族的凶手。

可出乎意料的是，费老根本没有理睬他们，而是朝着虚空一拜。

"放翁先生，幸会。"

随着他的一声呼唤，半空中浮现一个人影，宽背高肩，白发虎目，正是陆游的本相。居高临下，不怒自威，就连周围的气息流转都起了变化。

陆游复活之事，除去罗中夏这一伙人之外，并无旁人知道。可此时费老居然一口便说破了陆游的身份，说明诸葛家事先的准备，比想象中还要充分。

"你是怎么认出来的？莫非是周成那小子？"陆游道。

"陆大人目光如炬。"

在南明山葛洪鼎内，周成临死前拼出一丝怨魂逃出去，将陆游之事告知天人笔，诸葛家与天人笔联手，陆游复活这秘密自然也会知道。

颜政忍不住问道："陆老爷子不是去桃花源了吗，什么时候又跑这里来了？"陆游看了他一眼，道："我并非本尊，只是留在罗中夏体内的一缕意识，这是解开七侯封印必备的钥匙。"他停顿了一下，又道："若非如此，韦家怎会乖乖撤下《笔阵图》呢？"

听到陆游这么说，韦定国不由得面露尴尬。刚才罗中夏闯入藏笔示警的时候，那些长老压根不相信他的说辞，即便是韦定国也将信将疑。罗中夏情急之下，竟要伸手去破阵，被数名护法的笔冢吏一起出手制住，甚至打算当场格杀。

不料这一举反逼出了陆游本相。几个年轻的笔冢吏还欲上前动手，被陆游轻松打飞。陆游在诸葛、韦两家的地位尊崇，只略逊于笔冢主人几分。以他的权威，韦家这才心甘情愿地撤下笔阵图，让解放了的笔冢吏去内庄御敌。

而陆游则跟随罗中夏、韦定国来到藏笔洞口，为收笔做准备。

颜政和秦宜各自松了一口气，原本他们以为罗中夏被锁入滕王阁后，两边实力悬殊，已是万无胜机。而此时陆游居然苏醒过来，那还有什么好怕？诸葛家的人再多，也不会是这千年之前老怪物的对手。

陆游眯起眼睛，习惯性地打量了一下费老，费老恭敬异常，一动不动。

"通鉴笔？不错，史笔之中，除去前四史，就数它为最良。你能与之神会，实在难得。"陆游阅人，从来都是先看笔，点评一二，这是多年笔通积下来的习惯。

费老又施一礼："老前辈谬赞了。"

他身后的诸葛家笔冢吏看到自家老大对一个鬼魂毕恭毕敬，无不讶异。不过费老向来治军甚严，无人敢站出来相问，只得互相交头接耳，纷纷猜测。

陆游道："既然知道我是陆游，为何还不退去？"

他语气倨傲，可身份在那里摆着，并没有什么人觉得不妥。但在场之人仔细一品味陆游的话，却能感觉到倨傲之后的一丝无奈。以陆游的烈火性子，面对诸葛家灭韦家这等大逆之事，居然只要求诸葛家退去，其中曲折，颇堪寻味。

费老何等样人，细细一想便听出弦外之音，便从容答道："老前辈，在下也是箭在弦上，不得不发。"

这一句话本出自三国时期的陈琳。袁曹大战在即，陈琳为袁绍写讨曹操的檄文，文采斐然。后来曹操打败袁绍，便拿着檄文质问陈琳，陈琳回答："当时箭在弦上，不得不发。"言其不得已之情形。

费老拿出这一句话来回答陆游，其中寓意颇深。陆游冷冷一笑："当年诸葛家和韦家虽然屡生龃龉，终究还是同为诸子百家之后，同气连枝，知道'外御其侮'的道理。这一千多年过去，怎么你们诸葛家越活越倒退，反与儒门勾结，兄弟阋墙？"

费老道："我家族长深谋远虑，做这种决策，一定有他的道理。我们身为部属，只是执行家主的命令罢了。"

"荒唐。"陆游面色阴沉起来，"他日笔冢复开，见了笔冢主人，你们也要如此辩解？"

"此非在下所能逆睹。"费老回答，这是诸葛亮《后出师表》里的一句。说的是北伐曹魏之事，势在必行，至于成功与否，就不是诸葛亮他所能看到的了。比起《前出师表》的意气风发，这一句却透着几丝苍凉与无奈。

陆游看着费老，半晌方道："今日之事，没有转圜？"费老迎视着陆游的逼视，毫不畏惧："没有，今日韦家必灭！"语气斩钉截铁。

"若是我不答应呢？"陆游皱起了眉头，周身开始散发不善的气息。诸葛家的笔冢吏如临大敌，他们从未见过一个没笔灵的人能释放如此强烈的力量。

费老没有回答，而是从袖中取出一件东西："临行前，家主叮嘱我说，若是在韦庄遇到前辈，就拿出此物来。"

在他手里放着的，是一卷装裱精良的字轴。费老手腕一抖，这卷字轴"唰"的一声，全卷展开，其上墨汁淋漓，笔画纵横，写的乃是一首词：

　　世情薄，人情恶，雨送黄昏花易落。晓风干，泪痕残。欲笺心事，独语斜阑。难，难，难！

　　人成各，今非昨，病魂常似秋千索。角声寒，夜阑珊。怕人寻问，咽泪装欢。瞒，瞒，瞒！

　　正是唐婉那一首《钗头凤》。陆游见了这笔迹，面无表情，眼角却微微一跳。他与唐婉的恋情故事，影响至深。他能从彼得和尚灵魂深处复活，与此女亦是大有渊源。实在没想到，诸葛家的人居然又拿出了这词来，不知有什么打算。

　　费老道："柳苑苑的怨笔虽然已毁，不过在她去南明山前，她的主人就留了后手。这首词乃是她临行之前，用怨笔笔灵亲手所书，可以视作唐婉亲笔。陆前辈，这便送与你吧。"

　　他伸手轻递，那字轴便自动飞起来，飘飘悠悠飞到陆游身前。陆游双手接住，微微颤抖，去摸卷上的墨字。唐婉的笔迹，他极为熟悉，这时重睹旧物，一时间竟有些心神激荡。

　　文人笔灵，素来有相克之说。司马相如的凌云笔大气凛然，却敌不过卓文君；李太白的青莲笔纵横洒脱，碰到崔颢亦是束手束脚。所以当初秦宜用崔颢的《黄鹤楼》，能镇住罗中夏；而诸葛家用卓文君的《白头吟》，可以轻易封印诸葛长卿。

　　而陆游的克星，便是这一首《钗头凤》了。

　　那字轴开始放出丝丝缕缕的光芒，这些墨迹如同一片疯狂生长的藤蔓般，很快就爬满了陆游全身，把他层层包裹起来，就像是一具墨色的木乃伊。那些哀怨词句，缠绕在他身体之上，不得解脱。

　　若是陆游本尊在此，这字轴未必能有什么大用。可如今只是陆游的一缕意识，实力甚弱，唐婉亲笔所书的《钗头凤》足以克制。

　　陆游那一缕意识被字轴紧紧锁住，虽不至湮灭，但却无从发挥。换句话说，陆游如今沦为一个纯粹的看客，只能坐视旁观，丧失了干涉的能力。奇怪的是，面临绝境，他没有做任何挣扎，只是任由这字轴把自己周身紧紧缠住。

　　费老见陆游已被制住，大大松了一口气。在大战之前，"他们"将这一幅字轴送给老李，又转交给自己，说如果陆游出手干涉，就祭出这东西来。如今来看，"他们"真是算无遗策，完全料中了局势的发展。

陆游既除，费老心中大定，把注意力转向了韦定国："韦族长，今日之事，不得不为，希望你能原谅。"

"哼，你杀我族人，毁我家园，还这么多借口。"韦定国冷冷回答，他已从刚才的悲痛中恢复过来，整个人变得极其冷静。陆游的意外被缚，似乎对他没有任何影响。

"只要你让开藏笔洞，我可以答应你，韦家没有笔灵之人，我们不会追究。"

"哦！"韦定国负手而立，却没有挪开的意思。

"韦族长，建立一个没有笔灵的世俗韦庄，难道不是你的理想吗？"费老似乎还想做最后一次努力。

"你说的是这种韦庄？"韦定国嘲讽地努了努嘴，在费老和诸葛家笔冢吏身后是一片曾经是内庄的废墟，"还是算了吧。"

费老闭上了嘴巴，他知道已经不可能劝服这位韦家最后的族长。他现在所能做的，就是为韦氏家族来一场轰轰烈烈的葬礼。他双目平视，紧抿嘴唇，高高举起了右手，这是总攻击的信号。等到他的手落下来，韦家就会彻底消失。

在诸葛家全体笔冢吏的团团包围之下，任凭谁来也玩不出什么花样。

费老的手慢慢落下。

这时候，被字轴紧紧包裹住的陆游忽然站直了身子。

费老愣了愣，他先凝神观察了一下，确定陆游仍旧被束缚着，没有任何挣脱迹象，这才放下心来："陆大人，您如今只是一缕魂魄，又何必螳臂当车呢？"

"儒以文乱法，侠以武犯禁。"陆游的声音显得异常平静。

费老略怔，旋即严肃地回答："如今即便是您，也不可能翻盘的，何必徒费心力呢？"

陆游却像是没听到他说话一样，自顾自说道："而人主兼礼之，此所以乱也。夫离法者罪，而诸先王以文学取；犯禁者诛，而群侠以私剑养。故法之所非，君之所取；吏之所诛，上之所养也。"

费老学贯古今，立刻听出来，陆游所说的乃是韩非子《五蠹》中的一段。这一段批判的是儒者与侠客，讲这两者从两个角度祸乱国政。可这一段和现在的局势有什么联系吗？他觉得有些莫名其妙。

这时陆游忽然问道："以你之见，何者为患更大？"

费老虽不知就里，还是老老实实答道："武者恃勇凌弱，文者贬损阴刻，两者各擅胜场。"

"若是两者相遇，谁可胜？"

"武者可占一时之先，文者却是得千秋之名。"

陆游哈哈大笑："说得好，好一个'一时之先'！"他态度陡然一变："函丈算得到我会留一缕魂魄在此，我又怎会算不到他的后手？"

费老知道陆游此时打算发难，他脑中飞快地运转，罗中夏被封，陆游被封，对方如今能战之人只有颜政与秦宜，就算把视野扩展到韦庄之外，也只有韦势然算是一个强援，却是远水解不了近渴。无论怎么计算，韦家都绝无翻盘的指望。

"陆大人刚才背诵那一段话，到底是何用意？"费老陷入沉思，"难道……他只是在故弄玄虚，玩空城计？"出于对古人的敬畏，费老觉得陆游不会这么做，但事实摆在眼前，不由得他不这么想。他身后的笔冢吏已经因为过多地耽搁而鼓噪起来。在他们看来，眼前的韦家已是弱不禁风，轻轻一推就会轰然倒地。

这时候陆游开口道："二柱子，你过来。"

是言一出，在场无论诸葛家还是韦家都是一惊。二柱子在这一代韦氏弟子里不算出类拔萃，性格憨厚，文学资质极为平常，只是凭着勤快而练得一身拳法。对付无笔之人还凑合，正面对上笔冢吏可是全无胜算。

难道他是韦庄最后的秘密武器？不可能！

二柱子自从进入藏笔洞后就一直保持着沉默。此时他迎着几十道或惊讶或恶意的目光，安静地走到陆游身旁，茫然地望着这位气质大变的彼得叔叔。木讷的表情，只是因为他不知该如何表达自己的情绪。

"孩子，如今就靠你了。"

陆游摸摸他的头，伸出手去，把自身化为一缕灵气贯注到二柱子身体里，二柱子双目圆睁，浑身开始剧烈地抖动。费老先是一惊，随即恢复了正常。他开始以为陆游是想上二柱子的身，借机摆脱怨笔字轴，但很快就发现陆游的意识彻底消失了，他给二柱子渡过去的灵气，更像是一支笔。

那没什么好怕了。二柱子那种资质，就算是强行给他寄身一支强悍的笔灵，也发挥不出几成威力。陆游若是做这种打算，只能说明他已是黔驴技穷。

费老刚打算吩咐手下人发动攻击，脑子里却划过一道火花。

陆游刚才说的是什么意思？儒以文乱法，侠以武犯禁？

在藏笔洞前的，都是文人炼就的笔灵，可谓文气纵横，占数千年之精华。

而费老自己刚才明明答道：文武相争，武者可占一时之先。

难道说……

费老的思维到了这里就中断了，他看到一个巨大的拳头挟着劲风冲到了面门。还未等通鉴笔发挥出能力，那拳头就重重砸在了他的鼻梁之上，击碎了鼻梁骨，击碎了面颊，鲜血横飞。巨大的力量仍旧不肯停顿，继续向前推进，费老的身体划过一条弧线，远远地落到了远处的废墟之上。

二柱子收回拳头，冷冷注视着这个让自己家族灭亡的凶手，眼神里毫无怜悯。在他的身旁，是一支短小精悍却涌着无穷战意的笔灵。

侠以武犯禁。这一支笔，在笔灵之中武勇第一。

人定西域，笔称从戎。

## 第三十一章

○

别时提剑救边去

从戎笔,炼自班超班定远,留下一段气壮山河的投笔从戎。与文气纵横的笔灵相比,从戎笔凭的是一股武人的豪气。

陆游负有笔通之才,可以使用万笔。但他最喜欢的,就是这一支从戎。从戎豪情万丈,不讲求惺惺作态,纯靠胸中一股意气,与陆游性情十分相投;而且笔主班超扬名西域,为汉家打下一片江山,正是身处南宋、忧心国事的陆游所最为倾心的一种气质。

当桃花源的笔冢被朱熹所毁后,陆游将救出来的笔灵都散去了诸葛、韦两家,唯有这一支从戎笔被留了下来,与之形影不离。陆游辞世之后,从戎笔灵竟与陆游的精魄浑然一体,一直在世间辗转,直至在高阳洞内复活。

这一次韦庄之行前,陆游在彼得和尚体内留下一缕意识,从戎笔灵就藏身于这缕意识之中,一直到最终的危急关头,方才现身。

诸葛家的笔冢吏原本摩拳擦掌,打算对韦家做最后一击。可眼前发生的事情,让他们一下子冻结在了原地,变成一座座主题叫作"惊愕"的雕像。诸葛家的泰山北斗、身负通鉴笔灵的费老,居然被一个其貌不扬的韦家少年一拳打飞,生死未卜。

这个转变,委实让人难以接受。不止一个笔冢吏以为,韦家肯定有什么残存的笔灵可以制造出幻境,用来蒙蔽大家——现实中怎么可能会发生这么荒谬的事!

最先反应过来的人,是诸葛夏。他和其他三个兄弟仍旧维持着滕王阁,不敢擅自离开,只能扯开嗓子喊道:"王全,还愣着干吗!快去救人!"

诸葛家里有专门负责抢救的笔冢吏,他听到诸葛夏的喊声,浑身一震,连忙跑到青箱巷的废墟上。费老躺在地上,四肢摊开,满脸都是鲜血,已经陷入了昏迷。这笔冢吏不敢耽搁，连忙唤出自己的药王笔，这笔炼自唐代名医"药王"孙思邈，是少有的几支能救死扶伤、活人性命的笔灵。

这一次大战，这个叫王全的笔冢吏随身带着大量事先配好的药丸，随时准备着救助其他战斗型同伴。他把费老的牙关撬开，先喂了一丸，然后呼起药王笔，将费老全身都笼罩起来。这药王笔的能力，单独来看毫无用处，但却可以大幅催发药性，促进循环吸收，让平时药效甚缓的药物见效极快。

那药丸一下肚子，立刻溶解开来，化作无数股细流散去四肢百骸，有蒸蒸热气开始从费老全身冒出。王全连忙又掏出几包外敷药粉，撒在费老破碎的面颊上，药力所及，流血立止。他长长出了一口气，只要这些外敷内服的药物用上十几分钟，费老的性命便可保无虞。

可就在这时候，二柱子的第二击也到了。

二柱子的想法十分单纯，这些伤害了自己族人的家伙，都该死。他感觉这支陌生的笔灵十分亲切，与自己配合起来得心应手，毫无涩滞。只要他像往常一样挥动拳头，就有巨大的力量从招式里喷涌而出，无人能够阻挡。

巨大的拳风扑面而来。

"保护费老！"诸葛家的笔冢吏急切地喊道。

立刻就有四五个人挡在了二柱子与费老之前。他们各自唤出笔灵，要么筑起厚实的防护盾，要么放出冲击波去抵消，还有的试图将整个空间扭曲，想把拳势带偏。

他们的努力收到了成效，从戎笔的强拳在重重阻碍之下，一部分被抵消、一部分被偏转，没有波及费老和王全。但是这一次阻挡的代价也是相当大的，这四个人的严密阵势被残余的拳劲一袭而散，纷纷跌落在地上，一时都爬不起来了。

一拳打垮了四个笔冢吏，这个结果让在场所有人哑口无言。二柱子保持着出拳的姿势，一动不动，觉得浑身无比舒畅，少年的身体在微微颤动，这是一种从未体验过的快乐。

"想不到，"被怨笔字轴紧缚住的陆游喃喃道，语气里带着感慨和欣慰，"从戎笔，居然与这孩子神会了。"

从戎笔自炼成以来，还从未与人真正神会过。这其中固然有陆游将其秘藏的原因，但究其主因，还是宿主难觅的缘故。纯粹的文人，根本无法驾驭这豪勇的从戎笔；而纯粹的武人，也难以获得从戎认同。笔冢主人炼的笔灵，毕竟是为保存才情而

| 315 |

设，唯有类似班超这种文武兼备的，才能真正与从戎达到神会境界。

二柱子性格单纯直爽，有古义士之风，又出身于韦家书香门第。连陆游本人都没有想到，这从戎笔居然选择了和二柱子神会。要知道，笔灵神会，与笔灵寄身的威力，可以说是天差地别。否则诸葛兄弟四人也不会耿耿于怀，要为寄身笔冢吏争口气了。

此时得了从戎神会的二柱子，如有神助。他从口里发出沉沉低吼，一拳一脚施展开来，足以断金裂石，在藏笔洞前的狭小空间里，宛如一尊无敌战神。

诸葛家的笔冢吏意识到，若任凭他拳拳攻来，自己这方是坐以待毙。于是纷纷选择了先发制人，一时间各色笔灵，都朝着二柱子席卷而去。如此密集的攻击，恐怕就是卫夫人《笔阵图》也未必抵挡得住。

"投笔势！"

二柱子不知为何，脑子里浮现这么三个字。他大吼而出，同时做了个投掷的姿势，从戎笔化作一道银子流星，扎入诸葛家笔冢吏的阵势之中。

只听到一声巨大的轰鸣爆开，尘土四起，地动山摇。二柱子身形一晃，后退了数步，嘴角流出一丝鲜血。对面更是一片混乱，只有几个笔冢吏勉强还能站住，更多人都被剧烈的碰撞震倒在地。

班超放弃做书吏、投笔从戎的那一刻，就注定了从戎笔对文人笔灵有心理优势。二柱子的投笔势，硬撼二十位笔冢吏而立于不败之地，足可令班超欣慰。

"二柱子，先打滕王阁！"韦定国厉声喝道。

二柱子擦了擦嘴角，抑制住腹中翻腾，挥拳捣向半空中的那一栋空中楼阁。

一拳，两拳，三拳，四拳，滕王阁在拳风下开始倾颓，有细小的瓦砾掉落。

到了第五拳的时候，诸葛兄弟四人再也无法支撑，四人一齐喷出一大口鲜血，同时朝后面倒去。滕王阁在空中轰然溃散，化成千万片碎片，消逝不见。

被禁锢其中的罗中夏重新出现在众人视线里，他跪倒在地，不住地咳嗽，只有头顶的青莲笔依旧光彩照人。

二柱子的攻势没有停歇，他的拳头一浪高过一浪，毫无间歇。而且这拳势表面看长枪大戟，其实每一招都瞄准了正在被抢救的费老，这使得诸葛家的笔冢吏不敢轻易出手攻击二柱子，把全力都放在保护费老上。

"班超万里侯!"

罗中夏忽地大声吟道。这是李白《田园言怀》中的一句,满是对班超的赞叹羡慕之情。此时被他吟诵出来,恰好推波助澜,通过青莲笔为从戎笔大壮声势。

一支是管城七侯,一支是笔冢中唯一的武笔,两者相合,相得益彰。

诸葛家转眼间就由绝对的胜利者变成了一个慌乱不堪的集群……

在通往内庄的竹桥尽头,老李沉默地站在原地,表情僵硬。费老从刚才开始,就失去了联系,他从耳机里听到的只是无休止的脚步声、嘈杂的叫喊声、喝骂声和此起彼伏的轰鸣,不时还有哀鸣闪过。

他知道自己的部队遇到了大麻烦。

"有没有人回答,到底发生了什么事情?"老李连续换了三个频道,都没有任何回应,回答他的只有沙沙的电子噪音。他的神态和语调仍旧保持着镇定,可频繁的呼叫还是暴露了内心的焦虑。

"需要我们过去看看吗?"他身后的护卫问道。

"不必,如果真是大麻烦,你们去了也没任何用处。"老李摇了摇头,深吸一口气,继续进行呼叫。这一次,费老的频道里终于有人说话了,传来的声音却是王全的。带着哭腔的王全把陆游与从戎笔的爆发简略地描述了一遍,然后传来一声惨叫,他的声音又被噪声盖了过去。

老李听完以后,无奈地把耳机从耳朵里拿出来,攥在手里,恨恨地自言自语:"被耍了……"

当初函丈告诉他,陆游一定会留一缕魂魄在罗中夏体内,还慷慨地送了怨笔字轴给诸葛家。老李虽然心怀疑虑,但反复检查,都没看出任何破绽,便让费老随身携带,以备不时之需。当费老看到陆游时,立刻把信息传达给了老李,老李最后一点疑窦也烟消云散了。

可到了现在,老李才突然想到,函丈之前只告诉他陆游可能出现,却从来没说过陆游出现之后会做什么。诸葛家对陆游了解不多,但函丈不可能不知道陆游藏着从戎笔。

"该死,函丈故意提前离开,就是让我们去撞陆游的铁板……"

老李此时的心情又是恼怒,又是挫败。这一场行动从策划开始,他就与函丈钩心斗角,殚精竭虑。他故意拖延进攻时间,纵容罗中夏破坏儒林桃李阵,以致天人笔只吸收一半的韦氏笔灵，本以为稳占了上风。

可自己终究没有算过函丈，被对方反算计了一手，以致诸葛家的主力部队在藏笔洞前陷入了麻烦。

而且还是个大麻烦。

老李思忖再三，最终长长叹了口气，摘下眼镜习惯性地擦了擦，又架回到鼻梁上。

"只好让我出手了……"

"族长，您不能这样！"站在旁边的魏强急忙劝阻道，"您一出手，几年都无法恢复，以后怎么跟函丈斗啊！"

老李忧虑地望着远处的内庄村落，镜片后的目光有些暗淡："那青莲笔和从戎笔背靠藏笔洞，灵力源源不断。就算能制伏他们，也势必要付出巨大代价。今天诸葛家赔得够多，必须要止损才行了。"

说完这些，老李盘腿坐在地上，对魏强道："给我护法。"魏强不敢怠慢，连忙后退了几步，担心地望着族长。老李双肘微微屈起，眼睛微眯，双手平伸，手指拨弄按抚，宛若正在弹着一架看不见的古琴。

老李的手法十分熟稔，右指勾抹、左指吟猱。初时寂静无声，然后竟有隐约的清淡之乐绕梁而出，在竹桥缭绕不走。老李左无名指突然一挑，琴声陡然高起，如平溪入涧，这一片琴声袅袅飘向远方的韦庄内庄……

在藏笔洞前，青莲笔与从戎笔联手打得正欢，诸葛家的笔冢吏只能东躲西藏，不成阵势。他们若是集合一处，彼此配合，未必不能有一战之力，可费老的意外受伤让他们心神大乱。没了费老这根主心骨在背后坐镇，士气大受影响。

"再坚持一下，这么猛烈的攻击，他们很快就会没体力的！"

一个笔冢吏声嘶力竭地喊道，然后他就愣住了。他看到颜政笑眯眯地出现在罗中夏和二柱子身后，拍拍他们两个人的肩膀，红光一闪，两人立刻恢复生龙活虎的模样。

"时间恢复的画眉笔……"笔冢吏觉得眼前一黑，这样的组合实在太没天理了。

"难道这就是韦家灭族的报应？这报应来得未免也太快了吧。"不止一位笔冢吏的脑海里浮现这样的想法。

他们此时人多势众，本想干掉藏笔洞前的这些余孽只是时间问题，可碰到青莲、从戎和画眉的组合，只怕是要付出巨大代价才成。

就在他们有些犹豫之时，忽然有一阵琴声传入耳中。这琴声清越淡然，闻者心泰，霎时便传遍了整个藏笔洞前。二柱子和罗中夏听到这琴声，先是一怔，旋即攻势更为猛烈。可他们很快发现，诸葛家的笔冢吏一个个身体都开始变淡，似乎要融化在空气里。

"难道又是诸葛春玩的伎俩？"罗中夏心想，诸葛春号称"天涯若比邻"，能把别人传送到很远的地方去。可这一次，看起来却有些不同，诸葛家二十多人，包括远处受重伤的费老，都同时出现了奇怪的淡化状态。一次传送二十多人，这绝不是寄身的诸葛春所能达到的程度。

这时候，琴声中忽然出现一个人的声音。罗中夏立刻分辨出来，是老李。

"韦家的诸位，今日就到此为止，你们好自为之吧。"

语气平淡，却傲气十足。随着这个声音的出现，诸葛家笔冢吏的身体越变越淡，这不是单纯的消失，而似是化作了无声的旋律，以不同音阶微微地振荡着、跟随着琴声飘荡而出。

二柱子眼见仇人要逃，哪里肯放过，双拳齐出。咚、咚、咚数声轰鸣，周身掀起一片烟尘、数个大坑。可从戎笔再强，也只能攻击实体目标，面对已经化成了宫、商、角、徵、羽的诸葛家众人来说，从戎也无能为力。他最多是给这段旋律多加上一些背景噪音罢了，却无法影响到远方的老李。

二柱子愤怒至极，不由得"啊"地大吼一声，巨拳捣地，碎石横飞，生生砸出一个陨石坠地一样的大坑。

这边厢老李手指拨弄，身体俯仰，一曲《广陵散》让他在虚拟的琴弦上弹得风生水起，意气风发。最后一个音符缓缓划过琴弦，老李小指一推，按住了尾音，身子朝前倒去，幸亏被魏强一把扶住。护卫看到家主的后心已经湿成一片，面色灰白，眼镜架几乎要从沁满汗水的鼻梁上滑落。

魏强仔细地把老李扶正，老李睁开眼睛，看到诸葛家的笔冢吏都站在身旁，个个面露羞愧之色。这也难怪他们，以倾家之力，对半残的韦家，尚且被打得狼狈不堪，最后还要家主牺牲数年功力相救，这实在有点说不过去。

此时老李脸色有些惨淡，头顶悬着一支竹竿长笔，其身姿挺拔飘逸，形体却模糊不清，隐然似乎分成七支。

老李这支笔，叫作七贤笔，乃是炼自晋代竹林七贤：嵇康、阮籍、山涛、向秀、刘伶、王戎、阮咸。这支笔灵将七位贤者合炼在一处，可以在七种功能之间轮转施展，极为罕见。不过以一人心神负担七灵，消耗巨大，所以老李轻易不能出手。

见众人都回来了，老李问道："费老没事吧？"王全连忙说道："性命无大碍，但是受伤太重，我只能保他一时平安，得赶紧运回家去治疗才行。"

老李看了看仍旧昏迷的费老，歉疚之情浮于面上。周围笔冢吏们登时跪倒一片，齐声道："属下办事不力，请家主责罚。"老李疲惫地摆了摆手："这次不怪你们，全是我失算，才有此一败。"他忽然想起什么："你们的笔灵，收得如何？"

其中一人连忙道："韦家这一次被我们干掉的笔冢吏，他们的笔灵除了逃掉三四支以外，都被我们收了。"队伍里诸人纷纷举起笔架、笔筒等物，都是在刚才大战中缴获的笔灵，每一支都代表韦庄一条人命。

老李叹了口气，这下子两家可真是血海深仇了，可为了复兴国学，这也是不得已而为之。他环顾四周，下令道："此地不可久留，撤吧。"

话音刚落，突然一阵巨大的压力从天而降，让在场笔冢吏胸口都是一窒。众人同时抬头，看到函丈的一个傀儡负手而来，头顶光芒万丈，紫云滚滚，正是天人笔的本相。

老李勉强站起身来道："函丈尊主，幸不辱命。"

"幸不辱命？"函丈的傀儡露出一个木然的嘲讽，"我的命令是，让你们占领韦家的藏笔洞。你们却被区区一支从戎笔打出庄外，这算什么？"

老李道："韦家笔灵，大半已被我等收下，剩下一个空空如也的藏笔洞，占不占已不重要。"

函丈傀儡发出一声怒喝："跪下！我说得不够清楚吗？我要的是占领藏笔洞，谁让你自作主张？！"

老李膝盖软了一下，可几下挣扎，终究没有跪下去："函丈尊主明鉴，若非尊主隐瞒从戎笔的事，我等如今已经胜了。"

这一句话顶回去，函丈不怒反笑："好，很好，到底是一家之主，伶牙俐齿。有你这样的人，何愁儒门不兴。"

老李眼神一厉："此前我已禀明尊主。在下甘愿背负杀戮罪名，违千年祖制，并非为效忠尊主，只因你我目的相同，都是志在复兴国学——但世情已变，人心更易，如今国学之兴，可不止在儒，而在兼收并蓄、百家争鸣。那一套抱残守缺、独尊儒术的做法，已不适用于今日，尊主你不要不识时务。"

这一句话喊出去，函丈傀儡突然双目失神，轰然崩塌。

老李瞳孔陡然收缩，一股绝大的危机感笼罩过来。他不顾身体，急忙催动七贤笔，想把周围的笔冢吏都转移出去。可为时已晚，天人笔以卓然之姿降临下来，威能如泰山压顶一般笼罩四周。

当年董仲舒施行"罢黜百家，独尊儒术"，追杀诸子百家几十年，要灭的正是"百家争鸣"。老李说出百家争鸣、兼收并蓄几个字，正触动了天人笔最敏感的地方。

一股金黄色的触须刺入老李的头颅，几乎要把七贤笔灵吸过去。老李试图抵抗，但他之前已用过能力，此时油尽灯枯。而天人笔的力量，却充满了不容拒斥的强大——讽刺的是，他所遭遇的局面，就和韦定邦死前完全一样。

在心神恍惚之间，老李残存的灵智想到了一个最可怕的猜想：

也许，函丈驱使诸葛家攻打韦家，正是想借着两败俱伤之机，把他们一网打尽，尽数吞噬……那藏笔洞里，到底有什么……

周围的笔冢吏看到家主被吸，无不惊怒交加，纷纷亮出笔灵来救。可这时，构成桃李阵的那些殉笔童从外围聚拢过来，个个面无表情，步步逼近。

诸葛家的笔冢吏先前只觉得这个儒林桃李阵很好用，可当这个阵势变成敌人时，他们才发现它的可怕之处。七十二道光柱构成重重迷宫，浩然正气填塞其内，让众人如陷泥沼。所闻所睹，皆是圣人训诫，避无可避。

换作几个时辰之前，天人笔若要一次吞噬这么多笔灵，可谓难上加难。如今诸葛家久战残破，家主又遇袭受制，正好落入函丈的算计。

一时之间，惨呼和喊叫声四起，诸葛家阵势大乱。混乱之中，笔灵光亮不时亮起，那是笔冢吏在试图反击，可每一次光亮，都会引来天人笔的触手从天而降，一吸而走，留下一具扑倒在尘土里的躯壳，几如当年董仲舒独战百家的景象。

老李见函丈突然翻脸，霎时彻悟，嘶声叫道："你……你不是要利用笔灵，你是打算戕灭所有笔灵的灵性，都炼成你儒门的傀儡！"

函丈阴恻恻的声音在耳畔传来："就是如此！我要这天下，再度开儒门道统！笔灵本就是奇技淫巧，惑坏人心。人间只要听圣人之言就够了！"

"你这哪里是纯儒，分明是腐儒！"老李怒喝道。

函丈似乎没兴趣跟他多谈，触手继续加力，眼看就要把七贤笔从老李身体内吸走。老李的意识逐渐模糊，可他到底是一族之长，这时骤然爆发出一股力量，大声念诵道:"……有贵介公子,搢绅处士,闻吾风声,议其所以。乃奋袂攘襟,怒目切齿,陈说礼法,是非锋起。先生于是捧罂承槽,衔杯漱醪,奋髯踑踞,枕曲藉糟,无思无虑,其乐陶陶。兀然而醉,豁尔而醒,静听不闻雷霆之声,熟视不睹泰山之形,不觉寒暑之切肌,利欲之感情。俯观万物,扰扰焉如江汉之载浮萍;二豪侍侧焉,如蜾蠃之与螟蛉。"

此乃刘伶《酒德颂》中的句子,先描述儒门礼法之士如何愤怒如何指斥,再表明自己全不在乎,怡然自乐。竹林七贤中,刘伶最为放浪形骸,视礼教如无物。是以当老李把七贤笔中的刘伶唤出来,儒门阵法竟然无法拘束,对其无从克制。

这一股力量并没去拯救老李,而是送到了诸葛一辉身上,裹挟着他朝庄外飞去。诸葛一辉骇然莫名,只能随着力量飘然飞开,远远看着老李的身躯消失在天人笔的光芒中。

天人笔吞噬了七贤之后,利芒愈盛,又分出几十条触须,分别刺向困在桃李阵中的诸葛家笔冢吏。惨呼声此起彼伏,赫然成了天人笔的一次盛宴,把诸葛家和韦家收藏的各种笔灵尽数吞噬……

此时韦家藏笔洞前,死里逃生的一干人等聚拢在一处,面无喜色,浑然不知外面的剧变。

虽然青莲笔与从戎笔成功迫退了诸葛家,可没有人高兴得起来。韦家这一次伤亡极其惨烈,笔冢吏近乎全灭,笔灵损失殆尽。

"韦家的小孩子们和女眷,都还在藏笔洞里吧?"罗中夏问道。韦定国转头望了望洞口那几个大字,用一种沙哑、低沉的声音道:"是的,他们就在藏笔洞的最深处。"

罗中夏摇摇头,他怎么也没想到,为了笔灵,居然要残杀到这种程度。

诸葛家也罢,韦家也罢,似乎为了笔灵而不惜付出生命的代价。整个家族的命运和几百条人命,就这么不值钱?这实在超出了罗中夏所能理解的范围。

难道才情就真的比人的性命更加重要吗?笔冢主人保存才情的初衷,难道就不是为了让人们更好地活下去吗?

罗中夏觉得自己在赢得一场胜利后,反而变得惶惑了。他有些茫然地走到二柱子跟前,想把他搀扶起来,却发现这个小家伙倔强地瞪着内庄的废墟,双拳已然紧紧地攥着,不肯收回从戎笔。两道眼泪哗哗地从他的眼眶流出来,却无法融化他坚硬愤怒的表情。

罗中夏回头对韦定国道："把他们都叫出来吧，我要收笔了。"

韦定国抬起暗淡无比的眼睛，似乎对这一切都毫无兴趣。韦家藏着七侯之一，这么惊天动地的消息，此时在这位老人心中，却也掀不动任何波澜。他缓缓起身，弓着背走进藏笔洞内。

罗中夏暗暗叹了一口气，开始按照陆游交代的法门准备。

深藏在韦家藏笔洞内的这一支管城七侯，叫作慈恩笔，乃是炼自唐代一位高僧，这位高僧算得上是中国历史上最著名的一位和尚——玄奘。

玄奘当年一人西行五万里，历时十七年，取回经论六百五十多部，返回长安之后，他又潜心译经，先后十九年，译出七十五部经论，前后有一千三百三十五卷，成就了震古烁今的大功德，可谓取经至心，译经至笔。后来他在大慈恩寺内建起一座五层高塔，用来存经，名之曰慈恩塔——也即后世之大雁塔。玄奘圆寂之后，他一生心血，便凝炼成这一支慈恩译经笔。

佛家有云："一花一世界，一叶一菩提。"慈恩塔贮中原之释典，总佛法之精要，天生有容纳收储之能，俨然就是一处小世界。当年笔冢主人把它放在韦庄后山，自然就形成一处秘藏洞穴。韦家传承这么多代，竟无一人觉察到，这韦家藏笔洞，竟然就是慈恩笔的本体所化。

所以罗中夏得先把韦家人叫出来，才能收笔。

因为外面有韦家遮护，慈恩笔的封印并不似天台白云、灵崇、青莲、紫阳几支笔那么复杂。只要用玄奘当年译经用过的一支小毫，就可以点化而开——前提是，使用者必须是另外一个七侯笔冢吏，这就防止有人误打误撞。

罗中夏取出陆游给的译经小毫，唤出点睛笔来。点睛能指示命运，与志在超脱轮回的佛经最为相合。它一出现，就自动附在小毫之上。罗中夏紧捏着笔杆，一等韦定国把人疏散出来，就立刻收笔。

眼见韦定国迟迟不出，罗中夏有些焦急。韦庄外头如今是个什么局面，他们也不知道，但函丈绝非善罢甘休之辈，得抓紧时间才成。

忽然二柱子从地上跳起来，警惕地看向天空，从戎笔如长剑凌空，无比戒备。颜政、秦宜等人也无不色变，几乎要憋闷而死。

只见庄外紫云滚滚，天人笔已经吞噬完了诸葛家的笔冢吏，收入金色触须，朝着藏笔洞而来。它这一次吞噬了几十支笔灵，变得前所未有地强大。那藏匿不住的凶悍气息，遮天蔽日，比当年吞噬桃花源还可怕，大有天上天下唯儒独尊的气势。

"不好，它不是冲我们来的，是冲着慈恩笔。"罗中夏大喊。

如果是对付这些小人物，天人笔根本不必显露真形。函丈苦心孤诣筹划了这么一个局面，根本目的，就是为了同在七侯之列的慈恩笔。

颜政和二柱子纵身要去挡住，可秦宜一下子把他们拽回来。天人笔现在太强大了，一两支笔灵过去，只是送死而已。

"你倒是快点收笔呀！"秦宜冲罗中夏大吼。

"可是……里面还有人呢！"罗中夏迟疑道。韦定国和韦家最后的老幼病残，还没从里面出来。现在收走慈恩笔，那些韦家人就会全被嵌在山中，与死无异。

"都什么时候了，还顾忌这些！"

罗中夏犹豫地抬起手来，握着译经笔，却迟迟不肯动手。收笔，可以阻止天人笔的吞噬，但要付出百条人命；不收笔，人命固然能够保全，可也会让函丈获得管城七侯之一，为未来决战投下无穷变数。

罗中夏在课堂上曾经听过一个心理学实验，叫作电车难题。一辆飞驰失控的电车开过来，前方是悬崖，如果不及时变轨，车人都要死；而如果变轨的话，另外一条轨道上是一个小孩，一定会被电车碾死。如果你是扳道工，该怎么做？

当时课堂上的讨论，罗中夏已经不记得了，似乎没讨论出什么正确答案。他万万没想到，会有一天自己要面临如此重大的抉择。汗水悄然从他的额头流下去，嘴唇微颤，这一次，就算去问怀素禅心都无济于事了——禅心可以解决内心自省，却解决不了外物抉择。

最合算的选择，当然是尽快收下慈恩笔，它的价值显然高于一群韦家的陌生人，可是在罗中夏朴素的道德观里，性命岂能如此衡量。

天人笔的威势越逼越近，颜政、秦宜等一干笔冢吏都被压得抬不起头，只有二柱子勉强站立，可也支持不了多久了。那无数金黄色触须在半空舞动，似乎为即将到来的大餐而无比兴奋。

罗中夏的手臂肌肉因为过于紧张而无比酸疼，手腕剧烈抖动。同伴们焦虑的声音在耳畔回荡，脑海里都是韦家人扶老携幼朝门口赶来的画面。两边交相压迫，不断挤压着他的心思，避无可避，逃无可逃。

就在他几乎要疯掉时，脑海里忽然闪现两个人的面孔，两个他都没想到会出现的面孔。

一个是房斌临死前的脸。在法源寺里，罗中夏眼睁睁看着房斌在面前气绝身亡，那是他第一次直面死亡，一个温热鲜活的生命，就在一瞬间消失了，从这个世界彻底消失，这对他的心灵产生了极大冲击。

另外一张脸，却是他的老师鞠式耕。两人分别之时，鞠式耕觉察到了罗中夏的异样，送给他一幅赠言，一共八个字：不违本心，好自为之。

这八个字一浮现在心中，如万里长风吹过肜云，罗中夏心中霎时一阵清明。他转头看去，天人笔已近在咫尺，最长的一条金黄色触手的手尖，已勉强能扫到藏笔洞的入口。

罗中夏把译经笔朝藏笔洞里一插，低声念起《心经》来。《心经》乃是大乘佛法第一经典，凝练了精髓要旨。玄奘法师亲手将其译为华文，文辞雅驯，言简义丰，从此遂成定本，流传千年。最关键的是，《心经》不长，只有二百六十个字，以罗中夏的懒散，也能迅速背下来，此时低声诵出，正可以催醒沉睡在藏笔洞里的慈恩笔灵。

随着一阵阵诵经声，藏笔洞微微颤动了一下，然后开始放出一圈氤氲祥和的佛光。其他人俱都停下动作，朝着这边看过来。颜政瞪圆了眼睛，忍不住说了一句："你真的要收……了？"二柱子捏紧了拳头，想要冲过去，却被秦宜不动声色地拦住。

就连天人笔，都在半空停滞了一下。对面的慈恩笔灵是管城七侯之一，若是觉醒过来，就算是天人笔也不得不认真对待。

罗中夏对这些反应不闻不问，一门心思握着手中译经笔，念诵不已。当《心经》念到了第三遍时，藏经洞从硬实的岩体化为片片灵光，从山体中徐徐脱出，边缘隐隐有光圈轮转，七宝缭绕，可出乎所有人意料的是，它最终并未变成一支笔，而是化为一座四方楼阁式的庄严宝塔，俨然就是慈恩塔的模样，镇守在天人笔和众人之间。塔顶一点灵光不昧，琉璃光旋，正是玄奘魂魄寄寓之处。

天人笔见状，迫不及待地伸出最粗大的一只触手，朝它狠狠刺去。奇怪的是，慈恩塔并未抵抗，而是任由其刺入塔身，缠住塔顶佛宝。触手一提，就在佛宝离塔的一瞬间，挂在塔边檐角的百十只铜铃突然无风自响，似如百十名高僧大德在同声诵经。佛塔顶端徐徐展开一顶上覆璎珞华盖、四周张诸幢幡的宝帐，无边无际，把慈恩塔罩了个严严实实。

眼看自己要被罩住，天人笔笔身一颤，触手急忙从慈恩塔顶抽离，赶在帷帐盖严前缩回本体，触手尖仍攫住那一枚七彩琉璃佛宝。

这佛宝本是玄奘的精粹所在，得了它，即等于是得了慈恩笔。天人笔甫一得手，立刻迫不及待地一口吞掉，周身光芒登时又旺盛了几分。它晃了晃，似是极为满意，想俯身顺口吞掉青莲、点睛、画眉、从戎、麟角诸笔，毕其功于一役。

可奇怪的是，明明慈恩笔的核心佛宝已被吞掉，可那座慈恩塔却并没消失。无论天人笔的触手如何攻伐，塔顶的宝帐却岿然不动。

此时罗中夏等人被笼罩在宝帐之中，外面的情形却能看个通透。他们看到天人笔像条鲨鱼一样，在宝帐周围盘旋许久，屡次试探，却都空手而归。过不多时，情况又发生了变化，天人笔的笔杆中央部分，突兀地亮起一排梵文种子字，让儒门至尊的天人笔顿觉如鲠在喉，不得不停止对佛塔的侵袭。

全真教祖王重阳曾有一首诗云：儒门释户道相通，三教从来一祖风。红莲白藕青荷叶，三教原来是一家。说的正是中土三教，素来可以彼此相融。天人笔乃是儒门大笔，慈恩笔是释家大德，两笔互相吞噬，究竟谁融合谁，一时还不好说。

在远处的函丈，显然也意识到不妥。它没料到，慈恩笔的笔灵被吞噬之后，居然还有反击的余力。天人笔今天吞噬了太多笔灵，光是消化压服就要花去大半精力，稍有不慎，被对方反吞也说不定。而今之计，须寻得一处儒学丰沛之地，徐徐化之，至于眼前这些小对手，恐怕是顾不上了。

函丈今日已算是大获全胜，这些小小残羹不追也罢。它极有决断，一念及此，只见天人笔长啸一声，迅速离去。霎时间紫云收尽，天清气朗，只剩下一座佛塔，坐落于韦庄的断垣残壁之间。

颜政看着保持着诵经姿势的罗中夏，忍不住问了一句："这……这到底是怎么一回事啊？"

罗中夏没言语，可那慈恩塔的塔门却忽然打开，从里面走出老老少少一百多人，最后一个正是韦定国。二柱子"啊"了一声，惊喜莫名，迈步迎了上去。那些人根本不知发生了什么事，原本正在通道里艰难通行，怎么就从一座塔里钻出来了？

等到韦定国一走出塔门，这慈恩塔终于缓缓消失，散作片片灵羽，消逝在废墟上空。

秦宜抚住额头，恨铁不成钢地瞪着罗中夏道："你……你这个白痴！为了救这些无用之人,居然任由慈恩笔被吞噬,你是有多蠢!"颜政摸摸脑袋,大概明白怎么回事了。在最后一刻,罗中夏毅然选择了让慈恩笔去救出韦家人,以致笔灵落入天人之手。他歪着脑袋,有点迟疑道:"虽然这次你做了赔本买卖吧,可哥们儿我觉得你这么做挺舒服的。"

罗中夏回头苦笑道:"你们别误会啊,我的确是想救人,可化塔护持这事,是慈恩笔自行做的,我可没那个能耐去命令它。"

秦宜一愣,那居然是慈恩笔灵自己的选择?这时韦定国的声音悠悠传来:"玄奘法师以慈悲为怀,顾念天下苍生,这才有了西去取经的壮举。他化身的笔灵,又怎么会去伤人呢?"

慈恩笔灵,继承了玄奘悲悯怜世的精神。就算罗中夏刚才不顾人命强行要收笔,它也不会顺从,只会让所有人落入两难境地,坐被天人笔吞噬。正因为它感应到了罗中夏的犹豫和决心,这才主动舍弃自身安危,显化一座慈恩塔,护住韦庄幸存者和外面那几个人——作为代价,塔顶佛宝被天人笔摘走,也算应了佛陀舍身饲鹰,以保全鸽子的义举。

韦定国叹道:"感谢罗小友你挂念着韦家安危,只是……没想到啊,没想到,一直深藏在我韦家深处的,竟然是玄奘大师的笔灵。若早知道,何至于此。"他说到这里,颓然至极,一屁股坐在废墟之间,双眼发直。

尽管罗中夏做出了正确抉择,可结局依然是残酷地大败亏输。韦家笔灵近乎全灭,诸葛家笔灵近乎全灭,老李重蹈韦定邦的覆辙,七侯之一的慈恩笔落入函丈之手,可谓一败涂地,为最终决战平添了无数变数。

罗中夏精神一懈,登时脱力躺倒在地,有气无力地歪头喃喃道:"如今能指望的,就看陆游先生那边收笔收得如何了……"

与此同时,在另外一个不知何处的神秘地点,陆游和韦势然并肩而立,眉头俱是紧锁。韦小榕安静地站在身后,默不作声。在他们眼前,是铺天盖地的断简残牍,这些碎片充斥着整个空间,犹如漂浮着无数书尸。似乎有什么怪力曾经硬闯进来,一举摧毁。

他们晚来一步,里面已是空空如也。

韦势然侧过头去,对陆游道:"放翁先生,看这破坏痕迹应该是不久之前的事情……"陆游冷哼一声:"这一处的封印,若非管城七侯为引,是没法打开的——没想到那家伙的动作倒快。"

七侯如今不在他们掌握中的,只有一管天人笔,所以谁能提前来此取走太史,不言而喻。

韦势然道:"算上太史,函丈那边也不过七得其二而已。只要小罗那边顺利收得慈恩笔,优势仍旧在我。"

陆游对这个乐观猜想不置可否。他沉吟片刻,突然转身,朝着外界走去。韦势然忙问接下来去哪里,陆游头也不回,只是曼声吟出两句诗来。这诗莫说韦势然,就是小学生也能背上几句,乃是陆游当年写的《游山西村》:

山重水复疑无路,柳暗花明又一村。

第三十二章

○

灵神闭气昔登攀

"文起八代之衰"的韩愈曾写过一篇《毛颖传》，以兵事征伐比喻制笔工艺，把毛笔拟为毛氏一族，被秦始皇封为管城子，亲宠任事。从此管城子遂成毛笔代称。笔冢主人历代炼笔无数，亲自遴选出七支笔灵，并称"管城七侯"。

这七侯俱是炼自一代巨擘，灵性卓然，地位凌驾其他诸笔之上。

青莲笔，炼自诗仙李白。飘逸不羁，兴壮思飞，可惜这支笔自炼成之日起，便不知所终，只留下一支青莲遗笔，占得一个"诗"字。

天台白云笔，炼自书圣王羲之，超凡绝圣，清雅风流，占得一个"书"字。

点睛笔，炼自丹青大手张僧繇，骨气奇伟，灵奇变化，占得一个"画"字。

太史笔，炼自太史公司马迁，雄深雅健，高视千载，占得一个"史"字。

灵崇笔，炼自小仙翁葛洪，通玄精微，丹杏并臻，占得一个"道"字。

慈恩笔，炼自大德玄奘，志毅愿宏，取译明法，占得一个"释"字。

天人笔，炼自鸿儒董仲舒。开儒门百代之兴，后来朱熹舍出自己的紫阳笔，与天人笔相合。因此，只有天人、紫阳合二为一，才是真正的七侯，占得一个"儒"字。

诗、书、画、史、道、释、儒，一共七笔。当年笔冢封闭之时，笔冢主人曾叮嘱陆游说：七侯毕至之日，即是笔冢重开之时。

一转眼千年过去，七侯纷纷再度现世，而实际情况却和笔冢主人所想略有不同……

"这里，就是传说中的桃花源啊！"

罗中夏感慨道，对于他们这些不知读过多少遍《桃花源记》的人来说，能够身临其境，感触是极为深刻的。这个桃花源并非存于现世，若非陆游带路，谁也不可能找得到。

听到罗中夏感慨，其他人也纷纷睁开眼睛，好奇地左右观望。

可眼前的桃花源，和陶渊明笔下的桃花源差别未免有些太大了。

天是灰色的天空，地是灰色的地面，河流里的水也是灰色的，到处都像是蒙了一层厚厚的尘土，久未开封。田地中毫无生命，甚至连杂草也没有一根，只能勉强看到几道井田的痕迹。远处的小山丘上，几株桃树的枯枝勉强从地面伸展起来，枝干泛起白色的光芒，扭曲如狰狞的骷髅手臂。空气中甚至有些发霉的味道。

陆游望着眼前这曾经熟悉的地方，心潮起伏。

当年朱熹与笔冢主人化身一战，还未开始他就离开了。现在看到这番景色，可以想见那一战的剧烈程度，甚至将桃花源中的所有生命都彻底毁掉了，至今仍能闻到那一股"理气"的陈腐味道。

在陆游身后，站着韦势然、罗中夏、韦小榕、颜政、秦宜以及二柱子六人。不算小榕，剩下的五个人恐怕是最后一批笔冢吏了。

韦庄一战，先是韦家笔冢吏伤亡殆尽，然后两败俱伤的诸葛家笔冢吏也被天人笔吃掉，就连慈恩笔，为了保护幸存平民也被收走，可谓凄惨至极。而司马迁的太史笔，也已经被函丈捷足先登，轻松取走。

这样一来，让局势变得非常微妙。罗中夏这边执七侯笔灵比较多，但函丈那边却几乎霸占了全部其他笔灵，双方旗鼓相当。所以陆游决定先发制人，赶到桃花源。桃花源是笔冢主人正身封印之所，非七侯不能开。这样一来，函丈再有谋算，也不得不跟着他的节奏走，无形中削弱了其优势。

颜政悄悄捅了一下罗中夏："我想起一个冷笑话：一辈子尼姑，打《桃花源记》一句。"罗中夏摇摇头，也不知是不知道，还是没心情去回答。颜政一拍他肩膀，说："是不知有汉！"然后哈哈大笑起来。秦宜伸手狠狠掐了一下他的胳膊，把这个不识趣的家伙拖到一旁，低声道："你看。"

只见罗中夏目不转睛地看着韦势然身旁的韦小榕，表情复杂。他一方面担忧十九的下落，一方面又见到这个把他带入这诡异世界的女孩。不过两个人此时比人鬼殊途还可怕，根本是人笔殊途——韦小榕理论上是咏絮笔的化身，也是唯一一支殉笔后还能够保留人心的笔灵。

众人走到当年那山丘之上，陆游摸了摸桃树枯枝，表皮皴裂，十分拉手。"咔吧"一声，陆游从桃树上折下一枝，搁在手里。树枝上浮起一层灰雾，被陆游的手一碰，如同看到阳光的蟑螂,迅速消散开来,那枝条随即化成一段黑灰。

陆游吹了一下气,黑灰登时飞扬在半空,只残留几粒残骸在手心。他微微一叹,当年种种情景,如今化作飞灰,真是无限感慨。

"我们接下来怎么办?"秦宜问道。陆游手一指:"你们看那里。"

众人顺着他指头朝前望去,看到那灰蒙蒙的田舍之间,立有一座高大的坟冢。这坟冢呈椭圆形,封土颇高,俨然有浓郁的文气。坟冢四周,立着七座笔架状的石碑,碑顶上空空如也。而在那坟冢的正位,写着两个气宇轩昂的篆字:笔冢。

众人不由自主都屏住了呼吸。这里就是笔冢了,真正的笔冢所在,一切传说与纷争的起源,天下才情汇聚之地。他们天天耳濡目染这个词,这一刻才亲眼得见本尊。

可惜坟冢外面缭绕着一团死气沉沉的尘霾,看起来颇为诡异。罗中夏试着去摸了一下,发现这雾霾并不伤人,但深含拒斥之意,没法深入探究。罗中夏想往里走,却从心中涌起一股极其不情愿的情绪,最终只得后退。

陆游叹道:"这尘霾叫作心霾,乃是笔冢主人封冢时所化。天人笔袭来之时,他眼见宝珠蒙尘,性灵成霾,遂舍出一身法力,化为这一道心结之墙,将笔冢彻底封住。这既是封印,也是心结,若要重开笔冢,只有解开笔冢主人的心结。"

"笔冢主人会有什么心结?对朱熹封住笔冢的怨恨吗?"

陆游摇摇头:"笔冢主人心怀天下,岂会那么肤浅?"

秦宜道:"那这七座笔架古碑,就是存放七侯之用喽?"陆游点头:"不错,七侯是笔冢主人最后的心愿,把它们凑齐,才算打开心结,了却他的心愿。"

颜政跃跃欲试:"那还不简单。把咱们现有的几支搁上去,再把函丈干掉,把他拿走的两支半也搁上去,不就行了吗?"陆游忍俊不禁,点头道:"你说得很有道理,就是这么简单。"

韦势然凝视着那"笔冢"二字,久久不言,陆游感应到他情绪有异,眉头一皱。和其他人激动万分的态度不同,韦势然表现出的,却是一种刻意掩饰的淡然。

陆游知道此人和其他那些愣头青不同,是只老狐狸,而且这家伙除了小榕身世之外,一直也不曾提过自己搜集七侯为了什么。陆游"啧"了一声,叫道:"韦势然。"

"在。"韦势然恭敬道。

"你这小子,算得上有心计。我不知你到底有什么目的,但想来与函丈不是一路。等一下我离开以后,你可要多照顾这些小家伙。"

韦势然和罗中夏同时一怔："您离开？去哪里？"

陆游背起手来，没有直接回答，而是看着笔冢说起了另外一个话题："笔冢主人是天下奇才，曾经发下大誓愿，不教天下才情付诸东流。无论魏晋唐宋，他都孜孜不倦，四处奔走，将才人墨客炼成笔灵，收入笔冢，极少遗漏，这你们都是知道的。"

这是笔冢的常识，众人自然知之甚详，心中有些奇怪陆游为何忽然提及这点。

陆游又道："但细细想来，却有一疑点，不知你们是否想过？"

"请陆大人开示。"

"自秦末以降，笔冢主人就开始炼笔不倦。可炼笔有一个先决条件，必是要选择笔主身死之时，不能早，亦不能晚。早了等于是杀人炼笔，天理不容；晚了又怕笔主身亡神溃，炼不成形。可纵观笔冢主人的履历，从董仲舒、班超、班固、司马迁、司马相如、张敞到郭璞、江淹、王羲之、谢道韫、李白、杜甫、李煜等人，无不是恰在身死之时，笔冢主人方翩然出现，天下岂能有如此之巧的事情？"

"也许是笔冢主人神通广大。"罗中夏猜测。在他们这些后辈眼中，笔冢主人乃是神一般的存在，神又有什么做不到的呢？

"笔冢主人也不过是秦末小吏，就算后来修炼成仙，焉能有如此倾覆天地、颠倒造化的本事？"

韦势然道："莫非笔冢主人是另有手段，可卜算未知？"

陆游点头道："虽不中，亦不远。"

众人凛然一惊，这是怎么说？陆游在笔冢前缓缓蹲下，伸手入土，周身光芒大盛。能看得出来，这是葛洪的灵祟笔正在喷吐丹火。

陆游一边操控灵祟吐火，一边说道："笔冢主人能未卜先知，炼笔从无遗漏，实在是因为他有一本得自阴阳家的天书，名叫《录鬼簿》，指示天下才子的阳寿盈缩、死生之期。他按图索骥，自然无往不利。"

韦势然反应最快："您的意思是，您转世至今，也是因为这天书的缘故？"

陆游道："不错。《录鬼簿》能算阴阳，也能改命数。当年笔冢主人封冢之前，就已经替我改过命数。我去世之后，肉身虽死，魂魄却在《录鬼簿》引导之下，深藏蛰伏，只待千年后时机的到来，好为笔冢后辈做个引路人。"

"那么这个时机已经到来？"

陆游摇摇头："笔冢主人说是青莲笔现，笔冢重开。可如今青莲真笔还没头绪，但函丈已然逼迫到头上来了，我这次带你们来，也是出于无奈。"

他说着话，灵崇笔还在喷吐着丹火。那《录鬼簿》是阴阳家所赠，阴阳家与道家系出同源，所以非得是葛洪的笔灵才能起出。葛洪此人，乃是道家承前启后的人物。在他之前，道家流派庞杂，众说纷纭，他提数说之概要，总玄门之精粹，融求仙、守一、性命、行气、丹鼎等杂说为一体，整理出了后世道家奉行的种种修行之法，是以得笔冢主人青睐，位列七侯。

随着丹火喷吐，陆游手腕一提，将一卷竹简提了出来。竹简看似朴实，里面却蕴藏着丝丝幽冥之气。丹火喷在上面，陆游手捧竹简，恭恭敬敬朝着坟冢一拜，转身猛然抖开竹简，对罗中夏肃然道："罗中夏，上前听令。"

"哎？"罗中夏没反应过来。

"虽然时机未到，但已经等不得了。函丈等一下就会降临桃花源。他吸了诸葛家和韦家的诸多笔灵，又有慈恩、太史二侯助阵，已非寻常笔灵所能抵挡。倘若被他得手，只怕天下才情都要被荼毒。等一下，我会把我残存的魂魄都化入竹简，借最后的笔通之力，以天书为基摆出一座大笔阵，把所有笔灵都纳入，方才有一战之力。"

"等一下，这么一来，那您岂不是……"罗中夏大急。

陆游微微一笑："千年之前，我就该死了。只是为了你们这些不成器的后辈，才苟活至今。笔冢主人交给我的最后一项使命，就是要护得你们周全。如今也只有这个办法，能与函丈正面对抗了。"他用手拊膺，又道："这具肉身，我也不能久占，终究要还给他自己才好。"

罗中夏有些气急败坏："可笔阵还得您来操控才成，我这文化水平，可怎么胜任啊！"他倒不是怕死，而是对自己没什么自信。

他不过是个不学无术的大学生罢了，现在居然要承担文明复兴级别的责任，实在是太过惊世骇俗了。

陆游不耐烦道："才情虽以学识为重，可真正赋予其灵性的，却是人心。何况我摆的这座大阵，笔灵必须集中在一人身上，也只有罗氏渡笔的后人，能够承受得起，不是你还能是谁？"

罗中夏顿时不敢反驳，只是口中嗫嚅，惶恐不已，连手都有点微微发抖。颜政见状，走过去拍拍他肩膀："哥们儿，别担心，打架这种事，一回生两回熟。"他见罗中夏并未释然，抓了抓头，走上前几步，一把拽住小榕："哎，小榕你也说两句吧？"

小榕缓缓转过头去，面容木然："要我说什么？"颜政呆了呆："随便说点鼓励的话吧，什么加油啊、世界和平啊，什么回来以后结婚啊什么的。"小榕"嗯"了一声，走到罗中夏身前，伸出双手。罗中夏有些惶恐地眼神游移，那一双冰凉的纤纤素手捧住了他的脸，语气依然清冷："我会和你在一起的。"

"哎？"面对这出乎意料的告白，罗中夏面色大红。

旁边韦势然提醒道："罗小友你别误会。我孙女本是咏絮笔灵，等一下也要被放翁先生融入笔阵，归你操控。""哦。"罗中夏也不知是松了一口气还是失落。

陆游催促道："时间不多了。罗中夏上前，剩下你们几个笔冢吏各自在笔冢前，闭目凝神，准备入阵。"

罗中夏只好忐忑地走上前一步，努力用起怀素禅心让自己平静下来。其他人则围坐在坟冢之前，各自唤出笔灵。笔冢之前，一时光彩缭绕，就连那心霾都为之一颤，仿佛笔冢主人窥见天才性情，见猎心喜。

见诸人都已经就位，陆游剑眉一立，把《录鬼簿》一气展开，他双手持定，对着坟冢朗声道："老夫昔日引狼入室，亲睹笔冢封存，疚萦于心，更不忍见天下才情为儒门所禁锢。故而一缕精魄迟死千年，只为今日能舍身化阵，了却这段因果。汝冢中有知，该知我陆游不负君托！"

声如洪钟大吕，在衰朽的桃花源久久回荡。只见陆游周身浮起一层清光，慢慢从彼得头顶脱离出去，一头扎进《录鬼簿》中。那《录鬼簿》登时脱离了人手，浮到半空，它看似不厚，完全展开以后竟有百千条竹简编编相连。有了陆游最后的精魄注入，这《录鬼簿》仿佛活过来似的，在半空旋转游动，越游越长，很快将笔冢和包括彼得和尚在内的诸人都围在卷中，有若立起一道长长的简城竹墙，密不透风。

只有罗中夏独自留在外头，站在丘顶。

这时从《录鬼簿》里传来陆游威严的声音："渡笔人，接笔！"罗中夏登时不敢动了，顿觉得背后有一股雄浑的力量升起，形成一个错综复杂的宏大力场。他之前在高阳洞里见识过陆游笔阵的威力，可跟现在相比，简直是小巫见大巫。

一支又一支笔灵逐次升腾，透过片片竹简之间的空隙，形成无形的丝线牵系到罗中夏心中。不必用肉眼去分辨，罗中夏可以轻而易举地知道它们都是谁——画眉、麟角、从戎。那一瞬间，他与它们三个心意相通，透彻无比。

这时罗中夏感应到身心一凉，一个虚无缥缈的少女灵影从背后抱住了他。他的耳边,再次响起一声细细的呢喃:"我会和你在一起的。"他猛然回头,可少女的灵影倏然溃散,化为丝丝缕缕的雪絮,进入罗中夏体内。韦小榕本就是咏絮笔所变,如今也算是现出了本质。罗中夏闭上眼睛,想要去看看她的内心到底是什么想法,可两人合二为一时,他一阵愕然,似乎听到小榕说了什么话,随即整个人面容沉稳下来,肃然垂首,凝神去感受那笔阵的种种玄妙。

这时陆游的声音又在缥缈中传来:"七侯入阵!"

此前四笔,不过是寻常笔灵,接下来才是重头戏。陆游竟是打算把目前手里的七侯也都放入阵中。要知道,陆游与《录鬼簿》化成的这一座笔阵,并非靠阵法御敌,而是利用笔通之力,把阵中笔灵的力量凝聚在渡笔一人之身。单独一支七侯已是威力十足,如今数支齐现,以笔阵并联,其威力相叠,简直不敢想象。

罗中夏体内已有青莲遗笔和点睛,如今又先后有葛洪灵崇、朱熹紫阳以及王羲之的天台白云入阵。自有笔冢以来,还从未有这么多天才性情集于一人。一时间,有通天气势从罗中夏身上喷薄而出,如风似烟,霎时蔓延到桃花源的每一处角落。笔冢前缭绕的心霾,都为之一震,隐然有消散之势。

罗中夏缓缓抬起手来,感觉与背后那座笔阵已融为一体,随心意随时有无穷的力量涌现。这么大的力量,若换作从前,只怕罗中夏精神已崩溃,全靠有怀素禅心,方能潜心驾驭。一股强烈的自信自心中生起,他觉得能与任何强者对敌。

这时陆游的声音在罗中夏耳边响起:"函丈已近,笔阵已成,接下来就靠罗小友你了。莫忘了,击败天人之日,家祭无忘告乃翁啊……"声音渐消,意识彻底消融于笔阵之中。

罗中夏没有出言,而是仰起头来,看向穹顶。他能感觉到,另外一股可怕的力量,在急速接近,与笔阵相比并不逊色。

说来讽刺,这搜集中华才情、汇聚众多文灵的笔冢决战,却要交托给他这么一个不学无术的大学生。

过不多时,穹顶忽然开裂,一束光芒射入灰败的桃花源内。那不是阳光,而是比阳光更加耀眼、更加危险的存在。罗中夏眼神微眯,见到一个身着黑色儒袍、头戴峨冠的长须男子飘然而落,身旁还跟随着同样装束的殉笔童,面无表情。那些殉笔童铺天盖地,比之前在韦庄时更多,这次恐怕是倾巢出动了。

这应该就是函丈的真身了。

函丈的面目不清，只有一双淡漠至极的双眼俯瞰着下方，无喜无怒，似已入天道，万物皆视若刍狗。可他身上那种强烈的压迫感，却清晰无比，把罗中夏的滔天气焰硬是压了回来。看来他已经彻底消化了慈恩和太史二笔，实力又上了一层。

罗中夏夷然不惧，挺直了身体，抬手轻轻吐出两句诗来："赵客缦胡缨，吴钩霜雪明。"

李白的诗作里，要论慷慨犀利、豪快肃杀，莫过于《侠客行》。其气势太过丰沛，罗中夏原来根本使不出其中意境，直到如今笔阵初成，方才有足够的灵力驾驭此诗。

诗出象具，只见一道灵光汇聚成一柄巨大的偃月吴钩，钩刃冰霜。

"银鞍照白马，飒沓如流星！"

那吴钩化为一道轨迹，直向天空刺去。罗中夏舌绽春雷，猛然喝道："十步杀一人，千里不留行！"

随着这两句送出去，吴钩猛然一挑，钩穿了函丈的身体，将其削成了两截。这一击里，不光有青莲化钩的意象，还含有从戎笔的锋锐之气，函丈根本无从抵挡，立刻爆成一团清气，消失在半空。

这就是笔阵的威力，诸笔合一，诸般能力彼此配合，战法百变。

不过罗中夏并未因此放松警惕，而是让那吴钩悬在半空，蓄势待发。过不多时，那一大群殉笔童中的一个缓缓睁开双眼，露出函丈的面目。

罗中夏早知道函丈有一门秘术，身体可以在不同殉笔童之间切换，根本无从捉摸到其真身。刚才那一击，不过是确认罢了。罗中夏驱动吴钩，又朝那名殉笔童钩去。函丈眼神一动，闪身要走，那吴钩却突然化为漫天清火，笼罩而来，霎时把函丈这个身体烧为飞灰。

这自然是灵崇笔的葛洪丹火与青莲的组合之威。

函丈三度现身，终于意识到如此下去，根本不足以打破笔阵。他用木偶般的干涩声音说道："明知是徒劳，尔等为何还要负隅顽抗，对抗天道。"声音皇皇。

罗中夏根本不答话，驱动诸笔，再一次攻了过去。这一次，他喊出的，是《梦游天姥吟留别》里的四句："列缺霹雳，丘峦崩摧。洞天石扉，訇然中开。"

天空登时一片灰暗，有万千霹雳自阴云中劈来。此系破阵之句，威力绝大，一出即有动摇天地之势。更可怕的是，这霹雳中还有控制心神的麟角之能，每响一声，都令人心旌动摇。更有画眉笔自笔阵中，不停令罗中夏恢复至全盛状态，让霹雳源源不断。一时之间，桃花源内充塞雷电，无处不是银闪光绽。

函丈没料到这小家伙居然如此嚣张，眼看自己和所有的殉笔童都要被霹雳淹没，双手一举，天人笔霍然亮出，把所有童仆都罩在一座佛光宝塔中，任凭霹雳如何侵袭，岿然不动。

罗中夏一见终于逼出了天人笔，立刻攻势一变，又召唤出紫阳笔来。紫阳笔炼自朱熹，可以形成一个自己的领域，领域内自成道理，以驭主为最高。

一圈紫黄色光芒从罗中夏四周辐射而起，罗中夏为其设置的大道是"雷者天刑"，霹雳是上天施以的刑罚，既然以天为尊，那么霹雳刑罚便如父亲责子，天经地义，躲即不孝。

诸多霹雳得其加持，立刻汇聚到佛塔顶端，开始狂轰滥炸，炸得慈恩塔摇摇欲坠。罗中夏深知对方是极强的怪物，一旦失去先手，再扳回这一局就悬了，于是顺势又召唤出了天台白云笔。

这还是天台白云笔自出世以来，第一次出手。王右军号为书圣，比起其他人来说，他与毛笔之间的本质最为相合。他的书法，不可一字一字分开揣摩，须通篇连看，方能感受到有气韵一以贯之。只有顺着他的意念挥笔，找对气韵，方有所得——所谓不学其形，而得其意。

只见一支大笔凌空而起，于虚空之中蘸灵为墨，龙飞凤舞，现出一连串墨字来。只要它开始写字，天地之间，必须顺着天台白云笔的笔意而动才能顺畅，欲竖则起，写横而卧，遇捺顿挫，逢撇走锋，否则就要受到极大阻碍。最麻烦的是，只有驭主能知道天台白云写什么字，让笔势变得更加难以揣测，对手光是要跟上它的节奏就要消耗极大心神，更别说对战了。

慈恩塔本来就要承受无边霹雳的攻击，如今还得跟着天台白云的节奏随时变换走势，更显得狼狈。塔中的函丈目光一闪，毫不犹豫地祭出太史笔来。

太史笔古朴短小，须毫极稀，几成秃笔。这笔炼自太史公司马迁，他遭逢蚕室之祸而不悔，呕心沥血，克成名篇《史记》。

只见太史笔笔头一震，一片"太史公曰"的竹简冲上云霄，紧紧贴在天台白云的笔杆之上。

《史记》究天人之际，通古今之变，司马迁首创纪传体，以人物为纲，从三皇五帝至刺客游侠，以本纪、世家、列传等体例一一分类，开千古先河。这支太史笔秉承《史记》之精，能够强行将任何一人归为《史记》中的一传，并赋予其传主之属性。入滑稽列传，则出口诙谐；入刺客列传，则悍不畏死；入项羽本纪，则豪气干云；入留侯世家，则睿智洞见。等于是把史记人物特性暂时附身于目标身上。

这个能力既可辅助己方，也可扰乱敌方。太史笔赋予天台白云笔的属性，乃是酷吏列传，传主皆是出身寒族、汲汲于狱讼俗务的酷吏。而王羲之出身东晋王氏大族，世代簪缨，以清谈为尚，最为鄙薄俗务。这等人物，突然被写进酷吏列传里，从性灵上互相抵牾。于是被太史笔这么一搅，天台白云的笔灵走势登时一滞，带不动天地大势，那搅乱乾坤的干扰终于徐徐减退。

于是在桃花源里，出现了这么一番僵持局面。慈恩、天人与青莲、紫阳对峙，太史与天台白云相抗衡。还从来没有这么多七侯毕至于此，相互对峙。

罗中夏见迟迟不能建功，有些焦虑。他侧眼看去，看到殉笔童们蠢蠢欲动，想利用数量优势趁机发起突袭。罗中夏见状，急忙将紫阳笔向前推了推，让领域更加扩大，好方便对这些分散开来的童仆进行压制。

他收束心神，通过笔阵调度。可就在紫阳笔向前飞跃的一瞬间，远处的天人笔突然精芒大作，百十道笔须化成的触手，直直卷向孤军在外的紫阳笔。

原来函丈一直没用全力，他一直在耐心周旋，等候笔阵露出破绽。

可罗中夏非但不惊，反而笑了起来。

和函丈一样，他也早就等着这一刻。

紫阳笔本是朱熹的笔灵，他老人家虽然以极大毅力舍心换笔，但外笔毕竟不如自炼的笔圆融无隙。是以天人笔只有吞噬掉紫阳笔，彻底融合董仲舒、朱熹两大宗师之力，才能真正成为七侯之一。

所以说，这支笔对天人笔的诱惑，几乎是无可抵挡的。

就在天人笔的触手伸展的同时，罗中夏凝神闭目，鬓边悄然多了几丝白发，一支圭笔在手心里飞速旋转起来。

这是点睛笔。它可以消耗驭主寿命来指点命运，却没有斗战的能耐，刚才一番剧战，诸侯齐出，它却一直隐在后方。罗中夏拼命付出了一段寿数，向它问了一个很简单的问题：

函丈的本体，究竟在哪里？

天人笔太过强大，几乎不可能击败，唯一可以取胜的关键，就在于函丈。只要把驭主杀死，笔灵无处归依，也就好对付了。不过函丈也明白这个弱点，不知修习了什么秘术，藏身于无数殉笔童里，让敌人根本无法捉摸。

能看透这一点的，只有点睛笔。

点睛在掌心急速盘转数十圈，然后指向桃花源中某一个方向。那个方向几乎没有殉笔童，可在一处枯槁的桃树背后，隐着半个身形。

眼见触手袭来，罗中夏毫不迟疑，立刻暗念两句"流星白羽腰间插，剑花秋莲光出匣"。只听"呛啷"一声，青莲化出一把锋锐无比的湛湛长剑，似一道流光飞出剑匣，刺向那株枯槁桃树。

剑尖一触函丈的真身，罗中夏立刻就感应到，这次绝对没错。目标灵力雄厚、情感丰沛，绝非那些行尸走肉的殉童仆可比。

机不可失，他呼唤从戎、麟角、咏絮等笔力一起聚齐，奋力一刺，力求毕其功于一役。霎时间，桃树四周寒霜阵阵，悲戚扰扰，长剑如白龙出水，一道锋锐将立在树下的函丈连同桃树劈成两段。

在函丈被劈开的一瞬间，所有殉笔童的动作都为之一顿。罗中夏等候了数秒，见并无新的童仆站出来变成函丈，心中一喜，看来是得手了？他抬头看去，半空中的天人笔依然光芒夺目，那些触手冲向紫阳笔的去势不减，不由得眉头一皱。

点睛笔是绝对不会出错的，他劈入函丈身体里的手感，也是清清楚楚。可为何天人笔依然神采奕奕，全无半点影响？

这时身在阵中的韦势然，在罗中夏心中呼喊了一句："天人笔就是函丈！函丈就是天人笔！"

"啊？"

罗中夏一下子醒悟过来。

从来就没有函丈这么个人，也不存在天人笔的驭主！函丈组织心心念念的殉笔之法，正是为了让天人笔可以夺舍人类肉身。所谓"函丈"，不过是天人笔以人类形象出现的化身，一具躯壳罢了。陆游和罗中夏苦心孤诣定下的这个战术，是以"函丈是驾驭天人笔的笔冢吏"为前提，从方向上就全错了。

半空之中的天人笔发出一阵木然冷峻的笑声，似乎在嘲弄这些可悲的蚍蜉。它的无数触手已经触及紫阳笔的边缘，这一下对方可是赔了夫人又折兵。

可就在触手环抱紫阳笔收紧之时，一个硕大的"永"字从天而降，挡在紫阳身前。

相传王羲之练书之时，花费数载勤练一个"永"字。因为此字囊括了几乎所有基本笔势，称为楷书八法，乃是书法入门必修。天台白云笔在太史笔的牵制下，仍旧能写出这个"永"字来，侧锋峻落，横勒直努，带动所有触手都在虚空摆动。

这时灵崇也跃至阵前，附于天台白云之尾。二笔合一，挥毫写出九个通玄正楷："临兵斗者皆阵列前行"——这是葛洪在《抱朴子》里写下的九字真言，号称"凡密祝之无所不辟"。如今被王羲之的笔法写出来，威力更巨。

这九字一出，触手们纷纷僵在原地，再也无法靠近了，只能任凭丹鼎清火烧灼，纷纷化灰坠落。

看到此情此景，罗中夏这才微微松了一口气。陆游深通兵法，未虑胜，先虑败，先把紫阳笔周围的遮护准备好，才去攻击函丈。就算刺杀落空，这边也不至于损折了最重要的一支笔灵。

这一来一回，等于双方都没占到便宜。

罗中夏站在原地，觉得一阵恍惚，刚才虽只是一次极短时间的交手，但心神消耗实在是太大了。这种等级的较量，本来并不是他这样的小家伙能参与的，勉强上阵，打成这样已是奇迹。

可还没等罗中夏思考接下来的策略，他的脑海里突然传来一声女孩子的尖叫。

是小榕！

罗中夏急忙回头去看笔冢。《录鬼簿》层层叠叠的竹简之上，不知何时被钻开了一个洞。小榕被一只漏网的触手拦腰卷起，正在急速朝天人笔缩去。

这触手一定早就埋伏在笔冢附近，刚才那一连番剧战吸引了所有人注意，它就在这里悄无声息地用浩然正气腐蚀竹简。

罗中夏大惊，为何天人笔要冲着小榕去？咏絮笔又不是管城七侯，怎么会比紫阳笔还重要？他还没想明白这些事，韦势然的声音在耳边吼道："快去阻止它，天人笔是想要小榕身上的殉笔秘法！"

"殉笔秘法？"罗中夏先是一怔，随即才明白过来。韦势然当年从秦宜母亲那里换来殉笔法门，以此为基础演化出了另外一种秘术，把孙女和咏絮笔合炼在一处，笔入人心，人却不失灵智。

与其相比，殉笔童们一个个宛如行尸走肉，就连天人笔化身而成的函丈，夺舍之后也是生硬无比，无法出现在人前，更没法在世间布道。天人笔一直想要化身成真正的人类，自然对韦小榕这唯一的特例垂涎已久。

没想到，没想到，前面的一切筹谋都是幌子。天人笔从一开始就不是去争夺紫阳笔，它明修栈道，暗度陈仓，真正的目标却早就锁定了韦小榕。

罗中夏一下子傻了。陆游化身笔阵之时，为他如何运用诸笔做了详尽规划，他只要依法施展就可以。可这个变故，连陆游都没预料到，自然也没有相应策略。罗中夏情急之下，只能驱动手边所有的笔灵，一股脑扑过去拦阻。

笔灵之间，搭配颇有门道，而驾驭笔灵，也需要阵主心中沉稳澄澈。罗中夏这么干，固然是诸笔齐出，声势浩大，可破绽也露出极多。天人笔的触手轻轻松松就躲过追击，把小榕拽到自己身边。

"住手！"罗中夏惊得魂飞魄散，厉声喝道。可天人笔守御森严，又有诸多殉笔童牵制，他根本攻不进去。只见光芒一闪，紫云翻涌，小榕不及发出一声叫喊，身影便消失了。罗中夏的脑海立刻感应到，阵中的韦势然突然呕出一大口血，气息急速衰弱下去。

毕竟他才是咏絮笔真正的驭主，如此反应，说明小榕的情况堪忧。等到天人笔把咏絮笔彻底吞噬，就能洞悉真正的殉笔秘法，届时就能化为真正人类了。

"怎么办？怎么办？"罗中夏几乎乱了方寸，连怀素禅心都几乎要压制不住了。颜政、秦宜和二柱子感受到他的心绪纷乱，也纷纷受到影响，整个笔阵一时飘摇不已。

第三十三章

○

儒生不及游侠人

罗中夏心旌动摇，连带整个笔阵都陷入混乱。灵崇、天台白云、点睛、青莲等笔显得无所适从，攻势一滞。

好在天人笔没有乘虚而入，它也停在半空，似乎在揣摩咏絮笔的炼法精髓。那些殉笔童齐立在原地，也停止了骚扰。于是在这桃花源内，出现了奇妙的和平对峙局面。

"哥们儿，你要冷静啊，冷静。"颜政在罗中夏脑海里絮叨，可他自己明显也坐不住了。罗中夏深深叹息一声，扫了一下笔阵内，秦宜没吭声，但看她的脑波凌乱，应该是在照顾韦势然，二柱子始终默不作声，专心致志在驾驭从戎笔。

这时另外一个声音传入罗中夏的耳中："罗中夏，镇之以静！"

声如霹雳，如当头棒喝，一下子就把罗中夏有点混沌的情绪打散了。罗中夏惊喜道："彼得？"

这正是彼得和尚的声音，陆游精魄化阵之后，彼得的意识便已回归那具肉身。在这个关键时刻，彼得居然醒转过来。

彼得道："事已至此，你不可有半分彷徨颓丧，否则再无挽回机会。"罗中夏苦笑道："我再怎么努力，还是被天人笔摆了一下，让小榕被吞掉。彼得啊，我只是个傻大学生，何德何能，能与这么多千古大家抗衡呢？"语气里满是灰心丧气。

彼得道："拿你的怀素禅心来。"罗中夏一怔，连忙借助笔阵之能，把体内的禅心送到彼得处。彼得和尚与禅心一碰即融，声音又一次传来："这颗怀素禅心，我代你收了。此乃救生圈，你抱着它，永远学不会游泳。"

罗中夏大急，怀素禅心相当于是一辆车的水箱，全靠它给自己降温冷静，才能维持笔阵运转。如今彼得不帮忙就算了，还把它给收走，这不添乱吗？置之死地而后生不是这么玩的。

这一次，传来的却是怀素的声音："心志磨砺，本该不假外物。你之所以彷徨困惑，是因为从一开始，你便心存退笔之志，又被诸笔寄寓，所见所得，所悟所感，皆因外物，未能照见本心。青莲遗笔也罢，点睛笔也罢，禅心也罢，都不是你，你的本心在哪里？"

罗中夏不期然想到鞠式耕的话："不违本心，好自为之。"

可自己的本心，到底是什么呢？一直在逃避，一直想退笔，即使取得禅心之后，也是一路被形势推着走，到了现在，自己想守护的到底是什么？剥去所有的外物和凭恃，内心的坚持又是什么？

还没等他想明白这些事，对面的情势又发生了变化。

天人笔倏然收回了所有的触手，紫云也逐渐反卷消失，就连那耀眼的浩然正气，也缓缓收敛。只见天人笔从半空降落下来，距离地面越近，它的形体越是模糊，隐然还有赤焰缭绕。等到它彻底立于地面之时，已经脱去了笔灵的形体，变成一个青袍长须的儒者。

这位儒者宽额厚颐，面方耳长，一双眸子闪着咄咄精光。一望便知，天人笔在极短的时间内吞噬了韦小榕，领会了韦势然的殉笔秘术，可以化为人形而不失性灵。不过它的面容，却始终在变化，让人捉不住重点，这是因为天人笔如今只是笔灵变化，还未寻到一具合适的肉身——原来那一具，已经被罗中夏毁了。

"罗小友，可否一谈？"天人笔站在笔冢阵前，发声呼喊，声音化为肉眼可见的涟漪扩散开来。

罗中夏在阵中心想，反正禅心也被收了，笔阵运转再不似从前那般如意，不如出去谈谈。他被逼到绝境，居然变得光棍起来，一咬牙，抬腿走了出去。

天人笔笑眯眯地打量了他一眼："能与我战到这个地步，你也算是千古第二人了，可堪自傲了。"罗中夏不知道怎么回答，就这么一直瞪着它。天人笔抬起手来："当年在桃花源，我与笔冢主人一战，致笔冢封闭。从此以后，可再没如此酣畅淋漓地一战了。我很高兴，所以我决定给你一条生路。"

"生路？"

"奉我为师，受我教化，从此以儒门弟子行走天下。"

"呸！"罗中夏啐了一声，不屑一顾。

天人笔似是预料到这回答，也不动怒："还有一条路，就是你助我打开笔冢，我放你离去，如何？"

打开笔冢，须得七侯毕至。若天人笔执意要战，打破笔阵吞噬剩余笔灵，不知要费多少手脚。罗中夏也知道它的用意，却依然用一个"呸"字回答。

"若我加上这个筹码呢？"天人笔一笑，闪身让开。从它后面出来三个人，两男一女。罗中夏一看到那女子相貌，顿时失声叫道："十九？"

十九神色委顿，恹恹地被两边的人架住，对罗中夏的叫声恍若未闻。看她头顶有一方狰狞笔架，显然是如椽巨笔被压制了，连灵智都被死死锁住——但毕竟还活着。

左边的是王尔德，他大概是函丈组织唯一还没被炼成殉笔童的笔冢吏了，右边那人，却完全出乎罗中夏的预料，居然是诸葛一辉？

诸葛一辉看到罗中夏瞪他，有些惭愧地把视线移开，钳住十九胳膊的手，却丝毫没有放松。韦庄一战，老李拼上最后的力量把他送出去，本意是让他返回家中，救出那些被禁锢的诸葛家反对者。可诸葛一辉已经被天人笔骇破了胆，居然把十九擒住，主动来投效函丈。

适才一战，他们一直躲在后面，听到天人笔的呼唤，这才现身。

"你助我开冢，我把这姑娘连同笔灵还给你，放你们这里的人活着离开。若是不同意，我便吞了她，咱们再战便是。"

罗中夏呆立在原地，不知所措。天人笔这种手法实在俗套，可十分有效，所以所有的反派都喜欢这么用。罗中夏张了张嘴，却发现咽喉干涩，他看到十九那副模样，心中一阵刺痛。这次没有怀素禅心遮护，痛楚更深切。就连刚才失去小榕那种绝望感，也趁机袭来。

"十数之内，做出抉择，否则我的提议作废。"天人笔踏近一步，似笑非笑，竖起指头来。

从大局考虑，根本无须犹豫。一人一笔，岂能和笔冢安危相提并论？如今青莲正笔还没现身，陆游笔阵犹在，尚有一战之力。倘若罗中夏投降献笔，那可就彻底完蛋了。

九。

可就这么把十九牺牲掉？开什么玩笑！那可是一条人命，人命岂是用价值来衡量的。

八。

但如果把十九换回来，之前包括陆游在内的一切努力，都付诸东流。已化人形的天人笔已脱离桎梏，会对这天下造成怎样影响？

七。

这些责任，为什么都要我来承担啊！罗中夏没有了怀素禅心，在压迫之下精神濒临崩溃，他双手抱住头，绝望地蹲了下来。

六。

对了，对了，点睛笔，问问它！

罗中夏像是找到一根救命稻草，正要动作，眼前又浮现房斌死时的面孔，随即联想到他死后给自己的赠言："命运并非是确定的，你可以试着去改变，这就是点睛笔的存在意义，它给了我们一个对未来的选择。"

可是这选择做出来，是何等艰难啊！

五。

颜政！秦宜！二柱子！彼得！你们谁也好，替我拿个主意啊！

罗中夏的意识在笔阵中疯狂地呐喊起来，可其他人都保持着难堪的沉默。他们都是悍不惧死之辈，哪怕要牺牲自己也不会含糊，可要做出牺牲别人的抉择，这实在太难了。他们同样心神激荡，也同样束手无策，只能感受着罗中夏的情绪朝着旋涡滑落。

四。

彼得和尚手握禅心，心中也出现一丝犹豫，是否应该把禅心交还给罗中夏？这时他耳畔传来一个虚弱的声音："彼得，助我一臂之力。"

彼得睁开眼，发现传音过来的是韦势然。咏絮笔被吞之后，他的生命力急遽消失，现在佝偻躺地，眼看就要枯老而死。可他看向彼得的双眸，却闪着回光返照式的锐利光芒。

"借你的力量，给罗中夏传一句话。让他答应天人笔的条件，无论什么条件都答应。"

"什么？"阵中的人都忍不住跳起来。虽然他们内心也万分犹豫，可韦势然的这个要求实在太奇怪了。彼得和尚皱眉道："这岂不成了人为刀俎我为鱼肉？"

三。

韦势然大喝道："快，否则来不及了！"随即他剧烈咳嗽起来，精神又萎靡几分。彼得和尚知道这家伙深藏无数秘密，连陆游都感佩不已，只好立刻在意识里告诉罗中夏这个意见。

二。

罗中夏听得彼得和尚说起，脑海里却并未如释重负。韦势然这只老狐狸，不知又有什么谋划。

鞠老师啊，鞠老师，"不违本心"四字，真是知易行难啊。他在心中苦笑起来，那一瞬间真羡慕那个在国学课堂上打瞌睡的自己。

一。

天人笔刚要垂下手指，罗中夏开口道："好，我答应你。我助你开冢，你把十九放回来。"天人笔大笑："识时务者为俊杰。"罗中夏厉声道："但我要你先放人。"

天人笔大袖一展："既然要我放人，你也该有些诚意才是。否则你抱着美人钻回阵里，我岂不亏了？"罗中夏忍住内心焦躁，问它什么算诚意。天人笔道："你那有一支我儒家大笔，如今也该归还了——反正要让七侯开冢，早晚也得这么做。"

天人笔说的，自然是紫阳笔。

罗中夏迟疑片刻，天人笔面色一冷："哦，你要食言而肥？"

罗中夏脑海里忽然想到韦势然的提醒：无论天人笔开什么条件，都答应。他不知道韦势然的用意是什么，但那个老家伙绝对不会无的放矢。

局势已经败落到了这个地步，也不差这一笔两笔了。

他叹了口气，乖乖抬起胳膊，在笔阵中将那支紫阳笔捉出来。这支笔本无笔主，只靠笔阵维系，此时本体浮现，立刻被天人笔迫不及待地捉在手里。

一股巨大的力量从它身躯散射而出，两支笔彼此共鸣，浩然正气与理气同步震荡，紫云翕张间能听见有无数儒士齐声合诵之声。合诵持续了许久，方才光华尽敛，天人笔重新恢复成人类样子。但它的头顶，多了一顶紫阳冠，两袖多了两道理气纹。天人笔、紫阳笔，这一前一后两个儒学中兴的大宗师，终于在这一刻合二为一，成为真正的七侯之一。

天人笔——不，现在应该叫它天人紫阳笔——心满意足地仰天发出一声长啸，大袖鼓荡不已，显示它丰沛四溢的力量。它如今二笔合一，又掌握了殉笔秘术，化脱成人形，可以说是近乎无敌的存在了。

王尔德和诸葛一辉连忙下跪，恭喜尊主成就全身。天人笔心情似乎很好，他手腕一挥，诸葛一辉和王尔德连忙将十九的封印解开，朝着罗中夏一推。十九朝前踉跄几步，被罗中夏一把搀扶住。罗中夏摸着她的头发，喃喃道："没事了，没事了……"

天人笔抬起手来，随意朝王尔德和诸葛一辉那边一拍，一股浩大之力瞬间笼罩两人。可怜他们表情都来不及变换，就这么带着喜悦和谄媚，被天人笔从头顶吸走了笔灵。

罗中夏吓了一跳，他不明白天人笔为何突然出手，干掉了效忠自己的两个笔冢吏。天人笔把两支笔灵随口吞噬，淡淡道："既然我已成完全之体，万笔皆该归于我身，笔冢吏这种东西，没必要再存在了。"它一捋长髯，那两支笔灵的光华便从身躯外表彻底消失。

从前天人笔吞噬笔灵，还要经过一番波折，如今却像是吃零嘴一样，随手即收，收之即化，可见天人笔的力量，已经达到了一个不可思议的地步。

它甚至已不需要去防备罗中夏，即使这个小家伙现在突然反悔，重回笔阵，它也有足够的信心可以一鼓而荡。刚才干掉王尔德和诸葛一辉，也有警告的意味在里面。

天人笔把目光投向罗中夏身后那座巨大的坟丘，依旧被淡淡的心霾缭绕。如今唯一的隐忧，就是在那笔冢之内。对于笔冢主人这样的人物，天人笔始终还是心存忌惮，不知他会在里面埋下什么伏手。只要顺利打开笔冢，消除最后一丝隐患，它便可以放开手脚，去教化如今的浊世了。

"好了，时候不早了，罗小友，请吧。"

天人笔催促道。

罗中夏搀扶着十九，挺直了腰杆："你要怎样？"

"首先，撤掉守在笔冢旁边的笔阵——事到如今，有阵无阵，对我来说都是一样。"

罗中夏想到韦势然的叮嘱，别无选择，只能心神一动。陆游笔阵很快便散去，露出阵中的颜政、秦宜、二柱子、彼得以及趴在地上生死不知的韦势然。

天人笔对这些人看都不看一眼，迈步向里走去，可刚一进入心霾之内，便不由自主地退了出来。天人笔如是再三，始终无法进入。那心霾含有拒斥之力，似乎单靠伟力无法化解，得满足某种条件才会散开。

不过天人笔并未露出失望之色，这原也在预料之中，笔冢哪那么容易就能开启的。笔冢主人早有预言，七侯毕至，笔冢重开。

于是它把注意力放在围绕笔冢四周矗立起的七块石碑，那石碑造型古朴，碑首有相互盘结的八条螭龙，下有龟趺，只是碑面平整无文，看上去是一片空白。

"你可知此碑是什么？"天人笔突然问罗中夏。

"不知道……"

"此乃无字碑,本是武则天为自己在乾陵所立。她牝鸡司晨,不知后世如何评价,便立起一通无字石碑于自己陵前,是非功过,自有后来者评价,一切随其本心,因此这无字碑又叫问心碑。没想到笔冢主人从这事得了灵感,炼了七块,竖在这里——"说到这里,天人笔看向罗中夏,"我听说你一开始就不愿意掺和到这件事中来,还到处闹着要退笔?"

罗中夏不置可否。

天人笔大笑:"那你总算找对地方了。这无字问心碑,可是唯一能将笔灵安全退掉的办法。"

"什么?"

天人笔嘿嘿一笑:"可惜仅限于七侯——你以为笔冢主人为何在坟前设置这七座石碑?"它双手向上一抬,太史笔和慈恩笔应声飞出,在半空盘旋几圈,各自落在一处石碑上。那石碑立刻闪出七彩光华,八条螭龙恍若游动,有一列一列的蝌蚪文缓缓显示在碑面之上。罗中夏不懂这些怪字,但多少猜得出一定是关于这两支笔的评价。

随着二笔归位,七座石碑发出微微的共鸣声,连那片心霾都淡薄了几分。

所谓七侯毕至,笔冢重开,想来就是把七侯笔灵置于这七座无字问心碑上,激活碑文,笔冢才会打开吧?

天人笔做完这动作,看向罗中夏。罗中夏知道该轮到自己了,他闭目细细感应,先从笔阵中提出天台白云和灵崇两支笔灵,依样放到石碑上,同样光华大作,有蝌蚪文显示。

随后他试着唤醒自己体内的点睛笔,那小小圭笔飞至半空,归位于问心碑上。随着碑文显露,罗中夏感觉到自己和它的联系越来越模糊,越来越虚弱。等到碑文显示完全之时,他感觉到"啪嗒"一声,一条看不见的丝线断了,他再也感应不到点睛笔,更控制不了它,笔灵彻底从他的身体里脱离了。

果然如天人笔所说,这无字问心碑,是唯一可以分离笔灵的,因为它直问本心。

这本是罗中夏的夙愿,可此时他却感觉到怅然若失,就好像自己心灵中的一块被挖去似的。他深吸一口气,觉得双眼湿润,不由自主地有眼泪想流下来。不是悲伤,也不是害怕,没有什么明确的理由,就是单纯想要落泪。

天人笔见他表情有异,只是冷冷一笑,双袖一抖,整个人浮空而去,踏上第六块石碑,显出了天人紫阳笔的本相。

天人紫阳笔、天台白云笔、点睛笔、灵崇笔、太史笔、慈恩笔，一时六侯各自归位，笔灵彼此共鸣，有奇妙的韵律弥漫在碑林之间。六块石碑同时颤动起来，那些千古大家的才情化为流光溢彩，穿梭其间。

"罗小友，你还在等什么？"天人笔在光芒中喝道。

七侯如今只差李白的青莲笔未曾归位，不过正笔自炼成之日起，就没人见过其踪迹，如今罗中夏体内只是青莲遗笔，是否能算作七侯，还是未知之数。

罗中夏低头看去，胸中那支青莲笔的形貌还是和第一次相见那样。种种经历，种种磨难，皆由此笔而起。可也正因如此，这一人一笔已成患难之交，彼此风雨相依。

"如今终于到了分开的时候了吗？"罗中夏苦笑着问道。那青莲遗笔仿佛听懂了他的话，发出啾啾鸣叫，露出不舍之意，就像两个老友告别一般。

立在石碑上的天人笔再次催促，罗中夏一咬牙，猛然挥手。那青莲笔越飞越高，与他的牵系越来越细。待得它飞到最后一座石碑上时，他心中霎时感觉到一阵刺痛，再也感应不到青莲笔的存在。尽管罗中夏还能看到青莲遗笔的身影，可一道隔绝情感的帷幕，在这一人一笔之间垂落下来。

从这一刻起，他不再是笔冢吏，也不是什么渡笔人。体内再无笔灵，重新回归一个普通人。

终于，七座石碑都有笔灵归位，共鸣声越来越大，这是才情的涟漪，这是性灵的合唱。六侯的光芒几乎达到极致，只有青莲遗笔的光团略为暗淡，与其他笔灵不太一样。

天人笔立在石碑上，沉默不语。笔冢主人说七侯毕至，一定有他的道理。天人笔原本猜测，把遗笔放上来，青莲真笔自会现身。可如今看起来，真笔迟迟不至，似乎其中还有未能参透的玄机。

就在天人笔陷入沉思之时，意外发生了。

原本奄奄一息的韦势然，突然从地上爬起来，用手搭着彼得和尚的肩膀，喊出一句话来："天者仁乎？理乎？"

周围诸人听到这一段莫名其妙的问话，都不知就里。可这一句话一喊出来，天人紫阳笔的笔形居然微微动摇了一下，似乎被一下子点了什么穴道。它从笔又化脱为人形，双手抱住脑袋，极其痛苦地弯下腰，口中念叨不已，嗓音一阵洪亮，一阵低沉，似乎如二人争论一般。

要知道，天人紫阳笔本是董仲舒和朱熹二人合并而成。两者虽然同为儒家，观点仍然相异。董仲舒认为"天者,仁也"。察于天之意,无穷极之仁也。而朱熹则认为"动而生阳,亦只是理;静而生阴,亦只是理"。董说重仁,乃是吸收百家而成;朱说格理,兼采道、释两家之学。

　　双方本来不处于同一时代,纵有歧见亦无大害。如今两人才情并于一笔,偏偏又都是性情坚毅、岿然不动之辈,于自己之说所持甚定,又岂能容忍,别说动摇道心?试想董仲舒时,连太极图形都还未出现,如何能接受朱熹太极之理?朱熹信奉格物穷理,人人皆可借理而天人合一,让"取天地与人之中以为贯而通之,非王者孰能当是"的董仲舒又怎么想?

　　是以韦势然问出这一句直指道心的疑问,天人紫阳笔登时陷入分裂。天人也罢、紫阳也罢,都必须先把这个关系到自身存亡的争议捋平才行。

　　罗中夏没料到,韦势然一句话,居然让天人紫阳笔陷入停滞。他喜出望外之际,本以为这只老狐狸还有什么后手来反击。没想到韦势然晃晃悠悠站起来,走到了自己身旁,伸出手来。

　　罗中夏大疑,自己已经身无笔灵,他还要做什么?韦势然的面容已经枯槁到不成样子,仿佛随时可能化成飞灰。他说不出话来,只是推着罗中夏的肩膀,似乎要带着罗中夏去什么地方。

　　远处天人笔看到这一幕,面容一凛,不顾自己还在分裂状态,冷哼一声,远远飙出一只触手,正好抽中韦势然。韦势然不闪不避,拼出最后一丝力气猛然一推,然后身躯剧震,化为飞灰。

　　与此同时,罗中夏被韦势然这么一推,整个人一下子撞进原本无法进入的心霾之中。

　　罗中夏先是一阵迷惑,随即感觉自己像是跌进一个装满了果冻的游泳池,黏滞柔软的心霾从四面八方挤压而来,身体飘浮于雾蒙蒙的虚空之中,不分上下左右。眼前是一片灰白,什么都看不清楚,可隐约能感觉到一条条霾气扭结在一起,不得舒展。

　　不知过了多久,他发现雾气似乎稀薄了些,同时重力也在慢慢恢复。当罗中夏的双脚再度踏上坚实的土地时,四周的心霾都散为淡淡雾霭,恍惚间看到前方有一个雅致竹亭,亭中影影绰绰坐着一个人。

　　罗中夏信步向前,快到亭子时,终于看清了那人的面目。他面色清瘦,青衿方冠,在一条黑漆案几前正襟危坐,右手轻持一支毛笔,似是在纸上写着什么,然后忽

| 352 |

然又侧过头去，饶有兴致地伸出左手二指缓缓捻着笔毫，意态入神，似乎浑然不觉有人靠近。

罗中夏一见到他，不禁脱口而出："是你！"

眼前这人，正是他第一次被青莲笔上身时梦见的人物，后来又在韦势然家中收藏的画像上见过，他就是笔灵种种的起源——笔冢主人。

笔冢主人看到他，悬着手腕，淡然笑道："暌违多年，不意又见到你们罗氏之人了。"他的笑容就像是博山炉飘出的香霭，缥缈不定。

罗中夏僵在原地，脑子里百感交集，一时不知该如何应对。这就是传说中的笔冢主人啊？也就是说，我是在笔冢内喽？

笔冢主人似乎看破了他的心事，摇了摇头："你如今仍在在下心霾之中，所见之形，不过是心霾郁结的一个幻影罢了，真正的笔冢可还没开呢！"说完又悠然自得地拿起笔，在纸上写起字来。

"天人紫阳笔就在外头，随时等着打开笔冢，七侯只差青莲笔就归位了！您……您得快拿个主意！"罗中夏急匆匆地用最简短的句子说出情况，希望能给笔冢主人带来警告。可笔冢主人却慢悠悠地写了好长一幅墨汁淋漓的书法，这才轻轻搁笔，转过头来："你先没想过，为何你能进入这心霾？"

罗中夏被他这么一提醒，才想起来这是件怪事。对啊，心霾不是会拒斥所有人吗？别说他，就连天人笔以最强的状态靠近，都会被弹出来。怎么这一下子，他又能进来了？这其中一定有什么理由，显然韦势然刚刚领悟到，所以才会把他往里推，只可惜韦势然已身死成灰，来不及询问。

笔冢主人见他依然不解，叹笑了一声："痴儿。"他站起身来，负手站在亭边，眺望迷迷茫茫的外面："陆放翁先生应该告诉过你了吧，当年桃花源被天人笔与朱熹入侵，以致笔冢封闭。"

"是的，可是这事不着急……"罗中夏急躁地催促道。可笔冢主人竖起一根指头，示意他少安毋躁。

"陆放翁先生所知，并非全貌。其实当年笔冢封闭，外因是朱熹所迫，可真正的内因，却是我自己欲封。"

罗中夏仿佛受了当头棒喝："什么，您自己想封冢？为什么啊？"

"因为在下有一事萦绕于怀，久未能释。"笔冢主人伸手在雾上一拂，气息登时凝成一支支笔影，密密麻麻地悬浮在竹亭四周，可他倏然叹了一声，意兴阑珊，又是一拂，那些笔影又随风散去。

"在下最初起意炼笔，是为了保存天下才情，不教其随主人身死而消。可我在当涂炼制李太白那一支时，那青莲笔却不肯顺服，踏空而去。这是之前从来没发生过的事情。这让在下突然意识到，炼笔之举，究竟是爱惜才情，还是禁锢才情？若说是禁锢，忍见那许多惊才绝艳的才华就此消失，在世间没了痕迹，实在可惜；若说是爱惜，那么多天纵奇才，被拘束于笔具之内。我等视如珍宝，束之高阁，偶尔摩玩一二，可笔灵万世不得解脱，岂不成了玩物？——青莲笔的遁走，将在下点醒，并非所有笔灵，都甘心化笔。在下一介书生，何德何能，凭什么去决断这些天才的去留？"

笔冢主人说到这里，面露痛苦之色，身体里开始有丝丝缕缕的暗灰色心霾散逸出来。

"是炼是纵，是去是留，这个问题困扰在下良久，从唐至宋几百年时光，仍未通透，以致郁结于心，壅塞不畅。那些块垒无从化解，反而越发沉积，后来竟化为丝丝缕缕心霾，时刻向身外散逸，缭绕至笔冢外围。到了朱熹造访之时，在下的身躯几乎已全部散为霾灰，就算他不来，不出几十年，笔冢也要自封。与他最后一战，也是在叩问在下本心——天人笔欲吞噬诸笔，化万为一，固然不对，可在下所作所为，就妥当吗？"

罗中夏听完这长长的自述，久久不能言语。他本来觉得笔冢主人炼才成笔，实在是威风极了，保存天下才情也是极好的立意，没想到这其中还藏着如此深沉的痛苦，以致连笔冢都因此关闭。

"现在你该知道，为何独有你能走进这心霾了吧？霾之心结，正在笔灵本身，所以唯有无笔之人，才不为排斥。"

罗中夏这才恍然大悟，明白韦势然之前那些古怪举动的用意。

小榕被天人笔吞噬之后，韦势然便成了无笔之身，因此先觉察到了心霾的秘密（彼得虽然无笔，但他讨去了怀素禅心，亦不能入）。可惜他已油尽灯枯，无法靠近，只好故意出言提醒，让罗中夏答应天人笔的一切要求。表面看，是天人笔步步紧迫，拿走他的点睛和青莲笔，其实正好让罗中夏成了无笔的普通人，趁机入霾。

天人笔机关算尽，唯独没想到，笔冢四周缭绕的心霾，却是要一个无笔之身才能进入。

"那您有办法打败外头的天人笔吗？"罗中夏问了个煞风景的问题。

笔冢主人摇头："在下不是说过吗？只是心霾所化的一段幻影，岂是天人紫阳笔的对手。笔冢之内，才有你要寻求的答案。"

"可是青莲笔找不到啊，怎么才能去？"

笔冢主人拿起手里的那支笔，递到罗中夏的手里："人凭本心，笔亦如是，你找到正确的道路，心霾自解。自己选吧！"

笔冢主人留下这一句暧昧不清的话，整个身躯终于彻底消散，又化回心霾。罗中夏觉得眼前一晃，又回到了心霾外头。他环顾四周，那六座石碑依旧光彩夺目，而韦势然被天人笔抽碎的飞灰，刚刚徐徐落地。

看来外界的时间，恐怕只过去了一瞬。

罗中夏一低头，发现手里握着一支其貌不扬的小毛笔，刚才的一切并非幻觉。他重新拥有了一支笔灵，所以被心霾排斥出来了。

天人笔高高在上，威严地喝道："罗中夏，你刚才到底干了什么？"它对笔灵十分敏锐，刚才虽只一瞬，还是引起了它的疑心。

此时天人笔已压制住了董朱之争，不再陷入分裂，煊赫一如从前。

罗中夏没有理睬它，垂着头，反复咀嚼着那一句话："人凭本心，笔亦如是。人凭本心，笔亦如是……手辞万众洒然去，青莲拥蜕秋蝉轻？"没来由地，他想到了小榕留给自己那首集句诗。原本他觉得其中深意，是暗喻退笔，可现在再仔细一想，这两句意义又不同了。

若只为退笔，何必手辞万众？又哪里用得着洒然而去？青莲拥蜕，秋蝉身轻，暗喻人为秋蝉，蝉壳为笔灵，退笔是得大解脱——但若以笔观之，才情方是秋蝉，为笔灵躯壳所禁锢，不得舒展，只待青莲拥蜕，方能脱壳而走。这正是"人凭本心，笔亦如是"的最佳注脚。

这么一解，罗中夏隐然发觉，这两句诗似是隐着什么法门。

天人笔见罗中夏久久不答，心中气恼，又将触手伸了出来。左右这小子已是个无笔的普通人，打杀了也无妨。可它转眼瞥到青莲遗笔，心想正笔还没出现，这时候还是不要节外生枝。它突然发现罗中夏手里多了一支笔，触手微微改了个角度，把笔夺了过去。

天人笔把那笔拿到眼前端详了一下，看不出什么端倪，可它想再深入探查一下，却突然如触电一般，整个人——或者说整支笔——都僵住了。

不只是它，连其他五侯，也纷纷停止共鸣，仿佛都被其所克制。

"这是什么笔？"天人笔愤怒地喊道。

"这你认不出吗？这是笔冢主人用自己炼成的笔冢伏笔啊！"罗中夏缓缓抬起头来，开口说道。

笔冢主人在封冢之前，自知将散，遂把自己也炼成最后一支笔灵，化于心霾之中。天下诸笔、管城七侯皆是笔冢主人所炼，所以见到这一支笔冢伏笔，虽不至俯首称臣，但多少会被炼主压制。

天人笔知道笔冢主人暗伏了对付自己的手段，却没料到会藏得如此巧妙。试想，欲开笔冢之人，谁不是极力搜集笔灵，壮大己身？笔冢主人却反其道而行之，唯有无笔之人，方才有获得这伏笔的机会。刚才天人笔一番苦心策划，自以为得计，却完全落进了笔冢主人的算计里。

所幸笔冢主人与董仲舒理念不同，不至于有吞噬笔灵、戕灭才灵之能，最多只是慑服而已。那支笔冢伏笔飞回罗中夏手中，附近的诸多笔灵仍不能动。

罗中夏心中明白，现在只要他愿意，可以将其他六侯皆收入囊中，乃至天人笔吞掉的那百余支笔灵，亦可以收归己有。不必考虑什么渡笔体质，亦不用在意一人一笔的限制，因为这一支笔冢伏笔的能力，就是代主人统御诸笔，任多少都可以。

换句话说，他心念一动，便可成为有笔冢以来，拥有最多笔灵的至强之人。

天人笔亦觉察到了这一点，沉声道："罗小友，你本有退笔之心，又何必再度涉入此局。你若就此退开，我保你与你的伙伴一世平安。"

罗中夏摇摇头，若有所思。

"你真以为拿了这笔，便能压服我吗？"天人笔惊怒交加。它虽被笔冢伏笔压制，可终究不是收服。它拼命催动其他五侯，只要再度形成共鸣，便可挣脱束缚。

要知道，持笔的罗中夏毕竟只是个寻常人类，纵有伏笔加身，短时间内也难以驾驭如此庞大的力量。而这，正是天人笔可乘之机。

问心碑顶，嗡嗡作响，光华时亮时灭，看似平静的局势下，两股力量在纠缠运转，扭结角力。眼看六侯共鸣将成，天人笔觉得身躯上的压制减轻了不少，心中大喜，正欲鼓劲冲破，却看到罗中夏抬起头，突然露出一个灿烂的笑容："我明白了。"

"明白什么？"天人笔看到这笑容，突然有种不祥的预感。

"我何必拿这支笔来压服你,笔灵本是才情所化,只用来压服斗战,实在是焚琴煮鹤啊!"罗中夏朗声吟道,"手辞万众洒然去,青莲拥蜕秋蝉轻。我终于明白其真意了。"

他转向天人笔:"这伏笔除了统御诸笔之外,尚有一个神通,你可知是什么?"

天人笔不知这又隐藏着什么杀招,不由得全神戒备起来。罗中夏叹道:"笔冢主人一直心存疑惑,笔灵究竟是炼是散,他难以抉择,便把这困惑交给了我。我只是个普通傻大学生,才学浅薄,可有一点却得鞠老师教诲:不违本心,好自为之。我刚才就在想,人遵本心,笔亦应如是,那些天才性灵,生性自由乃是它们的本心,又岂该让笔灵受拘牵?"

"你……你难道想……"

罗中夏点了一下头。他的眼神,自介入笔冢世界以来,第一次变得如此坚定而自信:"伏笔的另外一个神通,就是散去万灵。"

他把笔冢伏笔往空中一抛,那笔瞬间粉碎成无数光点,四散而开,一时间桃花源顶如千星陨落,绚烂至极。天人笔顿时觉得神魂一阵骚动不稳,其他诸笔也是如此,就连一直在旁的颜政、秦宜、二柱子等人,心中都是一跳。

天人笔亦是笔冢主人所炼,立刻认出这乃是笔冢主人炼笔用的乍现灵光。所谓"灵光乍现,下笔如神",笔冢主人就是以此为火,把才情锤炼成笔灵。它既然能炼灵成笔,自然也可以融笔回灵。如今那伏笔粉碎,散成万点灵光,正是打算把所有的笔灵都重新回归才情本身。

"你疯了吗?明明可以选择那可压倒一切的力量,统御一切,你竟然要散掉这些笔灵?"天人笔的声音嘶哑起来。

"你只是想奴役和控制每一个天才。但我却愿每一个天才的魂魄,都能重归自由!"罗中夏斩钉截铁地回答,这不是笔冢主人、陆游、韦势然或是其他任何人引导的结果,而是完完全全凭借本心做出的选择。

随着他的回答,那一片片乍现灵光轻柔而坚定地朝着现场每一支笔灵而去。颜政不由自主地抬起手来,看到一点灵光落到指尖,顿时将画眉笔融成一片光华。颜政感觉与那笔灵失去了联系,一阵失落。可他咧开嘴,笑着挥了挥手:"好家伙,走你的吧!"那光华汇成画眉笔的形体,朝他略略了摆,随后消散。

不光是画眉,秦宜的麟角、二柱子的从戎都碰到同样的境况。

天人笔突然哈哈大笑起来："可你想过没有，以你的力量，就算把伏笔粉碎，也不可能化掉万千笔灵——反而毁掉了唯一能克制我的武器，我看你接下来要怎么办！"

说完它的体形一瞬间增长了数倍，如同万仞孤峰，睥睨着这小小的虫蚁。

罗中夏微微一笑："我的力量，自然是无法化解那些笔灵，可总有人能做到——手辞万众洒然去，我已经做到，这么说的话，青莲也该来了吧？"

话音刚落，整个桃花源，一下子陷入奇妙的寂静。过不多时，穹顶微微颤动，似乎有一丝青光闪亮，那光芒越变越大，起初只是萤光大小，很快就变成一颗狭长的青色流星，直奔笔冢而来。所到之处，气息无不活跃，风起云涌，却又偏偏不滞于一物，洒脱至极。

等到更靠近些，众人能看得清楚，那正是一支笔，与青莲遗笔形貌差不多，但更为壮美飘逸。笔顶青莲，更是剔透自然，蕴有无穷灵感。它穿过笔冢伏笔所化的灵光碎片，似乎更加兴奋，宛如披上一层星光披风。

"那是……青莲真笔？"颜政瞪圆了眼睛，吃惊地望着穹顶的流星轨迹。旁边彼得和尚感叹道："只能是它了，这支自炼成之日便遁去无踪的青莲笔，如今终于现形了。"他看向站立在问心碑前的罗中夏，喃喃道："也只有这家伙，这笔，才能做出这样的抉择吧……"

青莲真笔是谪仙所化，天生不耐束缚，不肯归服笔冢。它如今现身于世，是因为笔冢诸笔即将散灵，回归自由。只有真正能理解笔灵的本心，才能做出这样的抉择。只有做出这样的抉择，才能将真正的青莲笔唤出。

"终于见到你了，太白先生。"罗中夏唇边露出欣慰的笑意，仿佛见到一位老友。

青莲真笔鸣叫一声，飞至最后一座无字问心碑上。青光绽放，碑文显露。其他六侯纷纷共鸣以应和，鼓荡踊跃，那千年凝结的诸多才情喷涌而出，化作万道霓虹，又似万里长风，整个桃花源都为之震颤不已。

至此七侯毕至，那缭绕在笔冢的心霾，便在这共鸣震荡中悄然消退，最终彻底散去，露出那一座神秘巍峨的坟丘。

罗中夏望着那巨大的坟丘，心中暗道："心霾既散，心结已开，笔冢主人您应该早就预料到今日这结局了吧？"仿佛要应和他心中所想，坟丘忽然在中间裂开一条大缝，洞天石坟，訇然中开，内里耀眼夺目，似有磅礴之力要涌现。

天人笔见势不妙，这家伙进了一次心霾，已造成了无可挽回的灾难，若让他再进入笔冢,谁知道还会有多大麻烦。此时已没有笔冢伏笔的压制,它立刻伸展触手,唤起所有被吞噬的笔灵,迫使它们全部现身,以理气牵引,密密麻麻地聚集在天人笔旁,俨然如一艘装满了炮台的狰狞战列舰。

天人所向,笔尖同归。天人笔驱动着这百余支笔,整个化为一道沛然莫御的紫金锐光,抢先罗中夏一步狠狠地刺入笔冢。

就在它进入坟丘的一瞬间,看到一个熟悉的身影矗立在眼前。天人笔认出那是笔冢主人,冲劲丝毫不停,要把当年一役未竟之事做完。可奇怪的是,笔尖刚刚触到笔冢主人,那身影便消散了,化为和刚才伏笔一样的破碎灵光。

可天人笔很快就觉出不对劲了。那灵光缥缥缈缈,如蛾似尘,飞散在冢内无处不在。只要笔灵一沾上一点,就好似雪见日头一般,立刻会被消融成一团清杳灵光。

先是一支,然后是两支、四支……灵光越飞越多,被消融的笔灵也越来越多。别说冢内,就连冢外问心碑上的其他诸侯也都在灵光消融的范围之内。

天人笔能感应到,那些笔灵并非消失,而是失去了躯壳,变回到炼笔之前的才情。这时它想要退出,已然来不及了。那些灵光并非与之对抗,而是将其解放,纵然天人笔学究天人、震古烁今,面对这种手段也是无济于事。

天人笔万万没想到,它没有败给罗中夏的才学,更没有败给罗中夏的力量,却偏偏败在了那个小家伙的抉择之上。

他代笔冢主人做了抉择,因此心霾自解,笔冢里隐藏的最后力量,也随之转化成了融笔的灵光。

此时做什么都已晚了。先是诸多笔灵,然后连管城七侯也随之消融。天台白云、灵崇、太史、慈恩、点睛,一支一支相继在灵光中获得解脱,最终青莲笔奋力一跃,也投身到这一场奇异的战争中来。它如长鲸入海,掀起滔天灵波,朝着天人笔的本体席卷而来。

天人笔怒不可遏:"愚蠢!你可知道把所有的笔灵都散掉,会是什么后果?这么多人,这么多想法,若同处一世,无有拘束,会闹出多大的混乱?人心浇漓,世风日下,你负得起这个责任吗?"

罗中夏耸耸肩:"那又如何?百花齐放,总好过万马齐喑。你所恐惧的,正是我的希望所在。"

天人笔并没读过龚自珍,但也听出这句里的嘲讽之意。它自知无幸,嘶声喊道:

"既然你要解放我等的灵魂，就该知道，只要人心不死，我便不死，迟早我会凝神归来。"话未说完，它便被巨浪淹没，"腾"的一声消散成一团灵光。

此时笔冢内外，再不存半支笔灵，几千年的天才精魄，尽皆散作无数灵光飞舞在半空，宛若一道璀璨银河，星光熠熠。罗中夏分明看到，其中有一团星光幻化成少女的样子，向自己点头致意，他认出那是咏絮笔的残影，心中又是欣喜，又是感伤，举起手来挥动。那少女也学着他的样子略一挥手。随即一重一重人影相继出现，向着罗中夏挥手致意，然后冉冉升空，消散在那一片银河之中。

最终大河倒卷而起，反将坟丘裹住，万千笔灵在半空汇成笔冢主人的形体，肩上还多了一朵淡雅青莲。他向罗中夏深深施了一揖，摘下那朵青莲，袖手向上一弹。只见那青莲腾空而起，带着汇聚无数天才的魂魄之河，朝着桃花源的穹顶飘然飞去。

"手辞万众洒然去，青莲拥蜕秋蝉轻。"罗中夏喃喃念着那两句诗，带着笑意，缓缓闭上了眼睛……

## ○ 尾声

"罗中夏！"

一个严厉的声音，惊醒了正在沉睡的少年。罗中夏揉了揉眼睛，发现自己置身于课堂之中，旁边站着鞠式耕老先生。他吓得霍然起身，环顾四周，看到远处郑和正恨铁不成钢地看着自己，其他同学窃窃发笑。

"请你回答，唐代著名诗人李白，他的号是什么？"鞠式耕问。

罗中夏想了想，脱口而出："青莲居士，又号谪仙人。"鞠式耕满意地点点头，用手里那一支菠萝漆雕管狼毫笔敲了敲他的头："下次听讲不要睡觉。"

教训完这个劣徒，鞠式耕背着手，又踱回讲台前，边走边晃着脑袋讲起李白的诗。罗中夏连忙赔了一个笑脸，讪讪坐回座位。刚一坐回去，同桌颜政贼兮兮地凑过来，问他是不是又梦到什么校花。他还没答，椅背已经被狠狠踢了一脚，一回头，十九鼓起嘴凶巴巴地瞪着他。在更后一排，彼得和二柱子并肩而坐，似笑非笑地等着瞧热闹。

罗中夏摸摸脑袋，咂咂嘴，感觉好像做了一个又长又复杂的梦。可梦里到底讲了些什么，他一时也糊涂起来。罗中夏想了半天，实在没什么头绪，索性转头朝窗外看去。

窗外烈日当空，碧空如洗，眼前是一片虚化的澄澈，延伸至远处的地平线。罗中夏正托腮沉思，忽觉一阵清爽的凉风拂来，他略一转头，看到有一团柳絮不知从何处飘来，正好落在他眼前的窗台上。